Erin Jade Lange
Firewall

Für Grace und Harper,
die zwei wichtigsten Geschichten,
an denen ich jemals mitschreiben werde

Lehrerinnen und Lehrer finden hier
eine kostenfreie Lehrerhandreichung zum Download

www.magellanverlag.de/lehrerhandreichungen

Erin Jade Lange

FIRE WALL

Aus dem Amerikanischen
von Sandra Knuffinke
und Jessika Komina

magellan

AIR GAP, *SUBST.*

die virtuelle Lücke zwischen einem sicheren Computer und einem ungesicherten Netzwerk; Voraussetzung dafür ist, dass noch nie eine Verbindung zwischen beidem zustande gekommen ist

die Blase um jedes noch unbenutzte technische Gerät – heißt: jeden Laptop, jedes Smartphone, jedes Tablet, das seine Unschuld noch nicht ans Internet verloren hat

ein sicherer Ort, den nichts als ein Mausklick vom totalen Chaos trennt

KAPITEL 1

Letztes Schuljahr habe ich etwas gesehen, was ich nie mehr vergessen werde. Am ersten April kam Jordan Springer in die Cafeteria der Haver High marschiert und hat sich in Brand gesetzt. Aber es war kein Aprilscherz.

Der Typ hat sich mit Benzin übergossen und ein Streichholz angerissen.

Mit voller Absicht.

Am krassesten fand ich dabei, dass er nicht mal sofort gestorben ist. Eine Pausenaufsicht hat ihn mit dem Feuerlöscher abgespritzt, bis er komplett voller Schaum war. Zwei Tage später haben seine Eltern im Krankenhaus alle Geräte abschalten lassen.

Selbst Wochen danach habe ich jedes Mal, wenn ich die Augen zugemacht habe, eine jordanförmige Flammensäule vor mir gesehen. Und dabei kann ich noch von Glück reden, dass ich am gegenüberliegenden Ende der Cafeteria saß. Ein paar andere, die näher dran waren, durften ganz genau mit angucken, was das Feuer mit ihm angerichtet hat, und müssen jetzt damit weiterleben.

Das restliche Schuljahr haben wir alle sorgfältig einen Bogen um die Brandflecken im Linoleum gemacht und so getan, als hätte es uns tatsächlich überrascht, dass jemand von unserer Schule mies genug behandelt worden war, um das für die bessere Alternative zu halten. Als dann im Herbst die Schule wieder losging, hatte die Cafeteria einen neuen Fußboden, und an jeder Wand in jedem Flur hingen feuerwehrrote »Gib Mobbing keine Chance«-Poster. Man muss der Haver-High Schülerschaft zugutehalten, dass ein paar der Poster bis heute nicht runtergerissen oder bekritzelt worden sind.

Auf den Tag genau ein Jahr nach Jordan Springers Pyroshow lag ich blutend unter einem von diesen Postern auf dem Boden im Jungsklo.

Ich hatte den Schlag schon gespürt, bevor er mein Gesicht traf. Der Sekundenbruchteil vor dem Aufprall schien sich zu einer Ewigkeit auszudehnen, und als Malcolms Faust schließlich mit meiner Augenhöhle kollidierte, war ich fast dankbar.

Jetzt lag ich vor einem Pissoir und hinter meinem linken Auge explodierte der Schmerz.

Malcolm ging neben mir in die Hocke und beugte sich vor, bis seine roten Haare und Sommersprossen mein gesamtes Blickfeld ausfüllten. Die Natur musste echt Humor haben, ausgerechnet einem Typen wie Malcolm Mahoney diese süßen braunen Sprenkel auf Wangen und Nase zu verpassen, die ihn wie einen unschuldigen Zwölfjährigen wirken ließen.

»Du hast nichts gesehen, kapiert?«

Damit hatte er vollkommen recht. *Gesehen* hatte ich wirklich nichts.

Er hob erneut die Faust und ich machte mich auf einen weiteren Hieb gefasst. Dann aber krallte er im letzten Moment seine Wurstfinger in meine Haare, riss mich hoch und schob mich mit dem Kopf voran ins Pissoir.

»Hast du gehört?«

Ich würgte, als ich die dreckige Keramikoberfläche unter

meiner Wange spürte. Da hätte ich ja lieber noch mehr Prügel eingesteckt.

»Ja«, presste ich durch zusammengebissene Zähne hervor.

Denn gehört hatte ich so einiges. Zum Beispiel, wie er das Mädchen in der Klokabine bedrängt hatte, endlich auf das Stäbchen zu pinkeln. Wie er ihr vorgeworfen hatte, sie wäre zu doof, um ihre Pille zu nehmen.

Okay, teilweise war ich wohl selber schuld an meiner Misere – beziehungsweise die Klotür. Die brauchte nämlich immer eine Ewigkeit, um hinter einem zuzufallen, aber dafür tat sie es dann mit einem Krachen, das ohrenbetäubend laut von den Fliesen und Keramikkloschüsseln widerhallte.

Rückblickend hätte ich also eigentlich noch jede Menge Zeit gehabt, um mich vom Acker zu machen, als ich die Mädchenstimme in einer der Kabinen hörte, und allerspätestens dann, als Malcolms dazukam.

Aber nein, ich musste ja unbedingt stehen bleiben und lauschen wie der letzte Stalker, bis die verdammte Tür mich mit ihrem Radau verriet. Fast in derselben Sekunde kam auch schon Malcolm aus der Kabine gestürmt, zerrte an der einen Hand das Mädchen hinter sich her und schubste mich mit der anderen gegen die Wand.

Kleiner Tipp für den körperlich unterlegenen und/oder sozial gehandicapten Nerd: Wenn der Schulschläger sich mit vorgehaltener Faust erkundigt, wie viel du gehört hast, halt einfach den Mund.

Malcolm verstärkte seinen Griff um meinen Hinterkopf. »Erzähl irgendwem davon und du steckst noch tiefer in der Scheiße als ich.«

Solange der Name auf dem Vaterschaftstest nicht Eli Bennett statt Malcolm Mahoney lautet, wage ich, das zu bezweifeln.

Aber wenigstens das behielt ich für mich. Klar hätte ich es nur zu gerne laut ausgesprochen, aber im Moment ließ ich den Mund schon allein deswegen lieber zu, damit ich nichts Widerliches reinbekam. Ich war dem Duftstein des Pissoirs so nah, dass ich daran hätte nuckeln können.

Stattdessen rutschte mir ein Wimmern raus, und ich hasste mich dafür, wie klein und erbärmlich ich dadurch wirkte. Aber es half. Malcolm ließ mich los und richtete sich auf, anscheinend zuversichtlich, dass seine Message angekommen war.

»Betrachte das hier als deine heutige Lektion in Sexualkunde«, sagte er, und es klang fast schon kumpelhaft. Er kratzte sich am Kopf und wirkte eine Sekunde lang jünger als sonst, bevor ihm wieder einzufallen schien, mit wem er redete. Lachend gab er mir einen Klaps auf die Schulter. »War wahrscheinlich auch die erste für dich, was, Bennett?«

Ich konnte gerade noch ein Augenrollen unterdrücken, um diese neuerdings ziemlich schmerzempfindliche Region nicht unnötig zu strapazieren.

Malcolm wischte sich die Hände an seiner Jeans ab, als wären sie kontaminiert, nachdem er mich angefasst hatte. Vielleicht hatte er ja Angst, meine Jungfräulichkeit könnte ansteckend sein. »Wir sehen uns«, warnte er mich. »Und nicht vergessen: Das hier bleibt unser kleines Geheimnis.«

»Ich freu mich drauf.« Während er sich umdrehte, hob ich die Hand zu dem Zweifingergruß, den ich bei den Pfadfindern gelernt hatte. Sobald die Klotür hinter ihm zugefallen war, wurde daraus der Einfingergruß, den ich ebenfalls bei den Pfadfindern gelernt hatte.

Malcolm schien von meinem Äußeren – dürr, Schlabberjeans, permanent zerzauste Haare – darauf zu schließen, dass ich ein Nerd war, genau wie ich von seinen Muskelshirts und dem Tribal-Tattoo auf seinem Oberarm darauf schloss, dass er ein Arschloch sein musste. Der Unterschied war, dass ich richtiglag und er nicht.

Ich war nämlich nicht einfach irgendein Nerd, sondern ein Computernerd. Und das ist was ganz anderes als zum Beispiel ein Büchernerd. In meinen knapp zwei Jahren an der Highschool hatte ich kaum mal ein Buch aufgeschlagen. Aber an der Haver reichte *kaum mal* locker aus, um ohne große Mühe in allen Fächern bis auf einem Supernoten zu kassieren. Unterfordert fühlte ich mich allerdings selten. Den Großteil meiner Lebenszeit verbrachte ich vor meinem Rechner und Schulkram hätte mich nur davon abgelenkt. Außerdem hatte ich zum Lesen noch nie die nötige Geduld. Jetzt könnte man wahrscheinlich dagegenhalten, dass man auch ein gewisses Maß an Geduld brauchte, um stundenlang auf einen Computerbildschirm zu starren und zu coden, aber das war was anderes – hauptsächlich weil ich dabei die Musik aufdrehen und mir Red Bull in die Blutbahn pumpen konnte.

Auch wenn ich mir im Moment wünschte, ich hätte ein bisschen weniger Zeit mit Coden zugebracht und stattdessen lieber an meiner Deckung gearbeitet.

Stöhnend fing ich an, mich aufzurappeln, plumpste jedoch direkt zurück auf den Hintern, als plötzlich eine Klospülung losrauschte. Ohne nachzudenken, flüchtete ich mich in die nächste Kabine und knallte die Tür hinter mir zu.

Mir war nicht klar gewesen, dass noch jemand hier war. Ich war einfach mal davon ausgegangen, Malcolm hätte vorher die Kabinen gecheckt, aber die orange-blauen Adidas-Sneaker, die jetzt draußen über die Fliesen quietschten, hätte er nie im Leben übersehen.

Ich setzte mich auf die Klobrille und zog die Füße hoch. Klar war es peinlich, dass jemand mit angehört hatte, wie ich von Malcolm in die Mangel genommen wurde, aber gerade machte ich mir hauptsächlich Sorgen, derjenige könnte Malcolms kleines Geheimnis weitertratschen. Per Willenskraft versuchte ich, die orange-blauen Sneaker zum Schnellergehen zu bewegen, damit diese Blamage endlich ein Ende hatte. Tja, stattdessen blieben sie genau vor meiner Kabine stehen.

Gequält schloss ich die Augen. *Na super, einer mit Helfersyndrom. Fragt wahrscheinlich gleich, ob er mich zur Schulkrankenschwester bringen soll. Oder – noch schlimmer – will irgendwem von dem Mädchen erzählen. Und wenn Malcolms Geschichte auffliegt, glaubt der mir nie, dass ich nichts damit zu tun hatte.*

Ich wartete, ob der Typ draußen etwas sagen würde, aber eine Sekunde später hörte ich bloß wieder ein Quietschen. Allerdings waren es diesmal nicht seine Schuhe, sondern irgendwas anderes. Ich kauerte mich hin, um unter der Tür durchspähen zu können. Die bunten Sneaker zeigten Richtung Waschbecken, aber ich hörte kein Wasser laufen oder jemanden Papiertücher aus dem Spender ziehen, nur dieses Quietschen – nicht ganz so schlimm wie Fingernägel auf einer Schiefertafel, aber immer noch unangenehm genug, dass es mir kalt den Rücken runterlief. Dann brach das Geräusch ab und der Typ bewegte sich samt Schuhen zur Tür.

Nachdem ich endlich allein war, drückte ich aus purer Gewohnheit auf die Klospülung und wagte mich aus der Kabine, um den Zustand meines Gesichts zu begutachten. Aber als ich vor dem Spiegel stand, sah ich gar nicht mich selbst. Sondern eine Zeile schwarzes Filzstiftgekritzel.

01000001 01000100 01010010 01000001 01010011 01010100 01000101 01001001 01000001

Die meisten Leute hätten damit wahrscheinlich nichts anfangen können, aber mein Gehirn legte sofort los und machte sich an die Übersetzung. Das war ein ganz simpler Binärcode, trotzdem konnte ich auf den ersten Blick nur das vorderste Päckchen entziffern, ein großes A. Für die anderen würde ich ein paar Minuten länger brauchen, die viel interessantere Frage war aber sowieso, warum der Typ mir überhaupt eine Nachricht hinterlassen hatte – noch dazu in einer Programmiersprache, die ich beherrschte. Kannte der mich etwa? Und wenn ja, warum hatte der Feigling mir dann bitte schön nicht geholfen, sondern sich in einer Klokabine verschanzt?

Besser ein Feigling als ein Klischee auf zwei Beinen, das sich auf dem Klo vom Schulschläger verkloppen lässt.

Ein warnendes Klingeln hallte durchs Gebäude. Mir blieb keine Zeit mehr zum Übersetzen, also schoss ich schnell ein Handyfoto von der Schrift und wischte sie mit einem nassen Papierhandtuch vom Spiegel. Oder verschmierte sie zumindest so, dass sie hoffentlich keiner mehr lesen konnte. Ich hatte nur noch eine Minute und musste mich selbst noch halbwegs präsentabel machen.

Trotz meiner pochenden Augenhöhle war der Schaden nicht allzu offensichtlich. Mein T-Shirt dagegen hatte es wesentlich schlimmer erwischt. Ich hatte keine Ahnung, wie das passiert war, aber eine Schulternaht war aufgerissen und klaffte auf. Also knotete ich den Kapuzenpulli von meiner Hüfte los und zog ihn über. Zu Hause würde das T-Shirt direkt in den Müll wandern. Wenn Misty es in der Wäsche fand, würde sie nur Dad davon erzählen, und auf die Diskussion, die so was nach sich zog, konnte ich verzichten.

Draußen im Flur rannten Schüler kreuz und quer zur nächsten Unterrichtsstunde. Ich schlängelte mich durch und ließ dabei den Blick über die Füße der anderen schweifen. Aber orange-blaue Adidas-Sneaker entdeckte ich nirgends.

KAPITEL 2

Kurz darauf drängelte ich mich mit einer Horde weiterer Zehntklässler durch die große Flügeltür in die Aula. Drinnen entdeckte ich Zach, genau in der Mitte einer der langen Stuhlreihen. Ich kletterte über ein paar meiner meckernden Mitschüler hinweg und ließ mich auf den Platz neben ihm fallen.

»Alter, wie siehst du denn aus?«, begrüßte er mich.

Okay, vielleicht war der Schaden doch ein bisschen offensichtlicher als gedacht. Dann musste ich mir wohl trotzdem noch eine Geschichte für Dad einfallen lassen.

»Ich glaub, ich bin gerade zusammengeschlagen worden«, murmelte ich. Erst als ich es aussprach, sickerte die Bedeutung vollends zu mir durch, und mit einem Mal überkam mich ein seltsamer Stolz, als hätte ich eine Art Initiationsritus überlebt.

»Nee. Ich bin *definitiv* gerade zusammengeschlagen worden.«

Zach riss die Augen auf. »Von wem? Wo? Warum?«

»Malcolm Mahoney. Auf dem Klo. Gerade eben.«

Das *Warum* war schon komplizierter.

»Der hatte irgendein Mädchen da reingeschmuggelt und …« Ich senkte die Stimme. »… und hat sie gezwungen, 'nen Schwangerschaftstest zu machen, und dann ist er total ausgetickt, weil er Schiss hatte, ich könnte irgendwem davon erzählen.«

»Was du hiermit getan hast«, merkte Zach an.

»Ja, aber das gilt ja wohl nicht.«

»Weil du mir alles erzählst.«

Das stimmte nun auch wieder nicht. Okay, Malcolm Mahoneys Geheimnis hatte ich vielleicht nicht für mich behalten können, aber meine eigenen hütete ich dafür umso besser.

»Zach«, sagte ich und machte eine Pause, um meinen nächsten Worten den nötigen Nachdruck zu verleihen. »Malcolm Mahoney kriegt Nachwuchs.«

Zachs Augen weiteten sich. »Ein Mini-Malcolm?«

Wir schüttelten uns beide vor gespieltem Entsetzen.

Und gleich darauf vor Lachen, während das Aulalicht ein paarmal an- und ausging, das Zeichen für die wilde Schülermeute, langsam zur Ruhe zu kommen.

»Ich fass es nicht, dass er dir eine reingehauen hat.« Zach pustete sich eine Haarsträhne aus dem Gesicht, die gleich darauf wieder runterfiel. »Und, wie war das so?«

Darüber musste ich erst mal nachdenken. Vielleicht war ich ja kurz ausgeknockt gewesen oder so, aber ich konnte mich ums Verrecken nicht an den eigentlichen Schlag erinnern – nur an den Moment unmittelbar davor.

»Wie ein Air Gap«, sagte ich.

»Hä?«

»Irgendwie war ganz kurz alles still und dann … *paff*!«

»Ah verstehe.« Zach nickte, denn als mein bester Freund und Codingpartner wusste er, dass einen sicheren Computer zum ersten Mal mit dem Internet zu verbinden, sich ein bisschen so anfühlte, als kriegte man eine Faust ins Gesicht.

»Vielleicht sollte ich mich revanchieren«, überlegte ich. »Ihm ein Loch in die Firewall hauen und dann Kleinholz aus seiner Festplatte machen.«

Mein seltsamer Stolz von kurz zuvor war plötzlich einem anderen Gefühl gewichen, das mich stark an damals in der ersten Klasse erinnerte, als ich mir mitten auf dem Schulhof in die Hose gepinkelt hatte. Ich wollte, dass Malcolm Mahoney sich genauso fühlte. Wie der letzte Trottel.

»Oder wir könnten alle seine Profilfotos durch Bilder von haarigen Arschbacken ersetzen.«

Ich lachte, obwohl ich genau wusste, dass Zach so was niemals machen würde. Er war der beste Hacker, dem ich je im wirklichen Leben begegnet war, aber für solche albernen Scherze war er sich schon immer zu schade gewesen, und außerdem schreckte er vor allem zurück, was auch nur im Entferntesten als kriminell interpretiert werden könnte. Er hatte kein Problem damit, selbst noch das lächerlichste Cybergesetz zu befolgen.

Und genau das war der Grund, warum ich meine Geheimnisse vor ihm hatte.

Jetzt ging das Aulalicht ganz aus, und Mr Givens, unser Schulleiter, betrat die Bühne, um ein paar Worte über rücksichtsvolles Verhalten und Respekt loszuwerden. Nachdem er wieder zu seinem Platz gegangen war, setzte deprimierende Musik ein, und über die riesige Leinwand flimmerte eine Fotoserie. Jedes Bild zeigte Jordan Springer.

Die Gedenkfeier war verpflichtend für alle zehnten Klassen. Anscheinend dachten die Lehrer, nur weil wir in derselben Stufe gelandet waren, wären wir alle mit Jordan befreundet gewesen und jetzt unheimlich scharf darauf, den Jahrestag seiner Beerdigung zu feiern.

Ich meine, ich hatte nie ein Problem mit Jordan gehabt,

ich kannte ihn bloß eigentlich gar nicht. Gut, in der ersten Klasse hatten wir mal nebeneinandergesessen. Aber über das Stadium war es mit uns nie hinausgegangen. Und vor dem Hintergrund, dass ungefähr die Hälfte der Leute, die jetzt in der Aula saßen, ihn früher »Wohnwagenfuzzi« genannt, weil er halt in einem gewohnt hatte, wirkte dieses ganze Zeremoniell ziemlich verlogen.

»Tragödiengeil« war Dads Bezeichnung für Leute, die auf so was standen. Worin ich ausnahmsweise mal einer Meinung mit ihm war.

Von solchen Aktionen hatte es nach dem Vorfall reichlich gegeben. Menschen hatten sich abends im Park versammelt und Kerzen angezündet, Lieder gesungen und um einen Typen geweint, den sie überhaupt nicht gekannt hatten. Und nicht nur hier in Haver, nicht mal nur in Iowa. Misty hatte erzählt, selbst ihre Schwester in Florida wäre bei einer Jordan-Gedenkfeier gewesen.

Ich wünschte, Misty würde sich auch zurück nach Florida verkrümeln, zurück in den Stripclub, in dem Dad sie aufgelesen hatte.

Mein Blick wanderte durch die Aula und blieb an den Fernsehkameras in einem Seitengang hängen. Nicht weit davon standen ein paar Fotografen und ein gelangweilt wirkender Reporter.

Kein Vergleich zu vorher, als riesige Übertragungswagen mit dicken CNN- oder Fox-News-Logos Haver belagerten. Wochenlang hatten berühmte Journalisten unsere Diners und Motels bevölkert. Eine Weile war das ja ganz cool gewesen, aber irgendwie waren wir auch erleichtert, als sie schließlich ihre Sachen packten und wieder abrückten. Die ganze Stadt schien aufzuatmen.

Ich lehnte mich zu Zach rüber, der gerade nicht ganz so respektvoll auf seinem Handy rumscrollte.

»Guck mal, hier.« Ich zog mein Telefon aus dem Rucksack und öffnete das Foto von dem bekritzelten Toilettenspiegel.

Zach schirmte mit beiden Händen das Display ab und las die Ziffern.

»Adrasteia? Was soll 'n das heißen?«

»Mann, du Spielverderber! Ich war noch gar nicht fertig mit der Übersetzung.« Genervt und gleichzeitig beeindruckt, schüttelte ich den Kopf. Manchmal fragte ich mich, ob Binärcode nicht eigentlich Zachs Muttersprache war. Und wer brauchte so was heutzutage überhaupt noch? Damit konnte man höchstens angeben.

»Das ist eine Nachricht. Hat irgendwer auf dem Klo am Spiegel für mich hinterlassen«, erklärte ich.

Zach hob eine Augenbraue. »Wie jetzt?«

»Auf dem Klo, als Malcolm mich ... da war noch jemand.«

»Wer denn?«

»Keine Ahnung. Ist abgehauen, bevor ich's rausfinden konnte.«

Ein Mädchen aus der Reihe hinter uns bedachte uns mit einem vorwurfsvollen »Schhh!«, und ich wartete kurz, bis die Musik wieder lauter wurde.

»Adrasteia«, murmelte ich Zach zu. »Glaubst du, das ist ein Name? Von einem Mädchen oder so?«, fügte ich hoffnungsvoll hinzu.

Man musste es Zach hoch anrechnen, dass er nicht laut

loslachte, aber meinem Ego verpasste er trotzdem einen ganz schönen Dämpfer. »Na klar. Da hat ein Mädchen auf dem Jungsklo rumgehangen, nur um dir eine kodierte Nachricht mit nichts als ihrem Namen zu hinterlassen.«

»Okay, dann eben kein Mädchen«, gab ich mich geschlagen.

In einem Punkt hatte Malcolm recht gehabt. Mädchen wollten nichts mit uns zu tun haben.

Höchstens um uns darauf hinzuweisen, dass wir Trottel waren. Was das Mädchen hinter uns jetzt mit Nachdruck tat.

Also hielt ich die Klappe, während auf der Bühne ein Schüler nach dem anderen ans Mikro trat und nette Sachen über Jordan sagte. Es klang nicht so, als wäre irgendwer von ihnen wirklich mit ihm befreundet gewesen, sondern eher, als hätten die Lehrer ihre Lieblinge rausgepickt, damit die ein paar Anekdoten darüber zum Besten gaben, was Jordan für ein super Typ gewesen war – der totale Musterschüler und so was von lieb, bla, bla. Ich wand mich innerlich. Was sie erzählten, war so abgedroschen, dass es fast schlimmer war als die Beleidigungen, die die Leute Jordan vorher hinterhergerufen hatten. Und dabei hatte ich nur mitbekommen, was sie ihm ins Gesicht gesagt hatten. Der weitaus üblere Teil war anscheinend online abgegangen. Ich konnte mir nicht vorstellen, was man zu jemandem sagen musste, um ihn in den Selbstmord zu treiben, aber was es auch war, es musste schlimmer gewesen sein, als Prügel von Malcolm Mahoney einzustecken.

Auf der Bühne ratterte gerade ein Mädchen eine Liste von Sachen runter, die aus Jordan hätten werden können, wenn er denn am Leben geblieben wäre. Elitestudent, Nobelpreisträger, Weltverbesserer. *Na klar.* Ich versuchte, mich daran zu erinnern, ob Jordan überhaupt gut in der Schule gewesen war. Wir hatten zwar ein paar Kurse zusammen gehabt, aber es war schwer, sich den stillen Jungen aus der letzten Reihe als aufstrebendes Genie vorzustellen.

In dem Moment ging mir auf, dass ich selbst so ein Typ war, der still und leise in der letzten Reihe saß und Bestnoten einheimste. Vielleicht hatte Jordan sich ja genauso wenig für Eliteunis interessiert wie ich mich. Nur weil man gute Noten bekam, hieß das schließlich nicht, dass man unbedingt studieren wollte. Als gäbe es nichts Wichtigeres. Zach und ich hatten jedenfalls andere Pläne. Wir würden irgendein Spiel oder eine App entwickeln und damit Millionen scheffeln, bevor wir auch nur mit der Highschool fertig waren. Das hatten wir vor zwei Jahren beschlossen … und würden jetzt wirklich bald mal loslegen.

Als hätte das Mädchen am Mikro meine Gedanken gelesen, beendete es seinen Vortrag mit einer Ermahnung an uns alle, nichts auf die lange Bank zu schieben und nicht unser Leben zu träumen, sondern unsere Träume zu leben. Ich rutschte auf meinem Stuhl ein Stück tiefer und überlegte, was für Träume wohl mit Jordan in Flammen aufgegangen waren.

»Eli.« Zach stieß mich mit dem Ellenbogen an. »Komm. Es ist vorbei.«

Rings um mich stand alles auf und reckte sich. Ein bisschen Sabber in meinem Mundwinkel verriet mir, dass ich anscheinend weggedöst war, und der strafende Blick des Mädchens hinter uns, dass ich höchstwahrscheinlich geschnarcht hatte.

Zach warf sich seinen Rucksack über die Schulter und kickte mir gegen den Fuß. »Zeit, dem Verderben ins Auge zu blicken.«

Ich stöhnte auf. Mein Verderben war Spanisch – das einzige Fach, in dem ich mich nicht mit halber Kraft durchmogeln konnte.

In Mathe ging es bloß darum, immer schön die Hausaufgaben zu machen, die ich meistens kurz vor der Stunde im Flur erledigte. Wenn ich keinen Bock hatte, mich mit meiner Englischlektüre zu befassen, war Wikipedia mein bester Freund. Und mein Kurzzeitgedächtnis ließ sich mit genug Daten über Kriege und Revolutionen vollstopfen, dass ich in jedem Geschichtstest brillierte.

Aber Spanisch? Verdammt. Ohne sich auf den Hintern zu setzen und zu lernen, kam man da nicht weit. Und das kostete mehr Zeit, als ich aufzuwenden bereit war, was sich leider in meiner Note widerspiegelte. Vor der heutigen Stunde graute es mir besonders, weil wir unsere Vokabeltests zurückbekommen sollten. Ich kehrte dem Gedränge am Aulaausgang den Rücken zu und guckte zu der Reihe von Erwachsenen an der Bühne rüber.

»Vielleicht können wir ja noch kurz mit einem der Seelsorger reden …«

»Alter, das ist jetzt aber wirklich mal daneben«, entgegnete Zach. »Du würdest echt ein paar falsche Tränen rausdrücken, nur um nicht zu Spanisch zu müssen?«

»Ich würde Marty Johnsons Pickel ausdrücken, wenn ich dafür nicht zu Spanisch müsste.«

Zach tat so, als müsste er würgen, aber gleichzeitig lachte

er, und ich fiel mit ein, auch wenn ich es nur halb als Scherz gemeint hatte.

Señora Vega machte kurzen Prozess. Direkt zu Beginn der Stunde teilte sie die Tests aus und guckte mir nicht mal in die Augen, als sie das umgedrehte Blatt vor mir auf den Tisch legte. Wahrscheinlich wollte sie das Ganze nicht noch erniedrigender für mich machen, aber ich sah die rote Sechs schon durchs Papier schimmern. Ich lehnte mich nach vorn und stützte betont gelangweilt das Kinn auf die Hand, um den Test vor Zach abzuschirmen, bevor ich ihn umdrehte.

Señora Vega hatte alle Lücken ausgefüllt, die ich leer gelassen hatte, was ungefähr die Hälfte war. Außerdem hatte sie meine an den Rand gekritzelten »Keine Ahnung«- und »Tut mir leid«-Kommentare durchgestrichen und *No lo sé* und *¡Lo siento!* danebengeschrieben.

Das einzige Nicht-Spanische auf der ganzen Seite war eine Anmerkung unter der Note.

Komm bitte nach der Stunde zu mir.

KAPITEL 3

Nach der letzten Stunde schlich ich mich durch den Seiten-
eingang raus, um Malcolm und seinen Schlägerschergen aus
dem Weg zu gehen, die meistens auf dem Parkplatz abhin-
gen. Und wenn ich ehrlich war, auch um Zach aus dem Weg
zu gehen. Ich hatte einfach gerade keinen Nerv dafür, diesen
beschissenen Tag zu rekapitulieren. Ich kramte meine Kopfhörer aus dem Rucksack und drehte die Lautstärke voll auf,
um das schulschlussübliche Geschnatter all der Leute auszublenden, die heute nicht auf dem Klo zusammengeschlagen
und anschließend von ihrer Spanischlehrerin zurechtgestutzt
worden waren. Ich wollte nichts davon hören und am liebsten
auch nicht sehen.

Obwohl, streicht das mit dem Sehen.

Am Fahrradständer lehnte Isabel Ortega. Sie trug eine tief
sitzende Jeans und ein rosa T-Shirt, das vielversprechend
über ihrer Brust spannte.

Oh Mann, solche Kurven gehören echt verboten.

Sie war allein und flocht sich gelangweilt die langen dunklen Haare. Wahrscheinlich wartete sie auf irgendeinen glück-
lichen Typen. Und ich musste direkt an ihr vorbei.

Ich drehte die Lautstärke runter, so wie manche Leute es
machten, wenn sie an einem Autounfall vorbeikamen, als
würde einem der niedrigere Lärmpegel irgendwie helfen, die
komplizierte Situation zu erfassen. Die Kopfhörer behielt ich

trotzdem auf, damit es nicht komisch wirkte, wenn ich einfach wortlos an ihr vorbeiging.

Aber was sollte ich denn auch bitte zu Isabel Ortega sagen? *Ich find's echt sexy, wie du deinen Namen aussprichst: I-ssa-bell. Und es macht mich total scharf, wenn ich dich mit deinen Freundinnen Spanisch sprechen höre, denn diese Sprache ist genauso wunderschön wie du, und, ach ja, übrigens kacke ich in dem Fach gerade total ab, weil ich leider zu doof dafür bin. Lo siento.*

Kurz vor dem Fahrradständer senkte ich den Kopf, teilweise um ihr nicht in die Augen gucken zu müssen, aber hauptsächlich um meine Füße im Blick zu behalten, damit die nicht auf die Idee kamen, übereinanderzustolpern und mich total vor Isabel zu blamieren. Misty redete ständig davon, wie toll Mädchen es fänden, wenn man ihnen in die Augen gucken würde, aber das lag wahrscheinlich daran, dass die Männer, mit denen sie früher, äh, *beruflich* zu tun hatte, sich in der Regel auf etwas tiefer liegende Bereiche konzentrierten.

Als ich mich in sicherem Abstand zu Isabel und dem Fahrradständer und dem allgemeinen Lärm befand, wurde ich wieder langsamer. Ich schlug den Weg durch das Maisfeld gegenüber der Schule ein und stapfte mitten durch die winzigen grünen Triebe, die sich in ordentlichen, aufeinander zulaufenden Reihen bis in die Ewigkeit erstreckten.

Wenn ich es doch bloß bis in die Ewigkeit aufschieben könnte, Dad von dem Spanischtest zu erzählen … Aber leider gab es an der Haver so eine Richtlinie, nach der die Eltern benachrichtigt wurden, wenn man in einem Fach zu schlecht war. Und Señora Vega hatte mich vorgewarnt, dass genau das heute Abend passieren würde.

»Vielleicht sind Fremdsprachen einfach nicht so deine Stärke«, hatte sie gesagt.

Am liebsten hätte ich ihr erklärt, dass ich eine Fremdsprache beherrschte, die komplett aus Einsen und Nullen bestand und damit weitaus schwieriger war als Spanisch, aber stattdessen hatte ich bloß unauffällig die Fäuste geballt und »Ja, kann sein« gemurmelt.

Mitten auf dem Maisfeld blieb ich stehen. Beim Thema Binärcode war mir die Nachricht am Toilettenspiegel wieder eingefallen, und ich fischte mein Handy aus dem Rucksack, um mir das Foto der Zahlenreihen noch mal genauer anzusehen.

Adrasteia, übersetzte ich die Zeilen noch mal für mich, wenn auch wesentlich langsamer als Zach, und gab das Wort bei Google ein. Ich konnte mir ein selbstzufriedenes Grinsen nicht verkneifen, als ich sah, dass ich zumindest teilweise richtiggelegen hatte. Adrasteia war tatsächlich ein Name. Blöderweise handelte es sich bei seiner Trägerin jedoch nicht um eine Schülerin der Haver High, sondern um eine griechische Göttin.

Ich nahm mir vor, später weiterzurecherchieren, denn jetzt war erst mal Beeilung angesagt. Wenn ich es vor Dad nach Hause schaffte, konnte ich vielleicht den Anruf der Schule abfangen und das Unvermeidliche noch ein bisschen hinauszögern. Ich war noch nie in irgendeinem Fach so schlecht gewesen, darum hatte ich keine Ahnung, ob das bedeutete, dass ich in den Sommerferien Nachhilfe nehmen oder den Kurs wiederholen musste, öffentlich ausgepeitscht werden würde oder sonst was. Sicher wusste ich nur eins: Dad würde einen Anfall kriegen.

Misty hatte sich in der Küche breitgemacht, als ich nach Hause kam. In ultrakurz abgeschnittenen Jeans hüpfte sie zu Musik rum, deren Beat nicht zu meiner passte. Ich stoppte meinen Player und schob mir die Kopfhörer in den Nacken. Der Song, der aus der Box auf der Arbeitsplatte plärrte, war irgendeine peinliche Girly-Rock-Hymne darüber, wie die Sängerin ihr Auto gegen eine Brücke gefahren hatte, aber hey, es war ihr scheißegal.

Indem er Misty angeschleppt hatte, hatte Dad mein ganzes Leben gegen eine Brücke gefahren, aber hey, es war ihm scheißegal.

Na gut, im Moment war ich eigentlich ganz froh, dass Misty zu Hause war und nicht Dad.

Misty war *immer* zu Hause. Sie erzählte ständig, sie wolle sich einen Job suchen, aber Dad war der Meinung, ihr Job wäre es, sich um mich und den Haushalt zu kümmern, weil er selbst so oft weg war. Bei ihm klang das immer, als wäre Misty eine Art Geschenk für mich. *Guck mal, Eli, ich hab dir eine Puppe mitgebracht. Du kannst sie Mom nennen. Und wenn du auf das Knöpfchen hier drückst, kann sie sogar sprechen!* Zu schade, dass man nicht auch ihre Batterien rausnehmen konnte, damit sie die Klappe hielt.

Mit einem letzten peinlichen Hinternwackler drehte Misty sich um und entdeckte mich. Röhrend vor Schreck sprang sie zurück und ließ gleich darauf einen ihrer bombastischen

Lachanfälle los – irgendwie tief und heiser, als hätten sich in ihrer Lunge sämtlicher Zigarrenrauch und Kunstnebel der Jahre im Stripclub eingenistet. Ihre raue Stimme stand in seltsamem Kontrast zu ihrem zierlich-blonden Erscheinungsbild.

»Erwischt!«, röhrte sie.

Dann schaltete sie die Musik aus, und die Ruhe, die sich über die Küche senkte, ließ es wirken, als wäre Dad im Zimmer, dabei war er noch gar nicht zu Hause. Sobald Dad zur Tür reinkam, wurde es immer schlagartig leise. Na ja, zumindest so lange, bis Misty die Stille mit ihrem unvermeidlichen Gesabbel füllte, zu dem sie auch jetzt ansetzte.

»Wie war's in der Schule? Hast du Hunger? Ich war vorhin im Supermarkt und hab diese Minipizzadinger gekauft, die du so gern magst.« Sie ging an den Gefrierschrank und kramte eine Schachtel nach der anderen raus. »Und Eis am Stiel hab ich auch. Kaum zu fassen, wie warm das schon wieder ist, dabei haben wir gerade mal April. Fühlt sich eher an wie Florida im August – okay, nur ohne die Hurrikans.« Sie stapelte immer mehr Tiefkühlkram auf der Kächeninsel. »Na, worauf hättest du Lust?«

»Gar n–«, fing ich an, aber sie fiel mir direkt wieder ins Wort.

»Ach, ganz vergessen! Wie war denn diese Geschichte für Jordan? War es sehr traurig?«

Wut brodelte in mir hoch – als hätte sie Jordan überhaupt gekannt. Als hätten die paar Fernsehberichte, die sie über ihn gesehen hatte, sie zu so was wie seiner Freundin gemacht. Sie klang regelrecht traurig, wenn sie über ihn redete, als wäre ihr nicht mal bewusst, dass sie damit auch zu diesen tragödiengeilen Leichenfledderern gehörte, über die Dad immer schimpfte.

»War okay«, sagte ich. Ich hielt mein Gesicht ein bisschen von ihr abgewandt, damit sie die Rötung um mein Auge nicht sah. Im Versuch, das Thema zu wechseln, fügte ich hinzu: »Ich nehm ein Eis. Für die Pizzadinger ist es zu warm.«

»Aber hallo.« Misty räumte die Schachteln zurück ins Gefrierfach und brabbelte weiter über das Wetter.

Gefahr erfolgreich abgewendet.

Als sie sich wieder umdrehte, um mir das Eis zu geben, war ich schon aus der Küche und halb die Treppe rauf. Hinter mir hörte ich ihre Stimme, leiser als gewohnt: »Oh, ach so. Na dann vielleicht später.«

Ich blieb stehen. Ein Hauch schlechten Gewissens umwaberte meine Fußknöchel und versuchte, mich zurück die Treppe runterzuziehen, aber ich schüttelte ihn ab. Es war schließlich nicht meine Aufgabe, Misty zu unterhalten, nur weil Dad den ganzen Tag bei der Arbeit war. Sie musste schon ziemlich schwer von Begriff sein, wenn ihr nicht von Anfang an klar gewesen war, dass er sich nur so das Haus, ihre teuren Klamotten und all den anderen Kram leisten konnte, den sie so toll fand.

Dad behauptete ja steif und fest, sie wäre total schlau. Angeblich hatte sie kurz vor ihrem Collegeabschluss in Biologie und Kommunikationswissenschaften gestanden, als sie sich Hals über Kopf in Dad verliebt hatte. Ich konnte mir beim besten Willen nicht vorstellen, wie irgendjemand sich Hals über Kopf in Dad verlieben sollte – und schon gar nicht eine Frau wie Misty. Klang vielleicht gemein, aber dürre, kahlköpfige Typen wie er zogen normalerweise eben keine solchen Sexbomben an Land.

Alles, was Dad zu bieten hatte, war Geld. Auch nicht gerade Millionen, aber immerhin konnte er in einem Kaff wie Haver auf einigermaßen großem Fuß leben, was offenbar genug Anreiz für eine Stripperin aus Florida war, ihr Studium zu schmeißen und mitten in die Pampa von Iowa zu ziehen.

Als ich in meinem Zimmer ankam, jaulte unten Mistys alberne Mucke wieder los, und ich knallte die Tür hinter mir zu. Ich ließ meinen Rucksack auf den überquellenden Wäschekorb plumpsen und pfefferte meine Kopfhörer auf den vollgemüllten Schreibtisch. Dann warf ich mich mit dem Gesicht voran aufs Bett und wünschte mir, ich könnte einfach zwischen den Laken versinken.

Als die Tagesdecke jedoch keine Anstalten machte, sich in Treibsand zu verwandeln, wühlte ich nach der Fernbedienung und schaltete den Fernseher ein.

»… ein Jahr vergangen, seit sich der fünfzehnjährige Jordan Springer in der Cafeteria der Haver Highschool in Brand setzte und das Leben nahm.«

Ein Foto von Jordan kroch im Zeitlupentempo über den Bildschirm, während im Hintergrund verschwommene Szenen seiner Beerdigung gezeigt wurden und die Sprecherin sich bemühte, über den Tod eines Jungen, den sie nicht gekannt hatte, genauso betroffen zu wirken wie Misty.

»Die Tragödie hat eine nationale Debatte über das Thema Cybermobbing ausgelöst und die Frage aufgeworfen, ob Schulen das Onlineverhalten ihrer Schüler stärker beaufsichtigen sollten.«

Beaufsichtigen? *Bespitzeln* träfe es wohl eher. Die neuen Onlinegesetze, die Jordans Selbstmord nach sich gezogen hatte, konnte man im besten Fall als Zensur bezeichnen – meiner Meinung nach waren sie schlichtweg kriminell. Heutzutage traute man sich als Minderjähriger ja kaum mehr, ein Selfie zu posten, um nicht direkt die Internetaufsicht der Schulbehörde am Hals zu haben.

Wobei, in der Hinsicht hatte es vielleicht sogar sein Gutes. Selfies nervten sowieso.

Ich schaltete den Fernseher wieder aus und wollte die Fernbedienung ans Fußende des Betts werfen, aber ich zielte schlecht, und sie plumpste in den Mülleimer neben meinem Schreibtisch. Ein Stück weiter geriet mein Rucksack auf dem Berg aus dreckigen Unterhosen und Socken ins Wanken. Und irgendwo in dem Rucksack steckte ein zusammengeknülltes Blatt Papier mit einer feuerroten Sechs darauf, die nur darauf wartete, Dads Zorn heraufzubeschwören.

Ich konnte mir seine Predigt schon lebhaft vorstellen – *zu viel Zeit am Computer, bla, bla, jedes Fach zählt, blabla.* Und dann sein absoluter Lieblingsspruch: *Lieber gesundes Mittelmaß als einseitig begabt.*

Ich persönlich glaube ja, dass so was nur Leute behaupten, die nicht mal Mittelmaß sind.

Ich quälte mich aus dem Bett und rüber zum Schreibtisch, aber anstatt wie gewohnt den Computer einzuschalten, drehte ich mich auf meinem Stuhl im Kreis und überlegte, wann Dads autoritäre Phase eigentlich angefangen hatte. Als ich noch klein gewesen war, hatten wir immer irre viel Spaß zusammen gehabt – *zu viel* Spaß, wenn es nach meiner Tante ging, die Dad ständig vorgehalten hatte, ich wäre völlig disziplinlos. Danach hatte er mich ein paar Jahre lang regelrecht mit Geschenken überhäuft. Das fing ungefähr zu der Zeit an, als er den Job wechselte und furchtbar viel reisen musste. *Schlechtes Gewissen*, sagte meine Tante. Egal, welchen Computerkram, egal, welches tolle neue Spiel – ich bekam alles, was ich wollte. Es war wie jeden Tag Weihnachten ... nur dass Dad an den echten Feiertagen nie zu Hause war.

Ich stoppte den Stuhl und starrte durchs Fenster auf die großen Ahornbäume, die ihre Schatten in unseren Garten warfen. Von denen gab es massenweise in Haver, und im Herbst verfärbten sich die Blätter zu Millionen verschiedener Rot- und Orangetöne, sodass es aussah, als würde die halbe Stadt in Flammen stehen. Der Spaß-Dad hatte das Laub auf dem Rasen zu riesigen Haufen zusammengeharkt, damit ich darin rumtoben konnte. Der Weihnachtsmann-Dad bezahlte jemanden dafür, dass er es wegschaffte. Und die aktuelle Dad-Version war sogar kurz davor gewesen, die Bäume fällen zu lassen, um sich die Mühe zu ersparen, wenn Misty ihn nicht angebettelt hätte, es nicht zu tun.

Mein Handy vibrierte in der Hosentasche und riss mich aus meinen Gartengedanken. Bevor ich es ganz rausgekramt hatte, piepste es ... dann machte es *pling* ... dann dudelte eine Melodie. Es war, als würden sämtliche Alarmtöne nacheinander losgehen. Als ich es endlich in der Hand hielt, sah ich, dass ich zwölf neue Benachrichtigungen hatte, von Chats über E-Mails bis hin zu PNs in jedem einzelnen sozialen Netzwerk. Ich klickte sie der Reihe nach durch, aber es dauerte nicht lange, bis ich kapiert hatte, dass der Inhalt immer derselbe war.

Es war nur eine einzige Zeile, aber die reichte aus, um mir trotz der warmen Frühlingssonne, die durchs Fenster schien, einen eisigen Schauer über den Rücken zu jagen.

KAPITEL 4

Das konnte nicht sein. Ich hatte doch alle meine Spuren verwischt.

Aber da stand sie, in winziger Schrift, immer und immer wieder ... eine Abfolge von Buchstaben und Symbolen, die für jeden anderen aussehen mussten, als wäre eine Katze über die Tastatur gelaufen, mir dagegen war sie zutiefst vertraut. Denn das da war ich – meine digitale Signatur.

/*e$b*/

In meiner Anfangszeit als Hacker habe ich sie in allen meinen Codes versteckt. Natürlich ist mir dann irgendwann mal aufgefallen, dass es keine besonders gute Idee war, die eigenen Gesetzesübertretungen mit einem persönlichen Stempel zu versehen, aber manchmal schrie das Ego einfach lauter als der Verstand, und so hatte ich meine Arbeiten fleißig weitersigniert wie ein Sprayer seine Graffiti – selbst auf das Risiko hin, erwischt zu werden.

Als ich das letzte Mal die Signatur benutzt hatte, war ich nur durch Riesenglück nicht aufgeflogen. Das Ganze war eine selten dämliche Aktion gewesen, um die Coder zu beeindrucken, die ich so bewunderte. Ich wollte ihnen zeigen, dass ich mehr war als irgendein Scriptkiddie, das sich anhand von existierenden Programmen durch die Schlupflöcher des

Internets wieselte. Inzwischen war mir klar, dass ich diesen Fremden aus dem Netz rein gar nichts beweisen musste. Das waren wahrscheinlich sowieso bloß ein paar einsame Loser, die in Hackerforen rumtrollten und dabei Nudeln mit Ketchup in sich reinschaufelten, immer auf der Suche nach Leuten, die sie einschüchtern konnten. Aber, wie gesagt ... das Ego.

Aus Egogründen hatte ich ein Programm geschrieben, mit dem ich Personaldaten vom Server der Polizeiwache in Haver absaugen konnte. Aus Egogründen hatte ich diese Daten frei zugänglich ins Netz gestellt. Und aus Egogründen war ich damals völlig blind dafür gewesen, was für eine absolute Scheißidee das war.

Für mich waren die Daten nicht mal sonderlich interessant ... halt ein Haufen Telefonnummern und Adressen von Polizisten. Aber darum ging es ja auch gar nicht. Gepostet habe ich den Kram nur, um zu beweisen, dass mein Programm funktionierte. Auf den Gedanken, dass es gefährlich sein könnte, die Adressen von Polizisten und ihren Familien zu veröffentlichen, bin ich damals überhaupt nicht gekommen.

Erst als ein paar Mitglieder einer Gang aus Iowa City nach Haver kamen und das Haus eines Polizisten beschossen, wurde mir klar, was ich angerichtet hatte. Offenbar hatte der Polizist eine Weile undercover in der Gruppe ermittelt und am Ende jede Menge Leute eingebuchtet. Seine Adresse hatte ich den Gangstern quasi zum Geschenk gemacht. Zum Glück war der Polizist gerade mit seiner Familie im Urlaub gewesen, sodass keiner von den Kugeln verletzt worden war, die sämtliche Fenster zerschlugen, aber was wäre gewesen, wenn doch?

Es folgte ein gigantischer Shitstorm. Monatelang hatte mein Hack die Titelseite unserer kleinen Haver Times gefüllt und einmal war sogar im Fernsehen darüber berichtet worden. Zwar hatte die Sache nicht ganz so große Wellen geschlagen wie Jordan Springers Selbstmord, aber es hatte gereicht, um mir einen heilsamen Schock zu versetzen. Mir wurde klar, dass durch meine Schuld beinahe unschuldige Menschen erschossen worden wären. Was eine ziemlich schwere Last war für die Schultern eines Vierzehnjährigen.

Seitdem hatte ich die Finger von Cracks in der Größenordnung gelassen, aber selbst zwei Jahre später lag ich manchmal nachts wach und fragte mich, ob die Polizei oder die Regierung wohl irgendwann doch noch auf der Matte stehen würden, um mich einzukassieren. Bis jetzt war es nicht dazu gekommen, darum ging ich davon aus, dass auch das hier nichts mit der Sache zu tun hatte. Trotzdem scrollte ich mit einem mulmigen Gefühl durch all die Posts und Chatnachrichten mit meiner eigenen Signatur. Natürlich wusste ich, dass nicht gleich eine Spezialeinheit mit Maschinenpistolen das Haus stürmen würde, aber ich konnte mir auch nicht vorstellen, dass sie solche Spielchen spielen würden.

Nein, das Ganze hatte sicher irgendwie mit der kryptischen Nachricht am Toilettenspiegel zu tun, aber wer aus der Schule sollte mir denn auf die Schliche gekommen sein? Nicht mal Zach wusste davon. Er hatte mich sogar noch vor ein paar der zwielichtigeren Onlineforen gewarnt, da die meisten Anfänger sich darin früher oder später wohl zu irgendwelchen kriminellen Machenschaften hinreißen ließen. Jetzt konnte ich natürlich nicht mehr zugeben, dass er recht gehabt hatte, und um ganz ehrlich zu sein, hatte ich auch ein bisschen Schiss, dass er mich verpfeifen würde. Aber selbst, wenn Zach nach so langer Zeit von sich aus dahintergekommen wäre, hätte er mich doch einfach direkt darauf angesprochen, anstatt sich hinter einem Haufen ominöser Nachrichten zu verschanzen. Außerdem hätte er nie im Leben orange-blaue Adidas-Sneakers angezogen. Wir waren beide überzeugte Converse-Träger.

Ein Auto, das vor dem Haus vorfuhr, riss mich aus meinen Gedanken, und kurz darauf klopfte es an meiner Zimmertür.

»Eli?« Ohne auf eine Antwort zu warten, öffnete Misty die Tür und steckte ihren Kopf durch den Spalt. »Dein Dad ist zu Hause.«

»Und?«

Sie stieß einen Seufzer aus und warf etwas Kleines, Rundes auf mein Bett. Es war eine Dose mit einer hautfarbenen Substanz darin.

»Abdeckcreme«, sagte sie und deutete auf mein Gesicht. »Für das Veilchen da.«

Oh.

Ich war total perplex. Die Stelle war kein bisschen blau und selbst die Rötung war inzwischen zu einem Hauch von Rosa abgeklungen.

Ich schloss die Faust um die Dose. »Ich will nicht drüber reden.«

»Ich hab ja auch nicht gefragt.«

Misty respektierte meine Privatsphäre? Das war ja mal ganz was Neues.

»Eigentlich hatte ich nämlich gehofft, dass du es mir von selbst erzählst«, fügte sie hinzu.

Mit verschränkten Armen – als würde sie das besonders Mom-haft wirken lassen – stand sie da und musterte mich, und ich starrte in wortlosem Protest zurück. Irgendwann ließ sie die Arme wieder sinken und wandte sich ab. »In einer Stunde gibt's Abendessen.«

Na super, wieder mal eine von Mistys raffinierten Kreationen. Was sie wohl heute zaubern würde – angebrannten Nudelauflauf oder Hackbraten, der in der Mitte noch roh war? Wehmütig dachte ich an früher, als Dad einfach irgendwo Pizza geholt hatte.

Ich wartete kurz, bis Mistys Schritte sich die Treppe runter entfernten, und konzentrierte mich wieder auf mein Handy. Alle Nachrichten stammten von anonymen Absendern oder gefakten Social-Media-Profilen. Und wenn ich versuchte, die IP-Adressen zurückzuverfolgen, würde ich ganz sicher in einem Botnet landen. So ungern ich es mir auch eingestand, manchmal brachten einen solche Tricks einfach nicht weiter. Ich würde das Problem auf die direkte Tour angehen müssen.

Ich öffnete einen der Chats mit meiner Signatur, holte tief Luft und tippte:

Wer ist da?

Die Antwort kam sofort.

Und natürlich war sie genauso rätselhaft wie alles andere zuvor.

Es war ein Weblink.

Ich beschloss, ihn nicht anzuklicken. Stattdessen öffnete ich auf meinem Computer eine Sandbox und gab die Adresse ein. Mein Herz fing an zu klopfen, während die Seite lud – ob vor Angst oder Neugier, konnte ich nicht sagen. Schließlich erschien nichts als ein weißer Kasten mit einem blinkenden Cursor.

Definitiv Neugier.

Ich versuchte, mich nicht von dem Adrenalin mitreißen zu lassen, das mich plötzlich durchströmte. Genau diese Art von Nervenkitzel hatte mich damals dazu gebracht, den Polizei-Server zu hacken, und es hätte mich nicht gewundert, wenn die Person, mit der ich es hier zu tun hatte, darüber Bescheid wusste und versuchte, mich so zu ködern. Wahrscheinlich wäre es in diesem Moment vernünftiger gewesen, auf die Angst zu hören statt auf die Neugier, aber Vernunft schien, neben Fremdsprachen (danke noch mal dafür, Señora Vega), auch nicht gerade zu meinen Stärken zu gehören.

Ich bewegte die Maus hin und her und klickte ein paarmal ins Leere, aber es schien keine versteckten Schaltflächen zu geben, bloß diesen Kasten, der darauf wartete, dass ich etwas eintippte. Also fing ich mit dem Naheliegendsten an.

/*e$b*/

Nichts. Okay, ich hatte auch nicht ernsthaft damit gerechnet, dass es so einfach sein würde.

Gedankenverloren tippte ich auf meiner Tastatur herum – *Leertaste, Backspace, Leertaste, Backspace.* Das machte ich immer, wenn ich bei einem komplizierten Stück Code nicht weiterkam oder auf sonst irgendein Problem stieß.

Und wenn ...

Ich griff nach meinem Handy und öffnete das Foto der Schrift auf dem Toilettenspiegel. Eine einzige Zeile in schwarzen Filzstiftziffern:

01000001 01000100 01010010 01000001 01010011 01010100 01000101 01001001 01000001

Sorgfältig übertrug ich den Binärcode in den weißen Kasten, aber lange, bevor ich sämtliche Einsen und Nullen eingetippt hatte, war der Platz aufgebraucht.

Leertaste, Backspace, Leertaste, Backspace.

Ein paar Sekunden lang starrte ich ratlos auf die Ziffernfolge, bevor der Groschen fiel. In dem Code versteckte sich eine griechische Göttin. Ich klickte erneut in den weißen Kasten und fing an zu tippen.

Adrasteia

Sofort verschwand der Kasten und eine neue Seite mit der Anweisung »HEUTE ABEND 23 H« und einer Adresse öffnete sich. Kaum dass der kurze Text aufgetaucht war, begann er, wieder zu verblassen, und ich wühlte hastig in dem Haufen aus Kabeln und verstreuten Hardwareteilen auf meinem Schreibtisch nach einem Kuli. Gerade hatte ich die Hausnummer abgeschrieben, bevor die Schrift sich auch schon in Luft auflöste.

KAPITEL 5

Ich schob den weißen Klumpen, den Misty als Hähnchen-
filet angepriesen hatte, auf meinem Teller hin und her und
hielt mich krampfhaft davon ab, nicht zum zweihundertsten
Mal mein Handy zu checken. Zwar rechnete ich nicht damit,
dass noch mehr Nachrichten kommen würden, aber am liebsten hätte ich mich trotzdem ständig vergewissert. Als würde
irgendwann der Absender der Nachrichten auf dem Display
erscheinen, wenn ich nur oft genug draufguckte.

Misty, die mir gegenübersaß, hatte schon aufgegessen und
kaute mit offenem Mund Kaugummi. Sie behauptete immer,
damit hätte sie sich die Zigaretten abgewöhnt, was schade
war, denn wenn sie noch geraucht hätte, hätten wir sie wenigstens hin und wieder nach draußen schicken können. Und
vielleicht sogar die Tür hinter ihr abschließen.

»Hat's dir geschmeckt?«, gurrte Misty, als Dad die Gabel
hinlegte.

Er lächelte sie an. »War wie immer köstlich.«

Sein Teller war noch halb voll.

Misty ließ eine Kaugummiblase platzen, und Dad tat so,
als wäre das nicht das nervigste Geräusch der Welt.

»Eli, wie fandst du's?«, fragte Dad in einem Tonfall, der
bedeutete: *Eli, sag Misty gefälligst, was für eine gute Köchin
sie ist, ich habe nämlich keine Lust, dir später schon wieder
die Hölle heißzumachen.*

Ich spießte ein Stück Gummihähnchen auf und kaute eine Weile darauf herum, bevor ich mit vollem Mund antwortete: »Vor dem Fernseher hätte es besser geschmeckt.«

In der Prä-Misty-Ära hatte Dad mich fast immer auf der Couch essen lassen. Damals hatte ich meine Mahlzeiten im Wohnzimmer runtergeschlungen und er seine oben im Büro. Das war für uns der Normalzustand – beide unter einem Dach, aber jeder für sich. Alle paar Tage nahm er mich mal beiseite, um sich nach meinen Noten zu erkundigen und mich halbherzig zu ermahnen, dass ich zu viel vor dem Computer hing, aber davon abgesehen ließ er mich mehr oder weniger in Ruhe. Genauso gut hätte ich überhaupt keinen Dad haben können, aber das war mir erst aufgefallen, nachdem Misty auf den Plan getreten war und uns ständig zu mehr »Familienzeit« verdonnerte.

Zum Beispiel sollten wir zum Essen alle zusammen am Tisch sitzen. Sie meinte, so würde das bei normalen Leuten laufen, aber wenn man mich fragte, hatten die ganzen Uralt-Sitcoms, die sie immer guckte, einfach ihr Weltbild völlig verzerrt. Zufällig wusste ich nämlich, dass sich bei Zach zu Hause einfach jeder am Kühlschrank bediente und sein Essen im Stehen runterschlang, wann immer zwischen Zachs Schachturnieren und den Fußballspielen seiner kleinen Schwester ein Moment Zeit blieb. Aber Dad spielte brav bei allem mit, von dem Misty beharrte, dass uns das zu einer »Familie« machte.

Witzig, und ich hatte immer gedacht, wir wären schon eine.

Aber anscheinend hatte ich mich da geirrt.

»Langweilen wir dich, Eli?«, fragte Dad. Sein Blick schweifte bedeutungsvoll zu meinem Handy, und mir fiel auf, dass ich schon wieder draufgeguckt hatte, ohne es auch nur zu merken. »Du hast das Ding heute den ganzen Abend keine fünf Sekunden ausgelassen. Wartest du auf einen Anruf?«

»Bestimmt von einem Mädchen«, kicherte Misty.

Kurz sah ich wieder Isabel am Fahrradständer stehen – in ihrem engen T-Shirt und der tief sitzenden Jeans – und hörte ihren Akzent, der jedes Mal noch Sekunden, nachdem sie aufgehört hatte zu reden, wie Musik in der Luft hing. Wenn ich mir eine Nachricht vorstellen konnte, die noch aufregender wäre als alle, die ich heute bekommen hatte, wäre es eine von ihr.

»Ein Mädchen?« Dad zwinkerte mir zu. »Das wird aber auch Zeit.«

Misty lachte ihr heiseres Raucherlachen, und Dad plusterte sich auf wie immer, wenn sie so tat, als wären seine Onkelsprüche allen Ernstes witzig. Wütend schob ich mir ein Brokkoliröschen in den Mund. Mistys Lachen hatte nicht mal unecht geklungen.

»Gibt's noch Nachtisch?«, fragte ich, hauptsächlich um das Geflirte zu stoppen. Das konnte einem ja sogar den nicht vorhandenen Appetit verderben.

»Klar.« Misty hörte auf, Dad anzuschmachten, und warf mir einen bedeutungsvollen Blick zu. »Wir haben auch immer noch das Eis von heute Nachmittag.«

War das eine Drohung?

Ich hätte es ihr absolut zugetraut, dass sie mich bei Dad verpetzte, weil ich sie vorhin so hatte auflaufen lassen. Und der würde sich natürlich sofort auf ihre Seite schlagen. Er schien überhaupt nicht zu merken, wie sehr sie einen erdrückte, wahrscheinlich weil er die meiste Zeit sowieso nicht zu Hause war.

Dad arbeitete im Vertrieb einer großen Firma und reiste ständig durchs ganze Land. Vor ein paar Jahren war er eine Weile noch öfter weg gewesen als normalerweise – hauptsächlich in Florida – und hatte mich dann immer bei meiner Tante geparkt.

Eines Tages kam er aus Miami zurück und hatte mehr als nur Muscheln und Sand im Gepäck. Wie sich herausstellte, kannte er Misty schon seit ein paar Monaten und hatte die Nase voll davon, wie andere Männer sie im Stripclub begrapschten. Also hat er sie kurzerhand mit zu sich nach Iowa genommen, wo die Leute in aller Regel ihre Finger unter Kontrolle hatten, wenn auch nicht unbedingt ihre Glupschaugen.

Das war auch der Grund, warum ich nie Kumpels nach Hause einlud. Die würden bloß das große Sabbern kriegen und mir erzählen, was für ein Glückspilz ich doch war, dass mein Dad so eine heiße Freundin an Land gezogen hatte. Ich selber fand Misty kein bisschen heiß – das war aber auch die einzige Hinsicht, in der unser Verhältnis Mutter-Sohn-Qualität hatte.

Aus dem Augenwinkel sah ich, wie mein Handydisplay wieder dunkel wurde, und zwang mich, weiter auf meinen Teller zu starren. Am liebsten hätte ich Zach angerufen, um ihm von den seltsamen Nachrichten zu erzählen, aber ich hatte so eine Ahnung, dass er mir raten würde, nicht zu dem

Treffen zu gehen, und das wollte ich gerade nicht hören. Zach konnte manchmal ein ziemlicher Spielverderber sein.

Die Adresse hatte ich schon nachgeguckt – ein stinknormales Haus in einem Wohngebiet. Das Paar, das dort wohnte, kannte ich nicht, und auch im Netz war nicht viel über die beiden rauszufinden gewesen. Von meinem sicheren Zimmer aus hatte das Ganze vollkommen harmlos gewirkt, aber so langsam wurde ich doch ein bisschen nervös … hauptsächlich weil ich mich spätabends aus dem Haus schleichen musste, was ich noch nie gemacht hatte, da ich einfach noch nie spätabends irgendwohin gemusst hatte.

In dem Moment riss ein schrilles Klingeln uns alle aus unseren Nachtischüberlegungen. Ich ließ meine Gabel fallen, die klirrend auf dem Teller landete, und schnappte mir mein Handy.

»Eindeutig ein Mädchen«, kommentierte Misty. Doch es war gar nicht mein Handy, das klingelte. Es war Dads.

Und mit einem Mal fiel mir alles wieder ein, was ich über die geheimnisvollen Nachrichten komplett vergessen hatte: Spanisch, Señora Vega, die rote Sechs unter meinem Vokabeltest. Ich sah zu, wie Dad in seine klingelnde Jackentasche griff, und fragte mich unwillkürlich, was wohl »Geh nicht dran« auf Spanisch hieß.

Da legte Misty ihm die Hand auf den Arm. »Paul, das kann doch sicher warten.« Ihr Blick schweifte kurz zu meinem Telefon. »Ich habe sowieso überlegt, ob wir das Abendessen zur handyfreien Zone erklären sollten.«

Normalerweise nervte es mich tierisch, wenn Misty mit ihren Möchtegern-Erwachsenenregeln um die Ecke kam. Als ob sie mit ihren siebenundzwanzig Jahren nicht näher an meinen sechzehn wäre als an Dads vierzig. Aber jetzt war ich ihr mal richtig dankbar.

Leider konnte Dad sich ausgerechnet für diese Idee nicht erwärmen.

»Das könnte jemand von der Arbeit sein«, entgegnete er, zückte sein Handy und wischte über das Display. »Paul Bennett«, meldete er sich, anstatt mit »Hallo«.

Misty fing an, den Tisch abzuräumen, und wartete mit angehaltenem Atem, während Dad ein paarmal »Aha« und »Mhmm« und schließlich ein sehr steifes »Verstehe« ins Telefon murmelte, bevor er dem Anrufer dankte und auflegte. Während des gesamten Gesprächs hatte er keine Sekunde lang den Blick von mir gewandt, und ich hätte schwören können, dass ich in einem Auge ein Äderchen platzen gesehen hatte.

»Okay, lass mich kurz erklären«, sagte ich schnell, bevor er loslegen konnte. »Das mit Spanisch —«

»Das mit Spanisch ist ja wohl nicht dein Ernst«, schnitt Dad mir das Wort ab und tippte dabei so heftig mit dem Zeigefinger auf den Tisch, dass es klang, als hätte er mit der Faust draufgehauen. »Den Kurs müsstest du mit links schaffen.«

»Ich weiß, Dad, aber —«

»Spanisch auf Highschool-Niveau ist ein Klacks, solange man seine Hausaufgaben macht und hin und wieder Vokabeln lernt.«

»Ich *weiß* —«

»Das erfordert weder geistige Höchstleistungen noch besonders viel Zeit ...«

Während Dad sich immer weiter in Rage redete, schaltete ich auf Durchzug. Hin und wieder versuchte ich noch, eine Erklärung dazwischenzukriegen, aber Dad überrollte mich einfach mit seiner Wut – oder nein, natürlich *Enttäuschung*. Wie erwartet, suchte er die Schuld für mein Spanischversagen in der Zeit, die ich mit Programmieren verbrachte, und kam mal wieder mit seiner üblichen Weisheit über das gesunde Mittelmaß. Dann aber wechselte er unvermittelt die Taktik.

»Ich weiß, du hältst dich für schlauer als alle anderen, Eli.« Sein bitterer Tonfall legte nahe, dass er mit »alle anderen« hauptsächlich sich meinte. »Aber bei der Collegebewerbung kommt es nun mal nicht nur auf den IQ an. Sondern darauf, dass man sich anstrengt. Und wenn die sehen, dass ein ansonsten guter Schüler ein einziges Fach vergeigt hat, können sie sich zusammenreimen, dass du einfach bloß faul warst.«

Und genau das war der Unterschied zwischen Dad und mir. Er war der festen Überzeugung, dass man im Leben alles erreichen konnte, wenn man sich nur genug anstrengte. Aber ich musste mich nun mal fast nie für irgendwas anstrengen. Und vielleicht war er darauf einfach ein klitzekleines bisschen neidisch.

»Tja.«

Meine einsilbige Reaktion brachte Dad genauso sehr auf die Palme, wie ich beabsichtigt hatte, und diesmal landete tatsächlich seine Faust auf dem Tisch. »Verdammt noch mal, Eli. Man könnte fast meinen, du willst gar nicht aufs College.«

Bingo.

Als ich daraufhin nur schwieg, erstarrte Dad so vollkommen, dass ich schon einen akuten Hirnkurzschluss befürchtete.

»Natürlich gehst du … warum solltest du nicht …«, stammelte er dann.

»Ich brauche kein College.«

Misty stellte ein Schälchen mit irgendwas entfernt Nachtischartigem vor mir auf den Tisch. Ich schob es zur Seite.

»Was soll das heißen, du brauchst kein –«

»Dad, Google zahlt einem als Hacker mehrere Millionen Dollar im Jahr dafür, dass man ihre Systeme auf Sicherheitslücken abklopft.«

»Und weiter?«

»Und dafür brauche ich keinen Collegeabschluss. Das kann ich alles jetzt schon. Warum soll ich denn vorher noch vier Jahre verschwenden?«

Mistys Fingernägel trommelten auf die Küchenarbeitsplatte. *Klick, klick, klick, klick.*

»Mehrere Millionen? Im Ernst?«, fragte sie.

Ich ignorierte sie. Oder versuchte es zumindest. *Klick, klick, klick, klick.*

Dad gab sich unbeeindruckt. »An solche Stellen kommt man bestimmt nicht so ohne Weiteres. Musiker gibt es schließlich auch wie Sand am Meer. Aber nicht alle haben das Zeug zum Rockstar.«

Autsch.

Dad musste mir vom Gesicht abgelesen haben, dass er mich damit getroffen hatte, denn er fügte eilig hinzu: »Ich sehe ja ein, dass Computerkenntnisse eine gute Grundlage für einen lukrativen Job sind, aber programmieren können heutzutage nun mal viele Leute. Das ist ein extrem harter Wettbewerb.«

»Dann ist es ja ein Glück, dass ich schlauer bin als alle anderen, was?«

Ich grinste, aber Dad fand es offenbar weniger witzig, dass ich ihm das Wort im Mund umdrehte. Seine Lippen waren zu einem schmalen Strich zusammengepresst, und ein paar Sekunden lang starrte er mich nur an, bis ihm etwas einfiel, was mir das Grinsen aus dem Gesicht wischen würde.

»Von deinem Computer kannst du dich für die nächste Zeit verabschieden.«

»Was?!«, platzte es aus mir heraus. »Das – wie meinst du –, das ist ja wohl lächerlich!«

»Bis zum nächsten Spanischtest hast du Computerverbot. Wenn du dich bis dahin verbessert hast und auch deine restlichen Noten nicht absacken, reden wir weiter.«

»Für Spanisch ist es sowieso zu spät!«, rief ich. »Das ist doch keine Lösung!«

»Stimmt, es ist eine Strafe.«

»Aber, Paul«, schaltete sich Misty ein und trat hinter mich. »Er braucht den Computer doch für die Schule. Die beziehen bei den Hausaufgaben heute das Internet mit ein.«

Ich weiß nicht, ob es daran lag, wie Dad auf Mistys Einwand hin nachdenklich auf der Unterlippe kaute, nachdem er meinen zuvor einfach übergangen hatte, oder an Mistys mütterlicher Hand auf meiner Schulter – als wären wir auf derselben Seite –, aber in dem Moment brannten bei mir alle Sicherungen durch.

»Lass das!«, schrie ich sie an, schüttelte ihre Hand ab und

sprang in derselben Bewegung von meinem Stuhl auf. »Ich brauche deine Hilfe nicht. Das hier ist Familiensache und geht dich überhaupt nichts an!«

»Eli, ich weiß, ich bin nicht deine Mom –«

»Stimmt. Du bist Dads personifizierte Midlife-Crisis.«

Okay, schon klar. Das war echt unterste Schublade. Aber so was passiert nun mal, wenn man permanent mit seiner Meinung hinterm Berg halten muss. Irgendwann bricht einfach alles in einem einzigen fiesen Schwall aus einem raus.

Gerade wollte ich mich entschuldigen oder wenigstens behaupten, dass ich das natürlich nicht ernst gemeint hatte, aber bevor ich einen Ton rausbekam, polterte Dad los.

»Eli!«

»Aber sie –«

»Aber gar nichts!« Er sprang so abrupt auf, dass sein Stuhl hinter ihm umfiel. »So redest du nie wieder mit Misty! Ist das klar?«

Ich glotzte ihn an wie ein Fisch und zog möglicherweise sogar leicht den Kopf ein.

Dad marschierte in der Küche auf und ab und schimpfte irgendwas über »Respekt« und »sich schämen« und »keine Entschuldigung« vor sich hin. Genaueres bekam ich nicht mit, weil ich zu abgelenkt von der Tatsache war, dass er gerade komplett ausrastete. Normalerweise war er ein Meister des vorwurfsvollen Schweigens.

Gegen Ende schnappte ich ein weiteres Wort auf und das überraschte mich sogar noch mehr als der gesamte vorangegangene Ausbruch.

Hausarrest.

Stille breitete sich aus und Dad wirkte fast genauso erstaunt wie ich.

Einen Moment lang stierten wir einander über den Tisch hinweg an, beide mit fragend schief gelegtem Kopf, als warteten wir darauf, dass der jeweils andere erklärte, was denn bitte dieses Hausarrest-Ding sein sollte.

Dad mochte vielleicht ein bisschen pingelig in Bezug auf Schule und Noten sein, aber Strafen verhängte er eher selten, hauptsächlich weil ich nicht oft Ärger machte … zumindest soweit er wusste. Ich hätte ja Misty die Schuld dafür in die Schuhe geschoben, aber die guckte genauso ungläubig wie ich. Vielleicht musste sie sich aber auch immer noch von meinem blöden Spruch erholen. Auf meinen Lippen lag eine unausgesprochene Entschuldigung.

»Genau.« Dad, der die Überraschung über seine eigene Aussage langsam abzuschütteln und sich mit dem Gedanken anzufreunden schien, nickte. »Hausarrest. Keine Treffen mit Zach, keine Unternehmungen nach der Schule …«

Na klar, weil ich ja auch so viele Hobbys habe.

Er musste mein Augenrollen richtig gedeutet haben, denn er fügte hinzu: »Kein Fernsehen und kein Computer.«

Misty hüstelte leise.

»Kein Computer, außer für die Hausaufgaben«, lenkte Dad ein.

»Äh … okay«, sagte ich. »Aber kann es damit vielleicht erst morgen losgehen? Heute Abend hab ich noch was vor.«

»Das kannst du dir abschminken.« Dads Stimme bekam einen eisigen Unterton. »Das Einzige, was du heute noch vorhast, ist für Spanisch büffeln. Das ist dein Plan für den

Rest des Abends und jeden anderen Abend diese Woche. Und nicht, dass du dir ihre Hilfe nach dem, was du dir geleistet hast, auch nur im Entferntesten verdient hättest, aber wie es der Zufall will, wohnst du mit jemandem unter einem Dach, der fließend Spanisch spricht.«

Echt jetzt? Wider Willen beeindruckt warf ich Misty einen Blick zu.

»Wenn du sie mit ein bisschen mehr Respekt behandelst«, fuhr Dad fort, »gibt sie dir vielleicht Nachhilfe.«

Misty lächelte Dad mit schimmernden Augen an. Ich hatte keine Ahnung, was sie in ihm sah – aber es konnte auf keinen Fall dieser dürre, kahlköpfige Brillenträger sein, der ein Talent dafür hatte, andere Leute zu demütigen.

»Von mir aus«, zischte ich im Versuch, mir einen letzten Rest Würde zu bewahren. »Dann eben ab jetzt.«

Ich sprang auf, rannte immer zwei Stufen auf einmal die Treppe hoch und schloss meine Zimmertür hinter mir ab, bevor Dad mich fragen konnte, ob ich heute meinen Computer für die Hausaufgaben brauchte.

KAPITEL 6

Hausaufgaben waren das Letzte, woran ich jetzt denken konnte. Meine einzige Beschäftigung mit der Schule an diesem Abend bestand im weitesten Sinne darin, den zusammengeknüllten Spanischtest aus dem Rucksack zu holen, ihn auf einen benutzten Teller zu legen und feierlich in Flammen aufgehen zu lassen. Aber statt Genugtuung daraus zu ziehen, fühlte ich mich durch den Anblick bloß zurück an den Tag in der Cafeteria vor einem Jahr versetzt. Ob ich jemals aufhören würde, in jedem Feuer Jordan Springers Silhouette zu sehen?

Als der Test nur noch ein Häufchen Asche war, schob ich den rußverschmierten Teller beiseite und griff nach meinem Handy. Vor einer Stunde noch hatte ich es kaum erwarten können, rauszufinden, wer hinter den Nachrichten steckte, aber wie es jetzt aussah, gab es wohl keinen schlechteren Abend, um sich aus dem Haus zu schleichen.

Ich schickte meinem anonymen Brieffreund ein halbes Dutzend Chatnachrichten und E-Mails.

Können wir das Treffen verschieben?
Heute schaff ich's nicht.
Wie wär's mit 'nem Videochat?

Doch die Mails kamen alle zurück – anscheinend hatte der Absender den Fake-Account schon gelöscht –, und auch die anderen Nachrichten blieben unbeantwortet. Nach einer Stunde meldete ich mich noch einmal, für den Fall, dass doch irgendwer auf der anderen Seite war.

Okay, ich komme.

Laut meinem Handy war es erst sieben Uhr. Also musste ich noch vier Stunden totschlagen, bevor meine Neugier endlich gestillt – und ich vermutlich von einem irren Axtmörder massakriert würde.

Ich vertrieb mir die Zeit wie gewohnt: mit Programmieren. Nichts ließ die Stunden schneller vorbeirauschen als endlose Kolonnen aus Zahlen und Symbolen und extreme Konzentration. Für die meisten Leute wirkte Programmieren sicher wie die ödeste Frickelarbeit der Welt, aber ich sah darin mehr als bloß Zeichenfolgen auf einem Bildschirm. Die Ketten von Codes pulsierten förmlich vor Energie – wie ein lebendiges, atmendes Wesen, das vor einem heranwuchs und langsam Gestalt annahm.

Es redete mit mir, und zwar in mehr als nur einer Sprache – Java, MIPS, C++, Binärcode –, obwohl die meisten Leute wie Zach hauptsächlich Letzteren benutzten, entweder um anzugeben oder um den Nerd raushängen zu lassen. Meine Hände auf der Tastatur kamen gleichzeitig mit meinen Gedanken zum Stillstand.

Ich hatte meine Finger nicht nur beschäftigt gehalten, damit die Zeit schneller rumging, sondern auch, um zu verhindern, dass sie Zach schrieben. Jetzt jedoch zuckten sie in Richtung meines Handys. Vielleicht wäre es gar keine so schlechte Idee, wenigstens *einer* Person zu verraten, was ich vorhatte …

Nein.

Keine Ahnung, wie viel der mysteriöse Absender über mich wusste, aber genau darum durfte ich erst recht nicht riskieren, dass Zach von meinem Polizei-Hack erfuhr, und ihn damit quasi zu meinem Komplizen machen. So wollte ich meinen besten Kumpel auf gar keinen Fall reinreiten. Außerdem war ein winziger Teil von mir sich immer noch nicht ganz sicher, ob er mich nicht verpfeifen würde.

Bevor die Versuchung zu groß wurde, schnappte ich mir das Handy und pfefferte es quer durchs Zimmer. Es plumpste aufs Bett und verschwand zwischen den Laken.

Ein Klopfen an der Tür ließ mich hochschrecken. Es war lauter als normalerweise, nachdrücklicher. Dad, nicht Misty.

Reflexartig schloss ich den Code auf meinem Bildschirm und rief mit ein paar schnellen Tastenkombinationen eine Website über Napoleon Bonaparte auf. Als Dad schließlich ins Zimmer kam, hatte ich meine Kopfhörer auf und tat so, als hätte ich sein Klopfen nicht gehört.

Trotzdem huschte Dads misstrauischer Blick als Erstes zu meinem Bildschirm.

»Du bist doch nicht etwa beim Computerspielen, oder?«

Seufzend schob ich meine Kopfhörer in den Nacken.

Spielen.

Nicht programmieren.

Das sagte schon wieder alles. Dad wusste rein gar nichts übers Programmieren … oder über mich.

Ich drehte ihm den Bildschirm zu.

»Geschichte«, erklärte ich. »Französische Revolution.«

»Gut, gut.« Er verknotete die Finger, was ihn seltsam unsicher wirken ließ. »Hör mal, Eli, ich wollte nur kurz sagen, dass ich – ich kann verstehen, wenn die Situation mit Misty für dich … problematisch ist. Wie du vorhin mit ihr geredet hast, war nicht in Ordnung, aber ich möchte deine Gefühle auch nicht einfach übergehen –«

Das war ja nicht auszuhalten.

»Dad.«

»Ja?«

Mein Mundwinkel hob sich zu einem halben Lächeln. »Die Rede hat dir Misty geschrieben, oder?«

Dad prustete los, bevor er es verhindern konnte. Dann fuhr er sich mit beiden Händen übers Gesicht und nickte. »Da bin ich wohl aufgeflogen.«

Ich lachte mit, und einen Moment lang musste ich daran denken, wie es früher war, bevor ich ein Teenager war und Dad zum Workaholic mutierte … bevor wir zu zwei Fremden wurden, die zufällig ein paar Gene gemeinsam hatten.

»Ich entschuldige mich bei ihr«, versprach ich.

Uns war beiden klar, dass das gelogen war.

»Gut«, antwortete Dad trotzdem und nickte, als würde er mir glauben. Das war leichter, als das offensichtliche Problem anzusprechen. Ein wasserstoffblondes Problem mit Ausschnitt bis zum Bauchnabel.

»Hausarrest hast du trotzdem«, sagte er, bevor er die Tür hinter sich schloss.

Kaum dass er weg war, wandte ich mich wieder meinem

Computer zu und öffnete den Code, an dem ich gearbeitet hatte, aber irgendwie konnte ich mich nicht mehr darauf konzentrieren. Also ging ich stattdessen ins Internet und tippte Adrasteia in die Suchmaschine.

Im nächsten Moment wünschte ich mir, ich hätte es nicht getan.

Bei meiner ersten flüchtigen Suche hatte ich nur rausgefunden, dass Adrasteia eine griechische Göttin war, aber nicht, dass sie noch einen anderen Namen hatte: Nemesis.

Die Göttin des gerechten Zorns. Der ausgleichenden Gerechtigkeit. Mit anderen Worten: Rache.

Ich schloss den Browser, bevor ich noch auf irgendwas stoßen konnte, was mich endgültig von meinem Vorhaben abschrecken würde, und ein paar Stunden später saß ich auf dem Fahrrad, auf dem Weg zu meinem Date mit der Rachegöttin.

Das einzige Licht in dem kleinen, ruhig gelegenen Eckhaus drang aus einem Kellerfenster. Mir kam es vor, als wäre es außerdem das einzige Licht in ganz Haver – die Stadt wirkte wie im Tiefschlaf, dabei war es noch nicht mal Mitternacht.

Ich hockte auf meinem Fahrradsattel, einen Fuß auf den Bordstein gestützt, den anderen noch auf dem Pedal, und starrte auf das kleine glühende Rechteck. Mein Verstand riet mir, die Sache abzublasen und nach Hause zu fahren, aber meine Neugier hielt dagegen: Abzuhauen, ohne herauszufinden, was in diesem Keller auf mich wartete, war ja wohl keine Option.

Eine Weile war ich hin- und hergerissen. Dann legte ich

mein Fahrrad auf den Bürgersteig, marschierte über den Rasen und kniete mich neben das Fenster. Es stand einen Spaltbreit offen, wie eine wortlose Einladung.

Ich holte nervös Luft, zog das Fenster ganz auf und quetschte mich hindurch.

KAPITEL 7

Ich weiß nicht, was ich erwartet hatte. Ein unterirdisches Geheimversteck? Eine Gruppe von Hacktivisten? Jedenfalls wusste ich nicht, ob ich vom Anblick der zwei Typen, die jetzt vor mir standen, eher erleichtert oder enttäuscht sein sollte. Sie guckten schweigend zu, wie ich meinen unbeholfenen Auftritt hinlegte. Kurz darauf fand ich mich auf dem Boden von einer Art Hobbykeller wieder, direkt vor mir ein Paar Füße in den vertrauten orange-blauen Adidas-Sneaker.

Mein Blick wanderte an dem dazugehörigen Jungen hoch, und sein Gesicht kam mir irgendwie bekannt vor, auch wenn mein Gehirn ihm keinen Namen zuordnen konnte. Genau, er war wie ich in der Zehnten, wir hatten sogar ein paar Fächer zusammen. Ein kurz gewachsener, dürrer Typ, der im Unterricht ständig auf seinem Stuhl rumzappelte, als stünde er unter Strom. Auch jetzt balancierte er auf den Fußballen, den Oberkörper vorgebeugt, als wollte er jeden Moment lossprinten.

Da hat wohl einer sein Ritalin nicht genommen.

»Du hast meine Nachricht gekriegt«, stellte er fest. Der Satz schoss wie zu einem einzigen Wort komprimiert aus seinem Mund.

»*Unsere* Nachricht«, korrigierte ihn der andere Junge.

Wenigstens ein Name, den ich kannte. Seth March war auf jeder Bestenliste der Haver High zu finden, quer durch alle akademischen Disziplinen. Er stand kurz vor dem Abschluss, und jedem war klar, dass er danach an einer Eliteuni studieren würde, auch wenn er noch nicht verraten hatte, an welcher. Das einzige Gebiet, auf dem er ein bisschen hinterherhinkte, war Sozialkompetenz. Es hieß, er hätte sich mal ein komplettes Schuljahr lang nur auf Klingonisch oder Dothrakisch verständigt oder wie auch immer diese Sprache hieß, die die Elben aus »Der Herr der Ringe« sprachen.

»Wie fandst du die kleine Schnitzeljagd?«, fragte der Dürre und wippte, wippte, wippte. »War cool, oder?«

Okay, man musste vielleicht nicht gerade ein Superspion sein, um meine Signatur zurückzuverfolgen, aber der Typ hier? Im Ernst?

Ich zuckte mit den Schultern. Er brauchte schließlich nicht zu wissen, was er mir mit seinen Nachrichten für einen Schreck eingejagt hatte.

»Soll ich ehrlich sein? Ich fand's fast ein bisschen zu einfach«, antwortete ich.

Sein Grinsen verschwand und er hörte auf zu wippen. »Echt?«

Jetzt trat Seth vor und klatschte einmal in die Hände. »Danke jedenfalls, dass du gekommen bist. Ich bin Seth –«

»Ich weiß.«

Seths Mundwinkel zuckten kaum merklich. Das schien ihn zu freuen. »Und das hier ist Mouse.«

Mein Blick huschte kurz zu dem Adidas-Jungen, der grüßend die Hand hob.

»Ist nur ein Spitzname.«

Ach nee.

»Und was sollte das Ganze jetzt?«, fragte ich, obwohl meine Neugier beträchtlich abgeflaut war, nachdem sich rausgestellt hatte, dass am Ende dieser Schnitzeljagd weder ein gefährlicher Endgegner noch ein Haufen Gold auf mich wartete. Wahrscheinlich konnte ich im besten Fall mit einer Einladung zu einer LAN-Party rechnen. Hinter den beiden Jungs stand ein abgewetzter Billardtisch mit mehreren Laptops und einem riesigen Kabelgewirr darauf anstelle von Kugeln und Queues.

»Als Erstes musst du uns deine Verschwiegenheit garantieren«, sagte Seth. »Alles, was wir hier besprechen, bleibt strikt unter uns.«

Seths Stimme strotzte vor Selbstsicherheit, aber irgendwie war es nicht leicht, einen Typen ernst zu nehmen, der ein T-Shirt mit der Aufschrift »Byte Me« in Neonfarben trug.

Ich lehnte mich zu ihm rüber und senkte die Stimme zu einem verschwörerischen Flüstern. »Im Sinne von: Wir kriegen alle einen Dekodierring?«

Mein Sarkasmus prallte einfach an ihm ab. »Im Sinne von: Wenn wir nicht aufpassen, wandern wir alle in den Knast«, stellte er richtig.

Wir alle, hatte er gesagt. *Wir alle* würden in den Knast wandern. Nicht bloß ich.

Ich entspannte mich ein wenig. Okay, da glaubten also ein paar Möchtegern-Gangster, sie hätten in mir eine verwandte Seele gefunden. Was auch immer sie über mich wussten, bislang sah es nicht so aus, als wollten sie mir Schwierigkeiten machen.

»*Oder*«, fuhr Seth fort, »im Sinne von: Wir haben einfach

ein bisschen Spaß und ganz nebenbei die Chance auf jede Menge Ruhm und Reichtum.«

Jetzt schlug mein Bockmist-O-Meter Alarm. *Ruhm und Reichtum?* Damit klang er wie die Tausende anderer Typen, die alle dachten, sie stünden vor dem ganz großen Durchbruch. Vielleicht hatten die beiden Zach und mich ja über unsere App-Pläne reden hören und wollten mir jetzt ihre – garantiert komplett lahme und überholte – Idee anpreisen.

»Erzähl«, sagte ich so gelangweilt wie möglich.

Seth hob das Kinn. »ACM, sagt dir das was?«

Wow.

Ich nickte überrascht. Damit hatte er mich am Haken.

Die Amerikanische Cybersicherheitsmeisterschaft fand jeden Sommer in einer anderen Stadt statt. Dabei kämpften Dreierteams in den Bereichen Programmieren und Hacken um ein Preisgeld, und meistens wimmelte es dort nur so vor MIT- und Caltech-Studenten, die darauf hofften, von irgendwelchen großen Unternehmen als Cyberprofis gescoutet zu werden. Schüler wurden eher selten zugelassen. Zach und ich hatten mal davon rumgesponnen, uns anzumelden, aber uns war kein dritter Freund eingefallen, der programmieren konnte.

Um genau zu sein, war uns überhaupt kein dritter Freund eingefallen.

»Kapierst du jetzt, warum wir dich eingeladen haben?«, fragte Mouse.

Ja, bis drei zählen konnte ich gerade noch.

Mein Herz fing aufgeregt an zu hämmern. »Ihr braucht einen dritten Mann?«

Die beiden nickten.

»Aber …« Fragen über Fragen wirbelten mir durch den Kopf. *Wieso ich? Woher wisst ihr, dass ich programmieren kann? Und wo ist der Haken?*

Schließlich entschied ich mich für: »Wann ist es?«

»Im Juni«, sagte Seth.

»In zehn Wochen«, präzisierte Mouse.

»Zehn Wochen?« Meine Begeisterung flaute ab. »Aber die Teams trainieren doch Monate dafür.«

»Eher Jahre«, korrigierte Seth.

»Eben. Da meldet man sich nicht einfach aus Jux an.«

»Das ist auch kein Jux«, entgegnete er. »Eigentlich wollten wir schon letztes Jahr hin, aber dann … kam was dazwischen.«

Stille senkte sich über den Kellerraum und sogar Mouse hörte kurz auf zu zappeln und starrte zu Boden.

»Wir haben unseren dritten Mann verloren«, redete Seth weiter, »und waren bis jetzt auf der Suche nach jemandem, der gut genug ist, um seinen Platz einzunehmen.«

»Ach, und wer ist dieser Typ, der so schwer zu ersetzen ist?«

Seth presste die Lippen zusammen und sah mir fest in die Augen. »Jordan Springer.«

Oh.

Jordan Springer. Der Junge war wirklich um einiges beliebter, seit er tot war.

Insgeheim war ich schon ein kleines bisschen erstaunt, dass ein Typ aus dem Wohnwagenpark programmieren konnte. Das war nicht gerade ein billiges Hobby.

Kaum dass ich den Gedanken zu Ende gedacht hatte, fühlte ich mich wie das letzte Arschloch. Vielleicht war ich auch nicht besser als die Leute, die ihn »Wohnwagenfuzzi« genannt hatten.

»Oh … mein, äh … Beileid«, murmelte ich.

Ich verlagerte das Gewicht aufs andere Bein und wusste plötzlich nicht mehr, wo ich mit meinen Händen hinsollte.

Die Jungs zogen das betretene Schweigen noch ein wenig in die Länge, bevor Seth sich ein trauriges Lächeln abrang.

»Na ja, Jordan wird auf gewisse Weise trotzdem dabei sein.«

»Pass auf, jetzt kommt das Beste«, verkündete Mouse bedeutungsvoll, und das Wippen kehrte zurück.

Meine Neugier schaltete wieder einen Gang höher.

»Der Wettbewerb ist in verschiedene Bereiche unterteilt«, erklärte Seth. »Das meiste findet vor Ort statt: Programmierkompetenz, Netzwerkverteidigung, Hacken —«

»Ich weiß«, sagte ich. »Dauert das ganze Wochenende. Die Teams werden alle zusammen im selben Hotel neben dem Kongresscenter untergebracht, bla, bla, bla. Ist doch kein Geheimnis.«

Seth schnaubte genervt. Ich versaute ihm seinen großen Moment.

»Es gibt jedes Jahr auch einen externen Teil, an dem die Teams schon vor dem eigentlichen Wettbewerb arbeiten. Da könnte man eine schöne Real-World-Demonstration draus machen. Diesmal geht es nämlich darum, Schwachstellen in den neuen Sicherheitssystemen der Schulnetzwerke aufzuspüren.« Er hielt inne und ließ seine Worte wirken.

Die Cyberspitzelei durch die Schule war ein empfindliches

Thema für alle, die ein Onlineleben führten. Ach was, für alle Unter-Achtzehnjährigen. Die neuen Überwachungssysteme waren landesweit in Kraft getreten, aber seinen Anfang hatte das Ganze hier bei uns in Haver genommen. Bei Jordan Springer.

Nachdem Jordans Geschichte viral gegangen war, hatten die Schulbehörden neuerdings die Befugnis, das Onlineverhalten ihrer Schüler zu überwachen. Ein Mitspracherecht hatten wir dabei natürlich nicht gehabt. Das war's also mit unserer Privatsphäre und persönlichen Freiheit.

»Wie jetzt? Man soll Sicherheitslücken in deren Bespitzelungssystem ausfindig machen? Ist jetzt nicht gerade mein allergrößter Wunschtraum, denen in die Hände zu arbeiten.«

Genauer gesagt: Lieber hätte ich mir die Augen mit einem Löffel ausgestochen.

»Unserer auch nicht«, sagte Mouse schnell.

»Aber in der Aufgabenstellung steht auch nichts davon, dass man die Schwachstellen beheben soll, die man findet«, erklärte Seth.

Das klang schon interessanter. Langsam, aber sicher ließ mein Argwohn der Neugier den Vortritt. Und plötzlich meinte ich, tatsächlich etwas wie Verwegenheit in den beiden Jungs vor mir zu erkennen. »Also anstatt das System zu reparieren … wollt ihr euch reinwieseln.«

Seth nickte mit todernster Miene.

»Genau. Und dann lassen wir es hochgehen.«

KAPITEL 8

»Wie stellt ihr euch das denn vor?«, wollte ich wissen. »Mit einem Exploit kommt man da ja nicht weit. Dafür ist das System viel zu kleinteilig.«

Das neue nationale Cyberüberwachungssystem war ein kompliziertes Netzwerk aus Datenbanken und Reporting-Programmen. Mit Grauen dachte ich zurück an den ersten Tag dieses Schuljahrs, an dem sie uns gezwungen hatten, uns mit all unseren persönlichen Webseiten und Social-Media-Konten dort zu registrieren.

Damals war ich kurz davor gewesen, zu lügen und einfach so zu tun, als wäre ich nirgends im Netz vertreten, aber dann hatte doch die Angst aufzufliegen gesiegt.

Und das war erst der Anfang gewesen. Seither suchten extra dafür angeheuerte IT-»Experten« das Internet nach Schulnamen und bestimmten Schlagwörtern ab, in der Hoffnung, Schüler beim Brechen irgendwelcher Regeln zu erwischen. Wenn sie auf etwas stießen, wurde die zuständige Schulbehörde verständigt, die dann über die Strafe entschied. »Cyber-Stasi« nannten die meisten von uns diese Auftragspetzen.

»Hast recht, hacken wäre zu kompliziert«, sagte Seth. »Und außerdem muss man laut ACM-Regeln zuerst die Internetaufsicht informieren, bevor man einen Angriff startet, damit die Bescheid wissen, dass das Teil des Wettbewerbs ist.«

»Pff«, machte ich.

»Genau«, stimmten Seth und Mouse mir zu.

»Aber wie soll man denn sonst den Real-World-Aspekt da reinkriegen?«

Seth grinste. »Man muss halt ein bisschen kreativ werden.«

»Und wie?«

»Indem wir dafür sorgen, dass die Internetaufsicht bei *uns* anklopft.«

Und damit übernahm die Neugier vollends das Steuer. Die Zweifel lagen irgendwo tief im Kofferraum vergraben.

Seth nickte Mouse zu, der einen Schritt nach vorn machte.

»Wir richten eine Website ein«, erklärte er. »Eine, die die Stasi auf jeden Fall plattmachen wollen wird – die das System aufs Korn nimmt oder so –, irgendwas, was richtig schön ›Fang mich doch!‹ schreit.«

Er redete so schnell, dass seine Stimme mich an einen führerlosen Zug erinnerte, der ungebremst durchs Gleisbett raste.

»Wir registrieren die Seite natürlich nicht«, fuhr Mouse fort. »Darum geht's ja. Und wenn die Stasi es nicht schafft, unsere Spur zurückzuverfolgen, haben wir super Chancen, die Real-World-Challenge zu gewinnen. Wir müssen ihnen einfach bloß bis Juni immer einen Schritt voraus sein und dann –«

Ich hob die Hand. »Zwei Monate sind aber eine echt lange Zeit, um anonym zu bleiben«, gab ich zu bedenken.

»Zehn Wochen«, korrigierte Seth.

»Und die kriegen uns schon nicht«, fügte Mouse hinzu, »nicht wenn wir dich an Bord haben.«

Ich war geschmeichelt, auch wenn ich versuchte, mir nichts anmerken zu lassen. Irgendwie wartete ich immer noch auf den Haken. »Und wie soll diese Website genau aussehen?«

»Wir dachten an irgendwas zum Gedenken an Jordan«, sagte Seth.

Ich fragte mich, ob es bei der ACM wohl auch einen Preis für Ironie gab.

Der größte Aufreger an Jordans Tod war nämlich – zumindest aus Sicht der restlichen Welt – nicht die Tatsache gewesen, dass er sich in Brand gesteckt hatte, sondern dass er es gemacht hatte, weil er zuvor im Internet gemobbt worden war, dem einzigen Ort, an dem man für so was nicht belangt werden konnte. Sogar die Fürsprecher der Kampagne für die neuen Onlinegesetze hatten darauf zurückgegriffen. »Im Netz kommen selbst Mörder ungestraft davon«, war ihr Leitspruch gewesen.

Sie stuften Jordans Tod als Mord ein, und auch wenn ich nicht ganz sicher war, ob ich das genauso sah, hatte es mich auch von Anfang an gewurmt, dass niemand für das, was er ihm angetan hatte, geradestehen musste. Ich war halt nur nicht davon überzeugt, dass mehr Kontrolle die Lösung sein sollte. Dadurch erhielten die Schulen viel zu viel Macht über uns: Schon eine unregistrierte Website oder ein geheimer Social-Media-Account brachte einen in ernste Schwierigkeiten. Und wenn auf diesen Seiten dann auch noch irgendwas gefunden wurde, was nur im Entferntesten als Mobbing durchging, war der Rausschmiss besiegelt. Außerdem war die Schulbehörde verpflichtet, Anzeige bei der Polizei zu erstatten, sodass man obendrein ein Strafverfahren am Hals hatte. Tja, der Stasi-Vergleich kam jedenfalls nicht von ungefähr.

»Wie darf man sich denn eine Gedenk-Website vorstellen?«, fragte ich skeptisch.

Seth winkte mich zu dem Billardtisch-Computerterminal und Mouse hüpfte hinterher. »Lässt sich leichter zeigen als erklären.«

Wir versammelten uns um ein Tablet, das er an einem Tischende aufgestellt hatte. Das Display leuchtete auf und zeigte die Demoversion einer Website. Die Überschrift am oberen Rand lautete: **Garantiert schnüfflerfrei! Die Seite zum Dampfablassen.**

Darunter war ein Bild von Snoopy von den Peanuts zu sehen, der eine dunkle Sonnenbrille und einen Sherlock-Holmes-Hut trug, in einer Pfote eine Lupe und in der anderen einen langen weißen Stab.

»Kapiert?« Mouse deutete auf den Cartoon. »Ein blinder Schnüffler.«

Ich schüttelte den Kopf. An dieser Seite gab es so viel auszusetzen, dass ich gar nicht wusste, wo ich anfangen sollte.

Ein Stück weiter unten folgte ein bildschirmfüllendes Foto von Jordan. Er sah genauso aus, wie ich ihn in Erinnerung hatte: raspelkurz rasierte blonde Haare, Pickel und so eng zusammengekniffene Augen, dass man kaum erkennen konnte, ob er lachte oder angewidert das Gesicht verzog. Während ich auf das Bild starrte, schien der Hintergrund zu verschwimmen, bis Jordan von einer Art feurigem Heiligenschein umgeben war. Ich blinzelte ein paarmal und der Schimmer verschwand. Über dem Foto prangte in fetten

Buchstaben der Titel **Die neuen Gesetze ziehen sein Andenken in den Dreck**.

»Versteh ich nicht«, sagte ich. »Dieses Überwachungssystem ist –«

»Jordan hätte es gehasst«, fiel Mouse mir ins Wort.

»Aber es wurde doch in seinem Namen eingeführt. Seid ihr sicher, dass er nicht dafür gewesen wäre, nachdem … äh … ich meine, habt ihr mitgekriegt, als was manche Leute ihn beschimpft haben?«

»Sozialschmarotzer?«

»Abschaum?«

»Penner?«

»Troll?«

Aus Seths Tonfall sprach blanke Wut, aus Mouse' eher stille Verachtung. Bei beiden klang es, als würden die Worte sie mit Übelkeit erfüllen.

Vorsichtig suchte ich mir einen Weg über das Minenfeld. »Genau … Also hätten ihm solche Gesetze doch vielleicht sogar geholfen.«

»Kann schon sein«, sagte Seth. »Aber er war nun mal mit Leib und Seele ein Internetkrieger. Jordan würde tot umfallen, wenn er wüsste …«

Er verstummte, als ihm klar wurde, was er gerade gesagt hatte, und Mouse entwich ein kleines entsetztes Kichern, bevor er sich hastig die Hand vor den Mund schlug.

Ups …

Ich trat von einem Fuß auf den anderen und wusste nicht, was ich sagen sollte.

Seth erholte sich als Erster. »Jordan meinte immer, es sollte kein Verbrechen sein, cleverer zu sein als die Deppen, die bei den allermeisten Unternehmen für die Internetsicherheit zuständig sind, und erst recht nicht, eine Website zu hacken, um die Leute darauf hinzuweisen. Dafür sollten die einem lieber einen Job anbieten.«

»Also ... war er Krypto-Anarchist?«, fragte ich.

Mouse schüttelte den Kopf. »Nee. Er hat die Daten, die er durchs Hacken gesammelt hat, nie weitergegeben. Fand er nicht in Ordnung.«

Ich erstarrte. Sollte das eine Anspielung auf mich und die Sache mit meinem Polizei-Leak sein? Hatten die beiden mich vielleicht doch bloß in die Falle gelockt?

»Aber er fand auch, dass die Entscheidung, wo man die Grenze ziehen sollte, nicht bei uns liegt.«

In dem Punkt waren Jordan und ich einer Meinung. Mich nervte diese Überwachungsgeschichte genauso, immerhin war das Internet bis zur Einführung der neuen Gesetze der letzte Ort gewesen, an dem man sich wirklich frei fühlen konnte. Klar gab es in ein paar wenigen dunklen Winkeln des Internets noch Reste dieser Freiheit, aber da lauerten auch alle möglichen Gefahren – und so wie es klang, hatte auch Jordan sich dort rumgetrieben.

Seth rieb geistesabwesend über den abgewetzten grünen Filzbezug des Billardtischs. »Und von ein paar idiotischen Onlinekommentaren hat Jordan sich nicht unterkriegen lassen.«

Die Flammensäule, die sich mir ins Gedächtnis gebrannt hatte, behauptete etwas anderes, aber den Gedanken behielt ich lieber für mich.

Was wusste ich denn auch schon? Ich gewann zwar nicht unbedingt Beliebtheitspreise, aber bevor ich Bekanntschaft mit Malcolm Mahoneys Faust gemacht hatte, war ich noch nie gemobbt worden – weder in der Schule noch online. Und vermutlich konnten Jordans beste Kumpels ihn besser einschätzen als ich.

In dem Moment fiel mir auf, dass keiner der beiden heute Nachmittag bei der Gedenkfeier ans Mikro gegangen war.

»Sagt mal, wenn ihr doch so dicke mit Jordan wart, wieso hat denn dann keiner von euch heute bei diesem Gedenkdings was erzählt?«

Mouse zuckte zusammen und Seth starrte zu Boden.

»Oh Mann, verstehe«, schnaubte ich. »Ihr schämt euch für ihn, stimmt's? Ihr wollt nicht, dass irgendwer erfährt, dass ihr mit ihm befreundet wart.«

»So einfach ist das nicht«, entgegnete Seth, ohne mir in die Augen zu sehen. »Du hast keine Ahnung, was er mitgemacht hat. Und wir wollen echt nicht die Nächsten werden. Die Leute … Irgendwer ist doch immer auf der Suche nach jemandem, den er fertigmachen kann.«

Ich ließ meinen Blick zwischen den beiden hin und her schweifen – Mouse, der schon wieder auf der Stelle rumzappelte, und Seth in seinem »Byte Me«-T-Shirt. Okay, diese zwei konnten sich wahrscheinlich problemlos in die Jordan Springers dieser Welt hineinversetzen.

Die Frage war nur: Konnten sie auch coden? Wenn sie nur halb so gut waren wie Zach und ich, dann würden wir bei diesem Wettbewerb definitiv für Wirbel sorgen. Ich stellte mir Dads Gesicht vor, wenn ich mit einem Jobangebot von irgendeinem Top-Unternehmen nach Hause kam. Vielleicht sollte ich schon mal mein »Ich hab's dir ja gesagt« üben, damit es auch richtig einschlug.

Meine Neugier war kurz davor, aufs Gas zu treten, aber in dem Moment lugten die Zweifel wieder aus dem Kofferraum.

Jetzt arbeitete mein Gehirn auf Hochtouren. Die Website kam mir relativ harmlos vor. Okay, illegal war sie natürlich trotzdem, aber es war nicht diese kleine Regelwidrigkeit, die mir Sorgen machte. Sondern die Möglichkeit, dass wir auffliegen könnten und die Polizei auf die Idee käme, ein bisschen tiefer zu graben ... zum Beispiel in meiner Internethistorie der letzten Jahre.

Wenn das mal keine Büchse der Pandora war.

Klar wollte ich zu ihrem ACM-Team gehören – so sehr wie schon lange nichts mehr –, aber ich war mir einfach nicht sicher, ob die Sache das Risiko wert war.

»Hört mal, ich verstehe euch ja. Ehrlich. Aber wenn der einzige Weg in euer Team über diese Website führt, dann ... bin ich raus, tut mir leid.«

Es auszusprechen, kostete Überwindung, und ich musste raus aus diesem Keller, bevor ich doch wieder einknickte.

»Trotzdem danke, dass ihr gefragt habt. Und viel Glück.« Ich deutete auf das kleine Fenster hinter mir. »Soll ich auf dem gleichen Weg rauskrabbeln, auf dem ich reingekommen bin, oder gibt es vielleicht auch irgendwo eine –«

»Ganz langsam, Eli.« Seths Grinsen erinnerte mich an Zach, wenn er ein Schachmatt witterte. »Wer sagt denn, dass die Entscheidung bei dir liegt?«

KAPITEL 9

Da hatten wir's also.

Sie wussten Bescheid. Da hatte ich mich so bemüht, meine Identität geheim zu halten und eine Art Blase zwischen Online-Eli und der wirklichen Welt zu erschaffen, nur um jetzt hilflos zuzusehen, wie mein sorgfältig platzierter Puffer in sich zusammenzuschrumpeln begann. Mein persönlicher Air Gap war drauf und dran zu kapitulieren.

Bis zu diesem Moment hatten die beiden es klingen lassen, als würden sie mich um Hilfe bitten. Jetzt jedoch wurde deutlich, dass das hier keineswegs eine Bitte war ... sondern Erpressung.

Ich seufzte. »Okay, was wisst ihr? Ach so, und *woher* würde mich auch noch interessieren.« Sosehr mich das Ganze auf die Palme brachte, ein bisschen beeindruckt war ich schon, dass sie mir auf die Schliche gekommen waren.

»Deine Signatur«, sagte Mouse. »Ich hab letztes Jahr gesehen, wie du sie auf einen deiner Hefter gekritzelt hast. Kam mir irgendwie bekannt vor, und ich dachte mir schon, dass das irgendwas in Code war, aber ich konnte mich nicht erinnern, wo ich es schon mal gesehen hatte, darum wusste ich nicht sofort, was du gemacht hattest –«

»Ich hab gar nichts gemacht«, fiel ich ihm ins Wort.

»Jaja, schon klar.« Er zwinkerte mir zu und wippte kurz auf den Fußballen, bevor er in Rekordtempo weiterredete.

»Mir war einfach klar, dass wir vom gleichen Schlag sind. Du weißt schon, so nach dem Motto: Das Internet ist ein Ozean und wir sind die Piraten. Und als wir dann einen dritten Mann brauchten, hab ich gleich an dich gedacht. Ich hab online nach deiner Signatur gesucht, aber nichts gefunden, also hab ich mir gesagt: ›Denk nach. Denk nach.‹ Er tippte sich kräftig mit dem Finger an die Schläfe. »›*Denk nach.*‹ Und dann ist es mir wieder eingefallen.«

»Was eingefallen?« Ich bemühte mich um ein Pokerface, aber innerlich versetzte ich mir einen Tritt in den Hintern. Ich war echt überzeugt gewesen, ich hätte meine Spuren gut verwischt, aber wenn ich blöd genug gewesen war, solche eindeutigen Hinweise auf meine Schulsachen zu schmieren, wer wusste schon, was für Patzer ich mir noch geleistet hatte?

»Die Signatur war in einem Programm, das ich gerippt hatte«, sagte Mouse.

Okay ...

»Es war das, mit dem das Game-Zap-Netzwerk gecrackt wurde.«

Ich konnte mir einen erleichterten Seufzer nicht verkneifen. *Der Game-Zap-Crack? Kinderkram.*

Und zwar im wahrsten Sinne des Wortes. Das damals war eine Woche vor meinem dreizehnten Geburtstag gewesen.

Verglichen mit meinem Polizei-Hack war die Aktion kaum der Rede wert, aber illegal war sie trotzdem gewesen, klar.

Vor der Polizeigeschichte hatte mein Game-Zap-Code schon zwei Jahre im ganzen Netz kursiert, und nach der Beinahe-Katastrophe hatte ich alles darangesetzt, meine alten Codes ausfindig zu machen und von jeder Website, aus jedem

Forum zu löschen. Aber auf die Leute, die meine Programme auf ihre Festplatte gezogen hatten, hatte ich natürlich keinen Einfluss.

»Online hab ich es nirgends mehr gefunden, aber dafür auf meinem Rechner«, bestätigte Mouse auch gleich meine Vermutung.

Okay, sie hatten also wirklich was gegen mich in der Hand, aber es hätte schlimmer sein können. Zumindest hatte ich jetzt das Gefühl, dass sich ein Fluchtweg hinter mir auftat, auch wenn ich mich immer noch in die Ecke gedrängt fühlte.

»Das warst du damals, oder?« Mouse wirkte regelrecht ehrfürchtig.

Ich zuckte unverbindlich mit den Schultern.

»Wusste ich's doch!« Mouse boxte triumphierend in die Luft. »Also jedenfalls hab ich zu Seth gesagt, dass du genau der Richtige für uns bist, aber dass ich nicht ganz sicher wäre, ob wir dir trauen können, darum hab ich erst mal abgewartet und dich beobachtet – jetzt nicht irgendwie stalkermäßig oder so, mehr wie ein Detektiv –, um abzuschätzen, ob du Interesse haben könntest, und als ich dann dich und Malcolm auf dem Klo belauscht hab, wusste ich, dass das mit uns passt.«

Mouse war regelrecht außer Puste, als er fertig war, und ich wartete kurz ab, ob er weiterreden oder womöglich in Ohnmacht fallen würde.

»Ah«, sagte ich.

Was soll man denn auch zu einem Typen sagen, der einen für den absoluten Coding-Gott hält, weil man mit dem Kopf voran in ein Pissoir gestopft wurde?

Ich hob die Hände und sagte so gelangweilt wie möglich:

»Okay, ihr habt recht. Ich hab ein Computerspielsystem gehackt. Wen interessiert's? Wenn ihr mich verpfeift, sorg ich dafür, dass sie euch wegen dem hier drankriegen. Und dank der bescheuerten neuen Regeln seid ihr damit ziemlich sicher schlechter dran als ich.«

»Willst du's drauf ankommen lassen?«, fragte Seth.

Ich wollte gerade etwas erwidern, als Mouse einschritt – im wahrsten Sinne des Wortes: Er stellte sich mir einfach in den Weg. »Eli«, sagte er. »Wenn du gehen willst, dann geh, aber ich glaube … nein, ich *weiß*, dass du eigentlich mitmachen willst.«

Womit er absolut recht hatte.

»Okay, passt auf. Alles, aber nicht diese Seite«, bettelte ich sie jetzt regelrecht an. »Es hat seinen Grund, dass man den Schnüfflern Bescheid geben soll, bevor man einen Hackversuch startet. Die von der ACM wollen nicht, dass man irgendwas Verbotenes macht. Und eine unregistrierte Seite *ist* nun mal verboten.«

Seth runzelte die Stirn. »Als hättest du noch nie irgendwas Verbotenes gemacht.«

»Hab ich, ja. Darum solltet ihr vielleicht einfach davon ausgehen, dass ich mich mit so was besser auskenne als ihr. Leute, fragt mich, ob ich euch ein Programm schreibe, mit dem ihr in die Datenbanken der Schulbehörde kommt, und ich bin dabei. Mit so was kann man die Jury beeindrucken. Das ist es, was alle anderen Teams machen werden.«

»Genau«, sagte Seth. »Alle anderen Teams. Und damit ist es wertlos.«

Nicht zu vergessen, dass eine Jury aus Techfreaks, die die

Cybersicherheitsregeln vermutlich genauso leidenschaftlich hassten wie wir, vermutlich hellauf begeistert wäre, wenn eins der Teams das System unterwanderte. Wenn ich ehrlich sein sollte, war Seths Plan eigentlich ziemlich genial. Aber das würde ich ihm ganz sicher nicht auf die Nase binden.

»Da bräuchtet ihr aber eine Menge Seitenaufrufe, um die Aufmerksamkeit der Cyber-Stasi auf euch zu ziehen«, gab ich zu bedenken. »Mindestens tausend. Wird nicht leicht, innerhalb von ein paar Wochen so viele Klicks zu kriegen.«

»Schon klar.« Seth tat so, als müsste er gähnen. »Wenn du meinst, das übersteigt deine Fähigkeiten …«

Arsch.

»Spar dir deine Köderversuche, Alter. Ich bin schließlich nicht mehr zwölf.«

Dann konnte ich nicht anders, als hinzuzufügen: »Und nur damit das klar ist: So einen Hack hätte ich selbst mit zwölf auf die Reihe gekriegt.«

Ich versuchte erfolglos, das *Bäääm!* in meiner Stimme zu unterdrücken.

»Aber wieso sollte irgendwer überhaupt hier draufklicken?« Ich trat zurück an das Tablet zwischen dem ganzen anderen Elektroschrott. »Das ist nur ein Bild mit einer Überschrift … einer Überschrift, die …« Ich scrollte zurück zum oberen Ende der Seite. »Dampfablassen. Wer soll sich denn davon angesprochen fühlen?«

»Wir dachten, man könnte ein Forum einrichten.« Mouse sprühte schon wieder vor Optimismus und Hyperaktivität. »Die neuen Gesetze haben ja nicht bloß die *Mobber*« – er malte mit den Fingern Anführungszeichen in die Luft – »zum

Schweigen gebracht. Sondern uns alle. Kritik ist nicht mehr erlaubt – nicht an Lehrern, nicht an Schulen, nicht an anderen Schülern –, nichts, was man auch nur im Entferntesten als *Mobbing*« – wieder Anführungszeichen, diesmal begleitet von einem Augenrollen – »interpretieren könnte.«

Er war nicht der Einzige, der sauer war. Ich hatte von mindestens einem Dutzend Klagen wegen Einschränkung der Redefreiheit gelesen, die Schülergruppen aus ganz Amerika, von New York bis L.A., eingereicht hatten. Aber hier in Haver, wo die Sache ihren Anfang genommen hatte, guckten wir alle bloß untätig zu. Nicht etwa, weil es uns egal war … Schwer zu erklären. Vielleicht lag es daran, dass Jordan der Auslöser für die neuen Gesetze gewesen war und wir einfach ein zu schlechtes Gewissen hatten, um zu protestieren. Und jetzt drohten wir, vor aufgestautem Frust zu platzen.

All die Wut und Unzufriedenheit und Nervosität, die wir vorher im Internet abladen konnten, sammelte sich jetzt in unserem Inneren. Die Erwachsenen taten so, als wären diese ganzen aufgestauten Gefühle durch die Regeländerungen einfach verschwunden, dabei waren sie lediglich an einen anderen Ort verdrängt worden. Völlig abgeschirmt wie hinter einer Firewall.

Ich starrte auf das Display. Vielleicht war dieses Forum doch der richtige Weg. Aufgestauter Frust war schließlich nie gut. Und diese Seite könnte tatsächlich ein Ort sein, an dem man seinem Ärger Luft machen konnte, an dem man sich über die Ungerechtigkeit auskotzen und vielleicht sogar den einen oder anderen Witz reißen konnte, ohne dass einem gleich die Cyber-Stasi im Nacken saß. Eine winzige Oase der Meinungsfreiheit in einer Wüste der Unterdrückung.

»Aber ein Forum?« Es gelang mir nicht, die Skepsis in meiner Stimme zu überspielen. »Geht's noch langweiliger?«

Mouse nickte. »Ich weiß, aber dafür kann man Videos hochladen und —«

»Lass uns nichts überstürzen«, schnitt Seth ihm das Wort ab. »Er hat schließlich noch nicht gesagt, ob er mit an Bord ist. Und wir wissen sowieso nicht, wie er uns überhaupt helfen kann.«

Kurz wollte ich beleidigt sein, aber gleichzeitig spürte ich, wie irgendeine Urkraft an meinem Hackerherzen zupfte, der Reiz einer neuen Herausforderung. Manche Leute benutzten das Internet dafür, um sich Aufmerksamkeit zu verschaffen, andere wiederum hofften, unsichtbar zu bleiben. Und dieser Teil von mir – der Teil, der sich gern in den dunklen Winkeln der Onlinewelt herumdrückte, der gern alles sah und alles wusste, ohne selbst gesehen und erkannt zu werden – war es, der als Nächstes aus mir sprach.

»Und wie genau wollt ihr damit unter dem Radar bleiben?«, fragte ich.

»Ich dachte, du bist nicht interessiert«, entgegnete Seth.

»Vielleicht lasse ich mich ja noch überzeugen.«

»Tor-Netzwerk«, antwortete Mouse schlicht.

»Hundertprozentig geschützt ist man damit aber nicht«, wandte ich ein. »Man kann den Server dann trotzdem noch finden.«

Seth stieß ein Schnauben aus. »Ja, wenn man die NSA ist vielleicht, aber nicht die Internetpolizei von der Haver High.«

Auch wieder wahr. Eigentlich erbärmlich, wie einfach es werden würde. Andererseits konnte ein bisschen zusätzliche Sicherheit nicht schaden.

»Ist trotzdem ziemlich riskant«, sagte ich. »Vielleicht könnte man es noch mit einem VPN kombinieren und dann –«

Ich hielt inne, als die beiden sich neugierig vorbeugten. Fehlte nur noch, dass sie anfingen, sich Notizen zu machen.

»Aber wisst ihr, was?« Ich hob die Hände. »Wahrscheinlich habt ihr recht und das ist eh alles 'ne Stufe zu hoch für mich. Klingt doch, als hättet ihr einen super Plan mit eurer Single-Layer-Absicherung –«

»Ist ja gut!«, beschwichtigte mich Seth. »Okay, wir brauchen dich. Wir brauchen dich für diese Seite und für unser ACM-Team. Soll ich vielleicht niederknien und dich anbetteln?«

»Würde nicht schaden«, erwiderte ich und versuchte, mir das Grinsen zu verkneifen.

Seth blieb jedoch stehen und verschränkte die Arme. »Muss ein super Gefühl sein, wenn man so viel Macht hat.«

Ich stutzte. Macht? Ich? Fast hätte ich losgelacht. Macht hatten solche Typen wie Malcolm, die sie sich mit den Fäusten verschafften, oder Lehrerinnen wie Señora Vega, die die nötige Autorität dafür besaßen. Was hätte ich nicht für einen Fitzel dieser Autorität gegeben, aber ich gehörte nun mal nicht zu den Strippenziehern dieser Welt. Weder wenn es darum ging, Spanisch zu bestehen, noch darum, Misty dahin zurückzuschicken, wo sie herkam, oder Mädchen wie Isabel zu beeindrucken.

Aber wie es schien, hatte ich zumindest diese beiden Jungs beeindruckt, und das war nicht das allerschlechteste Gefühl.

»Eli«, sagte Seth, und seine Stimme klang plötzlich weicher, beinahe schon flehend. »Bei diesem Wettbewerb werden Tausende von Leuten wie wir mitmachen. Wir müssen irgendwas auf die Beine stellen, wodurch wir aus der Masse rausstechen. Das Netz ist der Wilde Westen, und wir sind die Cowboys, die neue Grenzen abstecken. Wir müssen die schnellsten Colts sein –«

»Okay, okay«, unterbrach ich ihn. »Ihr habt mich jetzt als Pirat, Cowboy und Verbrecher bezeichnet. Aber so schmeichelhaft das alles ist, ihr kennt mich überhaupt nicht und interessiert euch einen Dreck für mich, was mich zum perfekten Bauernopfer macht, wenn die Sache schiefläuft.«

»Wir wollen dich in unserem Team haben, damit die Sache *nicht* schiefläuft«, hielt Seth dagegen. Aber von einem Typen, der mich gerade noch zu erpressen versucht hatte, war so eine Zusicherung genau gar nichts wert. Ich fuhr mir mit beiden Händen durchs Haar, als könnte ich die richtige Antwort direkt in mein Gehirn massieren.

Die ACM war eine unglaubliche Chance. Wenn wir die gewinnen würden – okay, die Wahrscheinlichkeit dafür tendierte gegen minus eine Million –, würde ich ein fettes Preisgeld kassieren und könnte mir komplett das College sparen. Dann hätte ich vier Jahre Vorsprung gegenüber allen anderen Computercracks, die ihre Zeit damit verschwendeten, in Hörsälen zu hocken und sich das Geschwafel von Professoren reinzuziehen, die nur über einen Bruchteil unserer Programmierfähigkeiten verfügten. Und selbst wenn wir nicht gewinnen würden, gab es immer noch die Headhunter der großen Techfirmen, die vielversprechenden Teilnehmern oft bezahlte Praktika anboten.

Das würde mir zumindest einen Sommer lang eine Auszeit von meiner Fake-Familie verschaffen, wenn nicht sogar für immer. Außerdem wäre es Beweis genug für Dad, dass ich zu den Rockstars gehörte und nicht zu den Durchschnittsmusikern.

Mein Blick fiel auf Mouse' orange-blaue Schuhe, die gerade einen komplizierten kleinen Stepptanz aufführten. Ich konnte die Energie spüren, die Seth und er ausstrahlten, eine Energie, wie sie einen packte, wenn man am Anfang von etwas Großem stand, etwas, das aufregend war und womöglich sogar ein bisschen gefährlich. Sie war ansteckend. Ich fühlte, wie sie auf mich übergriff und ich mich fast unmerklich auf die beiden zubewegte, anstatt schleunigst zurück aus dem Fenster zu klettern.

Ich sah hoch in Mouse' Gesicht. »Glaubst du wirklich, wir haben eine Chance?«

Endlich hielt er mal die Füße still. »Ich glaube, wir müssen es zumindest versuchen ... für Jordan.«

Aber nicht nur für Jordan. Sondern für alle, die wie er – trotz allem, was er durchlitten hatte – an die Freiheit des Internets glaubten.

Meine Neugier fuhr auf die Überholspur ... und ließ meine Zweifel auf dem Seitenstreifen zurück.

Die Website war eine Möglichkeit, ein System bloßzustellen, das ich aus tiefstem Herzen verachtete. Ein System, dessen Ziel es war, uns an dem einen Ort zum Schweigen zu bringen, an dem ich das Gefühl gehabt hatte, überhaupt eine Stimme zu haben. Vielleicht war es ja okay, sich zumindest vorübergehend unredlicher Methoden zu bedienen, um das Richtige zu tun.

All das hielt mich davon ab, direkt Nein zu sagen, und als ich schließlich um zwei Uhr morgens zurück aus dem Kellerfenster kletterte, lautete die Antwort Ja.

KAPITEL 10

Die Gründe für meine Zusage gingen weit hinaus über meinen Hass auf die Internetaufsicht, die Angst, meine Gesetzesübertretungen der vergangenen Jahre könnten ans Licht kommen, und sogar die Chance, mithilfe der ACM meinen Dad zu beeindrucken.

Denn es gab eins, neben dem alles andere verblasste.

Den Nervenkitzel.

Seit ich mir geschworen hatte, mich von anderer Leute Computern fernzuhalten, war ich nicht mehr so aufgeregt gewesen. Ich hatte nie irgendwem mit meinen Hacks schaden wollen. All die Ausweis- und Kreditkartendaten, die ich bei Game Zap abgesaugt hatte, hatte ich nicht verkauft. Darum ging es gar nicht. Sondern um diesen Rausch, jedes Mal, wenn ich ein virtuelles Schloss knackte. Für mich war das die ultimative Motivation zum Hacken – dieses »Weil ich's kann«-Gefühl. Das war meine Droge.

Der aktuelle Nervenkitzel hielt bis zum nächsten Morgen an. Ich saß mit brennenden Augen vor meinem Computer und starrte auf Seths und Mouse' genauso müde Gesichter auf meinem Bildschirm.

»Fertig«, nuschelte Seth erschöpft.

Mouse gähnte. »Bist du sicher?«

Nach unserem Treffen waren wir alle zu aufgekratzt zum Schlafen gewesen. Ich kann mich nicht mal mehr erinnern, wer von uns als Erster die anderen angeschrieben hatte. Nur an unseren Beschluss, uns noch in derselben Nacht an die Arbeit zu machen. Wahrscheinlich hätte mich das Adrenalin allein am Laufen gehalten, sodass ich mir die drei Energydrinks, die ich runtergekippt hatte, locker hätte sparen können, und Stunden später, als orangerotes Morgenlicht durch mein Zimmerfenster sickerte, bereute ich den Koffeinexzess.

»Ja.« Seth nickte. »Vernichtet alle Beweise auf euren Rechnern. Von jetzt an kommen sämtliche Updates nur noch von einem Computer.«

Ein kleines bisschen angefressen war ich schon darüber, dass dieser Computer in Seths Keller stehen würde, aber ich sah ein, dass es sinnvoller war, von einem einzigen Ort aus zu agieren.

In den nächsten paar Sekunden war nichts zu hören außer Tastengeklapper, während Mouse und ich alle Spuren von unseren Festplatten löschten.

Die Seite unsichtbar für etwaige Schnüffler zu machen, war leicht gewesen. Wesentlich schwerer hatten wir uns damit getan, uns auf einen Namen zu einigen. Bestimmt eine Stunde lang hatten wir mit Ideen jongliert, die von Internet Avengers (»Klingt zu sehr nach Superheldencomic«, fand Seth) bis hin zu Goodbye, Spy (wir verdrehten alle die Augen) reichten. Nach einer Weile entschieden wir uns für einen von Mouse' Vorschlägen: *freundevonspringer.com.*

»Alles sauber«, sagte Mouse.

Ich nickte. »Hier auch.«

Seth atmete tief ein. »Okay, dann mal —«

»Warte!« Mouse setzte sich ruckartig auf und drehte sich nach irgendetwas um, was wir nicht sehen konnten.

»Was ist?« Meine Eingeweide verkrampften sich vor Panik, aber nach einem Moment lehnte er sich wieder zurück und bedeutete uns, kurz leise zu sein.

»Meine Mom ist gerade aufgestanden«, flüsterte er.

Seth schüttelte entnervt den Kopf. »Okay, jetzt aber –«

»Nein, warte.« Diesmal hielt ich ihn zurück.

»Was denn noch?«

»Seid ihr euch auch wirklich absolut sicher wegen der URL?« Ich war noch immer nicht ganz überzeugt, dass *Freunde von Springer* kein allzu deutlicher Wink mit dem Zaunpfahl war, sosehr Seth und Mouse mir auch versicherten – mit mehr als einem Anflug von schlechtem Gewissen –, dass nie im Leben jemand auf die Idee kommen würde, sie könnten mit Jordan Springer befreundet gewesen sein.

»Entspann dich, Eli«, seufzte Seth. »Wir sind uns hundertprozentig sicher.«

»Tausendprozentig«, bekräftigte Mouse. Als es kurz vorher um den Namen der Seite gegangen war, hatte er ziemlich hartnäckig auf seinem Vorschlag bestanden, und für einen so kleinen hibbeligen Typen verströmte er eine ganz schöne Autorität, sobald es darum ging, seinen Willen durchzusetzen.

»Okay«, gab ich mich schließlich geschlagen. »Dann los.«

Seth lehnte sich zurück und einer seiner Mundwinkel hob sich zu einem halben Grinsen. »Erledigt.«

Eine wilde Euphorie durchzuckte mich und auch Mouse fing in seinem Chatfenster an zu zappeln. Sofort öffneten wir alle drei die Seite in unserem Browser. Unabhängig voneinander machten wir uns daran, sie auf Herz und Nieren zu prüfen und nach Schwachstellen abzuklopfen.

Ein paar Minuten später waren wir uns einig, dass *freundevonspringer.com* sicher war.

Und weil Seth offenbar keine Gelegenheit für irgendeinen abgedroschenen Spruch verstreichen lassen konnte, sagte er: »Gute Arbeit, Männer! Lasset die Spiele beginnen.«

Er klatschte einmal in die Hände, was ihm ein hastiges »Sch!« seitens Mouse einbrachte, und ich spürte, wie mein Herz zu hämmern anfing und sich ein nervöses Lächeln in meinem Gesicht ausbreitete.

Ab jetzt waren wir virtuelle Gesetzlose.

Als zwei Stunden später die Schule losging, war ich zum Zombie mutiert. Benebelt dümpelte ich durch die erste Tageshälfte, und als ich mich mittags neben Zach setzte, wusste ich nicht mal mehr genau, wie ich überhaupt in die Cafeteria gekommen war. An unserem gewohnten Tisch ganz am hinteren Ende des Raums waren die üblichen Verdächtigen versammelt – eine Mischung aus Eigenbrötlern und Leuten, deren Grüppchen nicht groß genug waren, um sich einen eigenen Tisch zu sichern. Zach und ich bildeten auch so ein Grüppchen.

»Wow. Vom Bus angefahren worden?«, begrüßte er mich.

»Schön wär's«, entgegnete ich. »Dann dürfte ich jetzt vielleicht wenigstens schlafen.«

»Nacht durchprogrammiert?«

Ich zögerte. Wie würde Zach reagieren, wenn er rausfand, dass ich ohne ihn bei der ACM starten würde? Das hatten wir ja eigentlich zusammen machen wollen.

»So was in der Art.«

»Cool. Woran arbeitest du denn?«

Die Wahrheit presste sich von innen gegen meine Lippen, aber ich bekam sie einfach nicht raus. Selbst wenn Zach nicht stinksauer werden würde, weil ich ohne ihn an dem Wettbewerb teilnahm, würde er mir wegen der unregistrierten Website die Hölle heißmachen. Er war zwar auch nicht unbedingt ein Fan der Cyber-Stasi, er regte sich nur einfach nicht so sehr darüber auf.

Zach war ein brillanter Programmierer, aber er würde seine Tastatur jederzeit für ein Schachbrett in die Ecke schmeißen.

Meine große Liebe dagegen galt einzig und allein dem Programmieren.

Und darum war ich mir nicht sicher, ob Zach mich verstehen würde. Also beschloss ich, mein Geheimnis vorerst für mich zu behalten, zumindest so lange, bis ich wusste, wie ich es ihm erklären sollte. Eigentlich wäre ich sowieso viel lieber mit Zach in einem Team gewesen. Der programmierte Seth und Mouse locker an die Wand.

Nächstes Jahr, schwor ich mir.

Fürs Erste musste ich mich mit den Kellerkindern zufriedengeben.

»Nichts Besonderes. Oh Mann, ich hatte gestern einen Riesenkrach mit meinem Dad«, wechselte ich schnell das Thema. »Ich hab – Alter, halt dich fest – *Hausarrest*.«

Das Thunfischsandwich, das Zach gerade im Anschlag gehabt hatte, landete auf dem Tisch, und seine Kinnlade klappte runter.

»Nicht im Ernst, oder? Weiß dein Dad überhaupt, was das Wort bedeutet?«

»Glaub nicht.«

Zach und ich lachten los und befanden dann, dass das Ganze halb so schlimm war, solange ich noch meinen Computer für die Hausaufgaben benutzen durfte.

»Wo solltest du denn überhaupt hinwollen?«, gluckste er.

Ich biss in mein eigenes Sandwich, um nicht lügen zu müssen.

»*Per favore*«, flehte ich Señora Vega an, im Versuch, ihr eine winzige Notenerhöhung aus dem Kreuz zu leiern. Aber sie blieb hart.

»*Por favor*«, korrigierte sie mich, während sie die Zettel auf ihrem Pult zusammensuchte. »*Per favore* ist Italienisch.«

»Sind Sie sicher?«

Sie hörte gerade lange genug mit dem Papierstapeln auf, um mich mit erhobenen Augenbrauen anzusehen.

»Okay, anscheinend ja.« Ich rieb mir übers Gesicht. »Hören Sie, ich weiß, dass ich Spanisch ein bisschen hab schleifen lassen. Ich will ja auch gar keine Eins. Nur eine Vier – eine mickrige kleine Vier minus. Dann strenge ich mich nächstes Jahr auch extraviel an.«

Sie schob die Papierstapel in einen bunten Jutebeutel und schlang ihn sich über die Schulter. »Eli, mir ist nicht entgangen, dass du deine Probleme in Spanisch hast, aber was Nein heißt, kannst selbst du mir sagen, oder?«

»*No?*«, fragte ich.

»Ganz genau. Und so lautet auch meine Antwort: *No*.«

Sie drängte sich an mir vorbei zur Tür, aber ich tappte ihr

hinterher wie ein besonders nerviger Welpe, der einem ständig zwischen den Füßen rumwuselt.

»*Por favor*, Señora. Sagen Sie mir, was ich tun soll. Mein Schicksal liegt in Ihren Händen!«

Aber sie beachtete mich gar nicht mehr, sondern winkte stattdessen jemandem hinter mir im Flur zu. »*¡Adiós, Isabela! Que tengas un buen fin de semana.*«

Als ich die Stimme hörte, die im selben Singsang antwortete, riss ich so ruckartig den Kopf herum, dass ich mir beinahe den Nacken ausrenkte.

»*¡Gracias! Y usted también.*« Isabel Ortega lächelte und winkte mir zu.

Okay, nicht mir, aber da Señora Vega direkt neben mir stand, konnte ich mir fast einbilden, dass sie mich meinte.

Und dann, als sie an uns vorbeiging, richtete sich ihr Blick tatsächlich kurz auf mich.

»Hallo«, sagte sie.

Schlicht. Freundlich. Das würde ich doch auch hinkriegen. Ein einfaches »Hey« würde reichen.

Aber natürlich kam alles ganz anders.

Meine Hand hob sich zu einem peinlichen kleinen Fingerwackeln, so wie Omas gerne Babys winkten. Und dann sagte ich: »*Hola.*« Nur dass ich leider so irritiert über das unerwartete Eigenleben meiner Finger war, dass es sich mehr wie »*Oh, là, là*« anhörte.

Isabels Lächeln wich einem Ausdruck von Verwirrung oder vielleicht auch Mitleid, bevor sie verschwand.

Meine Erniedrigung steigerte sich ins Unermessliche, als mir kurz darauf klar wurde, dass Señora Vega das Ganze mit angesehen hatte und mich mit einem schadenfrohen Grinsen musterte.

»*Mira*, Eli. Es sind nur noch zwei Monate bis zum Ende des Schuljahrs. Ich kann dir nichts versprechen. Aber wenn du weiterhin – nein, wenn du dich *ab jetzt* richtig anstrengst im Unterricht, gebe ich dir vielleicht ein Projekt, mit dem du ein paar Extrapunkte sammeln kannst. Wir reden bei Gelegenheit noch mal darüber.«

Ich schaffte es tatsächlich, mich auf Spanisch zu bedanken, ohne das Wort dafür vollends zu verhunzen, und machte mich vom Acker, bevor sie es sich anders überlegen konnte.

Wie gestern nahm ich den Seitenausgang, in der Hoffnung auf eine weitere Isabel-Sichtung an den Fahrradständern, aber natürlich hatte ich nicht an zwei Tagen in Folge so ein Glück. Statt Isabel entdeckte ich Seth, der ein Stück entfernt auf Zehenspitzen stand und sich mit einer groß gewachsenen blonden Zwölftklässlerin unterhielt. Eins dieser Mädchen, die man einfach nicht übersehen konnte – immer umgeben von einem Hofstaat und mit strahlend weißem Lächeln, das selbst meinen Blick auf sich zog, obwohl sie überhaupt nicht mein Typ war.

»Ashley Thorne.«

Ich zuckte zusammen. Mouse war so plötzlich und leise neben mir aufgetaucht, dass ich ihn überhaupt nicht hatte kommen hören. Er friemelte an den Riemen seines Rucksacks herum und wippte schon wieder auf den Fußballen auf und ab.

»Wer?«, fragte ich. Der Name kam mir irgendwie bekannt vor.

Mouse deutete auf Seth und das Mädchen, das bei Weitem zu hübsch war, um mit ihm zu plaudern.

»Ashley Thorne. Vermutlich die nächste Abschlussballkönigin. Beste Tennisspielerin der Schulmannschaft. Und das Böse in Menschengestalt.«

Ich blinzelte. »Ist das Seths …«

Mouse lachte laut los und schaukelte zurück auf die Fersen. »Als ob! Vielleicht in Seths feuchten Träumen. Nee, er hilft ihr nur manchmal mit der Schule.«

»Er gibt ihr Nachhilfe?«

»Wenn du unter *Nachhilfe* verstehst, dass er ihr durchs ganze Gebäude hinterherrennt, um ihr Antworten auf Testfragen zuzustecken und ihr seine Hausaufgaben zum Abschreiben anzubieten, dann ja, Nachhilfe.«

Jetzt lachten wir beide.

»Wer weiß?«, entgegnete ich. »Vielleicht steht sie ja auf Nerds.«

»Ja klar!« Mouse' knochige Schultern bebten. »Und ich hab 'ne Zweitkarriere als Sumoringer.«

»Echt? Wie ist denn dein Kampfname?«

Mouse musste keine Sekunde überlegen. »Mouse the Mighty!«

»Mighty Mouse!«, rief ich.

»Der ist schon vergeben. An so 'ne Uralt-Zeichentrickfigur.«

»Du meinst Micky Maus.«

»Nee, es gibt noch eine andere.«

Ich riss gespielt schockiert die Augen auf. »Zwei Mauses?«

»Der Plural von Maus ist immer noch Mäuse.« Er grinste. »Gut, dass wir dich nicht für einen Grammatikwettbewerb rekrutiert haben.«

Wieder lachten wir, doch als Mouse sich zu Seth und Ashley umdrehte, legte sich ein Schatten über sein Gesicht.

»Was ist, hast du was gegen sie?«, fragte ich.

»Sie war eine von denen, die …« Er verstummte.

Es dauerte einen Moment, bis ich kapierte, worauf er hinauswollte. »Eine von denen, die nicht so nett zu Jordan waren?«

Mouse schnaubte und plötzlich war seine gute Laune wie weggeblasen. »So kann man's auch ausdrücken.«

Jetzt fiel mir wieder ein, warum mir Ashleys Name bekannt vorgekommen war. Anfang des letzten Schuljahrs hatte sie zusammen mit ihren Freundinnen ein paar Neuntklässler in irgendeinem sozialen Netzwerk fertiggemacht. Vielleicht war Jordan ja einer davon gewesen.

Ich hatte diesen Vorfall von Onlinemobbing nur nie mit dem hübschen Mädchen, das gerade mit Seth plauderte, in Verbindung gebracht.

»Klassischer Fall von außen hui, innen pfui also«, merkte ich an.

»So was von pfui«, pflichtete Mouse mir bei, und mit einem Mal schlich sich etwas Finsteres in seine Stimme. Eine Sekunde später jedoch war es wieder verschwunden und sein gewohnter Sarkasmus kehrte zurück. »Seth ist echt der letzte Verräter, dass er sich ausgerechnet in sie verknallt, aber Ashley nutzt ihn sowieso schamlos aus. Das dürfte Strafe genug sein.«

»Meinst du, er würde ihr von der Website erzählen?«, fragte ich.

»Nein.« Mouse schüttelte den Kopf. »Das würde er nicht riskieren.«

»Wenn das Ganze so riskant ist, sollten wir es vielleicht lieber gleich sein lassen.«

Das klang sehr nach Zach. Wahrscheinlich war es einfach das schlechte Gewissen, das aus mir sprach. Und damit musste man wohl rechnen, wenn man hinter dem Rücken seines besten Kumpels solche Dinger drehte.

Ich kratzte mich an der Wange. »Vielleicht werden wir ja eh disqualifiziert, wenn rauskommt, dass die Seite illegal ist.«

»Bei der ACM geht es mehr darum, sich von der Masse abzuheben, als ums Gewinnen. Auf die Weise kommt man an die Praktikumsstellen oder sogar richtige Jobs. Und Seth sagt, so erregen wir auf jeden Fall Aufmerksamkeit.«

Irgendetwas an seinem Tonfall ließ mich stutzen – er wirkte seltsam ausdruckslos, beinahe als hätte er die Antwort auswendig gelernt. »Das könnte aber genauso gut nach hinten losgehen. Welche Firma will schon Mitarbeiter, denen sie nicht trauen kann?«

»Wer nicht wagt, der nicht gewinnt«, konterte Mouse.

»Wow, du klingst ja fast wie ein Black Hat.«

Mouse wirkte beinahe empört über meine Andeutung, er könnte ein krimineller Hacker sein. Er schien überzeugt davon, dass das Aushebeln der neuen Cybergesetze einen Hacker als White Hat definierte. »Du kapierst gar nichts.«

»Doch, ich versteh schon«, entgegnete ich. »Klar macht eine Real-World-Demonstration mehr her als irgendein lahmes Skript, aber vielleicht kann man das System ja auch noch auf andere Weise bekämpfen.«

Mouse kaute auf der Unterlippe.

»Wir haben nicht zu ihm gestanden.« Plötzlich redete er so leise, dass ich ihn fast nicht gehört hätte.

»Was?«

Eine Sekunde lang hielt er untypisch still und guckte mich aus weit aufgerissenen Augen an. Dann fügte er genauso leise hinzu: »Gestern bei der Schulversammlung. Für Jordan. Du hattest recht. Wir haben nichts beigetragen. Es gab einen Flyer, auf dem ›*Freunde von Springer*‹ aufgefordert wurden, sich zu beteiligen. Aber es hat sich niemand gemeldet, darum mussten sie ein paar Leute aus der Schülervertretung nehmen.«

»*Freunde von Springer?*«

Mouse zog ein zerknirschtes Gesicht.

»Tut mir leid«, sagte ich, auf der Suche nach den richtigen Worten. Wow, vor einer Sekunde hatten wir noch zusammen gelacht und jetzt das. Anscheinend waren Mouse' Stimmungsschwankungen genauso unbändig wie sein Bewegungsdrang und ich kam kaum noch mit bei dem Auf und Ab.

»Spar's dir.« Mouse winkte ab. »Lass uns einfach nicht hängen.«

»Mach ich nicht«, versprach ich, erleichtert, dass er nicht mehr flüsterte.

»Gut.«

Mouse schien den unbehaglichen Moment problemlos abzuschütteln und nickte Richtung Fahrradständer, wo Seth inzwischen allein stand. »Seth hat gesagt, ich soll dir Bescheid geben, dass wir uns morgen zum Training bei ihm zu Hause treffen. Und Sonntag vielleicht auch. Wir haben schließlich noch nie zusammengearbeitet, darum sind wir gegenüber den anderen Teams ziemlich im Nachteil.«

»Sag bloß«, schnaubte ich.

»Bloß.« Mouse zwinkerte mir zu. »Also, bis morgen dann.«

»Bis morgen«, sagte ich, und er stürmte los zu Seth.

Erst nachdem die beiden die Straße runter verschwunden waren, fiel mir wieder ein, dass ich Hausarrest hatte.

KAPITEL 11

Um dieses Wochenende von zu Hause wegzukommen, würde ich ein schweres persönliches Opfer bringen müssen – mich bei Misty einschleimen. Zuerst wartete ich, bis Dad am nächsten Morgen zur Arbeit aufgebrochen war. Er war samstags oft geschäftlich in Iowa City unterwegs und würde erst spät zurückkommen, was Misty zu meiner obersten Gefängniswärterin beförderte.

»Mhm, lecker«, log ich beim Frühstück über ihr viel zu trockenes Rührei mit halb rohem Speck. Ich zwang mich, meinen Teller leer zu essen, und lächelte sie über den Tisch hinweg an.

Ich hatte erwartet, dass sie sich über mein Kompliment freuen würde, aber sie beäugte mich bloß argwöhnisch. »Was willst du?«

Ich gab mich zutiefst gekränkt. »Man wird doch wohl noch der Köchin ein Kompliment machen dürfen.«

»*Man* darf, *du* aber nicht.«

Okay, das hatte ich wohl verdient.

»Nein wirklich.« Ich spießte das nächste labbrige Stück Speck auf. »Schmeckt super.«

»Es schmeckt scheiße.« Misty ließ ihre Gabel auf den Tisch fallen. »Na los, spuck's aus, Eli, was gibt's?«

»Ganz ehrlich?«

»Ganz ehrlich.«

»Ich müsste für heute vom Hausarrest befreit werden, damit ich … mit Zach lernen kann.«

Gelogen.

»Lernen, wofür?«

»Spanisch.«

»Damit kann ich dir doch helfen«, bot sie an. *»Hablo español, recuerdas?«*

Ach ja, das hatte ich ganz vergessen. Oder vielleicht hatte ich es auch nie wirklich geglaubt. Dad konnte schließlich selbst kein *hola* von einem *habla* unterscheiden.

»Hattest du Spanisch am College?«, fragte ich in der Hoffnung, sie am Reden zu halten, bis mir ein besserer Grund einfiel, warum ich ganz dringend aus dem Haus musste.

»Ein bisschen«, sagte sie. »Aber das meiste hab ich gelernt, indem ich mich mit Muttersprachlern unterhalten habe. Ich war in Florida mit ziemlich vielen Kubanern befreundet.«

Ich fragte mich, ob diese Kubaner wohl Kunden von ihr gewesen waren, und hätte mir am liebsten mein Besteck in die Augen gerammt, um das Bild loszuwerden.

»Also, was steht denn an, ein Vokabeltest? Verbkonjugationen?«

»Weder – noch«, antwortete ich. »Oder eigentlich beides … irgendwie. Ist eher ein Projekt.«

Misty musterte mich skeptisch.

»Und außerdem muss Zach mir noch bei einem Englischaufsatz helfen.«

Noch mal gelogen. Englisch war zwar nicht gerade meine Paradedisziplin, aber wie in allen anderen Fächern konnte ich trotzdem mit halber Kraft meine gute Note halten. Und Misty schien überzeugt. Oder vielleicht hatte sie auch einfach keine Lust mehr zu diskutieren. Sie gewährte mir für den Nachmittag ein paar Stunden Ausgang, unter der Bedingung, dass ich vor Dad wieder zu Hause war. Das Zugeständnis schien sie genauso viel Überwindung zu kosten wie mich, sie darum zu bitten.

Damit wären wir wohl quitt.

Nach vier Stunden in Seths Keller wünschte ich mir, Misty hätte Nein gesagt.

Keine Ahnung, was ich erwartet hatte, aber ganz sicher nicht das Virtual-Reality-Übungsprogramm, das Seth von irgendeiner Seite mit Computertutorials runtergeladen hatte. Stundenlang suchten wir das erfundene System eines erfundenen Unternehmens nach Sicherheitslücken ab. Okay, um ehrlich zu sein, war es schwieriger als erwartet, aber leider auch todlangweilig. Simuliertes Hacken machte einfach nicht halb so viel Spaß wie das echte.

Ich war fast erleichtert, als Mouse seinen Laptop zuklappte und erklärte: »Mir reicht's. Ich kann den Kram nicht mehr sehen.«

Seth, der Einzige von uns, der nicht gelangweilt wirkte, lugte an seinem eigenen Display vorbei. »Lasst uns noch ein letztes Szenario durchspielen –«

»Nein«, sagte Mouse.

»Aber –«

»Nein!« Diesmal fiel ich mit ein.

Seth, der einsehen musste, dass er überstimmt war, schmollte ein paar Sekunden, dann schob er seinen Laptop beiseite und ging zu dem Rechner, der für *freundevonspringer.com* reserviert war.

»Mal gucken, ob schon was im Forum steht«, sagte er.

»Lass es lieber«, rief ich im Liegen von der Couch. »Ist zu deprimierend.«

Wir hatten den Seitenlink auf allen wichtigen Portalen verbreitet, und die Leute von der Haver hatten ihn definitiv wahrgenommen: In nur vierundzwanzig Stunden hatte die Seite über hundert Klicks bekommen – aber im Forum war trotzdem kein einziger Post erstellt worden.

»Nichts«, bestätigte Seth und lehnte sich zurück. Er drehte sich auf seinem Bürostuhl langsam im Kreis, den Kopf für eine Extraprise Dramatik in den Nacken gelegt, und starrte an die Decke. »So wird das nie was. Wir haben unseren Kumpel im Stich gelassen.«

Mouse und ich wechselten einen Blick und verdrehten die Augen. Es war schwer zu sagen, ob Seths Verzweiflungsausbruch echt oder gespielt war, aber soweit ich ihn inzwischen einschätzen konnte, war die ACM ihm mit Sicherheit wichtiger als Jordans Gedenken.

»Warte einfach mal noch ein bisschen«, sagte ich. »Niemand postet gern als Erster auf einer neuen Seite. Sobald ein paar Threads da sind, wird das Ganze schon anlaufen.«

Mouse legte den Kopf schief. »Nicht dass die denken, das ist eine Falle?«

»Kann sein«, räumte ich ein. »Darauf bin ich noch gar nicht gekommen.«

Ich hatte auch schon gehört, dass ein paar der Schnüffler, die offenbar nichts Besseres zu tun hatten, selbst fleißig

Foren oder sonstige vertrauenswürdig wirkende Plattformen einrichteten, um die Kids zu Onlinedummheiten zu verleiten, für die sie sie anschließend drankriegen konnten.

Seth hörte auf zu kreiseln und schlug mit der Faust auf die Kante des Billardtischs. »Scheiße. Na klar sieht das aus wie ein Köder! Die denken, die Schnüffler hätten ein Foto von Jordan online gestellt, um die Leute in die Falle zu locken.«

Umso besser. Dann schreibt vielleicht wirklich keiner ins Forum und wir können die Seite wieder einstampfen.

So gern ich die Jury bei der ACM beeindruckt und die Cyber-Stasi bloßgestellt hätte, ein bisschen Schiss vor den Folgen hatte ich schon.

»Mist«, sagte ich und gab mir Mühe, enttäuscht zu klingen.

»Und was machen wir jetzt?«, fragte Seth, dessen Blick sich regelrecht in den Bildschirm zu bohren schien. »Wie sollen wir die Leute davon überzeugen, dass die Seite sicher ist?«

Mouse drehte sich auf seinem Stuhl zu Seth um. »Vielleicht sollten wir erst mal selbst was posten?«

Ich schoss mit den Augen Laserstrahlen auf seinen Hinterkopf ab, aber er schien nichts davon zu merken, denn er brabbelte einfach weiter.

Er ließ einen Digitalstift zwischen den Fingern kreisen. »Wir könnten ein paar Threads im Forum anfangen, damit die Leute wissen, dass wir nicht die Cyber-Stasi sind.«

»Na klar«, schnaubte ich. »Weil man das natürlich bloß behaupten muss und schon glaubt einem jeder.«

Mouse drehte sich lange genug zu mir um, um mir die

Zunge rauszustrecken und gleichzeitig den Mittelfinger zu zeigen.

Ich lachte und Mouse wandte sich wieder an Seth. »Und wenn wir ein Video von uns posten, in dem wir die Seite erklären?«

»Äh, ja«, sagte ich. »*Das* ist doch mal 'ne super Idee.«

Intelligente Menschen konnten manchmal erschreckend doof sein.

»Mouse«, schaltete sich jetzt Seth ein. »Ich glaube, du hast gerade ein bisschen unser Ziel aus den Augen verloren.«

Aber Mouse ließ sich nicht beirren. »Doch keins, in dem man unsere Gesichter sieht, ihr Idioten! Wir könnten uns vermummen – Masken aufsetzen, unsere Stimmen verfremden, das volle Programm.«

»Dann wissen die Leute aber immer noch nicht, dass du kein Schnüffler bist«, merkte ich an.

»Hm.« Er ließ die Schultern hängen. »Auch wieder wahr. Tja, dann wohl doch kein Video.«

»Wo wir gerade bei Videos sind«, sagte Seth, schnappte sich das Tablet vom Tisch und warf es in unsere Richtung. »Habt ihr das hier schon gesehen?«

In einer beispiellosen Darbietung athletischen Geschicks duckten Mouse und ich uns unter dem fliegenden Gerät weg, bis es sicher in einem Sessel gelandet war. Als ich danach griff, leuchtete das Display auf und zeigte ein pausiertes Video. Es war aus dem unverkennbaren Winkel einer Webcam aufgenommen, und eine Sekunde später wurde mir klar, dass ich in irgendjemandes Schlafzimmer guckte. Mit klopfendem Herzen tippte ich auf »Play«.

KAPITEL 12

Zuerst hörte ich mehr, als ich sah. Aus den Lautsprechern des Tablets drangen angestrengte Grunzlaute. Die Kamera zoomte ran, stellte scharf.

Ein Junge stand mit dem Rücken zum Zimmer und stemmte Gewichte vor einem Ganzkörperspiegel. Darin erkannte ich einen Typen aus der Elften: Brett Carver. Seinen Namen wusste ich nur, weil die Schulhomepage ständig mit seinem Gesicht zutapeziert war, wenn er mal wieder irgendeinen Sportwettkampf gewonnen hatte.

Es dauerte eine Sekunde, bis mir dämmerte, dass das Gegrunze Worte waren.

»Yeah, Baby, fühlt sich gut an. Weiter so, Großer.«

Ich zog eine Grimasse. »Redet der mit seinem …«

»… Bizeps?«, fragte Seth. »Ja.«

Mouse gluckste vor sich hin. Er schien das Video schon zu kennen.

Seth hockte auf der Armlehne von Mouse' Sessel und die beiden beobachteten mich erwartungsvoll.

»Was ist das hier?«

»Wonach sieht's denn aus?«, fragte Seth zurück.

»Nach irgendeinem Stalker, der sich Zugang zu Carvers Laptopkamera verschafft hat.«

Seth grinste. »Der hat's uns einfach zu leicht gemacht.«

»*Ihr* wart das?« Plötzlich kam ich mir vor, als würde ich

Beihilfe zum Spannen leisten. Mit spitzen Fingern hielt ich das Tablet von mir weg.

Aus den Lautsprechern keuchte Brett: »Na komm, Süßer, gib alles.«

Mouse und Seth lagen fast am Boden vor Lachen, und auch ich hatte ziemliche Mühe, mein Grinsen zu unterdrücken.

»Wie habt ihr das gemacht?«, fragte ich.

Mouse kicherte noch immer hysterisch. »Ein paar E-Mails haben gereicht.«

»Echt, er hat einen Anhang geöffnet?«

»Ich hab ihm ein paar heiße nackte Mädels versprochen. Ist er direkt drauf angesprungen.«

»Fast schon langweilig, wenn sie es einem so einfach machen, oder?«

»Das kannst du laut sagen.«

Wir grinsten einander an, bevor ich mich davon abhalten konnte. Ich wusste schließlich immer noch nicht, warum sie Brett ausspionierten. »Und warum ausgerechnet er? Ich meine, nichts für ungut, aber der ist jetzt nicht unbedingt mein Typ.«

»Wir behalten einfach gern unsere Feinde im Auge«, antwortete Seth wie beiläufig.

Ich stoppte das Video und damit auch Bretts lautes Geschnaufe und ließ das Tablet sinken. »Bitte was – eure *Feinde*?«

»Alle, die für die Sache mit Jordan hätten bezahlen müssen«, sagte Mouse.

Die Sache mit Jordan.

Nicht für seinen Selbstmord, nicht mal für seinen Tod,

sondern einfach nur … *die Sache*. Aber vielleicht half es ja, den Schmerz auszusperren, wenn man die Augen vor den Details verschloss.

»Und wozu braucht ihr dann so was hier?«, fragte ich und hob wieder das Tablet. »Wenn ihr ihn dafür hochgehen lassen wollt, dass er online Leute mobbt, müsst ihr doch nicht extra seine Webcam hacken.«

»Als Druckmittel«, sagte Seth.

Skeptisch sah ich wieder auf das Tablet. »Das hier soll ein Druckmittel sein? Schon klar, er redet mit seinen Muckis, und das ist oberpeinlich, aber da gibt's doch wirklich –«

»Guck dir den Clip zu Ende an«, unterbrach mich Seth.

Widerstrebend tippte ich wieder auf »Play«, die Augen halb zusammengekniffen nur für den Fall, dass mir im nächsten Moment Bretts blanker Hintern entgegenleuchten würde. Wir lachten über ein paar weitere Höhepunkte à la »Zeigt, was ihr draufhabt, ihr Hübschen« oder »Ihr seid so was von scharf«, bevor Brett schließlich die Gewichte weglegte und sich vom Spiegel abwandte. Die Kamera zoomte weiter ran, als er etwas aus seiner Nachttischschublade holte. Eine Spritze und ein Stück Elastikband. Er setzte sich aufs Bett und wickelte sich das Band um den Oberarm. Dann ballte er die Faust und setzte sich mit der anderen Hand sorgfältig die Spritze in die Ellenbeuge.

Ach du Scheiße.

»Steroide?«, fragte ich.

»Oder sonst irgendein Dopingzeugs«, sagte Seth. »Er ist Ringer.«

»Ich weiß.«

»Und außerdem Sprinter und Fußballer. Überall ganz vorne mit dabei, aber besonders im Ringen. Ohne das alles würde den doch kein College annehmen.«

Mouse nickte zustimmend. »Und wenn wir ihn je wieder dabei erwischen, wie er irgendwen so behandelt wie Jordan —«

»Selbst wenn es nur ein Gerücht ist«, fiel Seth ihm ins Wort. »Dann lösen sich alle seine Zukunftsträume in Luft auf.«

»Plopp«, sagte Mouse und deutete mit der Hand eine zerplatzende Blase an.

Ich stieß einen anerkennenden Pfiff aus. »Wow, dann sollte der Typ sich wohl besser vorsehen.«

Mouse und Seth nickten stolz und ich warf das Tablet auf die Couch. »Selbst schuld, wenn er so fantasielos ist, nach der Schule unbedingt aufs College zu wollen.«

Seth blinzelte mich verständnislos an. »Wie meinst du das? Was soll man denn sonst nach der Highschool machen? Natürlich geht man danach aufs College.«

»Ich nicht.« Ich zuckte mit den Schultern, setzte mich auf einen Sessel und ließ mich ins weiche Leder sinken. Je mehr Typen wie Brett Carver ein Vollstipendium abstaubten, desto überzeugter war ich, dass ich am College nichts verloren hatte. Ich war mir zunehmend sicher, dass sich dort vor allem die Malcolm Mahoneys dieser Welt tummelten, um sich in Studentenverbindungen mit anderen seelenverwandten Neandertalern zusammenzurotten, mit denen sie Bierfässer leer saufen und sich darin messen konnten, wer den größten Sackschutz hatte.

Nee danke.

Seth starrte mich immer noch an. Er wirkte vollkommen perplex und versuchte nicht mal, es zu verbergen. »Und was ist dann dein Plan für die Zeit nach der Schule?«

»Einen konkreten Plan hab ich noch nicht, nur so eine Idee. Mein Kumpel Zach und ich wollen Apps entwickeln und –«

»Na, das ist ja mal originell.« Seth lachte auf. Laut. »Viel Glück dabei, Alter, da seid ihr nämlich nicht die Einzigen.«

»Oder ich suche mir irgendwo einen Job als Programmierer«, fügte ich hinzu. »Was weiß ich? Aber egal, wo ich irgendwann mal lande, ich garantiere euch, dass ich dasselbe machen werde wie ihr, bloß dass ihr vorher vier Jahre Lebenszeit und tausend Millionen Dollar an Harvard verschwendet habt.«

»Ich gehe nach Stanford«, korrigierte mich Seth.

»Wenn die dich nehmen«, zog Mouse ihn auf. Dann sah er mich nachdenklich an. »So hab ich das noch nie gesehen. Ich meine, für die meisten Jobs ist ein Studium halt Voraussetzung. Aber wenn man so 'ne Stelle auch direkt nach der Highschool an Land ziehen kann …«

»Kann man nicht«, sagte Seth.

»Doch«, widersprach ich. »Als Programmierer schon.«

Mouse tippte sich ans Kinn. »Interessant. Obwohl ich eh nicht in den Bereich will.«

»Nein? Was willst du denn mal werden?«, fragte ich.

»Mahut«, antwortete er, ohne zu zögern.

Mouse wirkte überrascht über unsere verwirrten Blicke und hörte auf mit dem Kinngetippe. »*Mahut*«, wiederholte er. »Ihr wisst schon, so wie in Thailand. Mahut? Mahut!«

»Du klingst wie eine besoffene Eule«, kommentierte Seth knochentrocken.

Ich prustete los, während Mouse die Hände in die Luft warf, als wäre er noch nie zwei dümmeren Menschen begegnet.

»Ein Mahut«, erklärte er, »ist ein Elefantentrainer.«

Dann stellte er sich seinen Laptop auf den Schoß und klappte ihn auf, als wäre die Angelegenheit damit erledigt. Und einen Moment lang schien es tatsächlich so. Schweigen breitete sich aus, während Seth und ich uns Mouse vorstellten, der, dürr und zappelig, wie er war, auf einem der größten Tiere der Erde ritt.

Und schon brüllten wir wieder vor Lachen.

KAPITEL 13

Als ich aus Seths Haus trat, hatte ich fünf Nachrichten von Zach und drei verpasste Anrufe von Misty. Auch ohne meine Mailbox abzuhören, wusste ich, was das zu bedeuten hatte. Dad kam samstags normalerweise nie vor dem Abendessen nach Hause, aber manchmal eben doch, und es war schon nach sieben, als ich mich auf mein Fahrrad schwang und losstrampelte.

Auf halbem Weg öffnete der Himmel seine Schleusen und die Straße unter mir verwandelte sich in einen reißenden Fluss. Meine Reifen schnitten eine scharfe Schneise ins ansteigende Wasser, und ich trat so fest in die Pedale, dass ich allein vor Schweiß klitschnass gewesen wäre, selbst wenn es nicht geregnet hätte. Ein Teil von mir hoffte wohl, dass Dad bloß aus Iowa City angerufen hatte, um Bescheid zu sagen, dass er sich auf den Weg machen würde, und ich noch die Chance hatte, vor ihm da zu sein. Aber die Hoffnung erstarb, als ich um die Ecke bog und sein Auto in der Auffahrt sah.

Ohne anzuhalten, rollte ich daran vorbei in den Garten, wo ich mein Rad in den Matsch fallen ließ, das Verandageländer hochkletterte und mich auf den kleinen Dachvorsprung unter meinem Zimmerfenster zog. Ich rutschte auf den nassen Schindeln aus und fiel fast wieder runter, aber irgendwann fand ich Halt und schaffte es, das Fenster aufzuschieben.

Ich war noch nicht ganz mit beiden Füßen auf dem Teppich, als ich Misty entdeckte, die mit verschränkten Armen mitten im Zimmer stand. Ihre langen pink lackierten Fingernägel gruben sich oberhalb ihrer Ellenbogen in die Haut, als müsste sie sich mit aller Kraft zurückhalten, um sich nicht auf mich zu stürzen. Mein erster Reflex war es, sie darauf hinzuweisen, dass sie in meinem Zimmer nichts zu suchen hatte, aber ihr Gesichtsausdruck brachte mich zum Schweigen.

»Dein Vater ist zu Hause«, zischte sie.

»Hat er —«

»Nein. Er denkt, du bist hier oben und lernst für Spanisch.« Ihre Wangen waren rot gefleckt, und ihre Stimme überschlug sich, was uns beiden wohl gleichermaßen unangenehm war. »Er hat keine Ahnung, dass du mich dazu gebracht hast, ihn anzulügen, dass du mich ausgenutzt hast, dass du keinerlei Respekt —«

»Pst. Bitte.« Mir war klar, dass es mir momentan nicht gerade zustand, ihr das Wort zu verbieten, aber ihre Stimme wurde von Sekunde zu Sekunde lauter, und keinem von uns war damit geholfen, wenn Dad uns hörte. Ich zog ein flehendes Gesicht. »Tut mir leid, okay? Du hast recht und es tut mir wirklich leid.«

Misty wirkte verblüfft über meine Entschuldigung. Wie sie jetzt schon wieder dastand, mit sorgenvoller Miene, die Arme verschränkt, als wäre sie meine Mutter ... zum Kotzen. Wut kochte in mir hoch, und ich schwor mir im Stillen, sie nie wieder um irgendetwas zu bitten.

»Es war doof von mir, erst so spät wiederzukommen«, würgte ich hervor, und es fühlte sich an, als würden die Worte mir von innen die Kehle verätzen.

»Und meine Anrufe zu ignorieren«, fügte sie hinzu.

»Und deine Anrufe zu ignorieren«, sagte ich.

»Und mich anzulügen.«

»Und dich anzulügen – Moment, was?«

»Ich hab Zach angerufen. Seine Mom ist an sein Handy gegangen. Anscheinend war er den ganzen Tag bei einem Schachturnier.«

Scheiße. Und jetzt?

Ich schloss die Augen und wünschte, ich hätte Zachs Nachrichten sofort gelesen.

»Okay, das tut mir auch leid«, gab ich mich schließlich geschlagen, aber mehr Zugeständnisse würde ich nicht machen.

Ein paar Sekunden lang schwieg sie noch eisern und wartete auf eine Erklärung, doch alles, was sie zu hören kriegte, war das Schmatzen meiner triefnassen Schuhe.

Irgendwann schien sie Mitleid mit mir zu bekommen. Sie marschierte in mein Badezimmer, schnappte sich ein Handtuch und pfefferte es mir auf dem Weg nach draußen ins Gesicht. Bevor sie ging, drehte sie sich noch mal zu mir um.

»Eli, ich versuche hier nicht, deine Mom zu spielen, aber Freunde können wir auch nicht sein. Wir müssen irgendwas dazwischen finden, okay?«

Na dann mal los.

Ich nickte. Sie klang so müde und traurig, dass ich mich fühlte wie der letzte Mistkerl, was mich allerdings nur noch wütender machte, weil ich mich ihretwegen wie der letzte Mistkerl fühlen musste. Und immer so weiter. Misty hatte irgendwie ein Händchen dafür, mein Gefühlsleben vollkommen auf den Kopf zu stellen.

Als sie endlich die Tür hinter sich zumachte, stand ich erst mal noch eine Weile reglos mitten im Zimmer und durchtränkte den Teppich mit Regenwasser und Schuldgefühlen.

Ein Vibrieren an meinem Bein riss mich aus meiner Starre. Ich zerrte mein Handy aus der nassen Hosentasche.

Noch eine Nachricht von Zach. Nach den ersten paar hatte ich das Handy auf lautlos gestellt. Diese war kurz.

Ich hätte dich doch gedeckt, Mann ... wofür auch immer.

Scheiße. Heute verscherzte ich es mir anscheinend echt mit allen. Ich konnte nur hoffen, dass die ACM es wert war.

Sorry, schrieb ich zurück, denn alles andere hätte es nur noch schlimmer gemacht.

Keine Antwort.

Er wollte eine Erklärung, keine Entschuldigung.

Normalerweise hätte ich meinen Frust online abreagiert, aber jetzt brauchte ich erst mal eine Pause von allem, was mit Computern zu tun hatte. Also pustete ich stattdessen den Staub von meinen Spanischbüchern, legte mich damit aufs Bett und fing an, Verben zu konjugieren. Zehn Minuten später schwirrte mir der Kopf, und ich wünschte, ich wäre wirklich zum Lernen bei Zach gewesen. Kurz überlegte ich, ob ich Misty um Hilfe bitten sollte, aber die hatte mir für heute wohl schon genug Gefallen getan. Es war schwer genug gewesen, mich bei ihr zu entschuldigen, sie auch noch um Nachhilfe anzubetteln, würde ich nicht mehr über mich bringen.

Irgendwann musste ich darüber eingeschlafen sein, denn als ich das nächste Mal die Augen aufmachte, schien die Sonne in mein Zimmer, und ich schälte mein Gesicht von einer Spanischbuchseite mit bunten Obst- und Gemüsebildern.

Mein Handy vibrierte auf dem kleinen freien Fleck auf meinem Schreibtisch, der nicht mit Kabeln und Festplatten zugemüllt war. Ich quälte mich rüber und wischte hektisch auf dem Display herum, bis das Vibrieren aufhörte, und schaltete den Ton wieder ein. Gerade als ich mich wieder meinem zum Kopfkissen umfunktionierten Spanischbuch zuwenden wollte, fing das Handy erneut an zu vibrieren, diesmal begleitet von nervigem Klingeltongedudel.

»Scheiß Schlummerfunktion«, brummte ich und schaltete den Wecker abermals aus.

Ich schlurfte ins Badezimmer und zuckte zusammen, als ich mein Spiegelbild über dem Waschbecken sah. Meine Wange sah aus wie komplett zutätowiert. Die Tinte der Obst- und Gemüsevokabeln, die ich in die entsprechenden Felder eingetragen hatte, hatte sich auf meine Haut abgedrückt, während ich geschlafen hatte. Ich schnappte mir einen Waschlappen und fing an, mir die *manzanas* und *naranjas* aus dem Gesicht zu schrubben. Durch die offene Tür hörte ich, wie in meinem Zimmer schon wieder der Handywecker losging. Irgendwann war ich aber wach genug, um mich zu erinnern, dass heute Sonntag war.

Für Sonntage stellte ich mir nie einen Wecker, die waren schließlich zum Ausschlafen da.

In meiner morgendlichen Verwirrung hatte ich immer wieder eingehende Textnachrichten weggedrückt – vermutlich von Zach. Oh Mann, da war echt eine fette Entschuldigung fällig. Zach war zwar nicht nachtragend, aber es würde mich nicht wundern, wenn er mir diese Aktion jetzt doch mal übel nahm. Zach war halt nicht bloß mein bester, sondern auch mein einziger Freund. Und umgekehrt genauso. Ihm nichts von den Treffen mit Seth und Mouse zu erzählen, war schon schlimm genug gewesen. Aber ihn dann auch noch als falsches Alibi zu benutzen, ohne ihm auch nur Bescheid zu sagen, war echt das Letzte. Ich überlegte, wie ich mich an seiner Stelle fühlen würde, und schüttelte den Kopf.

»Du bist so ein Arschloch«, informierte ich mein immer noch tintenverschmiertes Gegenüber.

Als meine Wange endlich spanischvokabelfrei war, inspizierte ich mein Kinn, um zu entscheiden, ob es mal wieder Zeit zum Rasieren war, aber so angestrengt ich auch suchte, ich fand nichts als ein paar mickrige Stoppeln, die man beim besten Willen nicht als Bart bezeichnen konnte.

Wieder dudelte mein Handy.

Ich schlüpfte aus meinen Klamotten, die nach der gestrigen Regenfahrt leicht muffig rochen, und schnappte mir mein Handy vom Schreibtisch, um ganz in Ruhe Teil zwei der heiligen Dreifaltigkeit aus Rasieren, Kacken und Duschen zu vollziehen. Auf dem Klo las ich meine neuen Nachrichten.

Keine war von Zach.

Kurz fühlte ich mich an die Nachrichten erinnert, mit denen Mouse mich vor ein paar Tagen bombardiert hatte. Aber diese hier waren auch nicht von Mouse. Stattdessen kamen sie von dem anonymen Account, den wir für die Verwaltung unserer Website eingerichtet hatten. Ich scrollte durch die Liste. Zwölf neue Kommentare.

Kommentare wozu?

Klar, wir warteten händeringend darauf, dass sich auf der Seite irgendwas tat, aber Kommentare schrieb man zu Bildern oder Posts, und das Einzige, was sich derzeit auf der Seite befand, war Jordans Foto. Warum sollten plötzlich so viele Leute dazu etwas zu sagen haben?

Abgesehen von den ganzen Kommentarbenachrichtigungen hatte ich jeweils eine Mail von Seth und Mouse, beide kurz und knapp gehalten. Mouse hatte ein grinsendes Ratten-Emoji mit Teufelshörnern geschickt, und Seths Nachricht umfasste nur zwei Wörter: **Phase zwei**.

Meine Kehle fühlte sich an wie zugeschnürt, als ich die Nachrichten schloss und stattdessen meinen Browser öffnete. Mit zitternden Fingern tippte ich *freundevonspringer.com* in die Adresszeile ein. Doch als die Seite fertig geladen hatte, war es nicht Jordans Gesicht, das mir entgegenstarrte, sondern Brett Carvers. Der Dopingdepp und seine Spritze voller Steroide waren die neuen Stars unserer Titelseite und über dem Video prangte die Zeile:

**HAVER-TOPSPORTLER BEIM
DOPEN ERWISCHT.
WER FLIEGT ALS NÄCHSTES AUF?**

KAPITEL 14

»Ihr habt mich angelogen!«

Die Worte platzten aus mir heraus, bevor ich auch nur ganz durchs Kellerfenster war. Auf dem Teppich gelandet, wütete ich weiter.

»Das war von Anfang an der Plan, stimmt's? Diese … diese Video-Vergeltungsaktion.«

Sie stritten es nicht ab, aber wenigstens hatte Mouse den Anstand, zerknirscht zu Boden zu gucken. Er trat von einem Fuß auf den anderen, wie einer von diesen Typen, die auf Partys immer am Rand der Tanzfläche rumstanden und sich zur Musik bewegten, aber gleichzeitig sorgsam darauf achteten, dass das, was sie machten, auf keinen Fall mit Tanzen verwechselt werden konnte.

»Wir hatten uns noch nicht endgültig entschieden, als wir dich an Bord geholt haben«, sagte er.

»Spart euch den Scheiß.«

Meine Wut hatte den ganzen Morgen Zeit gehabt, um sich anzustauen. Seth hatte sich geweigert, am Telefon darüber zu reden, sondern darauf bestanden, dass wir uns bei ihm im Keller trafen und durchs Fenster kletterten, wie gehabt, damit seine Eltern nichts mitbekamen. Ich hatte noch Stunden zu Hause rumsitzen und warten müssen, bis Dad und Misty sich endlich auf den Weg ins Kasino machten. Dahin gingen sie manchmal zum Sonntagsbrunch und natürlich, um zu spielen. Oder besser gesagt: Misty ging gern dorthin und schleifte Dad mit. Ich hoffte, dass mir so gerade genug Zeit bleiben würde, um zu Seth zu radeln und den beiden einen gehörigen Einlauf zu verpassen.

»Darum habt ihr die Leute gestalkt, stimmt's? Damit ihr was richtig Krasses in die Finger kriegt, was ihr dann online stellen könnt.« Ich dachte daran, wie sie gesagt hatten, sie würden gern ihre Feinde im Auge behalten – Jordans Feinde. Ich krallte die Hände in meine Haare, so fest, dass es wehtat. Diese beiden gingen echt über Leichen. »Ihr wusstet, dass ich bei so was nicht mitmachen würde, darum habt ihr mich ausgetrickst.«

»Du hast doch gesagt, das Forum allein wäre zu langweilig«, merkte Seth an.

Er lehnte am Billardtisch, zwischen zwei Bildschirmen, die den neuen Post auf *freundevonspringer.com* anzeigten. Seine Haare waren zerzaust und seine Augen blutunterlaufen, als wäre er die ganze Nacht auf gewesen und hätte auf uns gewartet. Vielleicht stimmte das ja sogar.

»Besser langweilig als kriminell.« Inzwischen schrie ich fast vor Wut. »Eine Website erstellen, um der Cyber-Stasi eins auszuwischen, ist eine Sache. Aber da ein Video draufpacken, das ihr euch offensichtlich auf illegalen Wegen beschafft habt? Ich meine, seid ihr schon so blöd auf die Welt gekommen oder gibt's dafür 'ne spezielle Ausbildung?«

Sie duckten sich ein bisschen unter meinem Ausbruch, aber ich ließ ihnen keine Zeit zum Protestieren.

Ich zeigte auf die Monitore hinter Seth. »Ich weiß nicht mal, ob wir uns damit noch bei der ACM anmelden können.«

»Wieso nicht?«, fragte Mouse.

»Wen interessiert's?«, sagte Seth beinahe im selben Moment.

»Wieso nicht?«, echote ich. »Wen interessiert's?!«

»Polly will 'nen Cracker!«, krächzte Seth mit Papageienstimme.

»Das ist nicht lustig.«

»Ein bisschen schon«, widersprach Mouse.

Seth löste seine verschränkten Arme. »Gestern hast du noch über das Video gelacht.«

»Gestern wusste ich auch noch nicht, dass ihr das der ganzen Welt präsentieren wolltet!«

»Wir auch nicht«, sagte Mouse. »Zumindest nicht sicher. Nicht bis gestern Abend.«

»Und was ist gestern Abend passiert?«, hakte ich nach.

Seth zog ein finsteres Gesicht. »Brett hat überall online verbreitet, dass unsere Seite ein Fake ist – eine Falle von der Cyber-Stasi.«

»Na und?«

Seth antwortete nicht, und ich sah Mouse an, der plötzlich aufhörte zu zappeln.

»Er meinte, die Seite könnte gar nicht echt sein, weil keiner Jordan genug gemocht hätte, um so was für ihn aufzuziehen.«

Ich zögerte. Meine Wut bekam haarfeine Risse. Meine Hände, mit denen ich mir kurz zuvor noch die Haare gerauft hatte, verschränkten sich hinter meinem Rücken.

»Scheiße«, murmelte ich. »Das … das ist wirklich mies. Tut mir leid.«

»Das verstehst du, oder?«, fragte Mouse. Er wandte sich Seth zu. »Hab ich doch gesagt, dass er's verstehen wird.«

Ich seufzte. »Ich verstehe, *warum* ihr das gemacht habt, nicht *dass*. Das war echt ein paar Nummern zu heftig.«

»Hat jedenfalls funktioniert« merkte Seth an. »Wir haben jede Menge Klicks bekommen.«

»Natürlich. Kein Wunder bei dem Post.«

Die beiden hatten den Videolink in sämtlichen sozialen Netzwerken verbreitet, unter Überschriften wie **Brett Carver spritzt sich zu neuen Höchstleistungen** oder **Havers Fußball-Ass: Held oder Hochstapler?**.

»Aber wen interessieren die Klicks, wenn ihr mit der Seite zu großen Mist baut, um damit an der ACM teilzunehmen?«

Brett Carver ging mir persönlich am Arsch vorbei, aber was, wenn das Video Ermittlungen nach sich zog, bei denen meine Vergangenheit ans Licht kam? Bretts Untergang konnte gleichzeitig meinen eigenen bedeuten, und ich war nicht sonderlich wild darauf, als Kollateralschaden zu enden.

Seth schüttelte den Kopf. »Du kapierst es immer noch nicht. Uns geht's nicht um die ACM. Sondern um Gerechtigkeit. Für Jordan.«

»Adrasteia«, murmelte ich, als mir plötzlich wieder das Codewort durch den Kopf ging.

»Die Rachegöttin«, bestätigte Mouse.

Die Wahrheit war die ganze Zeit zum Greifen nah gewesen.

Sie wollten Jordan nicht bloß ein Denkmal setzen. Sie wollten ihn rächen.

»›Wer fliegt als Nächstes auf?‹«, zitierte ich den Post. »Ja, wer? Wollt ihr der Reihe nach alle ausschalten, die jemals gemein zu Jordan waren?«

Das könnte eine Weile dauern.

»Bei dir klingt das, als hätten die ihn als Streber beschimpft und ihm das Radiergummi geklaut.« Seths Stimme zitterte vor Wut. »Die haben ihn umgebracht. Was sie geschrieben haben, hat ihn zerstört.«

Er stöpselte einen der Laptops aus, kam damit zu mir und zeigte auf das Standbild von Brett Carver mit der Spritze im Arm.

»Tut dieser Typ dir ernsthaft leid? Der hat das Gerücht verbreitet, Jordan würde mit einem Lehrer vögeln.«

»Echt, mit wem?«, rutschte es mir raus.

»Mr Fogerty«, sagte Mouse. »Unsere Theorie ist, dass Brett eine Niete in Chemie war. Und wenn Mr Fogerty ihm 'ne schlechte Note gegeben hätte, wäre Brett aus allen Sportmannschaften geflogen.«

»Ist doch egal, was der Grund war«, übernahm nun wieder Seth. »Brett und seine Gang hatten Mr Fogerty *und* Jordan auf dem Kieker. Haben die beiden ein paarmal in solche total fiesen Bilder reingephotoshopt – klar, man konnte auf den ersten Blick sehen, dass die nicht echt waren, aber peinlich war's trotzdem. Und als Jordan versucht hat, sich zu wehren, wurde es nur schlimmer. Was die geschrieben haben …«

Schließlich war es Mouse, der aussprach, was Seth nicht über sich brachte: »›Queen Jordana. Fogertys Fickfreund‹ –«

Ich hob die Hand, um ihn zum Schweigen zu bringen. Also stimmte es, was ich gehört hatte – die schlimmsten Erniedrigungen waren Jordan online zugefügt worden.

»War Jordan schwul?«, fragte ich.

»Spielt das eine Rolle?«, blaffte Seth. »Darum geht's doch überhaupt nicht, Eli!«

»Scheiße, tut mir leid. Ich meinte – ich wollte nicht –«

»Es geht darum, dass das alles genauso gut mir hätte passieren können. Oder dir. Wir alle sind Jordan Springer.«

Mouse nickte wie verrückt im Takt mit seinem manischen Fußballengewippe.

»Eli«, fuhr Seth dann ruhiger fort. »Die haben ihm gesagt, es wäre besser, wenn er tot wäre.«

Mouse hörte auf zu wippen.

Stille breitete sich aus, und ich kam mir vor wie ein Eindringling, der die beiden in einem sehr persönlichen, sehr schmerzhaften Moment störte.

Ich war immer noch nicht ganz überzeugt, dass ich zu den Jordan Springers dieser Welt gehörte, aber ich fühlte mich ihnen auf jeden Fall verbunden. Vielleicht war Seths und Mouse' Racheaktion ja wirklich gerechtfertigt, aber es bestand nun mal die Gefahr, dass sie sich selbst – und *mir* – damit genauso viel Schaden zufügten wie Brett. Eine unregistrierte Website war ein minimaler Regelverstoß. Aber eine unregistrierte Website voller illegal aufgenommener Videos bedeutete, dass man sich genauso gut selbst von der Schule verweisen und beim Gefängnis anklopfen konnte.

»Hört mal«, sagte ich. »Ich weiß gerade nicht, ob diese ganze Aktion bewundernswert ist oder dumm oder beides auf einmal, aber so oder so reitet ihr uns damit alle richtig in die Scheiße.«

Ich deutete auf den Laptop, den Seth immer noch in den

Händen hatte. »Das da ist total offensichtlich mit der Webcam eines Rechners aufgenommen worden, auf den ihr keinen Zugriff haben dürftet. Selbst wenn ihr es schafft, nicht von der Cyber-Stasi erwischt zu werden, spätestens bei der ACM müsst ihr Verantwortung für die Website übernehmen. Wollt ihr echt in aller Öffentlichkeit verkünden, dass ihr das Gesetz gebrochen habt? Und selbst wenn die ACM-Jury trotzdem davon beeindruckt ist, heißt das nicht, dass wir nicht allesamt dafür weggesperrt werden.«

Mouse guckte Seth an. »Darüber hatte ich noch gar nicht nachgedacht.«

Aber Seth anscheinend sehr wohl. Er zuckte mit keiner Wimper, als ich ihn mit der Wirklichkeit konfrontierte.

»Scheiß auf die ACM«, sagte er. »Das mit Jordan ist wichtiger als so ein blöder Wettbewerb.«

Mouse kaute eine Weile auf seiner Unterlippe und überlegte. Dann nickte er. »Seth hat recht.«

»Schön, dass ihr euch da so einig seid«, sagte ich. »Aber ich wollte nur bei dem Wettbewerb mitmachen. Also wenn ihr die Seite immer noch als Real-World-Demonstration einreichen wollt, dann … bin ich draußen, tut mir leid.«

Es war bitter, die Chance auf die ACM-Teilnahme aufzugeben, und außerdem stellte ich überrascht fest, dass ich es schade fand, die nächsten Samstage nicht mehr in Seths Keller zu verbringen. Nach unserem Treffen am Vortag hatte ich mich irgendwie auf die Wochenenden mit dieser neuen Clique gefreut.

»Ist das hier denn echt so viel schlimmer als dein Game-Zap-Crack?«, fragte Seth allen Ernstes. »Und das war doch bestimmt sowieso längst nicht alles. Na los, Eli, spuck's aus. Was hast du sonst noch so auf dem Kerbholz?«

Sein Tonfall war beinahe ehrfürchtig, aber trotzdem klang das Ganze mehr wie eine Drohung. Er hatte ja keine Ahnung, wie sehr er damit ins Schwarze traf.

»Du kannst jetzt nicht mehr hinschmeißen«, sagte Mouse. »Wir brauchen drei Mann für unser Team.«

»Okay, dann nehmt das Video von der Seite und stellt was anderes rein.«

»Ich hab noch einen anderen Clip«, fing Mouse an. »Von einem Typen, der –«

»Das meinte ich nicht.«

Seth legte den Kopf schief. »Pass auf, ich hab einen Vorschlag.«

»Ich höre.«

»Du bleibst an Bord und dafür nehmen wir das Video runter.«

»Okay. Super! Mehr wollte ich ja gar –«

»Moooooment.« Genervt, dass ich ihn unterbrochen hatte, zog er das Wort in die Länge. »Ich bin immer noch der Meinung, dass Videos uns die meisten Klicks einbringen. Und die brauchen wir nun mal, wenn wir uns für die ACM qualifizieren wollen.«

Er machte eine kurze Pause, als rechnete er damit, dass ich protestieren würde. Auf mein trotziges Schweigen hin fuhr er fort: »Wir versprechen, keine Webcams mehr zu hacken, wenn du versprichst, uns zu helfen, auf anderen Wegen an Videos zu kommen.«

»Und wie soll das gehen?«

Seth grinste. »Ich denke, du bist so ein Genie. Dir wird schon was einfallen.«

Einen Moment lang starrte ich ihn bloß an. Ich hatte keine Ahnung, was für Videos er sich vorstellte oder wie ich welche beschaffen sollte, aber vielleicht könnte ich die beiden ja doch noch früher oder später von diesem Rachemist abbringen, wenn ich im Team blieb. Und bis dahin musste ich eben mitspielen.

»Okay«, sagte ich.

»Yes!« Mouse boxte triumphierend in die Luft.

»Aber wenn ihr noch mal ein einziges Video hochladet, von dem ich glaube, dass es uns Ärger machen könnte, stampfen wir die Seite ein und überlegen uns ein anderes Projekt für die ACM.«

»Klar, kein Ding.« Seth winkte gleichgültig ab. »Setz dich ruhig hin, und denk dir einen Plan B aus, irgendein lahmes Programm, mit dem man die Schuldatenbanken hacken kann oder was du da neulich schon vorgeschlagen hattest. Aber wir werden keinen brauchen und du wirst uns so oder so mit der Seite helfen.«

»Wieso sollte ich?«

»Weil«, meldete sich nun Mouse zu Wort, »wir längst Komplizen sind.«

Ein Grinsen überzog sein Gesicht, und als er mir die Hand auf die Schulter legte, klang das Wort »Komplizen« beinahe wie »Freunde«.

KAPITEL 15

»Ich wusste gleich, dass uns der Name noch Probleme machen würde«, sagte ich und deutete auf die URL am oberen Bildschirmrand.

Flankiert von Seth und Mouse saß ich auf einem Drehstuhl am Ende des Billardtischs vor dem Rechner, den wir für *freundevonspringer.com* benutzten. Die beiden spähten über meine Schultern auf die Website, wirkten jedoch nicht sonderlich besorgt.

»Komplett anonym können wir halt nicht bleiben«, erklärte Mouse. »Wir wollen schließlich, dass die Leute, die Jordan gemobbt haben, wissen: ›Wir haben ein Auge auf euch.‹«

Der Spruch hätte nicht ganz so lächerlich gewirkt, wenn Mouse dabei nicht warnend mit zwei Fingern auf seine Augen und dann auf den Bildschirm gedeutet hätte.

»Wir versetzen die Arschlöcher in Alarmbereitschaft«, pflichtete Seth ihm bei. »Nach dem Motto: ›Die Leute, die ihr rumschubst, sind nicht allein. Jordan Springer war nicht allein. Und jetzt schlagen wir zurück.‹«

Allerdings war auch Brett Carver nicht allein, das wurde auf unserer Website mehr als deutlich. Die meisten Kommentare unter dem Video waren von Freunde von Brett, die die *Freunde von Springer* als feige Schlappschwänze beschimpften. In einem davon – ich hatte so den Verdacht, dass der von

Brett selbst war – wurde sogar die Größe gewisser Körperteile in die Argumentation mit einbezogen.

Aber es gab auch andere Kommentare. Jordan2 nannte Brett einen Betrüger, der dringend von seinem hohen Ross geholt gehörte, Anon11 drückte uns die Daumen, dass wir nicht aufflogen, und BrettsOpfer lieferte einen detaillierten Bericht darüber, wie Carver und seine Kumpels ihn beim Wiegen vor einem Ringerwettkampf gedemütigt hatten.

So viel zum Thema anonym.

Obwohl ich das Video nicht mal selbst gepostet hatte, war ich ein kleines bisschen stolz, dass wir damit Leuten, die sich bislang nicht getraut hatten, den Mund aufzumachen, die Möglichkeit gaben, ihre Meinung zu sagen.

»Den hier wollte ich dir noch zeigen«, sagte Mouse und deutete auf einen Kommentar ganz unten. »Der ist reingekommen, kurz bevor du hier warst.«

Ich beugte mich vor, um zu lesen, was ein Freund von einem Freund zu sagen hatte.

Der Kommentar bestand aus einer einzigen Frage: Wie kann ich hier ein Video hochladen?

»Was für ein Video?«, wollte ich wissen.

»Keine Ahnung«, sagte Seth. »Aber ich will's auf jeden Fall sehen. Kann schließlich sein, dass es irgendwas Brauchbares über einen der Drecksäcke ist, die Jordan fertiggemacht haben.«

»Und was ist, wenn es überhaupt nichts damit zu tun hat?«, entgegnete ich.

»Dann ist es auch okay«, sagte Seth.

Ich verdrehte den Kopf und musterte ihn fragend. »Wie

jetzt? Ich dachte, das Ziel von dem Ganzen hier wäre Rache für Jordan.«

»Gerechtigkeit für Jordan«, korrigierte Seth. »Nicht Rache.«

»Wie auch immer. Ist ja wohl ziemlich eindeutig Selbstjustiz, dieser Scheiß.«

»Und wenn wir hier wirklich was erreichen könnten?« Seth holte tief Luft und wechselte einen Seitenblick mit Mouse. »Wenn wir hiermit vielleicht den nächsten Jordan retten könnten? Jeder hat seinen ganz persönlichen Brett Carver. Sogar du, Eli.«

Ich scrollte zurück nach oben zu Bretts Video. »Ich hab keinen Brett Carver.«

»Nee, du hast einen Malcolm Mahoney«, witzelte Mouse.

Richtig, Mouse war ja Zeuge meiner Schulklo-Misere geworden. Aber hier ging es nicht um Malcolm. Sondern um irgendeinen Typen, den ich nicht kannte. Gut möglich, dass er noch schlimmer war als Malcolm, aber was hatte das mit mir zu tun?

»Ich weiß nicht, ob ich mich hier zum alleinigen Richter über alles und jeden an der Haver aufschwingen will«, sagte ich. »Aber Videos von anderen Leuten auf die Seite zu stellen, wäre vielleicht gar keine schlechte Sache. Sollen die doch die Drecksarbeit machen ... so müssen wir wenigstens nicht total stalkermäßig in fremden Schlafzimmern rumschnüffeln.«

»Musst du das so fies klingen lassen?«, maulte Mouse.

Anstelle einer Antwort hob ich lediglich die Augenbrauen und kurz darauf zuckte er mit den Schultern. »Schon gut, hast ja recht.«

»Okay, also wie sollen wir den hier kontaktieren?«, fragte Seth.

Ich tippte nachdenklich auf die Tastatur.

Leertaste, Backspace, Leertaste, Backspace.

Natürlich konnten wir einfach die IP-Adresse zurückverfolgen, von der aus der Kommentar gepostet worden war, aber das war nicht ungefährlich. Immerhin bestand die Möglichkeit, dass der Eintrag bloß ein Köder war, den einer von der Cyber-Stasi hinterlegt hatte, der nur darauf wartete, dass wir anbissen. Und selbst wenn wir es schafften, war es nur eine einzige Person – ein einziges Video. Und das reichte nicht, um die Website am Laufen zu halten.

In dem Moment durchzuckte mich eine Idee wie ein Blitz und ich richtete mich kerzengerade auf. Meine Finger schwebten über der Tastatur – kribbelnd vor Aufregung.

»Wir kontaktieren niemanden. *Die* kontaktieren *uns.*«

Während ich schon mal anfing, Code in die Tastatur zu hämmern, spann ich den Gedanken weiter.

»Wir brauchen eine E-Mail-Adresse, die sich nicht zurückverfolgen lässt …«

Leertaste, Backspace, Leertaste, Backspace.

»… und eine zusätzliche Anonymitätsschicht …«

Meine Finger und mein Gehirn lieferten sich ein fieberhaftes Wettrennen.

»… und ein Kontaktformular.«

Seth und Mouse beugten sich vor und guckten gespannt zu. Mouse las über meine Schulter mit, während ich eine neue Unterseite erstellte und einen Text dafür verfasste.

Du hast es satt, immer nur das Opfer zu sein? Sehnst dich nach ein bisschen Gerechtigkeit? Die *Freunde von Springer* sind auch deine Freunde! Schick uns deine Geschichte zusammen mit dem Video, das du posten möchtest. Alle Einträge bleiben anonym.

Mouse zögerte. »Äh … Eli, hattest du nicht gesagt, du willst nicht …«

»Wollt ihr mehr Videos oder nicht? Lasst uns erst mal sehen, was wir auf diese Weise an Land ziehen können, bevor wir uns weiter in fremde Computer einhacken. So müssen wir wenigstens keine Gesetze brechen … oder zumindest nicht noch mehr.«

Ich löste den Blick keine Sekunde vom Bildschirm, aber in der spiegelnden Oberfläche sah ich, wie Seth und Mouse sich kurz angrinsten. Vermutlich dachten sie, sie hätten mich jetzt endlich rumgekriegt. Dabei hatten sie keine Ahnung, was sie wirklich gegen mich in der Hand hatten. Wenn ich ihnen nicht half, die Seite zu sichern, war es wesentlich wahrscheinlicher, dass sie geschnappt wurden … und damit auch, dass *ich* geschnappt wurde. Und das würde eine Kettenreaktion auslösen, die von *Freunde von Springer* über Game Zap zu meinem Polizei-Hack führen konnte, egal, wie gründlich ich meine Spuren verwischt hatte. Ich steckte mit drin, ob ich wollte oder nicht. Und ich musste weitermachen, zu meiner eigenen Sicherheit.

Das redete ich mir jedenfalls immer wieder ein, während mein Code Zeile um Zeile den Bildschirm füllte.

Ich gab mich ganz der vertrauten Routine hin: dem Gefühl

der Tasten unter meinen Fingern, den Buchstaben und Zahlen, die miteinander zu verschwimmen schienen. Es war wie ein Tanz, dessen Schritte mir in Fleisch und Blut übergegangen waren. Wenn ich programmierte, schien sich eine Art Stille über meine Umgebung zu senken. Stimmen wurden leiser, Farben verblassten. Seth und Mouse verschmolzen mit dem Hintergrund und selbst der Computer vor mir wirkte kaum noch greifbar. Jetzt gab es nur noch mich und den Code.

Die beiden guckten mir bei der Arbeit zu und hin und wieder hörte ich sie ehrfurchtsvoll neben mir flüstern. Schon möglich, dass ich mich ein kleines bisschen aufspielte und hier und da ein paar Schnörkel hinzufügte, aber immerhin widerstand ich diesmal dem Drang, meine Signatur in den Code einzubauen. Mein Publikum war so oder so beeindruckt.

Während ich so vor mich hin programmierte, wurde mir immer klarer, dass es nicht nur das Coden an sich war, das mir Spaß machte. Wenn ich ehrlich war, gefiel mir auch die Vorstellung, Leuten wie Malcolm Mahoney einen ordentlichen Schreck einzujagen und ihnen die Cyber-Stasi auf den Hals zu hetzen, ziemlich gut. Welch dramatische Ironie: wie wir den Abschaum der Haver High ausmerzten, indem wir das System unterwanderten, das dazu eingerichtet worden war – und kläglich gescheitert –, diese Idioten in Schach zu halten. Und ich würde dabei die Strippen ziehen.

Alles, was ich dafür tun musste, war, ein paar Leben zu zerstören und das ein oder andere Gesetz zu brechen … mal wieder.

Irgendwann piepste mein Handy, und da ich gerade nichts anderes als die Website im Kopf hatte, rechnete ich fast schon mit den ersten eintrudelnden Videos. Aber es war eine Nachricht von Zach: ein schlichtes Fragezeichen. Er wartete immer noch auf eine Erklärung für gestern Abend, und ich hatte nach wie vor keine Ahnung, was ich ihm erzählen sollte. Trotz meines schlechten Gewissens schloss ich die Nachricht und steckte das Handy in die Tasche. Ich konnte mich immer noch später mit ihm treffen. Er würde wie jeden Sonntag im Park sein und den Opis beim Schachspielen zugucken – ein Publikumssport, dem nur Zach etwas abgewinnen konnte. Der Gedanke an die steinernen Schachbretter im Park brachte mich aber auf eine Idee.

Ich ging zurück auf unsere Startseite, frickelte ein paar Minuten an der Titelzeile herum und ersetzte Jordans Nachnamen in *»Freunde von Springer«* durch das Bild der entsprechenden Schachfigur. Dann öffnete ich wieder das Kontaktformular und fügte dem Text vier weitere Zeilen hinzu.

DIE KÖNIGE UND KÖNIGINNEN DER HAVER HIGH HABEN UNSEREN SPRINGER GEKIPPT. ABER WIR SIND NOCH LANGE NICHT SCHACHMATT. JETZT BIST DU AM ZUG.

KAPITEL 16

»Oh Mann, Eli, nicht im Ernst, oder?«

»Ich weiß auch nicht, ich —«

Zach vergrub das Gesicht in den Händen. »Was hast du dir denn dabei gedacht?«

»Anscheinend nicht viel.«

»Du hast echt *so* gemacht?« Er hob die Hand und wackelte mit den Fingern.

»Und dabei ›*Oh, là, là*‹ gesagt.«

Zach stöhnte auf und ich rutschte noch tiefer auf meinem Stuhl. »Ich bin echt so was von peinlich.«

So unangenehm es auch war, meine Begegnung mit Isabel zu rekapitulieren, hauptsächlich war ich erleichtert, dass Zach überhaupt noch mit mir redete und außerdem ein solcher Lärm in der Cafeteria herrschte, dass uns niemand hörte.

Ein bisschen überrascht war ich schon gewesen, Zach am Montag an unserem üblichen Tisch zu finden, ihm gegenüber ein leerer Platz, von dem ich nur hoffen konnte, dass es noch immer meiner war. Kurz war ich hinter dem blauen Plastikstuhl stehen geblieben und hatte Zach beobachtet, der voll und ganz auf sein Essen konzentriert schien. Aber daran, wie er seine Chips in winzige Krümel zerbröckelte, anstatt sie zu essen, erkannte ich, dass er mich gesehen hatte. Die anschließende Begrüßung lief in etwa so ab:

»Hey.«

Schweigen.

»Hey.«

»Du, ich weiß, war echt mies von mir, dich in so eine Lage zu bringen. Ich hab nicht damit gerechnet, dass sie gleich bei dir anruft. Misty ist echt 'ne Plage.«

Keine Antwort. Zwei weitere Kartoffelchips zerfielen zu Staub.

»Und ich hätte auf deine Nachrichten antworten sollen oder dich anrufen oder rüberkommen …«

Die Worte, die nur so aus mir rausplatzten, waren nicht die, die Zach hören wollte, das war mir klar, aber ihm von meinen neuen außerschulischen Aktivitäten zu erzählen, war nun mal keine Option.

»Ich war den ganzen Tag mit dem Rad unterwegs«, sagte ich. »Hausarrest ist die Hölle. Ich musste einfach weg von Misty und ihrem Gesabbel.«

Die besten Lügen waren immer noch Halbwahrheiten.

»Und ich hatte mein Handy auf lautlos für den Fall, dass sie anruft —«

Zach schob mit dem Fuß den Stuhl zu mir raus und ich setzte mich dankbar hin.

Als er endlich den Kopf hob, sah ich ihm direkt in die Augen und sagte ausnahmsweise mal die reine Wahrheit.

»Tut mir leid.«

Mit einem Schulterzucken ließ er es gut sein und wischte sich die Chipskrümel von den Fingern. »Ich hab mein Schachturnier gewonnen.«

»Das war ja wohl klar.«

»Für die letzte Partie hab ich nicht mal zwanzig Züge gebraucht. Der Typ hat komplett vergessen zu rochieren. Und sein König stand einfach rum wie Kanonenfutter ...«

Lächelnd hatte ich mir Zachs Echtzeitbericht der Schachpartie angehört und mich dafür mit meiner Isabel-Episode revanchiert.

»Dir ist schon klar, dass du höchstwahrscheinlich als Jungfrau sterben wirst?«, fragte er.

Ich warf eine Pommes nach ihm. »Schrei doch noch ein bisschen lauter. Ich glaube, die Leute in der Küche haben dich noch nicht gehört.«

»Die Leute in der Küche hören sowieso nichts unter ihren komischen Duschhauben.«

Wir lachten, und einen Moment lang war es fast, als hätte es das letzte Wochenende nie gegeben ... *fast*.

Zach ahnte nichts davon, aber all das, was ich ihm nicht erzählt hatte – über Seth und Mouse und die Website und die ACM –, hatte eine Leere zwischen uns entstehen lassen. Wie bei einem Computer, der noch nie mit dem Internet verbunden war, oder Malcolms Faust, bevor sie mein Gesicht getroffen hatte. Ein weiterer Air Gap, der mich vom Rest der Welt trennte, damit ich meine Geheimnisse wahren konnte.

Am selben Tag bekamen wir das erste Video rein. Weniger als fünf Sekunden, nachdem der Alert auf meinem Handy eingegangen war, schrieb Seth und bestellte uns für nachmittags in seinen Keller.

Aus Sicherheitsgründen hatten wir uns darauf geeinigt, auch die Beiträge auf unserer Seite nur an dem einen Computer aufzurufen, also würde mir nichts anderes übrig bleiben, als hinzufahren, wenn ich es sehen wollte. Und nachdem immer noch keiner so wirklich definiert hatte, was meine Strafe denn nun alles umfasste, erlaubte Misty mir zu gehen, solange ich rechtzeitig zum Abendessen wieder da war. Ich meinte, einen Hauch von Erleichterung in ihrer Stimme zu hören. Eine Stunde weniger mit Eli dem Schrecklichen.

Tja, danke gleichfalls.

Als Mouse und ich unsere Rucksäcke auf das abgewetzte Kellersofa fallen ließen, waren sogar noch weitere Videos eingetrudelt ... und noch viel mehr E-Mails.

»Was Gutes dabei?«, fragte ich.

Seth saß am Kopfende des Billardtischs, das Gesicht vom Schein des Bildschirms vor ihm erleuchtet und ein kleines Lächeln auf den Lippen. »Aber hallo.«

Die meisten Mails waren von Leuten, die behaupteten, Junge X würde Mädchen Y betrügen und Der-und-der hätte irgendwelche halluzinogenen Substanzen aus dem Chemielabor mitgehen lassen, aber natürlich konnten wir nichts davon überprüfen. Zwei oder drei Leute dagegen untermauerten ihre Behauptungen mit angehängten Videos, von denen eins tatsächlich brauchbar war.

Seth öffnete die Datei und wir drängten uns zu dritt um den Bildschirm. Es sah aus, als wäre das Video versteckt mit dem Handy im Flur der Haver High aufgenommen worden. Ein rothaariges Mädchen, das ich nicht kannte, bezeichnete laut und deutlich seine Mathelehrerin als Schlampe und seinen Biolehrer als etwas noch Schlimmeres.

Ich wartete auf mehr, aber nach ein paar Sekunden war das Video zu Ende.

Mouse klatschte in die Hände und führte ein kleines Freudentänzchen auf. »Jackpot!«

Ich zuckte mit den Schultern. »Wieso, was ist denn daran so spannend?«

»Die Frage ist nicht, *was*, sondern *wer*«, schaltete sich Seth ein.

»Ich kapier's nicht.«

Mouse hörte auf zu tanzen und richtete den Zeigefinger wie eine Pistole auf die Rothaarige im Video. »Dieses verlogene Miststück hat dafür gesorgt, dass Jordan in drei sozialen Netzwerken blockiert wurde. Hat behauptet, er würde sie stalken. Und genau in den Netzwerken hat sie das Gerücht dann immer weiterverbreitet, sodass er sich nicht mal verteidigen konnte. Ich meine, die träumt doch davon, dass irgendwer sie stalkt, so scheiße, wie die aussieht.«

Wieder feuerte er seine imaginäre Knarre ab, und wieder spürte ich sie, diese Finsternis knapp unter der Oberfläche. Vielleicht war das der Grund, warum Mouse ununterbrochen rumzappelte. Vielleicht hatte er Angst, dass die Finsternis, wenn er zu lange stillhielt, aus ihm hervorbrach und ihn verschlang.

Ich verschränkte die Arme. »*Hat* er sie denn gestalkt?«

»Nein!«, sagte Seth. »Das hat die sich bloß ausgedacht, um Aufmerksamkeit zu kriegen. Mann, Eli. Leute wie du sind der Grund, warum sich solche Gerüchte überhaupt verbreiten – Leute, die jeden Mist glauben, den sie im Internet lesen.«

»Okay, schon gut. Also, das Mädchen da ist eine Lügnerin und hätte einen Ehrenplatz an unserer Wall of Shame verdient. Aber ich verstehe trotzdem nicht, was an dem Video hier so schlimm ist. Jeder zieht doch mal über seine Lehrer her.«

»Aber nicht die«, sagte Seth. »Oder zumindest würde keiner auf die Idee kommen. Du kennst sie wahrscheinlich gar nicht, weil sie in meiner Stufe ist, aber glaub mir, das ist die schlimmste Schleimerin, die du dir vorstellen kannst. Die kriecht den Lehrern total in den Arsch.«

»Na und?«, fragte ich.

»Und sie hat genau die Lehrer, die sie da beschimpft, gebeten, ihr Empfehlungen für Yale zu schreiben. Ich frage mich, wie die Briefe wohl ausfallen werden, nachdem die zwei das hier gesehen haben.«

In Seths Stimme schwang ein gehässiger Unterton mit, und ich hatte so das Gefühl, die Rache für Jordan spielte dabei eine eher untergeordnete Rolle.

Aber mein Mitleid für Leute, die im Netz Märchen über andere verbreiteten, hielt sich ebenfalls in Grenzen. Ich konnte es absolut nicht leiden, wenn Leute das Internet für so was missbrauchten und es damit zu einem Ort der Ausgrenzung statt des Zusammenhalts machten. Mit diesem Mist mussten wir uns schließlich schon jeden Tag in der Schule rumschlagen.

»Keine Einwände«, sagte ich.

»Dann raus damit«, pflichtete Mouse mir bei.

Ein paar Klicks später war die Rothaarige die Topmeldung auf unserer Seite. Die Überschrift lautete: **Lehrerliebling oder Lästermaul? Jahrgangsbeste der Haver High teilt aus.**

»Gut«, befand Seth. »Nur leider lange nicht so gut wie Brett Carver beim Steroidespritzen. Mit so was kriegen wir nicht genug Klicks zusammen. Was ist, wenn die Videos alle zu lahm sind?«

»Ich hab noch was«, sagte Mouse.

Doch der Clip, den er meinte, war wieder heimlich mit Bretts Webcam aufgenommen worden, und Seth und ich legten sofort Widerspruch ein. Abgesehen davon, dass ich keine gehackten Videos mehr online stellen wollte, war dieses besonders heikel, denn darin prahlten Brett und einer seiner Kumpels voreinander mit all den Mädchen, denen sie es schon »besorgt« hatten.

»Das wäre peinlicher für die betroffenen Mädchen als für die beiden«, wandte Seth ein.

Das sah ich genauso. »Wenn wir irgendwann doch mal auffliegen sollten, will ich nicht auch noch eine Horde angepisster Mädels im Nacken haben. Ich weiß ja nicht, wie's euch geht, aber ich muss denen eigentlich nicht noch mehr Gründe liefern, um mich abblitzen zu lassen.«

»Guter Punkt«, räumte Mouse ein. »Dann lassen wir die Ladys lieber in Frieden. Die mussten schon genug leiden.«

Ich zeigte auf das Video. »Bis auf die hier?«

»Die ist keine Lady«, erwiderte Mouse.

»Was sind denn die Kriterien?«, wollte ich wissen. »Also, wonach entscheiden wir, wer einen Post kriegt und wen wir davonkommen lassen?«

»Erst mal die Leute, die Jordan gemobbt haben«, fing Seth an.

»Und alle, die genauso sind«, fügte Mouse hinzu.

Seth drehte sich mit seinem Bürostuhl hin und her. »Außerdem hängt es natürlich davon ab, wie gut das Video ist. Es muss schon klickwürdig sein.«

»Von mir aus«, sagte ich. »Hauptsache, wir machen die Videos nicht selbst. Wenn es mal hart auf hart kommt, können wir jederzeit auf die Meinungsfreiheit verweisen, aber wie wir an Material aus anderer Leute Schlafzimmern kommen, ist nicht so leicht zu erklären.«

Ich warf Mouse einen eindringlichen Blick zu. »Das ist nämlich nicht bloß verboten. Das ist pervers.«

Er hob die Hände. »Ist ja gut. Dann leg ich die Verbindung eben lahm. Bin selber nicht scharf drauf, den Sommer im Knast zu verbringen. Hoffen wir mal, dass wir genug legales Material zusammenkriegen.«

Wie aufs Stichwort informierte uns ein leises *Ping* aus den Computerlautsprechern über eine weitere eingegangene Nachricht.

Ich grinste. »Das dürfte wohl kein Problem werden.«

KAPITEL 17

Wir hatten ein Monster erschaffen. Ein kleines süßes Baby-monster – weitgehend harmlos, aber trotzdem ein Monster. Und das Problem mit Babymonstern ist, dass sie irgendwann Zähne bekommen und jede Menge Wut im Bauch, bis sie zu gefährlich sind, um sie unter Kontrolle zu halten. Ich hatte von Anfang an so eine Befürchtung gehabt, eine vage Ah-nung, dass es uns eines Tages über den Kopf wachsen könnte. Aber wie jede gute Monstermutter liebte ich es trotzdem.

Die Gefahr, die von ihm ausging, war besonders am nächs-ten Tag in der Schule spürbar. Das Video von Brett war eins gewesen – offensichtlich das Werk eines Hackers –, aber ein Handyvideo von jemandem an unserer eigenen Schule? Das war noch mal ganz was anderes.

Ich traute meinen Ohren nicht, als ich hörte, wie über-all über unsere Seite geredet wurde … oder eher geflüstert. In den Fluren der Haver High herrschte plötzlich eine ge-spenstische Stille, und alle senkten die Stimmen, wenn es um *Freunde von Springer* ging, als fürchteten sie, allein fürs An-schauen der Videos Ärger zu kriegen. Oder vielleicht hatten sie auch Angst, dass jemand mitbekam, wie sie darüber rede-ten – und die Unterhaltung heimlich aufnahm. Jedes gezück-te Handy erntete misstrauische Blicke, und keiner fing ein vertrauliches Gespräch an, ohne sich vorher nach Lauschern umzusehen.

Und trotzdem trudelten immer neue Mails ein. Unsere Seite hatte sich praktisch über Nacht in ein Portal zum freien Internet verwandelt – einen Ort, an dem die Leute sich mal so richtig auskotzen, ihre Geschichten erzählen, sich für Ungerechtigkeiten revanchieren konnten. Okay, um ehrlich zu sein, versauerten die allermeisten dieser Geschichten in unserem Posteingang und würden es niemals auf die Seite schaffen, aber dennoch riss der Strom an neuen Videos nicht ab. Alle sehnten sich nach Land in diesem Meer aus neuen strengen Regeln, die uns zum Schweigen verdammten.

Irgendjemand hatte einen Clip von ein paar Leuten geschickt, die auf dem Baseballfeld eine Bong rauchten. Jemand anders ein verwackeltes Video von einem knutschenden Lehrerpärchen im Pausenraum. Manchmal waren die Beweggründe eindeutig, wie zum Beispiel bei dem Mädchen, das sich bei seinem Ex-Freund rächen wollte, weil er ihr Filzläuse verpasst hatte. In anderen Fällen steckte vermutlich schlicht Spaß am Gemeinsein dahinter.

Letztere Eingänge erschütterten mich echt in meinem Glauben an die Menschheit … oder zumindest die Schülerschaft der Haver. Zum ersten Mal fragte ich mich, ob die Cyberüberwachungsgesetze der Schulen möglicherweise tatsächlich eine Menge fieses Zeugs aus dem Netz verbannten.

Andererseits spürte ich auch die Verzweiflung, die aus einigen der Nachrichten sprach … von Schülern, die immer Mobbingopfer sein würden, on- oder offline, die in den Sportumkleiden rumgeschubst wurden oder auf dem Schulhof fertiggemacht, wenn gerade kein Lehrer hinsah. Die ausgeschlossen wurden, bis sie kein Wort mehr redeten, oder denen so oft wehgetan wurde, dass sie irgendwann verbittert oder selbst aggressiv wurden.

Diese Wahrheit offenbarte sich in jeder E-Mail und im Geflüster auf den Schulfluren – Seth hatte recht gehabt. Was wir hier machten, war wichtiger als die ACM und vielleicht sogar wichtiger, als die Cyber-Stasi bloßzustellen. Wir hatten ein winziges Licht in der Dunkelheit entzündet. Es gab noch so viele Jordan Springers auf dieser Welt und wir hatten ihnen eine Stimme gegeben.

Nach dieser Erkenntnis ging ich plötzlich aufrechter und hielt den Kopf erhoben, anstatt mit gesenktem Blick vor mich hin zu schlurfen … und entdeckte dadurch prompt Isabel an ihrem Spind, als ich vor der ersten Stunde um die Ecke bog. Die meisten Leute waren schon in ihren Klassen und der Flur war so gut wie leer gefegt.

Das war meine Chance, das *Holà*-Debakel von neulich wiedergutzumachen. Ich musste nicht mal was sagen. Ich musste bloß winken – ohne Fingergewackel! – und weiterschlendern. Das kam sowieso geheimnisvoller rüber.

Isabel drehte sich eine Winzigkeit in meine Richtung.

Ich bog scharf zur Seite ab und tauchte förmlich in den nächsten Trinkbrunnen.

Lässiger Move, Eli.

Der Trinkbrunnen stand an einer Ecke, an der zwei Flure aufeinandertrafen, und während Isabel rechts von mir in ihrem Spind wühlte, steckten zu meiner Linken drei andere Mädchen vor einer Klassentür die Köpfe zusammen. Eine von ihnen war Ashley Thorne. Ihre Stimme hallte durch den leeren Flur.

»Ich meine, ich will ja echt nicht behaupten, sie hätten mir das nachgemacht, aber ist doch schon ein kleines bisschen auffällig, dass zwei Jahre, nachdem ich Pretty Pretty gestartet hab, auf einmal noch fünf andere Mädchen von der Haver ihren eigenen Beauty-Vlog haben, oder?«

Ashleys Freundinnen gurrten ihre Zustimmung, und sie fuhr fort: »Nicht dass eine von denen auch nur annähernd so viele Follower hätte wie ich, darum sehe ich die nicht als Konkurrenz oder so. Aber trotzdem.«

»Isabel Ortega hat ziemlich viele Follower«, merkte eins der anderen Mädchen an.

Ich verschluckte mich und das Wasser rann mir übers Kinn. Schnell ließ ich den Knopf los, damit es aufhörte zu fließen, blieb aber über das Becken gebeugt stehen. Aus dem Augenwinkel sah ich, dass auch Isabel reglos dastand und lauschte. Um die Ecke redete Ashley nichts ahnend weiter.

»Die kann mir erst recht nicht gefährlich werden. Ich meine, tut mir ja leid, aber da schminken sich ja Clowns noch dezenter.«

»Contouring kann sie aber gut«, wandte die andere ein, bevor sie hastig hinzufügte: »Also, wenn man sich für so was interessiert.«

»Klar, total!«, ruderte Ashley zurück, deren Stimme nun vor Gönnerhaftigkeit triefte. »Mit dem Pinsel kann sie echt super umgehen. Ich meine ja nur, das Farbspektrum, das sie verwendet, ist leider ein bisschen begrenzt. Aber was soll sie auch machen? Das Problem ist nun mal ihr dunkler Teint.«

Neben mir sog jemand scharf die Luft ein. Als ich mich traute, den Kopf zu drehen, sah Isabel mir direkt in die Augen, und wir tauschten uns lautlos über Blicke aus. Sie wusste, dass ich wusste, dass sie wusste, dass die drei über sie lästerten. Und das Einzige, was noch unangenehmer war als das, war die Tatsache, dass ich immer noch über den längst nicht mehr laufenden Trinkbrunnen gebeugt stand.

Ich streckte die Hand aus, um das Wasser wieder einzuschalten – alles war besser, als mich jetzt aufzurichten und sämtliche Aufmerksamkeit auf mich zu ziehen –, aber Isabel schüttelte den Kopf. Sie wollte weiter zuhören und das Wasser würde zu laut plätschern.

Meine Hand verharrte über dem Knopf. Langsam tat mir der Rücken weh. Ich schwor mir, nie wieder durch diesen Flur zu gehen. Mädchen konnten einem echt Angst machen.

»Ich bin ja keine Rassistin oder so«, erklärte Ashley jetzt ihren Freundinnen, die ihr eilig beipflichteten. »Aber mit so brauner Haut kann man halt nur eine eingeschränkte Farbpalette benutzen. Und das wird für die Zuschauer schnell langweilig.«

Aus der Tür neben Ashley ertönte die Stimme einer Lehrerin und die drei verschwanden im Klassenraum. Endlich konnte ich mich wieder aufrichten und streckte meinen Rücken durch. Isabel guckte mich immer noch herausfordernd an. Dachte sie etwa, dass ich Ashley und ihren Freundinnen zustimmte?

Ich hatte ihr doch nur winken wollen. Stattdessen tappte ich jetzt rüber zu Isabels Spind und sagte: »Wow. Da war aber eine neidisch.«

Das strahlende Lächeln, das sich daraufhin auf ihrem Gesicht ausbreitete, war das schönste, was ich je gesehen hatte.

»Danke.«

»Im Ernst, das kam einfach nur extrem unsicher rüber.« Jetzt war ich richtig in Fahrt. »Was die denkt, interessiert doch kein Schwein.«

Isabels Augen schimmerten ein bisschen feucht, aber sie lächelte tapfer weiter und schloss ihren Spind ab. »Leider interessiert das eine ganze Menge Leute. Sie hat echt viele Follower. Ihre Meinung hat ziemliches Gewicht.«

»Bei mir nicht.«

Homerun.

»Dann hast du leider keine Ahnung«, sagte Isabel.

Und zack, ins Aus manövriert!

»Du kannst sie vielleicht nicht leiden«, fuhr Isabel fort, während sie sich rückwärts in Bewegung setzte. »Aber ob sie hier an der Schule beliebt ist oder nicht, spielt überhaupt keine Rolle. Alles, was zählt, ist der Onlineauftritt.«

Da konnte ich ihr nicht widersprechen, aber als ich den Mund öffnen wollte, um ihr zuzustimmen, hatte sie sich schon umgedreht und war auf dem Weg den Flur runter.

Ich hob die Hand zu einem Winken, das sie nicht mehr sah.

KAPITEL 18

Erst Stunden später wurde mir klar, dass ich mir sofort mein Handy schnappen und Ashleys kein bisschen rassistische kleine Ansprache hätte aufzeichnen sollen. Während alle anderen sich lieber zweimal umguckten, bevor sie den Mund aufmachten, wirkte sie kein bisschen besorgt, jemand könnte sie filmen. Vielleicht ging sie auch einfach davon aus, dass das schon niemand wagen würde. Die Vorstellung nagte an mir. Was nützte es, ein Monster geschaffen zu haben, wenn es seine Krallen nicht an jemandem wie Ashley Thorne wetzen durfte, die über nette Leute wie Isabel Ortega herzog?

Noch Stunden später auf dem Fahrrad nach Hause grübelte ich über Isabel und Ashley nach, und da über Mädchen nachzudenken, für gewöhnlich alles an Hirnschmalz forderte, was ich aufbringen konnte, wäre mir fast nicht aufgefallen, dass Dads Auto vor dem Haus parkte, als ich in die Auffahrt einbog. Noch weniger aber hatte ich damit gerechnet, ihn selbst unter dem großen Ahorn in unserem Vorgarten zu sehen.

»Eli!«

Ich bremste, stellte, ohne abzusteigen, einen Fuß auf den Boden und blinzelte zu Dad rüber, als wäre er eine Fata Morgana. Was gar nicht so weit hergeholt war. Dad war um diese Zeit so selten zu Hause, dass ich eher an ein Trugbild oder irgendeine Sinnestäuschung geglaubt hätte.

Als er noch mal meinen Namen rief und mir zuwinkte, beschloss ich, dass er echt sein musste, und ließ mein Rad auf den Beton fallen. Dad stand unsicher zwischen dem dicken Baumstamm und der Bank, die wir dort aufgestellt hatten – und die wir wie eine Art Grabstein behandelten.

Wenn man Dad Glauben schenkte, hatte meine Mom oft stundenlang dort gesessen und einfach nur nachgedacht, obwohl ich ja insgeheim überzeugt war, dass ihm sein Gedächtnis da einen Streich spielte. Ich meine, welche Schlaftablette sitzt denn bitte einfach so unter einem Baum und macht gar nichts? Aber vielleicht war meine Mom ja tatsächlich so langweilig gewesen, was wusste ich denn schon? Ich hatte schließlich keinerlei Erinnerungen an sie.

»Setz dich«, sagte Dad.

Ich blieb stehen. Mich auf die Mom-Bank zu setzen, war mir irgendwie immer unangenehm, besonders wenn Dad dabei war. Dann bekam er immer so einen traurigen Blick und guckte mich an, als erwartete er irgendwas von mir – keine Ahnung, was.

Als ich mich nicht hinsetzte, ließ er sich selbst auf die Bank fallen. Er hatte eine Jogginghose und eins von diesen engen Kunstfasershirts an, wie Rennradler sie trugen. Es war knallorange und schwarz und überhaupt nicht Dads Stil. Ich hatte eher den Verdacht, dass Misty es ihm ausgesucht hatte, als sie mal wieder auf einem ihrer »Wir müssen alle mehr Sport machen«-Trips war.

»Kein Anzug heute?«, fragte ich.

»Ich hab mir freigenommen.«

»Du nimmst dir doch nie frei.«

»Misty hat mich drum gebeten.«

... außer Misty bittet dich drum.

»Sie ist seit einiger Zeit ein bisschen niedergeschlagen«, redete Dad weiter. »Darüber wollte ich auch mit dir reden.«

Er warf mir einen strengen Blick zu, bei dem mir mein genervtes Stöhnen im Hals stecken blieb.

»Du machst es ihr wirklich nicht leicht, Eli.«

Aha, also hatte sie mich tatsächlich verpetzt.

Blöde Kuh. Da kommt man einmal zu spät nach Hause ...

»Sie ist so enttäuscht, dass du dir nicht von ihr mit Spanisch helfen lässt.«

Hä?

Jetzt setzte ich mich doch auf die Bank, um irgendwie meine Erleichterung zu überspielen. »Ich hab Zach gefragt, ob er mir hilft«, sagte ich. »Mit Misty ist das einfach zu ... zu anstrengend.«

»Tja, sie kann schon manchmal ein bisschen beharrlich sein.« Dad zupfte an seinem orange-schwarzen Shirt.

»Du siehst aus wie ein Halloween-Kürbis«, merkte ich an.

Er lachte, wenn auch nur ganz kurz, bevor er sich mit der Hand übers Gesicht rieb und das Lächeln wegwischte. »Sie gibt sich solche Mühe, weißt du? Und mehr verlange ich von dir auch nicht. Dass du dir Mühe gibst. Versuch es einfach mal, okay?«

Wie ich es hasste, wenn Erwachsene sich so schwammig ausdrückten. Was sollte das denn nun wieder heißen?

»Was soll ich versuchen?«

»Ein bisschen netter zu ihr zu sein. Gib ihr einfach mal das Gefühl, dass sie hier willkommen ist, so als wäre sie – als wäre sie ...«

»… meine Mom?«

»Davon hab ich nichts gesagt.«

»Gut, das wäre nämlich auch eine ziemlich kranke Forderung«, entgegnete ich.

»Ich hab nichts davon —«

»Besonders auf dieser Bank.«

»Jetzt reicht's aber, Eli!«

Er hatte recht. Es reichte. Mein letzter Spruch war unfair gewesen. Uns war beiden klar, dass die Bank Dad mehr bedeutete als mir. Tja, aber wenn er meine Mom so furchtbar vermisste, sollte er vielleicht nicht versuchen, mir eine neue aufzuzwingen.

Er seufzte. »Eli, weißt du noch, dass wir irgendwann mal richtig gute Kumpels waren?«

»Ja.« Ich schnaubte. »Weiß ich noch. Damals als du dir noch für *mich* freigenommen hast.«

Ich wartete darauf, dass er protestierte, mir versprach, noch einen Tag dranzuhängen oder sonst was in der Art. Aber stattdessen breitete sich eisiges Schweigen unter den Ahornblättern aus. Ich versuchte, den Kloß runterzuschlucken, der sich in meiner Kehle gebildet hatte. Da wäre es mir ja fast lieber gewesen, er hätte mich belogen – alles, nur nicht diese stillschweigende Bestätigung meiner Befürchtung, dass Misty für ihn an erster Stelle stand. Sie hatte nicht nur Moms Platz in seinem Leben eingenommen. Sondern auch meinen.

Ich gab ihm noch eine Sekunde Zeit, um die Sache wieder geradezubiegen, dann stand ich auf und ließ ihn auf der Bank sitzen, die anscheinend endgültig ihre Bedeutung verloren hatte.

Den Rest des Abends verkroch ich mich unter dem Vorwand, Hausaufgaben machen zu müssen, in meinem Zimmer. In Wirklichkeit videochattete ich mit Seth und Mouse, und wir staunten zusammen über das, was auf unserer Seite abging.

»Dreiundzwanzig neue Kommentare«, las Seth von seinem Bildschirm ab.

»Allein heute?«

»Allein in den letzten zwei Stunden.«

Ich stieß einen Pfiff aus.

»Ist das Video schon oben?«, fragte Mouse Seth.

»Lädt noch.«

Mein Magen zog sich zusammen vor Aufregung. Wenn die Cyber-Stasi uns nicht sowieso längst auf dem Schirm hatte, würde sich das spätestens nach diesem Post ändern. Bisher hatten wir immer nur andere Schüler ins Visier genommen, aber in unserem neusten Video würde es eine Lehrerin sein. Diesmal spielte Mrs Windemere die Hauptrolle, die in der Neunten Bio unterrichtete und in dem Clip kistenweise Alkohol in einen Einkaufswagen lud. Kein Problem so weit, hätte ja alles für eine Party gewesen sein können oder so. Aber dann hatten die Überwachungskameras des Supermarkts sie dabei erwischt, wie sie einen großen Schluck aus einer der Flaschen nahm und sie anschließend in ihrer Tasche verschwinden ließ.

»Wer hat das eigentlich geschickt?« Ich scrollte durch unsere E-Mails und beantwortete mir die Frage selbst. »Anonym. Ich frage mich, wie der Absender da drangekommen ist.«

Mouse winkte ab. »Kann ich dir sagen. In dem Laden arbeiten mindestens sechs Leute aus der Schule.«

»Und ich könnte dir mindestens hundert aufzählen, die Mrs Windemere hassen wie die Pest«, fügte Seth hinzu.

»Mach hunderteins draus«, brummte ich.

Mrs Windemere war die biestigste Lehrerin, die mir je untergekommen war, und ich hatte mich schon immer gefragt, warum jemand, der Jugendliche so offensichtlich nicht ausstehen konnte, sich ausgerechnet für diesen Beruf entschieden hatte.

»Okay, ist erledigt«, verkündete Seth. »Genau wie Mrs Windemere.«

Mouse gähnte. »Lasst uns morgen weitermachen.«

Wir beschlossen, den Rest der E-Mails am nächsten Tag durchzugehen, und beendeten den Chat.

Nur wenige der Mails enthielten tatsächlich Videos, die meisten waren Anfragen von Leuten, die wollten, dass wir ihre Feinde hackten. Jeder an der Haver hatte eine Geschichte zu erzählen, über irgendwen, der sie gemobbt oder verkloppt hatte oder sie einfach nur tierisch nervte. Und obwohl wir uns darauf geeinigt hatten, niemanden mehr zu hacken, geriet ich beim Lesen einiger dieser Geschichten doch ganz schön in Versuchung.

Für die meisten Anschuldigungen gab es allerdings keinerlei Beweise. Ein paar Leute wollten sich für Sachen rächen, die in der ersten Klasse passiert waren. Andere waren immer noch sauer über irgendwelche Gerüchte, die sich online verbreitet hatten, aber über die inzwischen längst keiner mehr redete.

Schon ulkig, wie es im Internet lief. Wenn man ein Gerücht stoppen wollte, war es plötzlich überall. Aber sobald man sich gezielt auf die Suche nach einem machte, war es unauffindbar, wenn man nicht ganz genau wusste, wo man danach Ausschau halten musste.

Das war auch der Grund, warum unsere Eltern so hilflos waren, dass ihnen keine andere Lösung außer der neuen Onlinegesetze einfiel.

Selbst jemand wie ich, der sich im Netz auskannte, hatte Probleme damit, bestimmte Dinge zu finden. Ich konnte ja nicht mal Hinweise auf das, was Jordan passiert war, auftreiben.

Selbst seine Onlinefehde mit der Rothaarigen, deren Video jetzt einen Platz nach unten gerückt war, hatte keine Spuren hinterlassen, und die Gerüchte über ihn und Mr Fogerty mussten über Chat Mob verbreitet worden sein – einen dieser Gruppenchatrooms, deren Inhalt gelöscht wurde, sobald man die App schloss.

Chat Mob war gleich nach Inkrafttreten der neuen Gesetze eingestellt worden, zusammen mit Snapchat und ein paar anderen Apps.

Und jetzt sah es ganz so aus, als wäre *Freunde von Springer* die neue Plattform. Was möglicherweise daran lag, dass sie schon ganz schön lange durchhielt, ohne gesperrt worden zu sein, weswegen die Leute davon ausgingen, dass wir der Cyber-Stasi immer eine Nasenlänge voraus waren.

Sie schienen uns echt zu vertrauen, denn die Kommentare wurden immer gewagter.

Gleich mal abonniert. Das Mädel ist echt 'ne Bitch.

Wusst ich's doch, dass Carver bescheißt! Hoffe, der kriegt richtig Ärger.

Weiter so! Gibt noch genug Haver-Idioten, die man vom Thron stoßen sollte.

Unser Monsterbaby wurde langsam erwachsen.

KAPITEL 19

Am nächsten Tag auf dem Weg von Chemie zu Englisch begegnete mir auf dem Schulflur eine ganz andere Art von Monster, das anscheinend dringend beachtet werden wollte.

Schnell guckte ich weg, aber Malcolm hatte mich schon gesehen und steuerte schnurstracks auf mich zu. Da dieser Typ jedoch keine fünf Schritte machen konnte, ohne Chaos zu stiften, streckte er dabei, zack, ein kleines bisschen den linken Fuß zur Seite – gerade weit genug, dass der arme Kerl, der ihm entgegenkam, stolperte und in einer Lawine aus losen Zetteln und dicken Büchern zu Boden ging. Mich ließ Malcolm dabei keine Sekunde aus den Augen.

Ich schüttelte den Kopf. Solche fiesen Dinger schienen bei Malcolm einfach reflexhaft abzulaufen. In Sachen Impulskontrolle hatte er definitiv Förderbedarf, und sein erster Impuls war nun mal stets, anderen Schaden zuzufügen.

»Hast du 'n Problem, Bennett?«, fragte er, als er vor mir stehen blieb.

Ich guckte auf den gestolperten Jungen runter, der sich gerade wieder aufrappelte.

Malcolm folgte meinem Blick und grinste. »Glotz den Trampel doch nicht noch so an. Kann halt nicht jeder so 'ne Elfe sein wie du, Tinker Bell.«

Ich wollte mich an ihm vorbeidrängen, aber er legte mir

die Hand auf die Brust. »Sekunde mal. Ich wollte mit dir sprechen.«

Ich biss die Zähne zusammen. »Ach ja?«

Wieso interessierte Malcolm sich auf einmal für mich? So wie er die Finger in mein T-Shirt krallte und sein Gesicht knallrot anlief, bis seine Sommersprossen ineinanderzusickern schienen, hätte man fast meinen können, ich wäre derjenige von uns beiden, der seine Freundin geschwängert hatte. Aber das hatte er sich ganz alleine eingebrockt. Ich war nur zur falschen Zeit am falschen Ort gewesen und jetzt hatte ich ihn an der Backe.

»Ja«, knurrte er gedämpft, damit die Leute um uns nichts hörten. »Ich wollte dich an unsere Abmachung erinnern.«

»Abmachung?«

»Genau, du Sackgesicht solltest nämlich nicht weiterplappern, was du neulich auf dem Klo gehört hast, und dafür schlag ich dir nicht die Fresse ein.«

Als würde mich sein kleines Privatdrama auch nur im Geringsten interessieren. Ich hatte Besseres zu tun, als mir den Kopf drüber zu zerbrechen, dass Malcolm Mahoney und seine Perle es in eine der unrühmlicheren Highschool-Statistiken geschafft hatten. Das alles war so absurd, dass ich loslachte, was mich genauso überraschte wie Malcolm.

Die Hand auf meiner Brust ballte sich zur Faust. »Was 'n daran so witzig? Hast du etwa schon was weitergetratscht? Wenn ja, dann –«

»Hab ich nicht«, unterbrach ich ihn hastig und versuchte, das Lachen zu unterdrücken.

»Mhm.« Er kniff die Augen zu, als versuchte er zu entscheiden, ob er mir glauben konnte. Endlich lockerte sich seine Faust und er ließ mich los. »Will ich dir auch geraten haben. Nicht dass auf einmal ein Video vom Jungsklo auf dieser Springer-Kumpel-Seite auftaucht.«

Ich erstarrte. Guckte mich um. Wusste Malcolm Bescheid? Und alle anderen auch? Aber woher?

»Ich … ich hab keine Ahnung, wovon du sprichst«, stammelte ich.

Malcolm schnaubte. »Ist ja mal wieder typisch. Keiner hier redet mehr über irgendwas anderes, aber du hast keinen Schimmer, worum's geht. Das ist 'ne Website, du Blödbirne. Solltest du dir mal angucken.«

Meine Anspannung fiel so plötzlich von mir ab, dass beinahe meine Knie unter mir nachgaben. Also wusste er nicht, dass ich hinter der Seite steckte. Er hatte bloß Schiss, ich könnte ihn gefilmt haben. Unsere Seite hatte Malcolm Mahoney Angst eingeflößt – vor mir und überhaupt jedem, der ein Handy mit Kamera hatte.

Und da war er wieder. Der wohlige Schauer. Malcolm hatte seine Fäuste, aber ich verfügte über eine viel mächtigere Waffe. Eine, die Typen wie ihn davon abhalten konnte, Ärger zu machen. Hacker wurden ständig als böse Jungs abgestempelt – dabei konnten sie genauso gut Helden sein. Alles eine Frage des Blickwinkels.

Eli Bennett. Rächer der Unterdrückten.

Daran hätte ich mich gewöhnen können.

»Ach, *die* Seite.« Grinsend beugte ich mich vor und flüsterte: »Dann hoffen wir mal, dass keiner sein Handy griffbereit hatte, als du den da eben umgenietet hast.«

Er drehte sich zu dem Jungen um, der immer noch seine Zettel und Bücher sortierte. »Wen interessiert's?«

Ich hob unschuldig die Hände. »Keinen wahrscheinlich. Aber wer weiß … Körperverletzung ist keine Lappalie. Könnte 'ne Anzeige geben, und du willst doch wohl nicht im Knast landen, so kurz, bevor du Papa wirst.«

Malcolms Kopf ruckte wieder zu mir rum. Sein Blick war mörderisch, aber mir entging nicht, wie kreideweiß er im Gesicht geworden war.

»Also, ich wäre vorsichtig an deiner Stelle«, riet ich ihm, dann ließ ich ihn stehen und schlenderte davon.

Ich wünschte, *ich* hätte Malcolms Beinstell-Aktion gefilmt, aber es war nicht leicht, andere beim Scheißebauen zu erwischen, ohne ihre Computer zu hacken.

Als ich an dem Jungen vorbeikam, der inzwischen seinen Kram aufgesammelt hatte, schenkte ich ihm ein aufmunterndes Lächeln, aber er schlurfte nur mit hängenden Schultern davon. Der Anblick war mir schmerzlich vertraut und wieder packte mich die Wut. Leute wie Malcolm Mahoney und Ashley Thorne hatten es vielleicht echt verdient, bespitzelt zu werden.

Ich musste mich tierisch zurückhalten, um Zach mittags in der Cafeteria nicht von der Begegnung mit Malcolm zu erzählen. Aber es ging einfach nicht, ohne ihm gleichzeitig die Wahrheit über *Freunde von Springer* zu verraten. Ihm so viel zu verheimlichen, war ein Scheißgefühl, aber je erfolgreicher die Website wurde, desto überzeugter war ich, dass sie einer guten Sache diente, und desto sicherer, dass Zach das wahrscheinlich anders sehen würde.

Bis gestern Abend hatte ich ja irgendwie noch die vage Hoffnung gehabt, dass er es verstehen würde, aber jetzt, nachdem wir eine Lehrerin vorgeführt hatten, konnte ich das mit Sicherheit vergessen. Egal, wie unfair sie zu ihren Schülern war, egal, ob sie außerhalb der Schule irgendwelchen Mist baute oder sich sogar strafbar machte, Zach wäre dagegen. Er glaubte immer noch fest daran, dass Lehrer unfehlbar waren und man es im Übrigen der Polizei und den Gerichten überlassen sollte, für Gerechtigkeit zu sorgen.

Also schluckte ich meine Freude, wie tapfer ich gerade Malcolm gegenüber meinen Mann gestanden hatte, runter und wandte mich unserem Lieblingsthema zu – der App, die Zach und mich eines Tages reich machen würde. Wie immer waren unsere Ideen nicht wirklich neu, und alles, was uns heute wie der große Durchbruch erschien, würde uns morgen schon wieder total ausgelutscht vorkommen.

»Wie wär's mit einem Augmented-Reality-Spiel?«, schlug Zach vor. »Wie dieses eine vor ein paar Jahren, bei dem die Leute ständig vor irgendwelche Wände gerannt sind.«

Er klaute ein paar Pommes von meinem Teller und ich stach meine Plastikgabel in ein Chickennugget auf seinem.

»Ich finde immer noch, wir sollten es ganz einfach halten«, sagte ich. »Irgendein Sortierspiel, wie ›Candy Crush‹, mit jeder Menge Möglichkeiten für In-App-Käufe.« Ich merkte, wie ich schon wieder Dollarzeichen in den Augen bekam.

»Der Markt dafür ist doch total überlaufen«, wandte Zach ein.

»Klar, aber …« Ich redete nicht weiter, als eine Gruppe Mädchen an unserem Tisch vorbeiging, darunter Isabel, die kurz meinen Blick auffing und winkte. Ich schaffte es sogar zurückzuwinken, ohne mich total zum Affen zu machen, und wir sagten beide »Hi«. Konnte also richtig glattlaufen, so was, wenn ich nur nicht zu viel Zeit zum Nachdenken hatte.

Zach starrte mich mit offenem Mund an. »Was war das denn gerade?«

»Nichts. Wir haben uns nur gestern ein bisschen unterhalten.« Ich versuchte, mich lässig zu geben, aber mein seliges Grinsen machte mir einen Strich durch die Rechnung.

»Vielleicht solltest du sie mal fragen, ob sie dir Spanischnachhilfe gibt«, sagte Zach.

»Und wie soll ich mich dafür revanchieren?« Ich lachte. »Mit 'nem Programmierkurs?«

»Ja klar«, zog Zach mich auf. »Bei der würdest du doch sicher gerne mal hinter die Firewall gucken.«

Ich verdrehte die Augen.

»'nen kleinen Penetrationstest durchführen.«

»Hör auf!« Ich boxte ihm auf die Schulter, aber wir lachten beide.

Wenn ich so mit ihm über Mädchen und Apps quatschte, war es fast, als wäre alles wieder normal, und einen Moment lang saß ich da, auf meinem Stammplatz gegenüber von Zach am unsichtbarsten Tisch in der ganzen Cafeteria, und fühlte mich kein bisschen mehr wie ein Hackerheld oder irgendein Rächer. Mein Leben war wieder klein und überschaubar, und der Air Gap, der mich vor dem Rest der Welt schützte, war noch intakt.

KAPITEL 20

Innerhalb von einer Woche hatte sich die Zahl der einge-
gangenen Nachrichten für unsere Seite verdoppelt und immer mehr Leute schickten Videos mit. Ich stellte mir vor,
wie alle an der Haver mit gezückten Handys durch die Flure
marschierten und filmten, bis der Akku schlappmachte –
schließlich konnte man nie wissen, was einem vor die Linse
kam.

»Diese Videos sind scheiße«, meckerte Seth. »Alles total
verwackelt.«

Es war Samstag. Wir hingen auf den alten Sofas bei Seth
im Keller rum, unsere Laptops auf den Knien, und trainierten für die ACM. Das heißt, eigentlich trainierten Mouse und
ich. Seth hatte nur die Seite im Kopf.

»Alter, jetzt lass den Scheiß doch mal zu.« Ich tippte auf
meinen Bildschirm. »Wir sind fast durch hiermit.«

Seth war derjenige, der darauf bestanden hatte, in seinem
Übungsprogramm Angriffe zu simulieren, aber jetzt waren
wir kurz davor, die letzte Aufgabe zu versemmeln, nur weil
er zu abgelenkt war, um seinen Beitrag zu leisten.

Er antwortete nicht, sondern scrollte weiter durch die neu-
en Videos. »Und in den meisten wird eh nur gelästert.«

Mouse und ich wechselten einen Blick und klappten
gleichzeitig unsere Laptops zu.

»Wir wollten für Gerechtigkeit sorgen«, maulte Seth weiter, »nicht Gerüchte verbreiten. Das ist doch alles Kinderkacke hier.«

»Ich erinnere mich noch an Zeiten, in denen wir vor allem die ACM gewinnen wollten«, merkte ich an.

»Dann schlagen wir eben zwei Fliegen mit einer Website«, konterte Seth.

»Wo wir gerade von Kinderkacke reden«, hakte Mouse ein. »Ich hab die Tage gehört, wie sich ein paar Leute über unser Lästermaul unterhalten haben.«

Seth sah von dem Laptop auf seinem Schoß hoch.

»Und?«

»Und die haben gesagt, dass sie wahrscheinlich ihr Amt als Jahrgangssprecherin abgeben muss.«

Dann fügte Mouse in gespielt neugierigem Tonfall hinzu: »Hey, Seth, weißt du zufällig, wer ihr Nachfolger ist? Ach Moment, stimmt ja – du, oder?«

Seth antwortete nicht, aber seine Mundwinkel hoben sich zu einem kleinen Lächeln.

»Wusste ich's doch!«, johlte Mouse. »Du hast das Video geschickt, stimmt's?«

Seth knallte den Deckel seines Laptops zu und stammelte: »Hab ich gar nicht … wie blöd müsste ich denn sein … als ob ich so was nötig hätte.«

»Ui, da ist aber einer empfindlich.« Ich lachte.

Mouse schüttelte grinsend den Kopf. »Wie mein alter Kumpel Shakespeare es ausdrücken würde: ›Die Dame, wie mich dünkt, gelobt zu viel.‹«

Statt zu antworten, hob Seth bloß den Mittelfinger, und Mouse und ich prusteten los vor Lachen.

Es spielte keine Rolle, ob die meisten der Videos »Kinderkacke« oder verwackelt waren, denn wir hatten inzwischen so viele, dass wir uns die besten raussuchen konnten, und genau damit verbrachten wir den Nachmittag – wir pickten die brauchbaren raus und löschten den Rest.

»Was meint ihr?«, fragte Mouse ein paar Stunden später und drehte sein Display zu uns um.

Oben auf unserer Seite prangte ein neuer Post.

Who Run the World?

Das Video darunter zeigte einen Neuntklässler, der dafür bekannt war, dass er andere Jungs gern als »Tunten« bezeichnete. Anscheinend war einer der so Bezeichneten allerdings früher mal mit ihm befreundet gewesen und hatte darum zufällig einen Film in der Schublade, in dem der Schwulenhasser als kleiner Junge in Hotpants und den High Heels seiner Mom zu Beyoncés »Run the World (Girls)« tanzte.

Nicht schlecht. Der Post hatte nichts und gleichzeitig alles mit Jordan zu tun. Der Junge in dem Video mochte vielleicht Jordan keinen Schaden zugefügt haben, aber er hatte andere zu Opfern gemacht. Und wer sagte uns, dass derjenige, der das Video geschickt hatte, nicht ein weiterer Jordan Springer war, der nur darauf wartete, ein Loch in den Cafeteriaboden zu brennen?

»Gekauft«, sagte ich.

Mouse strahlte wie ein Honigkuchenpferd.

»Hey, Mouse, wie heißt du eigentlich wirklich?«

»Ha, das wüsstest du wohl gern.«

»William«, sagte Seth hinter seinem Laptop.

Mouse' Augenbrauen zogen sich zusammen, und seine

Füße – die schon im Normalzustand selten stillhielten – fingen so stark an zu zappeln, dass der Computer auf seinem Schoß auf und ab hüpfte.

»Und wieso nennst du dich ›Mouse‹ und nicht ›Ratte‹?«, fragte ich. »Ich meine, mit RATs scheinst du dich ja auszukennen.«

Mouse hatte einen Remote-Access-Trojaner benutzt, um sich Zugriff auf Bretts Webcam zu verschaffen.

»Haha.« Er schüttelte den Kopf.

»Der Name ist 'ne Anspielung auf die Haselmaus in ›Alice im Wunderland‹.«

»Kapier ich nicht.«

»Weil die Maus da halt ständig pennt, und die hier« – er deutete mit einem breiten Grinsen auf sich selbst – »ist immer hellwach!«

Ich nickte. »Ah okay. Vielleicht kann ich dann diese weise Raupe sein.«

»Dann brauchst du aber auf jeden Fall 'ne Wasserpfeife. Und wer ist Seth?«

Ich zögerte keine Sekunde. »Tweedledum.«

»Oder das Kaninchen«, schlug Mouse vor. »Das hat genauso 'nen Stock im Arsch.«

Seth brummelte vor sich hin, stieg jedoch nicht drauf ein.

»Oder eine von diesen sprechenden Spielkarten.« Ich grinste.

»Nein, der verrückte Hutmacher!«

»Das ist es!«

Wieder brachen wir in schallendes Gelächter aus, bis Seth

schließlich seufzend seinen Laptop zur Seite schob. »Wenn ich irgendwas bin, dann ja wohl die Grinsekatze.«

Ich musterte ihn von oben bis unten. »Nee, aber vielleicht die Herzkönigin.«

Ich duckte mich unter dem Kissen weg, das Seth in meine Richtung warf, und kriegte mich nicht mehr ein vor Lachen. Als ich wieder hochsah, zeigte Mouse auf das gestoppte Video des Homohassers in High Heels und schüttelte den Kopf.

»Ich würde sagen, der Posten der Herzkönigin ist schon vergeben.«

Jetzt lachte selbst Seth mit und wir gaben Mouse beide grünes Licht für den Post.

Mich durchfuhr ein Adrenalinstoß, als er die Seite aktualisierte. Wie würden die Leute auf das neue Video reagieren? Ob sich die Zahl der eingehenden Nachrichten noch mal verdoppeln würde? Ich hatte mich über Seth lustig gemacht, als er bei unserem ersten Treffen gesagt hatte, ich hätte Macht, aber jetzt wurde mir klar, dass er damit gar nicht so falschlag. Dass wir uns besser im Netz auskannten als die meisten anderen, verlieh uns tatsächlich einen gewissen Einfluss, erst recht, wenn wir es schafften, dabei anonym zu bleiben.

Wir waren die Puppenspieler und keiner an der Haver ahnte etwas davon.

Am nächsten Tag war Sonntag und ich hockte mit Zach im Wohnzimmer und spielte Computer. Normalerweise trafen wir uns dafür bei ihm zu Hause, aber diesmal waren wir bei mir. Offiziell hatte ich schließlich immer noch Hausarrest, obwohl sich eigentlich keiner mehr so richtig um die Strafe kümmerte. Misty hatte mich ja sogar gestern zu Seth gehen lassen, nachdem ich ihr den letzten unglaubwürdigen Scheiß von wegen neuer Lerngruppe aufgetischt hatte, und es hätte mich nicht gewundert, wenn Dad es längst komplett vergessen hatte.

Ich hatte gerade ein paar feindliche Truppen ins Visier genommen, als sich plötzlich Misty in mein Blickfeld lehnte und mir die Sicht auf den Bildschirm nahm. Ich reckte den Kopf und versuchte, an ihr vorbeizulugen, aber ihre voluminösen Haare und ebenso voluminösen – oh Mann, warum konnte sie die Dinger nicht einfach mal ordnungsgemäß verpacken?

»Das hier sind salzreduzierte Cracker, aber ich hab auch normale, falls ihr die lieber wollt«, erklärte sie und stellte eine Schüssel auf den Couchtisch.

»Danke«, sagte Zach und stopfte sich direkt eine Handvoll in den Mund.

»Danke«, echote ich und winkte sie hektisch aus dem Weg.

Sie reagierte eine Sekunde zu spät, und meine Hälfte des Bildschirms verschwand unter Blutspritzern, als mein Soldat Game Over ging.

»Na *toll*«, zischte ich, als sie weg war.

»Entspann dich mal«, sagte Zach.

»Wegen ihr bin ich jetzt tot.«

»Na und? Dann regenerierst du dich halt.« Er ließ seinen Controller aufs Sofa fallen. »Ist sowieso ein Scheißspiel.«

»Unseres wird besser«, versicherte ich ihm.

»Hey, wie wär's mit einem Ego-Shooter, bei dem man mit der wirklichen Welt interagiert?«

»Kommst du immer noch nicht von diesem Augmented-Reality-Kram los?«

»Das ist halt gerade voll in.«

»Okay, aber ein Ego-Shooter?« Ich zog die Lippen kraus. »Könnte vielleicht ein bisschen geschmacklos rüberkommen.«

Zach ging nicht darauf ein, sondern ließ stattdessen seiner Fantasie freien Lauf. »Wir könnten es ja ganz unschuldig halten. Kein Blut, nicht zu realistisch. Wie Paintball, nur ohne dass es wehtut. Oder Lasertag, ohne dass man dafür in irgendwelchen dunklen Hallen rumturnen muss. Nach dem Motto: ›Mach die Welt zu deinem Spielfeld‹.«

Ich versuchte, das Ganze mit Zachs Augen zu betrachten. »Du meinst, man zielt mit seinem Handy auf einen anderen Spieler, um ihn abzuschießen, und wenn man dessen Handy trifft …«

»… kassiert man dafür Punkte«, beendete Zach den Satz für mich. »Und vielleicht kann man dem Gegner dann sogar die Waffen klauen, die er in seinem Inventar hat.«

»Also würden wir wie bei ›Pokémon Go‹ überall virtuelle Paintball-Guns verteilen.«

»Genau. Aber woran erkennt man, wer der Gegner ist? Sollen sich die Spieler vielleicht lieber zu Teams zusammenschließen?«

Okay, das war jetzt wirklich mal eine gute Idee. Sofort fing es in meinem Kopf an, zu rattern und zu surren. Zahlenfolgen und Codesequenzen zogen vor meinem inneren Auge vorbei. Meine Finger sehnten sich nach einer Tastatur.

Doch bevor ich mir eine schnappen konnte, piepste mein

Handy und riss mich aus meinen Gedanken. Auf dem Display erschien eine Nachricht von Seth.

Die Haver hat einen Helden weniger.

Aus dem Augenwinkel sah ich, wie Zach mit dem Kinn auf mein Handy deutete. »Von Isabel?«, wollte er wissen.

»Wer ist denn Isabel?«, rief Misty aus der Küche.

Ich beachtete keinen von beiden und öffnete stattdessen den Link, den Seth mir geschickt hatte. Er führte zur Onlineausgabe der Haver Times. **Steroidskandal an der Haver High**, verkündete eine Schlagzeile über einer Fotocollage von Brett in seinen zahlreichen Mannschaftstrikots. Trotzdem handelten nur die ersten paar Zeilen des Artikels von Brett – davon, dass er gefilmt worden war, woraufhin er aus allen Mannschaften geflogen war und sämtliche Stipendien verloren hatte.

Kurz gefasst: Der Typ war am Ende.

Mein Magen zog sich zusammen und plötzlich bekam ich kaum noch Luft. Macht zu haben, war ja super, aber es war schon krass, was man damit anrichten konnte. *Wir* hatten diese Sache ins Rollen gebracht und Seth schien die Entwicklung als Sieg zu verbuchen. Nur … wenn Brett das alles verdient hatte, warum war mir dann plötzlich kotzübel?

Als Nächstes hieß es, dass sich auch Bretts Mannschaftskameraden auf verbotene Substanzen testen lassen mussten – und bald vielleicht sogar sämtliche Sportteams der Haver High. Und dann, im letzten Teil des Artikels … ging es um uns.

Offenbar wurde der Skandal von einer Gruppe anonymer Hacker aufgedeckt, die unter dem Namen *»Freunde von Springer«* agieren. Wie die Cyberaufsicht der Schulbehörde vermeldet, gibt es bislang keinerlei Hinweise darauf, dass es sich bei den Hackern um Schüler handelt. Der Name ist jedoch möglicherweise eine Anspielung auf den Suizid von Jordan Springer, der sich letztes Jahr in der Schulcafeteria der Haver High mit Benzin übergossen und angezündet hat. Über den Vorfall wurde damals in aller Welt berichtet.

Der Artikel endete mit dem unvermeidlichen Geschwafel darüber, inwieweit Jordans Tod sich auf die nationale Gesetzeslage in Bezug auf das Onlineverhalten Minderjähriger ausgewirkt habe und bla, bla.

Ich stöhnte gequält auf, bevor mir wieder einfiel, dass Zach neben mir saß.

»Also nicht Isabel?«, fragte er. Dann runzelte er besorgt die Stirn. »Alles okay?«

Mein Herz hämmerte, und mein Magen war immer noch total verkrampft – gar nichts war okay.

»Jaja«, murmelte ich und hielt mein Handy mit dem geöffneten Artikel hoch. »Schon gesehen? Ein paar Jungs sind aus ihren Mannschaften geflogen, weil sie Steroide gespritzt haben, nachdem so ein Video … es gibt da eine Website …«

Ich war drauf und dran, ihm alles zu erzählen.

»Was, diese Racheseite?«, fragte Zach.

»Na ja, da geht's mehr um Gerechtigkeit – aber äh, genau die.«

Ich war ein bisschen überrascht, dass er überhaupt davon gehört hatte. Dafür, dass wir zwei permanent online waren, bekamen wir von dem, was so an der Schule los war, erstaunlich wenig mit.

»Die haben die echt rausgeschmissen?« Zach pfiff leise durch die Zähne. »Heftig.«

»Ja, heftig«, echote ich.

»Wer hat dir das denn geschickt?«, wollte er dann wissen.

»Keiner.« Ich suchte fieberhaft nach einer Antwort. »Ich … hab einen Google-Alert für alles, was mit der Schule zu tun hat.«

Das schien Zach zufriedenzustellen. Er nahm seinen Controller und setzte das Spiel zurück.

»Was … hältst du von der Seite?« Ich versuchte, die Frage beiläufig klingen zu lassen.

Zach löste den Blick nicht vom Bildschirm. »Ich hab sie mir noch gar nicht richtig angeguckt, aber da scheinen ja eher irgendwelche White Hats dahinterzustecken, was schon mal gut ist.«

Erleichterung durchflutete mich. Vielleicht sollte ich doch einfach reinen Tisch –

»Auch wenn das ziemliche Idioten sein müssen«, fügte er hinzu.

»Was? Wieso?«

»Na, weil die ein Gesetz nach dem anderen brechen, indem sie in anderer Leute Computer hacken und so.«

»Die kämpfen halt für Schwächere«, entgegnete ich und versuchte, nicht allzu empört zu klingen.

»Trotzdem Idioten.«

Ich war froh, dass Zach so auf das Spiel konzentriert war und dadurch nicht mitbekam, wie wütend ich ihn anstarrte.

»Nur wenn sie erwischt werden.«

»Das werden sie, glaub mir. Die schaden sich selbst damit mehr als anderen.«

Das Geständnis, das mir noch vor ein paar Minuten fast über die Lippen gegangen wäre, rutschte zurück in meine Kehle und ballte sich dort zu einem harten Kloß zusammen. Von seinem besten Kumpel kritisiert zu werden, war ein Scheißgefühl, selbst wenn der es gar nicht absichtlich machte.

»Jungs!« Misty kam ins Wohnzimmer gestapft und baute sich, die Hände in die Hüften gestemmt, wieder mitten vor dem Fernseher auf. »Wer ist denn jetzt diese Isabel?«

KAPITEL 21

Die restlichen paar Stunden des Wochenendes verbrachte ich damit, von meinem Rechner zu Hause aus unsere Website zu attackieren – um zu sehen, ob sie von außen zu knacken war. Ich versuchte, den Domain-Inhaber und alle damit in Verbindung stehenden IP-Adressen zu tracken. Irgendwann gegen Mitternacht beschloss ich, dass wir ausreichend geschützt waren.

Alles im grünen Bereich, schrieb ich Seth und Mouse.

Sag ich doch, kam von Seth zurück.

Mouse schickte ein lachendes Katzen-Emoji.

Ein paar Stunden zuvor beim Videochatten hatte Mouse noch Panik geschoben, dass die Cyber-Stasi uns auf den Fersen wäre, aber Seth hatte ihn beruhigt, die Sicherheitsbeauftragten der Schulbehörde hätten nicht viel mehr drauf als jede durchschnittliche Pausenaufsicht. Da stimmte ich ihm zu, aber trotzdem machte auch ich mir Sorgen, und zwar wegen Leuten wie uns. Manchmal wenn irgendein Hack es in die Schlagzeilen schaffte, ließen andere Hacker nämlich aus Spaß die Urheber auffliegen, und wenn wir zu früh erwischt wurden, konnten wir nicht mehr mit der Seite bei der ACM starten.

Ich konnte nur hoffen, dass wir unseren Verfolgern immer zwei Schritte voraus blieben.

Zachs Worte spukten mir immer noch durch den Kopf

und hielten mich mindestens genauso wach wie die drei Red Bulls, die ich runtergekippt hatte, während ich die Seite testete.

Anschließend verschaffte ich mir ein bisschen Ablenkung, indem ich Isabels YouTube-Kanal guckte. Ich verstand nur Bahnhof, als sie über Contouring und Shading redete und dabei ihr Gesicht mit allen möglichen Cremes und Pudern bearbeitete, aber ich fand es toll, dass sie das Ganze in zwei verschiedenen Sprachen kommentierte. Das ging doch schon fast als Spanischnachhilfe durch, oder?

Trotzdem, irgendwann war es auch mal gut mit den Schminkvideos, darum fing ich nach einer Weile an, ziellos durchs Netz zu surfen, und fiel in eins dieser Internet-Wurmlöcher, wenn die Suche nach einem neuen Rucksack einen zum Thema Wandern führt und man, ohne es zu merken, die nächsten zwei Stunden damit verbringt, den Reiseblog irgendeines Typen zu lesen, der den Appalachian Trail gegangen ist.

In solche Fallen tappte ich ziemlich oft, aber meistens war es keine komplette Zeitverschwendung. Ich speicherte mein gesammeltes Internetwissen nämlich gern für den zukünftigen Gebrauch ab, um damit bei Mädchen zu punkten. Vielleicht würde mich ja irgendein Mädchen mal fragen, ob man den AT normalerweise von Norden nach Süden oder von Süden nach Norden ging, und dann hätte ich eine Antwort parat.

Falls noch ein letzter Rest Furcht übrig war, dass uns die Cyber-Stasi auf die Schliche gekommen sein könnte, verflüchtigte der sich am Montagmorgen. Die Schulflure waren mit

Flyern zutapeziert, aus denen einem mehr als nur ein Hauch von Verzweiflung entgegenwehte. Seth hatte einen abgerissen, der direkt unter einem »Gib Mobbing keine Chance«-Schild klebte, und las vor:

»›Wehrt euch gegen Internet-Mobber! Wenn ihr Infos über Websites habt, auf denen Schüler gemobbt oder gedemütigt oder Videos ohne die Zustimmung der Gefilmten gepostet werden, meldet die entsprechenden Seiten und ihre User bitte bei der Schulverwaltung. E-Mail-Adressen und Telefonnummern werden vertraulich behandelt. Des Weiteren müssen alle Schülerinnen und Schüler, die zu einer solchen Seite beitragen, mit Konsequenzen wie Suspendierung, Schulverweis und sogar einer Strafanzeige rechnen.‹«

Seth knüllte den Flyer zu einer Kugel zusammen und warf sie in seinen offenen Spind. »Das dürfte unseren Videozufluss erst mal ziemlich bremsen.«

»Internet-Mobber?«, fragte Mouse, dessen gewohnte Zappelei sich zu einem gemächlichen Schaukeln von einem Fuß auf den anderen verlangsamte. »So was sind wir?«

»Nein«, sagte Seth. »Wir sind diejenigen, die die Mobber *bekämpfen*. Der Schule ist es nur peinlich, dass wir ihre Arbeit für sie erledigen.«

»Pssst«, machte ich.

Zwar war es bei der unterirdischen Akustik nahezu unmöglich, einzelne Gespräche im Morgengeschnatter von Hunderten Schülern auszumachen, aber dank unserer Vorarbeit war man immer und überall umgeben von laufenden Handykameras, und wer wusste schon, was die herausfilterten? Wäre ja schön bescheuert, wenn irgendwer uns per Video entlarven würde … dann hätten wir uns quasi unser eigenes Grab geschaufelt.

Seth senkte die Stimme zu einem Flüstern, sodass Mouse und ich uns vorbeugen mussten, um ihn zu verstehen. »Ich meine ja nur, dass der Artikel eine extreme Blamage für die Schule ist. Unsere Seite hat gezeigt, dass das Cyberüberwachungssystem nicht für fünf Cent funktioniert. Nach so was lecken die in der ACM-Jury sich die Finger.«

Mouse fischte den zusammengeknüllten Flyer aus dem Spind, strich ihn wieder glatt und las ihn noch einmal, als könnte sich die Botschaft darauf inzwischen geändert haben.

»Wir sind doch keine Mobber«, murmelte er erneut mit gerunzelter Stirn.

»Kannst du mal mit diesem blöden Wort aufhören?«, knurrte Seth.

Die beiden wechselten einen Blick, den ich nicht ganz verstand, aber eine Sekunde später setzte ein herabschwingender Arm ihrem Starrduell ein Ende.

»Hier ist einer!«

Eine Hand schnappte sich den Flyer.

Seth wirbelte herum, um sich den Zettel zurückzuholen, aber als er den Jungen sah, zu dem der Arm gehörte, machte er doch einen Rückzieher. Der Typ war in der Zwölften, wie Seth, aber mindestens einen Kopf größer und mit gut und gerne zwanzig Kilo mehr Muskeln bepackt.

»Guckt euch das an.« Der Typ hielt seinen beiden Freunden den Flyer hin und sie beugten alle drei die Köpfe darüber. »Das muss doch wegen dem Carver-Video sein, oder?«

»Oder dem von Windemere«, sagte einer der anderen.

Dann guckte er uns an, als gehörten wir auch zu ihrem Ründchen. »Ich hab gehört, sie wurde gefeuert.«

»Nicht im Ernst«, staunte Mouse ehrfürchtig.

Der Junge nickte. »Doch. Zumindest war sie seit bestimmt 'ner Woche nicht mehr hier.«

»Nee«, meldete sich jetzt der andere Freund zu Wort. »Die ist nicht gefeuert worden … jedenfalls *noch* nicht. Meine Mom hat gesagt, die muss erst mal zu Hause bleiben und wird trotzdem weiterbezahlt, solange die Sache nicht endgültig geklärt ist.«

»Dann hat sie ja jetzt den ganzen Tag Zeit, um sich volllaufen zu lassen«, witzelte der Flyerdieb. Seine Kumpels lachten und wir fielen zögerlich mit ein. Kurz darauf schlenderten die drei weiter den Flur runter und der Zettel wurde wieder zerknüllt.

Einen Moment lang standen wir schweigend da. Klar hatten wir alle Mrs Windemere zum Teufel gewünscht. Aber zu sehen, wie dieser Wunsch in Erfüllung ging, fühlte sich nicht so gut an wie gedacht.

»Eli!« Eine scharfe Stimme durchschnitt die Stille zwischen uns und wir guckten alle drei schuldbewusst hoch.

Zach war wie angewurzelt stehen geblieben beim Anblick der zwei Fremden neben mir. Zögerlich schob er den Rucksack auf seiner Schulter zurecht. »Du warst nicht an deinem Spind.«

»Ja, ich war gerade hier bei Seth.« Unbeholfen deutete ich auf Seth, als würde das irgendwas erklären.

Wieder breitete sich Schweigen aus, während Zach darauf wartete, dass von mir noch irgendwas kam. Ich warf einen

Blick zu Seth und Mouse rüber, die bloß zurückstarrten, als wollten sie sagen: *Das ist dein Kumpel. Lass dir was einfallen.*

»Spanisch!«, platzte es aus mir heraus. »Seth gibt mir Nachhilfe. Er ist ja schon in der Zwölften, darum …«

»Ich hab Französisch«, brabbelte Seth dazwischen, bevor er meinen finsteren Blick auffing und hinzufügte: »Und Spanisch. Spanisch hab ich auch. Sprachen sind echt Pillepalle. Wenn ich das nicht eh schon fließend sprechen würde, hätte ich zusätzlich noch Deutsch gewählt.«

Bei jedem anderen hätte das nach der lahmsten Ausflucht aller Zeiten geklungen, aber arrogant, wie er nun mal war, brachte Seth es vollkommen glaubwürdig rüber.

Mein Augenrollen Richtung Zach war kein bisschen gespielt.

»Ich hätte einfach Misty fragen sollen«, sagte ich.

Ich hatte damit gerechnet, dass Zach lachen würde, aber er kniff nur die Augen zusammen, wie er es sonst beim Schach machte, wenn er den letzten Zug seines Gegners nicht einordnen konnte.

Sein Blick huschte von mir zu Seth und verharrte dann auf Mouse, als wartete er darauf, dass der kleine, zappelige Typ ihm eine Erklärung lieferte.

Aber alles, womit der ihn abspeiste, war ein »Hi. Ich bin Mouse«.

»Hi«, antwortete Zach. Er wechselte seinen Rucksack auf die andere Schulter und verlagerte das Gewicht von einem Fuß auf den anderen. Dann erst guckte er wieder mich an, und sein Gesicht war jetzt vollkommen ausdruckslos – damit hätte er auch Poker statt Schach spielen können. »Wir sehen uns beim Mittagessen.«

Ich ließ mich gegen die Spindtüren sacken, während Zach davonschlurfte.

»Was war das denn für ’n Honk?«, wollte Seth wissen.

»Das war mein Kumpel und der ist kein Honk. Sondern ein verdammt guter Programmierer, falls es euch interessiert. Wenn da Viererteams erlaubt wären, hätte ich ihn sofort gefragt, ob er bei der ACM mitmachen will.«

Und wenn ich nicht überzeugt wäre, dass er uns alle verpfeifen würde, bevor der Wettbewerb auch nur losging.

»Wir könnten ihn ja als Ersatzmann aufnehmen«, schlug Mouse vor.

Ich schüttelte den Kopf. »Nee, ich glaube, die Website wäre nicht ganz sein Ding.«

»Ach so. Na dann …« Mouse presste die Lippen zusammen, was wohl als eine Art reuiges Lächeln durchgehen konnte.

»Du hast ihm doch nichts von uns erzählt, oder?«, fragte Seth.

»Nein –«

»Nur weil wir dann nichts mehr für die Real-World-Challenge haben, wenn wir vor dem Wettbewerb auffliegen.«

»Ich weiß, ich hab ihm ja nichts –«

»Wir müssen auf jeden Fall bis dahin durchhalten, sonst lassen die das nicht als erfolgreichen Exploit gelten.«

»Ruhig, Brauner«, sagte ich. »Ich lasse unsere Tarnung schon nicht auffliegen.«

Die ACM war meine Chance, endlich von der Haver und

von Misty und dem blöden College-Thema wegzukommen und ein Leben zu führen, das nicht ganz so … *vorhersehbar* war. Allein die Aussicht darauf war ein paar weitere Wochen voller Notlügen wert.

Mouse drehte den Oberkörper von rechts nach links und stieß mich bei jedem zweiten Schwung mit dem Ellenbogen an. »Dein Kumpel könnte ja trotzdem hin und wieder mal mit uns abhängen … wenn wir nicht gerade trainieren. Oder an der Seite arbeiten. Oder bei Seth im Keller sind.«

»Wann soll das denn bitte jemals sein?«, fragte ich.

Seth knallte seinen Spind zu. »Nie. Also richte dem Honk aus, tut uns leid, aber vielleicht kann er ja nächstes Jahr meinen Platz haben.«

Sag ich doch.

Kopfschüttelnd blickte ich Seth hinterher. »Was hat der denn heute für ein Problem?«

»Dem geht die Düse wegen dieser Flyer«, sagte Mouse. »Und dann noch der Schulstress. So kurz vor dem Abschluss kriechen alle irgendwann auf dem Zahnfleisch. Na ja, und davon abgesehen ist er halt einfach manchmal ein Arsch.«

Ich lachte. »Wie wahr.«

Schweigend machten wir uns auf den Weg den Flur runter, bis Mouse plötzlich vor mich sprang und rückwärts weiterging. Er legte den Kopf schief und fragte mit ernster Miene: »Was genau soll eigentlich ein Honk sein?«

KAPITEL 22

Nachdem Mouse und ich uns am Ende des Flurs getrennt hatten, nahm ich einen Umweg zu meiner ersten Stunde in der Hoffnung, vielleicht Isabel zu begegnen.

Und als es dann tatsächlich so kam, verfluchte ich mich dafür.

Sie war an ihrem Spind, aber nicht allein … und für meinen Geschmack standen die beiden einen Tick zu nah beieinander. Isabels Gesicht konnte ich nicht sehen, nur ihren Hinterkopf und den rothaarigen Kleiderschrank vor ihr – Malcolm. Ich war zu weit weg, um zu hören, worüber sie redeten, aber egal, was es war, am liebsten hätte ich dem Typen meine Faust in die sommersprossige Fresse gerammt. Wieder mal lungerte ich eine Weile am Trinkbrunnen rum, bis Malcolm endlich ging. Dann schlurfte ich extra langsam den Flur runter, damit Isabel genug Zeit hatte, um mich zu bemerken.

»Hey!«, sagte sie mit einem strahlenden Lächeln. Sie trug heute blassrosa Lippenstift, der ihre Zähne superweiß wirken ließ. Mit einem Mal überlegte ich, welche Farbe wohl meine eigenen Zähne haben mochten, und nahm mir vor, sie nachher mal mit Mistys Zahnweiß-Zahnpasta zu putzen.

»Du bist mit Malcolm Mahoney befreundet?«

Ich konnte nicht anders. Es kostete mich ja schon sämtliche Selbstbeherrschung, ihr nicht brühwarm zu erzählen, dass er ein Mädchen geschwängert hatte.

»Oh Gott, nein.« Sie verzog das Gesicht. »Mit dem *pinche pelirrojo* bestimmt nicht. Der hat mir nur gerade Geld angeboten, wenn ich einen Geschichtsaufsatz für ihn schreibe. *¡Que la chingada!*«

Ich hatte keine Ahnung, was sie gerade gesagt hatte, aber ich war mir zu neunundneunzig Prozent sicher, dass sie geflucht hatte, und zu hundert Prozent, dass ich das extrem sexy fand.

»Das hab ich grad nicht ganz verstanden«, gestand ich. »Ich bin 'ne totale Niete in Spanisch.«

»Bist du nicht in Señora Vegas Kurs?«

»Ja, und kacke gerade total ab … tut mir leid«, fügte ich dann hinzu, als hätte ich sie damit persönlich beleidigt.

Isabel umklammerte den Stapel Ordner in ihrem Arm. »Na ja, damit könnte ich dir helfen – also wenn du willst, meine ich.«

Ganz langsam lösten sich meine Füße vom Boden.

»Echt? Das wäre – ja bitte, du – super!«

Das war doch fast so was wie ein richtiger Satz.

Isabel sah hoch und ihr Lächeln war noch breiter als vorher. »Wie ist denn deine Nummer? Dann schreibe ich dir meine, und wir können einen Tag ausmachen, an dem du zu mir kommst.«

Ich fing an zu schweben, als Isabel mir eine Nachricht mit ihrer Nummer schickte und über irgendwas lachte, was ich anscheinend, ohne es zu merken, gesagt hatte. Nachdem sie sich mit einem weiteren Lächeln von mir verabschiedet hatte, klebte ich unter der Decke.

Wenn ich später Zach davon erzählte, würde ich selbstverständlich viel cooler dabei wegkommen und die Schweberei mit keinem Wort erwähnen.

Aber dazu bekam ich keine Gelegenheit, weil Zach nämlich mittags in der Cafeteria nicht auftauchte, und danach, in Spanisch, setzte er sich ans andere Ende des Raums und war als Erster draußen, sobald es klingelte.

Esse heute in der Bib, schrieb er. Und: **Sorry, musste schnell weiter.**

Ich glaubte ihm kein Wort. Der war einfach nur sauer, weil er mich mit Seth und Mouse erwischt hatte. Ich bekam ein schlechtes Gewissen, aber gleichzeitig war ich genervt. Was war denn bitte so schlimm daran, mehr als einen Kumpel zu haben? Vielleicht sollte ich die drei nach dem Wettbewerb einander vorstellen, dann könnten wir alle zusammen rumhängen, und Zach würde sich bestimmt super mit Seth und Mouse verstehen. Oder na ja … vielleicht zumindest mit Mouse.

Meine letzte Chance, Zach zu erwischen, war nach der Schule. Montags hatte er seine Schach-AG, und die würde er auf keinen Fall sausen lassen, selbst wenn er sich denken konnte, dass ich versuchen würde, ihn dort abzufangen.

Nach der letzten Stunde drängelte ich mich im dritten Stock bis zu einem der Treppenhäuser durch. Die meisten anderen benutzten die zwei Außentreppen an beiden Enden des Hauptgebäudes, aber ich wusste, dass diese Treppe direkt zu dem Raum führte, in dem sich Zach mit seinen Schach-Nerds traf. Hier versammelten sich allerhöchstens mal ein paar Raucher auf eine heimliche Zigarette, weil selten jemand vorbeikam, und mir wurde ein bisschen schlecht von dem abgestandenen Marlboro-Dunst. Von weiter unten drangen gedämpfte Stimmen zu mir hoch, die sich auf dem Weg durch den Betonschacht zu Schreien verstärkten.

»Die Notre-Dame-University hat abgesagt.«

»Na, dann gehst du halt auf die Iowa State.«

Ein bellendes Lachen ertönte, das kein bisschen fröhlich klang. »Die Iowa State hat nicht nur ihr Stipendium zurückgezogen. Die wollen mich gar nicht mehr haben.«

Auf dem Treppenabsatz kurz über der ersten Etage blieb ich stehen. Ich hatte die Stimmen erkannt. Unter mir am Geländer lehnten Brett und einer seiner Mannschaftskollegen – einer, dessen Leben wir nicht zerstört hatten – und starrten runter in die Eingeweide der Schule. Ich tappte auf Zehenspitzen rückwärts und hielt mich dicht an der Wand. Wenn ich nach oben abhaute, würden sie meine Schritte hören, aber wenn ich weiter nach unten ging, würden sie definitiv wissen, dass ich ihr Gespräch belauscht hatte. Ich saß in der Falle, genau wie vor ein paar Tagen, als ich Ashley über Isabel hatte lästern hören. Langsam kam ich mir vor wie ein Berufsstalker.

»Ich wette, jetzt kriege ich von allen anderen auch Absagen.«

»Dann jobbst du eben erst mal ein Jahr lang.«

Und dann passierte etwas absolut Grauenhaftes. Drei Meter unter mir fing Brett an zu weinen.

»Ach komm, Alter, hey – nicht –, das wird schon wieder.«

Bretts Kumpel rang nach Worten, um ihn zu trösten, und ich hätte mich am liebsten aus diesem Treppenhaus in eine andere Dimension gebeamt. Ich wollte überall sein, nur nicht hier, wo ich das mit anhören musste.

»Selbst wenn irgendwer mich nicht ablehnt«, schluchzte Brett. »Die Guten kann ich mir eh nicht mehr leisten – nicht ohne Stipendium. Das war meine einzige Chance.«

»Ich weiß. Tut mir –«

»Ich wollte diesen Scheiß nicht mal nehmen.«

Jetzt ging sein Kumpel in die Defensive. »Hey, aber gezwungen hat dich ja wohl auch keiner –«

»Na klar, als hätte ich 'ne Wahl gehabt.« Brett schniefte geräuschvoll. »Das Zeug nehmen alle, weißt du doch genau. Wenn man da nicht mitmacht, hat man keine Schnitte. Wie soll man die Talentscouts denn beeindrucken, wenn die anderen auf der Matte bis oben hin vollgepumpt sind?«

Krieg jetzt bloß kein Mitleid mit ihm, ermahnte ich mich im Stillen. Ich versuchte, mich auf all die schlimmen Sachen zu konzentrieren, die Seth mir über Brett erzählt hatte – wie er Jordan online gequält hatte, wie er Gerüchte über ihn in die Welt gesetzt und ihm mehr oder weniger geraten hatte, sich umzubringen. Er war der letzte Mistkerl und hatte mein Mitgefühl nicht verdient.

Jetzt verwandelte sich Bretts Gewimmer in ein Knurren. »Warum überhaupt ich? Wieso mussten diese Arschlöcher sich ausgerechnet mich ausgucken?«

»Hast du online außer dem Wohnwagenfuzzi denn noch irgendwelche anderen Feinde?«, fragte sein Kumpel.

Meine Hände ballten sich zu Fäusten.

Selbst jetzt noch.

So viel zum Thema Respekt vor den Toten.

»Nicht dass ich wüsste«, sagte Brett. »Alter, das ist ja, als würde der mich noch vom Grab aus weitertrollen.«

Jordan sollte Brett getrollt haben? Für mich klang es eher so, als wäre es umgekehrt gewesen.

»Würde mich nicht wundern.« Bretts Kumpel lachte. »Mann, war der Typ ein Freak.«

»Wenigstens muss ich das Zeug jetzt nicht mehr nehmen«, sagte Brett. »War echt kein Spaß, sich die ganze Zeit so hochgeputscht zu fühlen.«

»Tja, du kannst dich ja bei Gelegenheit mal bei *Freunde von Springer* bedanken.«

Die Stimme von Bretts Kumpel triefte vor Sarkasmus.

»Klar«, schnaubte Brett. »Ich versuche, dran zu denken, wenn ich die unangespitzt in den Boden ramme.«

Wow, scheint, als hätte der Gute noch ein paar Reststeroide im Blut.

»Hat die Polizei denn irgendwas auf deinem Laptop gefunden?«

Brett stieß ein leises Grunzen aus. »Da war nichts mehr zu finden. Die Festplatte war total hin.«

Jetzt bekam ich doch Mitleid. Keine Ahnung, wie es sich anfühlte, seine Sportstipendien zu verlieren, aber eine geschrottete Festplatte? Das tat weh. Und war vermutlich meine Schuld.

Schließlich hatte ich Mouse aufgefordert, seine Spuren zu verwischen. Und wie es klang, hatte er ganze Arbeit geleistet.

»Vielleicht hab ich's auch einfach nicht besser verdient«, sagte Brett jetzt, dessen Emotionen völlig unkontrolliert zwischen Wut und Reue hin und her zu schwanken schienen.

Mann, der Junge sollte echt die Finger von den Drogen lassen.

»Was soll das denn heißen?«

»Dafür, dass ich mir diesen Scheiß gespritzt hab – und Springer fertiggemacht –, vielleicht ist das ja Karma oder so.«

Ich schloss die Augen und lehnte den Kopf an den kühlen Beton hinter mir. Wieso konnte der Typ nicht einfach ein Arschloch sein und fertig?

»Das hat nichts mit Karma zu tun«, widersprach Bretts Kumpel. »Sondern mit einem Haufen Wichser ohne Eier in der Hose. Klar?«

»Mhm.« Brett zog die Nase hoch.

Ich hörte das gedämpfte Klatschen von Händen auf Schultern und stellte mir vor, wie sich die beiden da unten kumpelhaft in den Armen lagen.

»So, und jetzt hör auf zu flennen. Wir treffen uns nachher an meinem Spind, okay?«, sagte Bretts Freund.

Schuhe quietschten über den Boden. Eine schwere Tür öffnete sich mit einem *Wuuusch*, und das Krachen, mit dem sie kurz darauf zufiel, hallte durchs ganze Treppenhaus. Jetzt waren nur noch zwei Leute übrig, um dem Echo beim Verklingen zu lauschen. Und einer davon war ein Arschloch. Nur dass ich mir plötzlich nicht mehr sicher war, wer.

KAPITEL 23

Ich schaffte es nicht mehr bis zum Raum der Schach-AG. Nach dem, was ich auf der Treppe belauscht hatte, konnte ich Zach einfach nicht gegenübertreten. Stattdessen setzte ich meine Kopfhörer auf, suchte nach guter Musik zum Kopffreipusten, drehte die Lautstärke voll auf und schlurfte nach Hause.

Nicht dass es da viel besser gewesen wäre. Als ich vor dem Haus stand, nahm ich eine Bewegung hinter dem Küchenfenster wahr. Die Hand schon auf dem Türknauf, spähte ich durch die Scheibe, und obwohl ich ihre Stimmen über meiner Musik nicht hören konnte, erkannte ich an Dads störrisch verschränkten Armen und Mistys wildem Gefuchtel, dass da eine Auseinandersetzung im Gange war. Tja, nichts lag mir ferner, als die beiden beim Streiten zu stören. Also schlich ich zur Hintertür, nahm die Kopfhörer ab und machte mich auf den Weg nach oben in mein Zimmer.

»… braucht keine Freundin. Sondern Disziplin. Er muss lernen, Verantwortung zu übernehmen.«

Mit dem Fuß auf der untersten Stufe blieb ich stehen. Die hatten sich meinetwegen in der Wolle?

»Komm mir nicht damit. Wirf mir nicht vor, ich würde versuchen, seine Freundin zu sein. Das mache ich nämlich nicht. Aber du kannst auch nicht von mir erwarten, dass ich seine Mom spiele –«

»Tue ich aber.«

»Er ist *dein* Sohn, Paul.«

Leise tappte ich Richtung Küche und lehnte mich an die Wand neben der offenen Tür.

Mistys Stimme klang jetzt flehend. »Du bist nie zu Hause, dabei braucht er dich. Der Junge braucht seinen Vater.«

»Der Junge braucht eine Mutter!«

»Seine Mutter ist aber nun mal tot!«

Ich zuckte zusammen und stieß dabei mit der Schulter gegen einen Bilderrahmen, der natürlich prompt von der Wand fiel. Scheppernd landete er auf dem Boden, und die Stille, die darauf folgte, war ohrenbetäubend.

Um uns knackte und knarzte nur noch das Haus, als versuchte es verzweifelt, damit das betretene Schweigen zu übertönen.

Schließlich ließ Dad in der Küche ein klägliches »Eli?« verlauten.

Ich räusperte mich. »Ja.«

Mistys heisere Stimme senkte sich zu einem Flüstern. »Scheiße.«

Du sagst es.

Mehr, als Misty über meine Mutter reden zu hören, wurmte mich die Tatsache, dass ich es auch noch mitbekommen hatte. Und dass *das* wiederum die beiden mitbekommen hatten. Jetzt blühte mir bestimmt eine dieser furchtbaren »Familiensitzungen«.

Misty erschien in der Tür und hielt sich mit einer Hand am Rahmen fest, als müsste sie sich stützen.

»Eli, es tut mir so, so leid. Ich hätte das nicht so sagen –«

»Du hättest überhaupt nicht über meine Mom reden sollen.«

Wenn ich diesen Mist schon ertragen musste, dann durfte sie gern mit mir leiden.

Ehrlich gesagt nahm es mich längst nicht so sehr mit, wenn jemand meine Mom erwähnte, wie alle immer dachten. Ich war noch ein Baby gewesen, als der Krebs sie erwischt hatte. Klar war ich manchmal traurig deswegen, auf eine irgendwie distanzierte Art, aber es war nun mal schwer, jemanden zu vermissen, den man nie wirklich gekannt hatte. Ich glaube, hauptsächlich vermisste ich es, überhaupt eine Mom zu haben … zumindest bis Dad Misty mit nach Hause gebracht hatte.

Jetzt tauchte er hinter ihr in der Tür auf und legte Misty die Hand auf die Schulter, weil ganz offensichtlich sie diejenige war, die getröstet werden musste.

»Eli, du darfst nicht vergessen, in welche Situation ich Misty gebracht habe. Dieses neue Familienleben ist für uns alle nicht leicht.«

»*Familien*leben?« Ich schaffte es nicht, die Abscheu in meiner Stimme zu verbergen.

»Ja, Familienleben, und ich erwarte von dir, dass du ihr ein wenig Respekt –«

»Jaja, Respekt.« Ich winkte ab. »Ist gut, hast du mir letzte Woche gerade gepredigt.«

Dads Gesicht lief dunkelrot an. »Dann halt dich einfach mal dran, Eli. Und wenn ich noch einmal diesen Ton –«

»Hör auf, Paul.« Misty schob Dads Hand von ihrer Schulter und machte einen Schritt auf mich zu. »Es tut mir leid, Eli, okay? Ich hätte das nicht sagen sollen, ob du zugehört hättest oder nicht.«

Normalerweise ließ ich keine Gelegenheit aus, um Misty zu zeigen, was ich von ihr hielt, aber diesmal wirkte sie so aufrichtig zerknirscht, dass ich mich gezwungen sah, irgendwas zu sagen, damit sie sich besser fühlte – ich war schließlich auch nur ein Mensch.

»Schon gut.«

Es war nicht viel, aber es war genug. Sie atmete tief durch und ging zurück in die Küche. Dad dagegen blieb im Türrahmen stehen und guckte mich an.

»Was ist mit dem, was *du* gesagt hast?«, fragte ich.

»Was hab ich denn gesagt?« Dad war so schlau, erst mal auszutesten, wie viel von ihrem Gespräch ich gehört hatte.

»Dem Kram über Disziplin und Verantwortung. Du hältst mich anscheinend immer noch für ein kleines Kind.«

»Natürlich nicht. Ich denke nur, dass du … manchmal ein bisschen verantwortungslos handelst.«

»Das heißt, du vertraust mir nicht.«

»Nein, heißt es nicht. Das ist nur das, was du verstehen willst.«

Ich hasste es, wenn er mir auf die Tour kam – als wäre ich nicht in der Lage, zwischen den Zeilen des Erziehungsberechtigten-Bockmists zu lesen, den er mir ständig vorsetzte.

»Tja, dann vertrau mir wenigstens in einer Sache«, sagte ich. »Ich hab eine Freundin gefragt, ob sie mir Spanischnachhilfe gibt. Außerdem hat sie einen guten Draht zu Señora Vega. Vielleicht können wir sie ja zusammen überzeugen, mir eine bessere Note zu geben.«

Dad machte große Augen. »Das ist toll, Eli. Das ist wirklich –«

»Ja, aber zum Lernen muss ich dann öfter zu ihr nach Hause, darum … ist mein Hausarrest jetzt aufgehoben?«

Dad musterte mich eine Weile lang schweigend, und seine Miene verriet nichts über die Berechnungen, die, wie ich wusste, gerade in seinem Gehirn abliefen. Er vertraute mir kein bisschen. Oder zumindest nicht meinem Urteilsvermögen.

Ein Scheppern drang aus der Küche, als Misty offenbar Teller aus dem Schrank räumte.

Tja, vielleicht war es auch nur fair. Schließlich hatte ich genauso wenig Vertrauen in seins.

Ich weiß nicht, ob das, was er als Nächstes sagte, bedeutete, dass er mir die Sache mit der Spanischnachhilfe glaubte, oder ob er einfach ein schlechtes Gewissen wegen des Gesprächs hatte, das ich belauscht hatte.

»Ja, der Hausarrest ist aufgehoben.«

Ich feierte meine neu gewonnene Freiheit, indem ich als Allererstes Isabel schrieb, um einen Nachhilfetermin festzumachen. Wir texteten uns eine Weile hin und her – so lange, wie man es nicht bloß aus Höflichkeit tun würde, aber doch kurz genug, dass ich nicht aus Versehen irgendwas Peinliches ausplauderte, nur um irgendwas zu schreiben. Sie schickte mir den Link zu ihrem Vlog, und ich verriet nicht, dass ich mir längst schon ein paar Videos angeguckt hatte.

Ich hatte gedacht, alles, was mich an ihrem Kanal interessieren würde, wäre Isabel selbst, aber dann stellte ich fest, dass sie mehr zu bieten hatte als bloß Beautytipps. Im Oktober zum Beispiel hatte sie eine Reihe von Tutorials zum Thema Halloween gepostet und in ein paar ihrer ersten Videos aus dem letzten Sommer ging es um Schminkideen für die Comic-Con. Ihr Hulk-Make-up war der Hammer.

Ich scrollte durch die Kommentare zu einem ihrer Halloween-Videos, in dem sie sich absolut professionell in den berühmtesten aller Vampire, Nosferatu, verwandelte. Bei dem Ergebnis bekam ich eine Gänsehaut, und es überraschte mich kein bisschen, dass der Clip mehr Reaktionen eingeheimst hatte als alle ihre anderen Posts. Die meisten bewunderten Isabels Können und rieten ihr, das irgendwann beruflich zu machen, aber das Lob war nicht immer aufrichtig. Besonders ein Kommentar wirkte von vorne bis hinten geheuchelt.

Wow, nicht schlecht. Echt beeindruckend, wie du deine Haut so hell kriegst. Hast du die Grundierung aus dem Beautyfachgeschäft oder einem Karnevalsladen? Hab ich mich nur gefragt. Danke für das Video. Falls dich interessiert, wie man einen SEXY Vampir schminkt, schau doch mal auf meinem Vlog vorbei, Pretty Pretty.

Ich klickte auf den Link und in der nächsten Sekunde füllte Ashley Thorne meinen Bildschirm aus. Die langen Vampirzähne und roten Augen unterstrichen perfekt ihre wahre Persönlichkeit, aber abgesehen davon sah sie eher aus, als hätte sie sich für den Abschlussball geschminkt und nicht gruselig halloweenmäßig. Erstaunlicherweise hatte ihr Video aber doppelt so viele Kommentare wie Isabels, obwohl es nicht mal halb so gut war.

Das war der Moment, in dem ich den Computer hätte aus-

schalten sollen – oder zumindest die beiden Kanäle schließen und mich nicht weiter darum kümmern –, aber während
ich Ashley dabei zuguckte, wie sie ihr Gesicht mit ungefähr
dreißig verschiedenen Pinseln bearbeitete und süßlich in die
Kamera lächelte, musste ich unweigerlich an die Sachen denken, die sie über Isabel gesagt hatte. Und an Isabels Gesichtsausdruck, als sie sie gehört hatte.

Es gab nicht genug Abdeckcreme auf der Welt, um diese
Art von Hässlichkeit zu kaschieren.

Fast schon widerwillig suchte ich nach Wegen, um mich
in Ashleys Computer zu wieseln. Ihre Passwörter waren so
sicher, dass mein Botnet es nicht auf Anhieb schaffte, sie zu
knacken, also wechselte ich zu einer noch simpleren Taktik.
Ich schickte ihr eine E-Mail und ließ es aussehen, als wäre
sie von ihrem Vlog-Hoster – ein neuer begeisterter Kommentar zu ihrem letzten Video. Sie öffnete die Mail sofort und
klickte auf den enthaltenen Link. Damit sie keinen Verdacht
schöpfte, hatte ich den Link tatsächlich mit ihrem Vlog ver-
knüpft, und während sie sich dort auf die Suche nach dem
ungelesenen Kommentar machte, verteilte sich ein Paket
Nutzdaten auf ihrem Computer, die mir Zugriff auf alles ge-
währten, was mich interessierte, von ihren Tastenanschlägen
bis hin zu ihrer Webcam.

Zu einfach.

Ich notierte mir ihre Passwörter, als sie sich bei verschiedenen sozialen Netzwerken einloggte, und checkte zwischen-
durch immer wieder mal ihre Kamera.

Es dauerte eine Stunde, bis etwas passierte, aber dann bekam ich mehr, als ich zu hoffen gewagt hatte. Ich saß gerade

an einem Aufsatz, als plötzlich Ashleys Stimme aus meinen Lautsprechern drang, leise und neckisch.

»Hey, Baby.«

Ich öffnete ihre Kamera und zuckte zusammen, als sie mir direkt in die Augen sah.

»Äh, hi …«, antwortete ich.

»Bist du allein?«

Ich guckte mich um. »Ja?«

»Super«, schnurrte sie und ließ die Schultern unter den Trägern ihres schwarzen Spitzenoberteils kreisen.

»Ich versteh das nicht«, sagte ich. Das hier widersprach jeglicher Logik. »Wieso kannst du mich sehen?«

»Nein, nur ich.« Sie kicherte.

Ich brauchte eine Sekunde, bis ich merkte, dass ihre Antwort keinen Sinn ergab … und dann noch eine, um zu kapieren, dass sie gar nicht mit mir redete.

Was für ein Klischee. Kaum sieht er ein leicht bekleidetes Mädchen, mutiert der Computercrack zum Ahnungslosen.

Ich lehnte mich zurück. *Ach du Scheiße. Sie videochattet mit jemandem.*

Halb in Panik, halb fasziniert guckte ich zu. Worüber redeten wohl die Ashley Thornes dieser Welt in einem privaten Videochat? Die Antwort darauf kam innerhalb von Minuten. Denn Ashley chattete nicht bloß. Nein, sie legte einen Striptease für den Typen auf der anderen Seite der Kamera hin – der vermutlich ihr Freund war.

Oder auch nicht. Was wusste ich denn schon?

Ich wand mich auf meinem Stuhl. Keine Ahnung, was ich erwartet hatte, als ich mich in ihren Computer gehackt hatte, aber das hier auf keinen Fall. Ich war schließlich kein Spanner. Trotzdem war es schwer, nicht hinzugucken. Nicht dass Ashley einer Isabel Ortega das Wasser hätte reichen können, aber sie war immer noch ein Mädchen, und zwar eins mit ziemlich spektakulären Kurven.

Ihre wahre Hässlichkeit war von außen nicht zu erkennen.

Ich wusste, ich hätte die Verbindung kappen müssen, aber mein Instinkt sagte mir, dass das hier das Beste sein könnte, was ich je über Ashley Thorne in die Finger bekam, also blieb ich dran. Noch immer widerstrebend und leicht angewidert von mir selbst machte ich ein paar Screenshots und zeichnete eine kurze Videosequenz auf. Ich speicherte meine Beute auf einem USB-Stick und löschte alle Spuren von meinem PC, bevor ich ihn ausschaltete. Dann stellte ich mich lange unter die heiße Dusche, als könnte ich meine Schuldgefühle abwaschen.

KAPITEL 24

Wie sich herausstellte, sind Schuldgefühle hartnäckiger als gedacht. Sie kleben an einem wie ein Film, den man auch mit noch so viel Wasser nicht loswird. Selbst am nächsten Tag, als ich mittags allein in der Cafeteria saß, weil Zach sich schon wieder nicht blicken ließ, waren sie noch da. Und auch anschließend in Spanisch konnte ich mich kaum konzentrieren, denn jedes Mal, wenn Señora Vega ihren Schal zurechtzog, sah ich Ashley vor mir, die neckisch an ihrem BH-Träger zupfte.

Die Schuldgefühle verfolgten mich bis nach Hause und saßen zusammen mit Mouse und Seth und mir am Küchentisch.

»Bist du sicher, dass hier nicht doch noch irgendwo 'ne Steckdose ist?«, fragte Mouse und sprang schon wieder auf, um zum zehnten Mal die Küchentheke abzusuchen.

»Das hier ist eine Küche, kein Apple-Store«, brummte ich.

Ich war immer noch ein bisschen überrumpelt von ihrem Spontanbesuch.

Ich hatte versucht, Nein zu sagen, als Seth vorgeschlagen hatte, mitten in der Woche eine zusätzliche Trainingssession einzuschieben. Aber wir hatten in letzter Zeit so viel an der Website gewerkelt, dass wir die anderen Wettbewerbskategorien total vernachlässigt hatten.

»Ich kann euch noch einen Mehrfachstecker holen«, bot Misty an, die über ein paar Kabel hinwegstieg und sich limbomäßig unter einem weiteren hindurchschob, das sich straff zwischen einer Steckdose und der Küchentheke spannte.

»Wo findest du die denn alle?«, fragte ich verwundert.

Ich dachte immer, ich wäre der Technikfreak in diesem Haus.

»Ich führe einen kleinen illegalen Elektrohandel im Keller«, witzelte sie.

In der Küchentür zwinkerte sie uns zu, und Seth fing hysterisch an zu kichern, bis ich ihm unter dem Tisch vors Schienbein trat.

Genau das war der Grund, warum ich nie Kumpels mit nach Hause brachte.

Blöderweise hatten Seths Eltern uns rausgeschmissen, damit sie sich um die Termitenplage im Keller kümmern konnten.

»Mouse, du bist dran«, sagte ich.

Er brach seine Steckdosensuche ab, hüpfte zurück zu seinem Platz und fing an zu tippen, bevor sein Hintern auch nur den Hocker berührte.

»Lächerlich«, schnaubte er, während seine Finger über die Tastatur flogen. »Ihr macht es mir echt zu leicht.«

Ich *hmpf*te nur zur Antwort.

Wir hatten uns in Seths Übungsprogramm ein eigenes Sicherheitssystem aufgebaut und taten so, als würden wir ein imaginäres Unternehmen schützen. Mouse hatte die Rolle des Angreifers übernommen, der versuchte, unsere Verteidigungsanlagen zu durchbrechen. Meistens hackte er uns in Grund und Boden. Allerdings war der Defensivpart auch viel schwieriger.

Nach einer Weile war ich so ins Programmieren vertieft, dass ich vergaß, weiter sauer zu sein. Als Nächstes schrieben wir abwechselnd Codes und ließen das Ergebnis von den anderen auf Herz und Nieren testen. Hin und wieder wurden wir dabei von Misty unterbrochen.

Jedes Mal, wenn sie vorbeikam, redete Seth plötzlich lauter und versuchte, sich mit Ausdrücken wie »hierarchische Dateistruktur« oder »Terminalemulation« wichtigzumachen, nur dass er sich bei Letzterem leider verhaspelte, wodurch es eher wie »Terminalejakulation« klang.

Mouse dagegen beschränkte sich darauf, sie mit offenem Mund anzustarren, wobei er ausnahmsweise vollkommen stillhielt.

»Woran arbeitet ihr noch mal?«, fragte Misty nach ein paar Stunden betont beiläufig, als sie sich eine Flasche Wasser aus dem Kühlschrank holte.

An derselben Sache wie die letzten drei Male, als du gefragt hast.

»Wir üben für einen Programmierwettbewerb«, sagte ich. Zum vierten Mal.

Entweder war ihr die Erklärung nicht genug, oder sie glaubte mir nicht, denn sie linste uns andauernd über die Schulter, als würde sie irgendwas von dem verstehen, was auf unseren Bildschirmen abging. Diesmal klappte ich meinen Laptop zu.

»Wir wollten gerade 'ne Pause machen«, verkündete ich.

Seth hob den Kopf über den Rand seines Bildschirms. »Wollten wir?«

»Pause klingt gut«, sagte Mouse. »Ich hab Riesenhunger.«

»Ich bestell uns Pizza!« Misty klatschte in die Hände, als wäre das *die* Idee des Jahrhunderts, und Seth und Mouse nickten begeistert.

Ich unterdrückte ein Stöhnen.

Als Misty rausging, um beim Pizzadienst anzurufen, guckte ich von Seth zu Mouse.

»Habt ihr … in letzter Zeit mal Brett gesehen?«

Mouse schüttelte den Kopf. »Nee, aber ich hab gehört, wie Mr Givens über *Freunde von Springer* geredet hat. Krass, oder, wenn selbst der Schulleiter –«

»Pst!« Hastig drehte ich mich um, überzeugt, Mistys blonde Haarspraymähne hinter dem Türrahmen hervorlugen zu sehen.

»Es ging um die Seite«, ergänzte Mouse. »Er hat zu ein paar Lehrern gesagt, dass er noch nicht weiß, was sie deswegen unternehmen sollen.«

»Die kriegen uns nie.« Seth grinste selbstgefällig. »Und dann sahnen wir so richtig ab bei der ACM.«

Als bräuchte er einen weiteren Beweis seiner unglaublichen Genialität, ließ er sich noch mal von uns bestätigen, dass die Website die perfekte Möglichkeit war, die Schwachstellen des Cyberüberwachungssystems aufzuzeigen. Dann protzte er wieder damit herum, wie wir Brett dem Erdboden gleichgemacht hatten.

»Ja … was Brett angeht«, hakte ich ein.

»Was?«

»Ach, nichts weiter. Ich hab nur … Ich bin ihm neulich begegnet – oder nee, eigentlich hab ich zufällig mitgehört, wie er sich mit einem Kumpel unterhalten hat, und … ich weiß auch nicht. Ging irgendwie darum, dass er die Steroide gar nicht freiwillig genommen, sondern sich unter Druck gesetzt gefühlt hat.«

»Und was willst du uns jetzt damit sagen?« Seth starrte mich herausfordernd an und ich starrte zurück.

»Nur dass wir vielleicht nicht die ganze Geschichte kannten. Ich behaupte ja nicht, dass er es nicht verdient hatte, aber …«

Seths Gesicht bekam rote Flecken und er richtete sich kerzengerade auf. »Glaubst du etwa, das, was Brett jetzt durchmacht, ist schlimmer als das, was Jordan passiert ist?«

»Pah, überhaupt kein Vergleich«, knurrte Mouse.

»Das meine ich doch gar nicht, nur dass –« Ich verstummte und rutschte nervös auf meinem Stuhl hin und her. Seth und Mouse waren von Anfang an überzeugter von der Website gewesen als ich. Ich machte hauptsächlich mit, um die ACM-Jury zu beeindrucken und ein System hochgehen zu lassen, das ich aus tiefster Seele hasste. Die beiden dagegen führten eher eine Art persönlichen Rachefeldzug für ihren Kumpel. Ohne Rücksicht auf Verluste. Sobald Jordans Feinde ins Spiel kamen, war ich mit meiner Meinung in der Minderzahl.

»Passt mal auf, kann ja sein, dass euch Brett scheißegal ist, aber ihr solltet nicht den Blick für die Realität verlieren.« Ich beugte mich vor und senkte die Stimme. »Die Sache wird langsam echt heiß. Die Cyber-Stasi sitzt uns sowieso im Nacken und jetzt berichten sogar schon die Medien über uns.«

Seth und Mouse grinsten sich stolz an. Sie kapierten gar nichts.

»Jungs, wenn Bretts Geschichte an die Öffentlichkeit gelangt, dann kriegen ein paar Leute ganz sicher Mitleid mit ihm, wahrscheinlich sogar die meisten. Und mit diesem Mädchen da auch. Was glaubt ihr, wie gut das bei der ACM-Jury ankommt?«

Beim Reden streckte ich unwillkürlich die Hand nach meiner Tastatur aus und meine Finger vollführten ihr Lieblingstänzchen.

Leertaste, Backspace, Leertaste, Backspace.

Das alles hier war nichts weiter als ein Problem, für das ich eine Lösung finden musste – eine besonders kniffelige Codesequenz.

Wenn ich ehrlich sein sollte, war der Hauch von schlechtem Gewissen, den ich in Bezug auf Brett verspürte, kaum mehr als das: ein Hauch. In erster Linie war ich daran interessiert, meinen eigenen Hintern zu retten. Brett hatte angekündigt, dass er uns unangespitzt in den Boden rammen würde, und mit dem Vorhaben war er vermutlich nicht allein. Je mehr Leute wir online fertigmachten, desto größer wurde der wütende Mob, der sich irgendwann mit Fackeln und Mistgabeln auf die Jagd nach uns begeben würde. Wir konnten uns verdammt glücklich schätzen, dass wir nicht längst geschnappt worden waren, und vermutlich wäre es am klügsten aufzuhören, solange wir noch ganz oben waren.

»Wir müssen ein bisschen aufpassen, was wir posten, sonst kommt nachher irgendwann noch jemand auf die Idee, *wir* wären die Bösen.«

»Und wofür genau hältst du dich? Für unschuldig?«, fragte Seth. »Dein weißer Hut hat nämlich ein paar ziemlich dicke Flecken, Eli.«

»Ich hab das Video von Brett nicht gepostet«, rief ich ihm in Erinnerung.

Mouse hob den Zeigefinger an die Lippen, als Misty zurückkam, um uns Bescheid zu sagen, dass die Pizza unterwegs war. Dann wackelte sie hüftschwingend von dannen und wir setzten unser Gespräch im Flüsterton fort.

»Das Video meine ich nicht«, sagte Seth. »Sondern die Game-Zap-Aktion. Du bist längst nicht so unschuldig, wie du tust.«

»Ganz genau«, zischte ich zurück. »Und darum solltet ihr mir vielleicht glauben, wenn ich sage, was für ein Scheißgefühl es ist, ständig in Habachtstellung sein zu müssen. Ich mein's doch nur gut mit euch.«

Mouse hob beschwichtigend die Hände. »Hey, hey. Ihr seid alle beide die Schönsten im ganzen Land.«

Wir prusteten los und damit war der Streit Geschichte.

»Das spielt sowieso alles keine Rolle, wenn nicht langsam mal wieder mehr Videos reinkommen«, merkte ich an. »War echt nicht so üppig in letzter Zeit, die Ausbeute.«

Und das war noch vorsichtig ausgedrückt. In den vierundzwanzig Stunden, seit bekannt geworden war, dass man von der Schule fliegen konnte, wenn man irgendwas zu unserer Seite beitrug, waren nicht bloß keine Videos mehr gekommen, sondern wir hatten außerdem haufenweise Mails von Leuten gekriegt, die ihre zurückziehen wollten.

»Ein paar haben wir ja noch«, sagte Seth. »Wie viele noch mal, Mouse?«

»Vier.«

Fünf.

Aber ich hatte nicht vor, Seth oder Mouse den Ashley-Clip zu zeigen. Ich wusste ja nicht mal so recht, warum ich ihn überhaupt aufgenommen hatte. War ich nicht die ganze Zeit dagegen gewesen, uns durch Hacken Material zu beschaffen?

Seth schüttelte den Kopf.

»Das kann doch nicht alles sein.«

»Vier brauchbare«, präzisierte Mouse. »Der Rest war nur Schrott.«

»Und was ist mit dem einen, in dem Tony eins auf die Fresse kriegt?«

Mit fliegenden Fingern rief Mouse die Seite auf. »Heute Morgen online gegangen.« Er grinste. »Mein persönlicher Favorit bislang.«

Fraglicher Tony hatte nicht nur zum Jordan-Springer-Folterkommando gehört, sondern anscheinend auch seine halbe Grundschulzeit damit verbracht, Mouse zu verprügeln. Kein Wunder, dass Mouse Luftsprünge gemacht hatte, als wir ein Video bekamen, in dem Tony letzten Herbst nach einem Footballspiel von ein paar Schlägern der gegnerischen Schule vertrimmt wurde. Die Leute schickten uns immer jede Menge Clips von Schlägereien, aber bei diesem waren wir uns mal einig, dass das Opfer die Abreibung wirklich verdient hatte. Und als kleiner Bonus für Mouse waren bei Tony am Ende sogar ein paar Tränen geflossen.

»Wäre das nicht ein schöner Schlusspunkt?«, fragte ich. »Selbst wenn wir nie mehr was hochladen, haben wir uns erst mal jede Menge Respekt verschafft. Sieht man doch jeden Tag in der Schule.«

Aber Seth ließ mal wieder nicht locker. »Nee, nee, das war noch lange nicht alles.«

»Wieso nicht?«, fragte ich. »Was die ACM angeht, haben wir bis jetzt gezeigt, dass wir IP-Fragmentierungs-Angriffe durchführen und IP-Adressen verschleiern können und außerdem bestimmt fünfzig andere Methoden beherrschen, mit denen sich Schwachstellen aufdecken –«

»Die Seite war gerade mal zwei Wochen online. Und bis zur ACM sind es noch zwei *Monate*. Das reicht nicht.«

»Und wenn uns keiner mehr Videos schickt?«, fragte ich.

»Dann beschaffen wir uns eben selbst welche«, entgegnete Seth.

Wieder zuckte mir Ashleys Striptease durch den Kopf, und ich drückte mir die Handballen auf die Augen, um das Bild loszuwerden.

»Nein. Wir hatten eine Abmachung, schon vergessen? Spätestens im Juni müssen wir uns mit dem ganzen Kram outen. Was haben wir davon, wenn wir gewinnen, aber dafür eingelocht werden? Bitte schön« – ich deutete mit der linken Hand – »hier ist euer Pokal« – dann mit der rechten – »und jetzt ab in den Knast.«

Mouse lachte, aber Seth schüttelte den Kopf. »Es geht nicht nur um die ACM. Wir sind hier nicht fertig, bevor wir nicht ein Video von jedem Einzelnen gepostet haben, der Jordan gemobbt hat.«

»Jedem?«, fragte ich.

»Jedem.«

»Selbst von Ashley?« Mouse' Tonfall war scharf und die Frage riss uns zurück in einen Wirbel aus Turbulenzen.

Dieser Junge konnte einem echt ein Schleudertrauma verpassen.

Seth versuchte, sich lässig zu geben, aber ich sah ihm an, dass er sich unter Mouse' Blick extrem unwohl fühlte. »Wir wissen ja gar nicht ganz sicher, ob Ashley irgendwas gemacht hat —«

»Doch, wissen wir«, fiel Mouse ihm ins Wort. »Ihr Vlog —«

»Das Video hat sie längst gelöscht. Und außerdem haben wir es nie gesehen.« Seth zuckte mit den Schultern.

Ich hatte keine Ahnung, worüber die beiden da redeten, aber es wunderte mich kein bisschen zu hören, dass Ashley ihren Vlog benutzt hatte, um Stunk zu machen.

Mouse erklärte an mich gewandt: »Ashley hat letztes Jahr was auf Pretty Pretty gepostet. Das ist ihr Videokanal, in dem sie —«

»Ja, kenn ich«, sagte ich.

»Na, jedenfalls hat sie den Post ›Pretty Pervy‹ genannt. Das war so eine Art Warnvideo für jüngere Mädels, sich von gewissen Typen fernzuhalten.«

»Lass mich raten«, sagte ich. »Einer von denen war Jordan?«

»Jordan und alle, die jemals mit ihm gesichtet wurden«, bestätigte Mouse.

Autsch.

»Verstehe. Und danach sind euch die Dates nur so zugeflogen, was?« Ich versuchte mich an einem Lächeln, aber Seth und Mouse guckten mich gar nicht an.

Stattdessen lieferten sie sich ein Starrduell, das nichts mit mir zu tun hatte, aber dafür alles mit ihrem toten Freund. Mit einem Mal kam ich mir vor wie ein Lückenbüßer und etwas wie Eifersucht flammte in mir auf.

Irgendwann hob Seth die Hände, als wollte er kapitulieren. »Hey, wenn irgendwer ein Video von Ashley hat, können wir das gern online stellen. Das würde auf jeden Fall mal wieder ein bisschen Leben auf die Seite bringen.«

»Blöd, dass sich nie im Leben einer trauen würde, sie zu filmen«, sagte Mouse.

Leertaste, Backspace, Leertaste, Backspace.

»Ja, echt blöd«, murmelte ich.

Mein schlechtes Gewissen, dass ich mir über Ashleys Webcam Zugang zu ihrem Schlafzimmer verschafft hatte, war alles andere als nur ein Hauch. Seth hatte ja keine Ahnung. Mein weißer Hut hatte nicht bloß ein paar Flecken. Der war fast schon schwarz.

KAPITEL 25

Am nächsten Abend verpasste ich meinem Sozialleben ein Upgrade und ersetzte Seth und Mouse durch Isabel. Erst mal stand ich allerdings geschlagene drei Minuten vor ihrer Haustür, bevor ich mich traute zu klingeln, und als ich schließlich die Hand ausstreckte, schwang die Tür auf, bevor ich den Knopf auch nur berührt hatte.

»Was lungerst du denn da draußen rum?«, fragte eine Frau, teils belustigt und teils misstrauisch angesichts dieses Fremden, der sich da auf ihrer Veranda rumtrieb.

Toller erster Eindruck.

Ich fing an, eine Antwort zu stammeln, aber Isabel erlöste mich, indem sie sich an der Frau vorbeidrängelte und mich am Handgelenk ins Haus zog.

»Spar dir dein Verhör, Mom!«, blaffte sie.

Ich rief Mrs Ortega noch schnell ein »Freut mich, Sie kennenzulernen« über die Schulter zu und ließ mich von Isabel durch einen langen Flur in ein Zimmer führen, das zur Hälfte mit Sportgeräten und zur Hälfte mit Kameras und Scheinwerfern auf hohen Stativen vollstand.

»Das war mal unser Fitnessraum«, erklärte sie und deutete auf die vor die Wand geschobenen Geräte. »Aber meine Mom hat den Hometrainer sowieso hauptsächlich als Wäscheständer benutzt, darum durfte ich mir mein Studio hier einrichten.«

Sie drückte auf eine Reihe von Schaltern und die Scheinwerfer erleuchteten einen großen weißen Tisch voller Make-up-Behälter und Spiegel sowie zwei Stühle mit hohen Rückenlehnen. Einer hatte ein Polster mit Leoparden-, der andere eins mit Zebraprint.

»Wow«, sagte ich und stellte meinen Rucksack auf den Boden.

»Ganz cool, oder?« Isabel ließ sich auf den Zebrastuhl fallen.

Ich setzte mich auf den Leoparden und fing in dem grellen Licht sofort an zu schwitzen. »Ja, wirkt total professionell.«

»Danke. Viel von der Ausrüstung hab ich zum Geburtstag oder zu Weihnachten bekommen. Ich hab zwar ein paar Sponsoren, für die ich in meinem Vlog Werbung mache, aber das deckt gerade mal einen Bruchteil der Kosten für den ganzen Kram hier ab.« Sie deutete auf die Kameras und die Make-up-Berge. Dann stutzte sie und fing plötzlich an, die Sachen auf dem Tisch zurechtzurücken. »Ups, ganz schönes Durcheinander hier.«

»Ach was, erinnert mich eher an meinen eigenen Schreibtisch«, sagte ich. »Außer dass es bei mir keine Schminksachen sind, sondern Kabel und Schaltkreise. Wirkt für andere vielleicht wie ein Riesenchaos, aber für mich hat alles seine Ordnung.«

»Ja, ganz genau!«, stimmte Isabel mir zu.

Trotzdem schob sie weiter ihre Tiegel und Tuben zu geringfügig ordentlicheren Haufen zusammen. Dabei rutschte ein Blatt Papier mit der Skizze eines Löwenkopfs zu mir rüber, komplett mit Make-up gezeichnet.

Ich hob es hoch. »Cool. Ist das für ein neues Video? Sieht ein bisschen aus wie für die, die du letztes Jahr zu Halloween – ich meine, das könnte doch 'ne gute Halloween-Maske sein, wenn du – also wenn du mal so was –«

»Du hast meine Videos geguckt?« Isabel grinste. Ich hatte mich komplett verplappert.

»Kann schon sein, dass ich dich mal kurz abgecheckt habe«, sagte ich. »Ich meine, *ihn* – deinen Vlog.«

Alter.

Ihr Grinsen wurde noch breiter und sie nahm mir das Blatt aus der Hand. »Das hier ist für die Schule. Ich bin die Maskenbildnerin bei dem Musical.«

»Ach klar. ›Der Zauberer von Oz‹, stimmt's?«

Die ganze Schule hing voller Plakate.

»Ja. Bühnen-Make-up mache ich am allerliebsten.«

Ich suchte den Tisch nach weiteren Spuren ihrer Arbeit ab und erhaschte dabei in einem der Spiegel einen Blick auf mich selbst.

Ich verzog das Gesicht. Ein Pickel, der mir zu Hause noch gar nicht so schlimm vorgekommen war, hatte sich innerhalb kürzester Zeit in einen knallroten Auswuchs der Widerwärtigkeit verwandelt. Schnell deckte ich die Hand über mein Kinn.

»Echt fieses Licht.«

»Echt präzises Licht«, korrigierte Isabel. Dann lächelte sie und deutete auf mein Kinn. »Damit kann ich dir helfen, wenn du willst.«

»Was? Hiermit? Nee, schon gut.« Ich nahm die Hand nicht weg.

Isabel lachte. »Ist wahrscheinlich bloß ein eingewachsenes Barthaar. So was haben Männer doch ständig.«

Männer, hatte sie gesagt. Nicht *Jungs*.

Ihre Finger legten sich auf meine, und ich ließ zu, dass sie meine Hand wegzog und meinen hässlichen neuen Freund begutachtete. »Warte, das haben wir schnell.«

Sie tauchte den Zeigefinger in ein winziges Töpfchen mit beigem Schlamm – vermutlich sauteurem Schlamm. Aber als sie diesmal die Hand nach mir ausstreckte, wich ich zurück.

»Vergiss es«, sagte ich. »Ich trag doch kein Make-up.«

»Wieso nicht?«

»Äh … weil ich ein Kerl bin?«

Isabel verdrehte die Augen. »Auch *Kerle* tragen manchmal Make-up. Hollywoodschauspieler zum Beispiel, und zwar nicht nur vor der Kamera. Oder bist du so viel männlicher als die?«

Sie hob eine dunkle Augenbraue zu einem scharf konturierten Bogen, was keinen Zweifel daran ließ, wie ihre Antwort auf die Frage ausfallen würde.

»Nein«, brummte ich. Und dann ließ ich sie machen.

Innerhalb von dreißig Sekunden war meine Make-up-Phobie vergessen. Ich war viel zu konzentriert auf Isabel, deren Gesicht plötzlich nur Zentimeter von meinem entfernt war. Ihr Haar kitzelte mich am Hals und ich roch ihr Minzkaugummi.

Sie plauderte fröhlich vor sich hin, während sie an mir rumhantierte, fragte mich Spanischvokabeln ab und lachte über meine Aussprache. Mit ihr zu reden, fühlte sich so normal an – auch wenn ich nur die Hälfte verstand. Nach einer

Weile, die mir ziemlich lang vorkam dafür, dass es hier bloß um einen einzigen Pickel ging, erklärte sie ihr Werk für vollbracht und hielt mir einen Spiegel hin.

»Wow! Als hättest du den wegradiert«, staunte ich und drehte den Kopf zur Seite. Der Pickel war aus jedem Winkel unsichtbar.

Isabel stellte den Spiegel zurück, und mit einem Mal – ohne den Puffer aus Make-up-Dosen und Pinseln zwischen uns – machte mich ihre Nähe nervös.

Ich räusperte mich, wich jedoch nicht zurück. »Wusstest du, dass nur zwanzig Prozent aller Wanderer, die den Appalachian Trail anfangen, ihn auch zu Ende gehen?«

»Ah«, sagte Isabel leise. Sie rührte sich genauso wenig wie ich. »Ist ja … interessant.«

Und dann bewegten wir uns beide gleichzeitig, langsam und nicht voneinander weg. Die Lücke zwischen uns wurde kleiner, immer kleiner, bis kaum mehr was davon übrig war. Kurz bevor sie sich ganz schloss, klopfte es an der Tür.

Wir fuhren so hastig auseinander, dass ich fast mit meinem Stuhl nach hinten gekippt wäre, und Isabel musste ein Kichern unterdrücken.

»In zwanzig Minuten gibt's Abendessen«, sagte Isabels Mom, die den Kopf ins Zimmer steckte. »Eli, soll ich für dich mitdecken?«

»Gerne. Oder eigentlich nein, leider. Ich muss nach Hause. Aber vielen Dank.«

Sie lächelte und ließ die Tür auf, als sie wieder ging. Sobald sie außer Hörweite war, vergrub ich den Kopf in den Händen.

»Oh Mann, ich dachte, so was passiert nur in Filmen.«

Jetzt konnte Isabel das Lachen nicht mehr zurückhalten. »Aber echt! Das war ja mal ein super Timing.«

Grinsend sah ich zu ihr hoch. »Also eigentlich würde ich sagen, ihr Timing war 'ne Katastrophe.«

Isabels Wangen verfärbten sich pink, ganz ohne Rouge.

»Okay, also wenn wir nur noch zwanzig Minuten haben, sollten wir wahrscheinlich doch lieber mal in ein Buch gucken«, seufzte sie.

Ich versuchte, meine Enttäuschung über die abrupte Programmänderung zu verbergen, und holte meine Spanischsachen aus dem Rucksack.

»Wieso hast du eigentlich angeboten, mir zu helfen?«, fragte ich.

Isabel grinste. »Pures Mitleid, nach dieser ›Oh, là, là‹-Geschichte …«

Übertrieben beschämt ließ ich den Kopf hängen und Isabel prustete erneut los.

»Nein, ist doch nicht schlimm!«, rief sie. »Im Gegenteil, ich fand's total süß!«

Ich guckte sie an. »Süß?«

Sie sah mir für eine Sekunde in die Augen, bevor sie den Blick senkte. »Und außerdem bin ich dir noch was schuldig dafür, dass du mich neulich im Flur nicht an Ashley verpetzt hast. Das war echt … 'ne blöde Situation für dich.«

»Quatsch«, log ich. »So schlimm war's gar nicht. Hat mir immerhin nette Gesellschaft eingebracht.«

Isabel beschäftigte sich hastig damit, uns ein bisschen Platz auf dem Tisch freizuräumen, aber auf ihrem Gesicht breitete sich ein Lächeln aus. Zach würde mir nie glauben, wie selbstbewusst ich hier mit einem Mädchen flirtete. Vielleicht fühlte ich mich aber auch plötzlich mehr wie ein Mann, weil Isabel mich so bezeichnet hatte.

Den Rest der Zeit über beschäftigten wir uns tatsächlich mit Spanisch und übten Verben konjugieren. Leider ergab sich kein zweiter Moment wie der, kurz bevor wir unterbrochen worden waren, sosehr ich mich auch bemühte, einen herbeizuführen. Trotzdem, ich verbrachte hier den Nachmittag mit einem Mädchen, bei dem mein Magen die seltsamsten Loopings schlug. Von mir aus hätte es ewig so weitergehen können.

Als ich irgendwann widerstrebend meine Sachen zusammenpackte, bekam Isabel eine Nachricht und stöhnte auf.

»Was ist?«, fragte ich.

»Ich wollte nächstes Wochenende zum Ravens-Konzert, aber meine Mitfahrgelegenheit hat gerade abgesagt.«

»Das ist ja blöd. Wo spielen die denn?«

»Open Air auf so einer Wiese knapp außerhalb von Iowa City, also ungefähr eine Stunde von hier. So 'n Mist!« Sie ballte die Faust um ihr Handy und schlug sich damit aufs Bein. »Meine Mädels fahren alle schon am Abend vorher hin und zelten da, aber Freitag ist die Generalprobe für den ›Zauberer von Oz‹. Da kann ich nicht fehlen. Eigentlich wollte noch eine andere Freundin erst Samstag hinfahren, aber jetzt kommt sie doch nicht.«

»Tut mir leid«, sagte ich. Und das meinte ich ernst. Lächelnd gefiel Isabel mir nämlich tausendmal besser als betrübt.

Sie überlegte kurz. »Es sei denn …«

Sie guckte mich an, und ich konnte förmlich sehen, wie ihr ein Licht aufging. »Ich hab ja jetzt ein Ticket übrig. Magst du zufällig die Ravens?«

Die Ravens waren eine von diesen Bands, denen scharenweise Leute hinterherreisten, den ganzen Sommer lang, von einem Bundesstaat in den anderen. Viele verdienten sich das Spritgeld, indem sie Burritos aus dem Kofferraum verkauften, und tanzten jeden Abend bekifft zu denselben Songs. Ich konnte noch nie so ganz nachvollziehen, was daran toll sein sollte ... bis jetzt.

»Ich *liebe* die Ravens«, sagte ich. »Oder – jedenfalls Konzerte. Musik, ich liebe Musik!«

Zumindest das war nicht gelogen.

Wie zum Beweis riss ich meine Kopfhörer aus dem Rucksack und hängte sie mir um den Hals.

»Dann komm doch mit!« Isabel hüpfte ein bisschen auf der Stelle, was mich an Mouse erinnerte. »Bitte sag Ja.«

Ich zögerte keine Sekunde. »Ja.«

»Juhu!«

»Aber ...«

»Oje.«

»Nein, das Problem ist nur, ich hab kein Auto, und ich kann mir gerade nicht vorstellen, dass mein Dad oder seine Freundin mir ihrs leihen.«

Isabels Begeisterung war wie weggeblasen.

»Aber mein Kumpel Mouse hat eins«, brabbelte ich drauflos. »Das heißt allerdings, wir müssten ihm auch ein Ticket besorgen und noch ein paar andere Leute einladen, damit er mitkommt ...«

»Okay.« Isabels Lächeln war zurück. »Perfekt. Lad ein, wen du willst. Die Tickets sind online superbillig zu bekommen – praktisch für lau, weil die Ravens einfach super zu ihren Fans sind. Wirst schon sehen, die sind der Hammer.«

»Stimmt«, pflichtete ich ihr bei. »Der Hammer.«

Tatsächlich waren sie gerade zu meiner neuen Lieblingsband geworden.

KAPITEL 26

Noch bevor ich mich in Isabels Auffahrt aufs Fahrrad schwang, rief ich Mouse an und drohte ihm Unaussprechliches an, wenn er uns am Samstag nicht alle zu dem Konzert fahren würde. Ich musste ihm zusichern, ihm sein Ticket und den Sprit zu bezahlen, aber das war ein kleiner Preis für einen Tag in Freiheit mit Musik und einem Mädchen.

Dann fuhr ich schnurstracks zu Zach und hämmerte an die Haustür.

»Wo brennt's denn?« Zachs Dad riss die Tür auf, ein breites Lächeln im Gesicht und ein Geschirrtuch über die Schulter geworfen. »Hallo, Eli. Komm doch rein. Zach ist in der Küche.«

Nicht nur Zach. Wie immer wuselte seine Mom geschäftig umher, während seine kleine Schwester einen Fußball auf dem Knie dribbelte und dabei ein gegrilltes Käsesandwich mampfte. Zach, der mit seinem Laptop auf dem Schoß im Schneidersitz auf der Arbeitsplatte saß, war der Ruhepol im Zentrum des Sturms. Als er mich sah, runzelte er die Stirn, dann aber sprang er runter und gab mir einen Wink mitzukommen. Sobald sich seine Zimmertür hinter uns geschlossen hatte, brabbelte ich los.

»Hör zu, ich weiß, du bist sauer auf mich, und wahrscheinlich sollte ich mich bei dir entschuldigen, aber können wir den Teil vielleicht einfach überspringen und bis zu dem

216

Punkt vorspulen, an dem ich dir erzähle, dass ich gerade bei Isabel Ortega zu Hause war?«

Zachs Augen, die sich zu Schlitzen verengt hatten, als ich angefangen hatte zu reden, wurden plötzlich kreisrund.

»Was?«

»Ja!«

»Isabel?«

»Ja.«

»Ortega?«

»Genau.«

»Hast du –«

»Nein, Zach, ich hab keinen Penetrationstest durchgeführt!«

Er lachte, und ich ließ mich auf sein Bett plumpsen, vollkommen überwältigt von meinem Glück.

»Wieso warst du denn bei ihr?«

Ich erzählte ihm alles: von dem Ashley-Vorfall in der Schule, durch den ich den Mut gefunden hatte, Isabel anzusprechen, woraufhin sie mir angeboten hatte, mir mit Spanisch zu helfen, bis hin zu dem Punkt, an dem wir uns fast geküsst hätten. Ich gab mir nicht mal Mühe, beim Erzählen die Coolness zu wahren – das hier war schließlich Zach und dem war klar, dass ein Beinahe-Kuss mit Isabel Ortega ein denkwürdiges Ereignis war.

»Und weißt du, was?« Ich setzte mich auf. »Sie hat gefragt, ob ich am Wochenende mit auf ein Konzert will, und meinte, ich kann mitbringen, wen ich will. Da bist du doch dabei, oder?«

»Was denn für ein Konzert?«

»Die Ravens.«

Er verzog das Gesicht. »Sind wir denn Ravens-Fans?«

»Jetzt ja.«

Er nickte. Das leuchtete ihm ein.

Und in dem Moment ging mir auf, dass ich nicht nur in Bezug auf Isabel ein Riesenglück hatte.

Insgeheim schwor ich mir, dass ich Zach nicht noch mal sitzen lassen würde, nicht für das ACM-Training, nicht für *Freunde von Springer*, nicht mal für ein Mädchen.

»Das Konzert ist irgendwo auf einer Wiese außerhalb von Iowa City«, sagte ich.

»Okay.«

»Und Isabel braucht jemanden, der sie fährt.«

»Wir haben doch beide gar kein Auto.«

»Stimmt.« Ich hielt die Luft an. Vor dem, was als Nächstes kam, hatte ich ziemlichen Bammel. »Darum musste ich auch Mouse fragen. Der von letztens. Weißt du noch?«

»Mhm.« Zachs Miene verfinsterte sich.

»Und Seth. Der kommt wahrscheinlich auch mit –«

»Wieso hängst du eigentlich neuerdings mit Seth March rum?«, schnauzte Zach los. »Der ist ein totaler Vollidiot, woher kennst du den überhaupt? Und jetzt erzähl mir bloß nicht wieder irgendwelchen Scheiß von wegen Spanischnachhilfe, so blöd bin ich nämlich auch nicht.«

Ich zupfte an einem losen Fädchen in Zachs Bettwäsche. Die Sekunden tickten dahin, und ich zupfte und zupfte und sah zu, wie das Fädchen immer länger wurde.

»Ich wollte es dir ja erzählen«, sagte ich, den Blick weiter gesenkt.

Zachs Schreibtischstuhl quietschte, als er sich hinsetzte und direkt vor mich rollte.

»Was?«

Alles.

Aber *alles* war zu gefährlich. Wir durften uns erst in zwei Monaten mit unserem Projekt outen, und wenn ich ehrlich war, konnte ich immer noch nicht ganz einschätzen, ob Zach unser Geheimnis so lange wahren würde. Das von ihm zu verlangen, wäre einfach nur mies – vielleicht sogar noch mieser, als ihm erst gar nichts davon zu erzählen.

Ich beschloss, dass eine halbe Lüge besser war als eine ganze.

»Wir machen bei der ACM mit. Seth und Mouse und ich.«

Zach starrte mich an. »Damit … hatte ich jetzt nicht gerechnet«, sagte er dann.

»Die beiden haben mich gefragt, ob ich ihr dritter Mann sein will«, erklärte ich hastig. »Ich hab dir nichts davon erzählt, weil ich ein schlechtes Gewissen hatte. Es hat sich angefühlt, als würde ich dich ... dich … ich weiß auch nicht, *hintergehen* oder so. Ich dachte, du wärst vielleicht –«

»Wow. Die ACM«, murmelte Zach, und ich hörte den Neid in seiner Stimme. »Hast du ein Glück.«

»Ich weiß, ich weiß. Eigentlich sollte ich mit dir da mitmachen, nicht mit denen, aber –«

»Wann haben die dich denn gefragt?«

Ich vergrub das Gesicht in den Händen.

Die Website vor Zach geheim zu halten, war eine Sache, aber ihm nichts von dem Wettbewerb zu erzählen, kam mir jetzt absolut daneben vor.

»Vor zwei Wochen«, sagte ich.

Zach verschränkte die Arme und stieß ein grimmiges kleines Schnauben aus. »Na, das erklärt jedenfalls so einiges.«

»Tut mir leid.«

»Was?«

»Dass ... ich weiß auch nicht. Dass ich nicht mit dir antrete?«

»Das ist ja wohl bescheuert«, entgegnete er.

Jetzt war ich derjenige, der sprachlos war.

»Wieso sollte dir das leidtun?«, fuhr Zach fort. »Ich hätte an deiner Stelle auch Ja gesagt.«

Als ich endlich meine Stimme wiederfand, fragte ich: »Echt? Ich meine ... heißt das, du bist nicht sauer?«

»Darüber, dass du bei denen mitmachst? Nö.«

Ich ahnte, dass da noch ein »aber« kommen würde.

»Aber ...«

Na bitte.

»... dass du mich angelogen hast. Das nervt mich. Als wäre ich so labil, dass ich mit so was nicht klarkäme.«

»Nein, so war das gar —«

»Oder als wäre ich so ein Arsch, dass ich sauer auf dich gewesen wäre, weil du da mitmachst.«

»Nein, ich – ach Scheiße, tut mir leid. Ich weiß selber nicht, warum ich mir eigentlich Sorgen gemacht hab.«

»Ich meine, klar bin ich neidisch, und wie«, sagte Zach. »Aber dafür kannst du ja nichts.«

»Nächstes Jahr melden wir uns einfach zusammen an, du und ich ... und vielleicht Mouse. Der ist ein echter Java-Crack. Ihr würdet euch bestimmt gut verstehen.«

»Wo ist die ACM denn dieses Jahr?«, wollte Zach wissen. »Findet die nicht immer woanders statt?«

»Chicago«, sagte ich. »Im Juni. Seth meinte, seine Eltern fahren uns hin und bezahlen das Hotel.«

Zach musterte mich skeptisch. »Aha. Und wie findet dein Dad das?«

»Dem hab ich noch nichts davon erzählt.«

Er lachte. »Na dann mal viel Glück. Ich nehm gerne deinen Platz im Team ein, wenn er Nein sagt.«

Wir quatschten noch ein bisschen über die ACM und ein bisschen mehr über Isabel und danach planten wir weiter unsere App. Als ich mich schließlich auf den Nachhauseweg machte, war zwischen uns alles wieder so normal, dass ich ganz vergaß, ein schlechtes Gewissen zu haben, weil ich ihm immer noch nichts von der Website erzählt hatte.

Meine Freunde zu überreden, mit zu dem Konzert zu kommen, war einfach gewesen. Dad rumzukriegen, mich hingehen zu lassen, war schon eine andere Hausnummer.

»Ist doch nicht mal mit Übernachten«, argumentierte ich, und mein Tonfall tendierte bedenklich Richtung Quengeln. »Wir fahren Samstag hin und wieder zurück.«

»Du hast doch was von Camping gesagt«, entgegnete Dad.

»Ja, ein paar von den anderen campen da. Aber ich nicht.«

Wir debattierten über die Kücheninsel hinweg. Dad hatte sich meine Bitte gerade mal zur Hälfte angehört, bevor er sie abgeschmettert hatte, und ich musste ihn zweimal daran erinnern, dass mein Hausarrest aufgehoben war.

»Aber ihr wärt da auf irgendeinem Campingplatz?«, fragte er.

»Nein, Dad, jetzt vergiss doch mal das Camping. Keiner geht campen, okay?«

»Ich finde ja, Camping wäre mal eine ganz gute Erfahrung für dich. Ein bisschen Zeit an der frischen Luft verbringen, ohne deinen Computer. Einfach mal abschalten. Den Stecker ziehen.«

»Dad —«

»Ich war in deinem Alter viel im Ferienlager. Das war super, um —«

»Dad!«

»Was denn?«

»Es ist nur ein Konzert. Hin, bisschen Musik hören, zurück. Alles am selben Tag.«

Dad musterte mich aus zusammengekniffenen Augen. »Und das ist nicht in Wirklichkeit irgendeine Technik-Convention, von der du mir nichts erzählen willst?«

Ich zögerte. Sollte ich jetzt beleidigt sein? Was war ich denn bitte für ein Langweiler, wenn mein eigener Dad mir nicht abnahm, dass ich zu einem Konzert wollte?

»Erstens«, sagte ich, »will ich nicht zu ›irgendeiner Technik-Convention‹, nein. Und zweitens kannst du es gerne googeln. The Ravens. Samstag. Iowa City.«

»Ich bin immer noch nicht ganz —«

»Du erzählst mir doch ständig, dass ich meinen Horizont erweitern muss … mir mehr Hobbys suchen und so. Tja, genau das war der Plan. Ich wette, da draußen gibt es kein WLAN.«

»Hmm.« Dad schürzte nachdenklich die Lippen. »Und du fährst bei einem Jungen namens … Mouse mit?«

»Das ist nur ein Spitzname.«

»Seltsamer Spitzname.«

»Meine Güte, hört endlich auf mit eurem Gekabbel!«, dröhnte plötzlich Mistys Stimme durch die Tür. »Lass den armen Kerl doch nicht so zappeln, Schatz. Na komm, wir waren doch auch mal jung.«

Waren. Fast hätte ich losgelacht.

Aber sie stärkte mir den Rücken, auf ihre Art, also hielt ich den Mund.

In zehn Sekunden hatte Misty geschafft, woran ich mir seit zehn Minuten die Zähne ausbiss, und Dad überzeugt. Als er sich zum Gehen wandte, schob ich die Hände in die Hosentaschen und rang mir ein »Danke«, ab.

»Warst du eigentlich schon mal auf einem Konzert?«, fragte Misty.

Ein bisschen verlegen schüttelte ich den Kopf. Misty war wahrscheinlich schon auf Hunderten gewesen.

»Ein wichtiger Schritt auf dem Weg zum Erwachsenwerden«, sagte sie.

»Ist nur ein Konzert, mehr nicht.«

Sie lächelte wissend, als wäre sie ja so viel älter und weiser als ich. *Würg.*

»Gehst du mit Zach hin?«, bohrte sie weiter. Sie kam um die Kücheninsel herum und durchwühlte den Kühlschrank nach irgendwas. Das machte sie ziemlich oft in letzter Zeit. Als wäre sie ständig auf der Suche nach dem magischen Snack, der sie und mich einander näherbringen würde.

»Ja, mit Zach … und noch ein paar anderen.«

Als Misty aus dem Kühlschrank wieder auftauchte, hatte sie ein Stück von dem Schokokuchen – natürlich gekauft, nicht etwa selbst gebacken – in der Hand, nach dem sie so süchtig war. Ziemlich scheinheilig, sich zwischen den ganzen gesunden Mahlzeiten, zu denen sie uns ständig zwang, so mit Zucker vollzustopfen. Sie nahm zwei Gabeln aus der Schublade und reichte mir eine. »Was für andere? Deine beiden Freunde, die neulich hier waren?«

»Die auch und dann noch … so ein Mädchen.«

»Isabel?«

Geht dich das irgendwas an?

»Ja.«

»Du musst mir nicht von ihr erzählen, wenn du nicht willst«, sagte sie.

Deine Psychotricks kannst du dir sparen.

Aber über Isabel zu reden, war nun mal gerade eine meiner Lieblingsbeschäftigungen, also schob ich mir eine Gabelvoll Kuchen in den Mund und nuschelte über die Schokolade hinweg: »Sie hilft mir bloß mit Spanisch. Ihre Familie kommt aus Mexiko, darum ist sie zweisprachig aufgewachsen.«

Misty nickte und merkte betont beiläufig an: »Ach, wenn sie Spanisch spricht, würdest du sie sicher beeindrucken, wenn du ihr mal so was sagst: ›*Veo la luz de las estrellas en tus ojos.*‹ Falls du das möchtest, meine ich.«

»Falls ich das möchte, ja«, murmelte ich und wandte den Blick ab.

Eine Weile aßen wir schweigend unseren Kuchen.

Dann versuchte ich mich an dem Satz. »*Vea la luusdellas —*«

»*Veo la luz de las estrellas en tus ojos.*«

»Klingt ganz schön kitschig.«

Misty fuchtelte mit ihrer Gabel durch die Luft. »Dann viel-leicht lieber was wie ›*Me haces sonreír*‹.«

»Irgendwas mit … lächeln?«, versuchte ich zu übersetzen.

»Du bringst mich zum Lächeln.«

»Okay.« Ich zog mein Handy aus der Tasche. »Kannst du mir das mal kurz buchstabieren?«

Misty diktierte mir noch ein paar weitere Komplimente auf Spanisch, und ich speicherte sie, bemüht, nicht zu be-geistert zu wirken. Zweimal »Danke« an einem Tag erschien mir doch etwas übertrieben, also nickte ich ihr bloß wortlos zu und steckte mein Handy wieder weg.

»Cool.«

»Cool«, echote sie, und ihre Mundwinkel zuckten.

KAPITEL 27

Samstagmorgen stand ich extra früh auf, zumindest für meine Verhältnisse, und machte mich daran, meinen Pickel mit dem Make-up abzudecken, das Misty mir für mein blaues Auge gegeben hatte.

Anscheinend hatte Isabels Können auf mich abgefärbt, denn das Ergebnis war eigentlich ganz passabel.

»*Me haces sonreír*«, sagte ich zu meinem Spiegelbild. »*Me gustas mucho.*«

»Gar nicht schlecht.«

Ich zuckte so heftig zusammen, dass mir das Make-up-Döschen klappernd ins Waschbecken fiel.

»Dad, schleich dich doch nicht so an.«

»Ich wohne hier«, verteidigte er sich. Dann guckte er ins Waschbecken. »Ist das etwa Mistys Make—«

»Nein.« Ich grapschte mir das Döschen und verbarg es in der Faust.

»Ich muss heute geschäftlich nach Iowa City. Und da dachte ich mir, wo du und deine Freunde doch in dieselbe Richtung wollen, könnte ich euch ja mitnehmen zu eurem Konzert.«

»Du willst uns dahin fahren?«, stieß ich hervor. »Hab ich irgendwas verbrochen?«

Dad lehnte sich in den Türrahmen und zwinkerte mir zu. »Ganz ruhig, war doch nur ein Scherz. Ich war auch mal sechzehn, weißt du?«

»Bist du sicher?«

Er rieb sich über die Glatze. »Ja … damals hatte ich noch Haare und so.«

»Schwer zu glauben.«

»Hey, du hast da was.« Er tippte sich ans Kinn und lachte, als ich hektisch im Spiegel überprüfte, ob ich was übersehen hatte.

»Fahrt vorsichtig«, sagte er und machte die Badezimmertür hinter sich zu.

So lief es schon seit ein paar Tagen zwischen uns. Seit ich ihm erzählt hatte, dass Señora Vega mir endlich eine Extraaufgabe gegeben hatte, durch die ich hoffentlich meine Note aufbessern würde. Was zum Teil Isabels Verdienst war. Ich hatte sie gleich am Tag nach unserer ersten Nachhilfestunde ins Lehrerzimmer geschleift, als Charakterzeugin sozusagen. Unter rasend schnellem Spanischgeplapper – einmal unterbrachen die beiden sich, guckten mich an und fingen schallend an zu lachen; keine Ahnung, was das sollte – versicherte Isabel Señora Vega, dass sie mir jetzt Nachhilfe gab, bis Letztere sich schließlich bereit erklärte, meine Note noch mal zu überdenken, wenn ich ihr eine Reihe von Aufsätzen einreichte.

Dad hatte zufrieden gewirkt – sogar ein bisschen stolz –, und ich hatte mich gefühlt wie vor ein paar Wochen, kurz nachdem wir mit der Website online gegangen waren und ich auf einmal mit erhobenem Kopf durch die Schulflure lief, anstatt permanent auf den Boden zu starren.

Und mein Kopf hob sich immer weiter. Mein Selbstbewusstsein wuchs mit jedem Tag, an dem wir nicht von der

Internetaufsicht geschnappt wurden. Die beiden Videos, die wir diese Woche gepostet hatten, waren ein bisschen peinlich für die betreffenden Leute – die es, nebenbei gesagt, auch nicht besser verdient hatten –, aber immerhin hatten wir keine weiteren Leben mehr zerstört, was ich schon mal als Fortschritt verbuchte.

Sogar Malcolm hatte sich in den letzten Tagen von mir ferngehalten, und darum war ich jetzt ziemlich guter Dinge, als ich mich anzog und die Treppe runter in die Küche stürmte.

»Na, warum grinst du denn so?«, riss mich Misty aus meinen Gedanken.

»Ach nichts. Ich … freu mich nur, gleich ein bisschen rauszukommen.«

»Ja, ich mich auch.« Sie lehnte sich an die Arbeitsplatte und wartete darauf, dass ich sie fragte, wo sie denn hinwollte. Zu ihrem Glück war ich so gut gelaunt, dass ich ihr den Gefallen tat.

»Nur zum Bauernmarkt, ein bisschen Saatgut kaufen«, sagte sie. »Ich hab mir überlegt, hinter dem Haus einen kleinen Gemüsegarten anzulegen.«

»Klingt ja hochspannend.«

»Na ja, ist vielleicht nicht gerade ein Konzert mit allen meinen coolen Freunden« – sie lachte –, »aber hin und wieder mag ich ein bisschen körperliche Arbeit ganz gern.«

Was du nicht sagst …

Ich hielt kurz die Luft an und hoffte, dass ich das nicht laut ausgesprochen hatte. Dann runzelte ich die Stirn. Irgendwas stimmte hier nicht. Normalerweise hätte ich ihr solche Sprüche mit Begeisterung um die Ohren gehauen, aber plötzlich kam mir das einfach nur kindisch vor.

Obwohl Misty ja nicht wusste, was in meinem Kopf vorging, hätte ich mich am liebsten bei ihr entschuldigt – also wechselte ich schnell das Thema.

»Äh, Misty, meinst du übrigens, dieses Outfit ist okay? Für ein Open-Air-Konzert? Oder überhaupt ein Konzert?«

Sie bedeutete mir, mich einmal um die eigene Achse zu drehen, damit sie meine Jeans und das ausgeblichene graue T-Shirt von allen Seiten inspizieren konnte.

»Gar nicht schlecht für jemanden, der noch nie bei einem Konzert war. Zumindest hast du nicht die schlimmste Todsünde von allen begangen.«

»Welche?«

»Zieh nie ein T-Shirt der Band an, auf deren Konzert du gehst.«

»Da müsste ich wohl erst mal ein Fan der Band sein, um überhaupt ein T-Shirt von denen zu haben«, entgegnete ich.

Ich vergewisserte mich, dass ich meinen Geldbeutel dabeihatte, und machte mich daran, Kaugummis, Proviant und all den anderen Kram zusammenzusuchen, den ich für den Tag brauchen würde.

Misty hielt mir etwas hin, das wie ein Mini-Deostick aussah.

»Sonnencreme«, sagte sie, als ich vorsichtig daran schnupperte.

Ich steckte das Zeug in die Tasche. »Danke.«

»Ist nicht schlimm, wenn du kein Fan der Band bist«, erklärte sie dann. »Darum geht's gar nicht.«

»Wie meinst du das?« Jetzt würde sie mir bestimmt mit irgendwas Tiefgründigem kommen. Nervös trat ich von einem Fuß auf den anderen.

Sie klang wehmütig, als sie weiterredete – na ja, so wehmütig, wie man mit einer Reibeisenstimme klingen kann. »Diese Momente gehen einfach viel zu schnell vorbei. Denk dran, hin und wieder mal innezuhalten und sie zu genießen, anstatt später darauf zurückzublicken und dir zu wünschen, du könntest sie noch einmal erleben.«

Ach du Scheiße. Sollte das hier am Ende auch einer von diesen ach so kostbaren Momenten sein?

»Mhm, okay. Mach ich.«

Draußen hupte jemand. Mouse.

Ich checkte ein letztes Mal, ob ich alles dabeihatte – Handy, Sonnenbrille, Geldbeutel, Kaugummi, Sonnencreme, Müsliriegel, Lippenpflegestift mit Kokosgeschmack (man konnte ja nie wissen) und zwei kleine USB-Sticks, aus purer Gewohnheit. Im Moment war hauptsächlich *Freunde von Springer*-Kram darauf gespeichert, den ich nicht auf meinem Computer lassen wollte, für den Fall, dass Misty auf die Idee kam, in meinem Zimmer rumzuschnüffeln.

Nicht dass sie es durch meine Firewalls schaffen würde, aber, hey, bis vor Kurzem hatte ich auch keinen Schimmer gehabt, dass sie Spanisch sprach, also überließ ich lieber nichts dem Zufall.

Mouse drückte wieder auf die Hupe, diesmal länger.

»Na, geh schon!«, sagte Misty und schob mich zur Tür.

Draußen drehte ich mich noch mal zu ihr um, und da stand sie auf der Veranda wie die absolute Muster-Mom.

Normalerweise hätte ich bei diesem Anblick das große Kotzen gekriegt, aber heute – keine Ahnung, vielleicht lag es an meiner guten Laune, denn irgendwie störte es mich diesmal kaum.

Ich winkte unbeholfen und sah zu, dass ich wegkam.

»Schon gesehen?« Noch bevor ich die Autotür hinter mir zugemacht hatte, hielt Mouse mir sein Handy vor die Nase.

»Hallo auch.«

»Jetzt guck doch!« Er drückte mir das Telefon in die Hand und setzte rückwärts den Wagen aus der Auffahrt.

»Ist ja gut!« Ich sah mir an, was es so Wichtiges gab.

Mrs Windemere. Die mir von einem unvorteilhaft beleuchteten Polizeifoto entgegenstarrte.

Lehrerin der Haver High wegen Ladendiebstahls verhaftet, verkündete die Schlagzeile.

Tja, das war's dann wohl mit der guten Laune.

»Dafür kann man ins Gefängnis kommen?«

»Klar. Lies dir mal den Rest durch.«

»Ich weiß gar nicht, ob ich das will.«

»Die bezeichnen uns dadrin als ›Cyberdetektive‹!« Mouse streckte den Arm aus, um mir die Stelle zu zeigen, aber ich zog das Handy aus seiner Reichweite.

»Konzentrier du dich aufs Fahren.«

Er legte beide Hände ans Lenkrad, brabbelte jedoch ungebremst weiter: »Die schreiben, *Freunde von Springer* hätte schon beim Aufklären von zwei Verbrechen geholfen, einmal beim Zerschlagen eines Drogenrings –«

»Das war ja wohl kein Drogenring.«

» – und jetzt bei 'ner klauenden Lehrerin. Da steht, anstatt uns zu jagen, sollte die Schulbehörde uns vielleicht lieber um Hilfe bitten. *Uns!* Ist das zu fassen?«

Nein, war es nicht.

Die ganze Zeit hatte ich mir einen Riesenkopf deswegen gemacht, ob wir wegen der Website nicht bei der ACM zugelassen werden könnten, und jetzt … stellte zumindest eine Nachrichtenseite uns als eine Art Superhelden dar.

Als Nächstes holten wir Seth ab. Zuerst war ich froh, dass er heute nicht sein »Byte Me«-T-Shirt trug, aber dann fiel mir auf, dass er stattdessen eins mit dem Spruch »Lang lebe die Khaleesi« anhatte.

Ich war kurz davor, ihn zurück ins Haus zu schicken, damit er sich umzog, aber wer wusste schon, was sonst noch in seinem Kleiderschrank lauerte?

»Ich sitz vorne«, rief er, riss die Beifahrertür auf und zerrte mich förmlich nach draußen.

Ich hatte nichts dagegen. So würde ich nämlich die nächste Stunde an Isabel gequetscht auf der Rückbank verbringen. Es gab wirklich Schlimmeres.

»Schon gesehen?« Mouse hielt Seth sein Handy hin.

Ich schaltete auf Durchzug, während die beiden Witze über Mrs Windemeres Verbrecherfoto rissen und sich zu unserem Post beglückwünschten. Bald würden sie sowieso das Thema wechseln müssen, denn es war nicht mehr weit bis zu Zach.

Kurz darauf stieg Zach auch schon zu mir auf den Rücksitz und die Begrüßung von vorne fiel leicht unterkühlt aus.

»Wird ja ganz schön eng hier drin«, brummte Seth.

»Kannst gerne aussteigen«, erwiderte Zach.

Hastig drehte Mouse sich auf seinem Sitz um und hielt

Zach eine hibbelige Faust hin, damit er seine dagegenstieß. »Wir haben uns ja neulich schon kurz kennengelernt. Hallo noch mal! Sorry, dass wir Seth mitschleifen müssen, aber der hat immer die beste Verpflegung dabei. Unterwegs Essen kaufen ist ja schweineteuer. Weißt du, was die tatsächlichen Produktionskosten von einer Tüte Gummibärchen sind?«

Zach taute ein wenig auf. »Vermutlich gegen null tendierend?«

»Genau!« Mouse drehte sich zurück nach vorne und griff nach dem Schalthebel. »Die Gewinnmargen hauen einen echt aus den Latschen. Ich will mal BWL studieren, wenn ich's ans Caltech schaffe.«

»Ich dachte, du willst Elefantentreiber werden«, merkte ich an.

Mouse verdrehte die Augen. »Elefantentrainer, nicht -treiber. Und davon kann man leider keine Rechnungen bezahlen.«

»Mann, Eli!«, schaltete Seth sich gespielt ungeduldig ein. »Mouse macht einfach den ganzen anderen Elefantentreibern die Steuererklärung, um sich über Wasser zu halten, ist doch wohl klar.«

Seth und ich lachten, nur Zach blieb vollkommen ernst und beugte sich zu Mouse vor. »Echt, du willst Mahut werden?«

Klar, dass Zach mal wieder wusste, was ein Mahut ist.

»In Thailand gibt es so ein Camp, da kann man sich dazu ausbilden lassen. Hab ich mal gelesen«, sagte er dann.

»Genau!« Mouse hüpfte im Sitzen auf und ab. »Aber dafür muss man achtzehn sein, darum warte ich noch bis zum Sommer nach dem Abschluss …«

Ich grinste, während Zach und Mouse weiterplauderten. Wusste ich's doch, dass die zwei sich gut verstehen würden.

Aber mir verging das Lächeln, je mehr wir uns unserer nächsten Station näherten, und ich flehte die anderen an, sich wenigstens ansatzweise cool zu geben und mich nicht vor Isabel zu blamieren. Woraufhin sie sich natürlich schlapplachten und versprachen, alles daranzusetzen, mich so richtig schön blöd dastehen zu lassen. Als wir schließlich vor Isabels Haus hielten, brach mir der kalte Schweiß aus.

Ich wischte mir die Hände an der Jeans ab und rückte so weit in die Mitte, wie es nur ging, damit Isabel genügend Platz neben mir auf der Rückbank hatte.

»Eli«, räusperte sich Zach auf meiner anderen Seite. »Ich krieg keine Luft mehr.«

»Ups, 'tschuldige.« Ich hatte ihn komplett gegen die Tür gedrängt.

Dann hustete ich den Frosch in meinem Hals los und wandte mich an alle Autoinsassen auf einmal. »Jungs, das hier ist Isabel. Isabel, das hier sind die Jungs,«

»Hallo, Jungs«, sagte Isabel grinsend.

Und dann, wie durch ein Wunder, schafften wir es alle zusammen aus der Stadt, ohne dass einer der anderen mich bloßstellte.

Auf halbem Weg gerieten Mouse und Seth in eine Diskussion über Musik – es war zum Schießen. Seth war nämlich die halbe Nacht aufgeblieben, um »die ultimative Road-Trip-Playlist« zusammenzustellen, Mouse jedoch behielt sich die uneingeschränkte Hoheit über das musikalische Entertainment vor – »keine Ausnahmen«.

Zach, Isabel und ich schlossen auf dem Rücksitz Wetten darüber ab, wer als Erster einknicken würde. Am Ende war es Mouse.

»Von mir aus! Dann spiel halt deine blöde Playlist«, fauchte er Seth an.

»Ha!«, rief Isabel.

Zach schnalzte mit der Zunge. »Mann, Mouse, ich hab auf dich gezählt.«

»Kohle her«, sagte ich und hielt meine Hand auf. Zach kramte zwei Vierteldollarmünzen aus der Hosentasche, eine für Isabel und eine für mich.

»Du hast mich um ein halbes Eis gebracht«, beschwerte er sich bei Mouse.

»Tut mir leid, Alter«, entschuldigte sich Mouse. »Er hat mich zermürbt.«

»Darin ist er super«, merkte ich an.

»Ruhe jetzt«, verlangte Seth, während er seine Playlist anwählte. »Macht euch auf eine Offenbarung gefasst.«

Und dann hielten wir alle den Mund, als ein mitreißender Beat einsetzte. Niemand meckerte über Seths Musikauswahl, und Mouse drehte sogar widerstrebend lauter, bis sich das Auto wie eine einzige riesige Box anfühlte. Am Ende des Songs wurde der Rhythmus immer wilder, und wir trommelten alle mit, mit den Händen auf den Sitzen und den Füßen auf dem Boden, bis ich nicht mehr wusste, ob das Auto vor lauter Bässen erbebte oder unter unserem Gestampfe.

Mein Körper summte regelrecht vor Energie und ich fühlte mich so lebendig wie nie. Mistys Rat, jeden Moment zu genießen, kam mir wieder in den Sinn, und ich sah mich lächelnd im Auto um. Alle gaben sich der Musik hin, diesem Moment grenzenloser Freiheit. Mein Blick fiel auf Isabel, auf ihre dunklen Haare, die der Fahrtwind zu einem wunderschönen Gewirr peitschte.

Das ist der tollste Tag meines Lebens.

Sie sah mich an und stieß mich lächelnd mit der Schulter an.

Und er hat gerade erst angefangen.

KAPITEL 28

Ich hätte den ganzen Tag auf Mouse' Rücksitz verbringen und über den Highway rasen können, aber viel zu früh zockelten wir in einem endlosen Autokorso einen Trampelpfad zwischen zwei Feldern entlang, die nach frischer Jauche stanken.

»Ich hoffe, das mieft jetzt nicht während der ganzen Show so«, nörgelte Seth und hielt sich die Nase zu.

Mouse lachte. »Keine Sorge, alles, was wir während des Konzerts riechen werden, ist Gras.«

»Hey, Isabel, wie heißt eigentlich ›Marihuana‹ auf Spanisch?«, fragte ich.

Sie konnte sich das Lachen kaum verkneifen. »Äh … *marihuana.*«

»Ach ja«, stammelte ich und kam mir vor wie der letzte Trottel. »Klingt ja auch ziemlich spanisch.«

Und ich hatte mir Sorgen gemacht, dass die Jungs mich blamieren würden. Dabei kriegte ich das wunderbar allein hin.

»Mexikanisches Spanisch, um genau zu sein«, erklärte Isabel. »Das haben wir gerade in Geschichte durchgenommen – Eli, ich hab 'ne Idee!« Sie packte mich beim Arm, aber es hätte genauso gut mein Herz sein können. »Darüber schreiben wir deinen ersten Aufsatz: den mexikanischen Bürgerkrieg.«

»Ging's da um Gras?«

Isabel schlug sich lachend die Hände vors Gesicht. »*¡Ay, Dios mío!* Du brauchst wohl auch Nachhilfe in Geschichte!«

Irgendwann mündete die dahinkriechende Autoschlange in einen riesigen Acker, der als Parkplatz diente. Überall liefen Leute mit Fransenklamotten und Batikshirts rum. Anscheinend hatten die sich im Jahrzehnt vertan und dachten, heute würden nicht die Ravens spielen, sondern The Grateful Dead.

»Sind wir irgendwo aus Versehen Richtung Coachella abgebogen?«, fragte Seth beim Aussteigen.

»Müssen wir wohl«, sagte Zach. »Was für ein Haufen Poser.«

Die beiden musterten sich schräg von der Seite, als wüssten sie nicht ganz, was sie davon halten sollten, dass sie einer Meinung waren.

Ich wollte mich gerade ihrem Chor der Herablassung anschließen, als ich sah, dass Isabels schwarze Umhängetasche ebenfalls eine Fransenborte hatte.

»Jetzt seid mal nicht so«, meinte ich zu den Jungs. »Ist doch nichts dabei, sich ein bisschen zu verkleiden.«

Zach schnaubte und setzte gerade zum nächsten doofen Spruch an, aber ich warf ihm einen Blick zu, wie ihn nur beste Kumpels verstehen, und er hielt den Mund. Zum Glück bekam Isabel nichts davon mit, denn die tippte gerade fieberhaft auf ihr Handy ein. Sie sah hoch und verkündete, dass ihre Mädels am Eingang auf uns warteten.

Auf *uns*?

Eigentlich hatte ich schon halb damit gerechnet, dass Isabel sich sofort nach unserer Ankunft von uns loseisen würde. Umso mehr freute ich mich über die Tatsache, dass sie uns ihren Freundinnen vorstellen wollte. Da waren die Jungs mir echt was schuldig.

Wir waren mit unserem Grüppchen nicht die Einzigen von unserer Schule. Als wir in der Schlange vor dem Einlass warteten, quatschte Zach mit ein paar Typen aus seiner Schach-AG, kurz darauf schwirrten auf dem Konzertgelände ein paar Mädchen aus der Neunten an uns vorbei, und auf dem Hügel mit Blick auf die riesige Bühne schienen Leute aus beinahe jedem meiner Kurse im Gras zu lümmeln. Schon seltsam, all die bekannten Gesichter in dieser ungewohnten Umgebung zu sehen. Vor dem Hintergrund aus grünen Wiesen und blauem Himmel statt Schulfluren und Klassenräumen wirkten sie alle ein kleines bisschen anders … ein kleines bisschen gleicher.

Wir suchten uns einen Platz auf der Wiese, und Isabel und ihre Freundinnen fingen an, ihre riesigen Taschen auszupacken. Isabel zog eine Decke aus ihrer und breitete sie auf dem Boden aus. Ein groß gewachsenes Mädchen mit langen, welligen Haaren hatte es irgendwie geschafft, zwei Flachmänner an den Security-Leuten vorbeizuschmuggeln, und hielt sie hoch, in jeder Hand einen.

»Whiskey?«

Zach und Seth rannten einander förmlich über den Haufen, um den ersten Schluck zu ergattern, und ich musste ein Lachen unterdrücken. Es war so offensichtlich, dass sie beide mehr an dem Mädchen interessiert waren als am Alkohol.

Seth war als Erster da. »Schick«, sagte er und hielt den Flachmann hoch. »Ist das Zinn?«

»Was?« Das Mädchen runzelte die Stirn.

»Das Metall.« Er tippte mit dem Finger darauf. »Das ist kein Edelstahl, sondern Zinn, oder? Die traditionelle Ausführung – beeinträchtigt angeblich nicht den Geschmack.«

Er wirkte ziemlich zufrieden mit sich, aber Isabels Freundin zuckte bloß mit den Schultern.

»Ach so. Keine Ahnung.« Sie nahm einen Schluck aus der anderen Flasche und lachte. »Hab die Dinger bloß von meinem Dad geklaut.«

Zach, der schweigend danebengestanden hatte, entschied sich für eine andere Strategie.

»Coole Stiefel«, sagte er und deutete auf die Fransenstiefel am unteren Ende ihrer langen Beine.

Ich fing seinen Blick auf und hob den Daumen, als das Mädchen nicht in meine Richtung guckte. Besser ein Kompliment für die Klamotten als für ein Trinkgefäß.

Bald ging die Sonne unter, das Konzert begann, und plötzlich standen alle unter Strom. Man musste kein Ravens-Fan sein, um sich begeistert mitreißen zu lassen, wenn eine Band auf der Bühne alles gab und der Himmel dahinter zu einem Kaleidoskop aus Orange und Rot explodierte.

Doch die Show da oben war nichts gegen die, die sich direkt vor mir abspielte. Mouse war zu einem kleinen Tornado aus unbeschreiblichen Dance-Moves mutiert. Die Ellenbogen hielt er abgespreizt, was ihn wie ein aufgescheuchtes Huhn wirken ließ, während seine Beine etwas aufführten, das einem irischen Volkstanz glich, und sein Kopf ruckte dazu in einem vollkommen falschen Takt vor und zurück. Und irgendwie schaffte er es auch noch, sich dabei ununterbrochen im Kreis zu drehen. Zuerst war er mir peinlich –

immerhin hatte ich ihn angeschleppt –, aber Isabel und ihre Freundinnen waren hin und weg von seinem absurden Gezappel und versuchten allen Ernstes, seine Bewegungen nachzutanzen.

Ich konnte nur staunen über diesen kauzigen Kerl, der einfach komplett unbeeindruckt sein Ding durchzog und es nur für folgerichtig zu halten schien, dass andere Leute ihn imitierten. Das war mehr als Selbstbewusstsein. Das war Selbstvergessenheit. Mouse tanzte, als gäbe es kein Morgen.

Isabel hielt sich im Hintergrund, während ihre Freundinnen um Mouse herumhüpften.

»Willst du nicht tanzen?«, fragte ich sie.

Sie lachte. »Ganz entgegen dem gängigen Klischee liegt nicht allen Latinas das Tanzen im Blut.«

»Mir auch nicht«, gab ich zu. »Eigentlich liegt mir gar nichts im Blut außer Computerkram.«

»Das glaub ich nicht«, sagte Isabel und spähte unter ihren dichten Wimpern zu mir hoch. »In dir steckt noch eine ganze Menge mehr, so was spüre ich. Du bist ein Mann voller Geheimnisse, Eli Bennett.«

Wie wahr.

»So was spürst du, ja?«, fragte ich und versuchte, meine Stimme ruhig zu halten.

»Ja. Meine *abuela* sagt immer, ich habe ›das dritte Auge‹.«

»Das dritte Auge? Wo das denn, am Hinterkopf? Ist ja gruselig.«

Sie zwinkerte mir zu. »Jaja, mach du nur deine Witzchen. Am Ende hat mir noch jeder seine Geheimnisse verraten.«

Ich erschauderte, obwohl ich nicht wusste, ob es an Isabels

»drittem Auge« lag oder daran, dass sie gerade einen Schritt näher gekommen war.

Da sowieso keiner lange mit Mouse mithalten konnte, beschränkten sich die meisten wieder darauf, sich im Takt von einem Fuß auf den anderen zu wiegen. Isabel und ich standen nebeneinander und stießen ständig mit den Schultern zusammen ... zuerst aus Versehen, dann absichtlich.

Ich achtete kaum auf die Songs, aber während langsam die Sonne hinter der Bühne versank und die Menschenmenge pulsierte wie ein riesiges schlagendes Herz, wurde mir auch so klar, dass dieser Abend als das tollste Konzert aller Zeiten in meine persönliche Geschichte eingehen würde.

KAPITEL 29

Die Energie des Konzerts trug uns bis zum Auto zurück. Keiner hatte es sonderlich eilig, sich auf den Heimweg zu machen, und die Leute versammelten sich vor dem Eingang, bildeten Grüppchen um die Foodtrucks – eine Aftershow-Parkplatzparty.

Immer mehr Bekannte von der Schule gesellten sich zu uns, und meine Stimmung bekam einen kleinen Dämpfer, als ich mitten in der Menge Ashley Thorne entdeckte. Sie hatte sich so ein albernes Tuch um den Kopf gebunden, wie Misty letztes Jahr, als sie sich zu Halloween als Hippie verkleidet hatte, und schwang so laute Reden, dass niemand anders in ihrer Nähe sich unterhalten konnte. Ich lehnte zwischen Isabel und Mouse an der Motorhaube eines Pick-ups und versuchte, sie zu ignorieren. Ein Stück abseits im Dunkeln standen Isabels Freundinnen und reichten einen Joint herum, während Seth auf der Suche nach Handyempfang unaufhörlich hin und her lief.

Und Dad fand, *ich* sollte mal den Stecker ziehen.

»Ich hab denen keine Videos geschickt«, sagte Ashley jetzt ein paar Meter entfernt. »Aber ich kenne ein paar Leute, die es gemacht haben.«

Nachdem ich mich so angestrengt hatte, Ashley auszublenden, konnte ich jetzt nicht mehr anders, als zuzuhören.

»Vielleicht«, antwortete sie auf eine Frage, die ich nicht

mitbekommen hatte. »Wenn jemand es wirklich nicht besser verdient hat. Aber man muss echt vorsichtig sein.« Sie senkte dramatisch die Stimme, war jedoch immer noch bis hierher zu hören. »Egal, wo du bist oder was du machst, die *Freunde von Springer* sehen alles.«

Wenn du wüsstest.

Unwillkürlich tastete ich in meiner Hosentasche nach den USB-Sticks – besonders dem mit der Datei namens »Ashley Thorne«. Es war, als würde sich ein rotes A in den Stoff meiner Jeans brennen. Ich hatte zwar keine Ahnung, was das genau bedeutete, weil ich mir nicht die Mühe gemacht hatte, »Der scharlachrote Buchstabe« für Englisch zu lesen, aber ich wusste, dass es irgendwas mit Schuld zu tun hatte.

Die Leute um Ashley quasselten in einer Tour, und mir ging auf, dass, wenn es Chat Mob noch gegeben hätte, die meisten wahrscheinlich rumstehen und Nachrichten schreiben würden, anstatt miteinander zu reden. Das war auch so eine Sache, die sich nach Jordans Tod verändert hatte. Ich schnappte ein paar Gesprächsfetzen auf, und überall ging es um die Website, obwohl keiner zugab, dass er ein Video eingereicht hatte.

»Was soll eigentlich dieser Name?«, fragte jemand. *»Freunde von Springer«*?

»Na, wegen Jordan Springer«, antwortete jemand anders.

»Meinst du?«

Jetzt redeten alle auf einmal.

»Ist doch wohl eindeutig!«

»Was denn sonst?«

»Die Website ist genau in der Woche online gegangen, als

wir seinen Todestag, äh … gefeiert haben oder wie man das nennen soll.«

Wieder übertönte Ashleys Stimme alle anderen. »Leute, das soll jetzt nicht fies klingen oder so, aber … hatte Jordan Springer überhaupt Freunde?«

Mouse neben mir stand plötzlich untypisch still. Das fühlte ich an der Stelle, wo seine Schulter meinen Arm berührte – sie bebte leicht, wie ein zum Zerreißen straff gespanntes Seil. Ich versuchte, seine Miene zu deuten, aber durch die Scheinwerfer des Pick-ups hinter ihm lag sein Gesicht komplett im Schatten. Zum Glück hatte er keine Ahnung, dass ich einmal dieselbe Frage über Jordan Springer gestellt hatte.

Irgendwer äußerte die Vermutung, dass hinter der Seite Schüler einer anderen Schule steckten. Jemand anders meinte, es könnten die Spitzel der Schulbehörde sein, die die Leute verleiten wollten, die Regeln zu brechen. Ein paar wenige nannten uns Feiglinge, aber die bekamen nicht viel Zustimmung von den anderen. Ich fragte mich, ob sie Angst vor uns hatten … oder davor, Ashley zu widersprechen, die unser größter Fan zu sein schien.

Welche Ironie.

»Egal, wer dahintersteckt, ich find's unheimlich«, sagte ein Mädchen neben Ashley. »Unheimlich cool«, fügte sie dann hastig hinzu und guckte sich um, als könnte eine Kamera auf sie gerichtet sein.

»Hast recht«, pflichtete ihr ein Typ aus der Gruppe bei. »Hacker sind ein bisschen wie die Mafia, nur in modern – man hat Angst vor ihnen, aber gleichzeitig bewundert man sie.«

Ich senkte den Kopf, damit niemand mich grinsen sah. Nicht dass ich unbedingt stolz war, als Mafioso bezeichnet zu werden, aber der Vergleich erfüllte mich mit einer seltsamen Mischung aus Stolz und Scham.

»Was meinst du?«, fragte ich Isabel leise.

»Zu diesen *Freunden von Springer*?« Sie kaute auf ihrer Unterlippe. »*No lo sé.* Scheinen clever zu sein. Echt clever. Müssen sie wohl auch, sonst wären sie ja längst geschnappt worden.«

Ich nickte und lächelte.

»Aber ich glaube nicht, dass es wirklich Freunde von Jordan Springer sind. Eher irgendwelche Wichtigtuer.«

»Wie kommst du denn darauf?«

»Na ja, wenn sie wirklich seine Freunde gewesen wären, wo waren sie denn dann bitte letztes Jahr?«

Mouse stieß sich auf meiner anderen Seite von der Motorhaube ab. Ich drehte mich ihm zu, um etwas zu sagen – irgendwas, um Isabels Worte abzumildern, aber er war schon zu weit weg und von seiner gewohnten Leichtfüßigkeit war keine Spur. Sein abrupter Abgang fiel jedoch nicht weiter auf, weil jetzt allgemein Aufbruchsstimmung einsetzte. Alle riefen sich »Gute Nacht« zu und die ersten Motoren wurden angelassen. Überall auf dem Parkplatz leuchteten Autoscheinwerfer auf und Reifen rollten über die weiche Erde.

Isabel, die mit ihren Freundinnen nach Hause fahren wollte, schickte diese schon mal vor. »Zwei Minuten«, versprach sie mit einer verstohlenen Geste in meine Richtung.

Ich tat so, als hätte ich nichts mitbekommen.

Aber was auch immer Isabel in diesen zwei Minuten vorgehabt hatte, Ashley und ihre Clique, die zu den wenigen Leuten gehörten, die ebenfalls noch hier waren, machten ihr einen Strich durch die Rechnung. Die Runde schrumpfte immer weiter, bis wir uns plötzlich innerhalb von Ashleys Aufmerksamkeitsradius befanden.

»Hi, Isabel«, sagte sie.

»Hey.«

Die Mädchen lächelten einander argwöhnisch an.

»Tolles Sweatshirt!« Ashleys Stimme triefte vor gekünstelter Liebenswürdigkeit und sie streckte die Hand nach Isabels Ärmel aus. »Genauso eins hatte ich auch mal, aber das hab ich schon vor Jahren gespendet. Jetzt ärgere ich mich richtig, dass ich es nicht behalten hab.«

Ich verstand zunächst nicht ganz, wieso Isabel darauf mit eisigem Schweigen reagierte. Ihre Augen wurden schmal, und sie spannte die Schultern an, als machte sie sich auf einen Schlag gefasst.

Und der ließ nicht lange auf sich warten.

»Ich hab meinen zu ›Mode mit Herz‹ gebracht«, sagte Ashley. »Hast du deinen daher?«

»Mode mit Herz« war ein Laden für unterprivilegierte Familien in Haver. Reiche Leute luden gern ihre ausrangierten Klamotten dort ab, um sich wohltätig zu fühlen, und die Armen trugen sie widerwillig auf, damit sie ihr Geld für andere Sachen ausgeben konnten, wie zum Beispiel Essen. So lief es nun mal im Leben.

Gemessen an der Größe ihres Hauses und dem teuren Kamera-Equipment, das sie geschenkt bekommen hatte, konnte ich mir nicht vorstellen, dass Isabels Familie es nötig hatte,

Almosen anzunehmen, aber mit solchen Details hielten Leute wie Ashley sich nicht auf.

»Ich hole mir da manchmal Vintage-Sachen«, sagte Isabel und verschränkte die Arme über dem Sweatshirt.

»Na klar. Vintage, Retro … und Mode aus der letzten Saison zum Spottpreis.« Ashley bleckte ihre gebleichten Zähne.

»Steht dir jedenfalls viel besser als mir.«

Isabels Gesicht verzog sich zu einem halben Grinsen.

»Stimmt.«

Dann beugte sie sich zu mir rüber, gab mir einen Kuss auf die Wange … und ging. Ashley starrte ihr hinterher.

»Also echt«, schnaubte Ashley. »Das hat man davon, wenn man nett zu den Leuten sein will …«

Sie guckte mich Zustimmung heischend an, aber ich verdrehte bloß die Augen und lief Isabel hinterher. Ich fühlte ihr klebriges Lipgloss auf der Wange und mich um den dazugehörigen Geschmack betrogen. Als ich sie einholte, strahlte ich sie an und wollte sie triumphierend in den Arm nehmen, doch dann sah ich ihr Gesicht.

Sie wischte sich hastig die Tränen ab, aber sie war nicht schnell genug.

»Tut mir leid«, sagte sie.

Ich passte mich ihrem Tempo an. »Was denn? Ashley ist eine blöde Kuh. Aber du – du warst super. Du hast sie total vor die Wand laufen –«

»Eli, hör auf«, unterbrach sie mich. »Ich will kein Mitleid, *por favor*. Das macht es nur noch schlimmer.«

»Ich – das ist doch kein –, ich schwöre, ich –«

»Ich ruf dich morgen an, okay?« Dann ließ sie mich erneut

stehen, diesmal ohne Kuss, und joggte über den Parkplatz zu ihren Freundinnen.

Ich sah ihr nach, und mit einem Mal spürte ich, wie mich die Dunkelheit und Kühle des Abends einhüllten. Und mitten in dieser dunklen Kühle – ein Funke. Er keimte tief in meinem Inneren auf und sandte Feuer durch meine Adern, bis ich von Kopf bis Fuß in Flammen stand.

Ich wirbelte herum und rannte zurück zu Seth, der allein auf dem Parkplatz stand und sein Handy in die Luft hielt. Anscheinend suchte er immer noch nach Empfang. Ich griff nach seinem anderen Arm und bog seine Finger auseinander. Erschrocken über die unerwartete menschliche Nähe wollte er mich abschütteln, aber ich ließ nicht los. Stattdessen drückte ich ihm einen der USB-Sticks aus meiner Hosentasche in die Hand.

»Die Ashley-Thorne-Datei«, sagte ich. »Das wird unser bester Post ever.«

KAPITEL 30

Am nächsten Morgen wachte ich mit dem schalen Geschmack von Reue im Mund und einem flauen Gefühl im Magen auf. Obwohl ich den Whiskey gar nicht angerührt hatte, war ich wie verkatert. Ich wusste, dass ich einen super Abend hinter mir hatte, erinnerte mich nur noch verschwommen an das Ende, und heute hing ich absolut in den Seilen. Das waren doch die klassischen Katersymptome, oder?

Noch vor dem Aufstehen rief ich Seth an.

»Stell das Ashley-Video nicht online«, sagte ich anstelle von Hallo.

»Okay.«

Ich hielt inne. Das war ja fast zu einfach gewesen. »Okay?«

»Ja okay. War mir sowieso ein bisschen zu …«

»… heftig?«

»Ja.« Er stieß das Wort aus wie einen Seufzer und wirkte erleichtert, dass ich angerufen hatte. »Ich kam mir total schmierig vor, als ich es angeguckt habe.«

Puh. »Ging mir genauso.«

»Aber du hast ihre Webcam …?«

»Ja. Aber ich hab den RAT gleich wieder von ihrem Rechner gelöscht.«

»Gab's sonst noch was Interessantes?«

»Nee.« Abgesehen von ihrer Strip-Einlage war Ashley ein ziemlich langweiliges Spionageopfer gewesen, wie ein Roboter, der auf Stand-by schaltete, wenn niemand in der Nähe war. »Vergiss es einfach. Lösch das Video und dann ist die Sache gegessen.«

Schweigen.

»Seth? Bist du noch da?«

»Ja.«

»Alter, du musst es löschen.«

»Mach ich ja, mach ich ja«, versprach er. »Ich frag mich halt nur gerade, wie wir uns sonst noch Videos beschaffen könnten. Inzwischen kommen ja überhaupt keine mehr rein.«

Da hatte er recht. Nach jedem neuen Zeitungsartikel, jedem TV-Beitrag bekamen wir weniger Material geschickt. Je größer die Schlagzeile, desto leerer unser Posteingang. Auf der Seite selbst war immer noch einiges los, und es gingen hin und wieder Nachrichten ein – eine Mischung aus »Ihr seid super« und »Ihr seid so was von scheiße« sowie Anfragen von rachedurstigen Mobbingopfern –, aber keine Videos. Die Leute schienen darauf zu hoffen, dass wir ihnen die Drecksarbeit abnahmen, und ich hatte Seth gerade bewiesen, dass ich mir dafür nicht zu schade war.

»Ich überlege, ob man vielleicht was über Malcolm Mahoney ausgraben könnte«, sagte ich. »Wenn ich den beim Strippen erwischen würde … also das würde ich sofort auf die Seite stellen.«

Seth lachte. »Das möcht ich sehen.«

»Aber mal im Ernst, ich glaube, wir haben echt genug beisammen, um die ACM-Jury bei der Real-World-Challenge zu überzeugen. Vielleicht sollten wir uns lieber langsam auf die anderen Disziplinen konzentrieren.«

»Wir müssen auf jeden Fall noch trainieren, E-Mail-Infrastrukturen während einer Live-Attacke zu schützen«, stimmte Seth zu.

Das interpretierte ich als Zustimmung und beendete das Gespräch, bevor er seine Meinung ändern konnte.

Ein paar Minuten blieb ich noch im Bett liegen und starrte an die Decke. Okay, ich hatte Seth fürs Erste davon abgelenkt, aber das Ashley-Video war und blieb eine tickende Zeitbombe. Und ich hatte sie ihm in die Hand gedrückt.

So viel zum Thema Genie …

»Neuer Highscore!«

»Von wegen! Du hast ja wohl geschummelt!«

Isabel schubste mich zur Seite, um sich selbst die Bestenliste anzugucken.

Es war Freitagnachmittag, und wir waren nach der Schule in die Spielhalle gegangen, um meinen fertigen Aufsatz über den mexikanischen Bürgerkrieg zu feiern. Isabel hatte darauf bestanden, dass ich ihn komplett selbst schrieb, was drei volle Tage gedauert hatte. Erst dann hatte sie sich mit dem Rotstift darüber hergemacht und ihn mir zurückgegeben. Ziemlich brutal, aber die Belohnung jetzt am Ende der Woche machte alles wieder wett.

»Du musst ganz schnell auf den linken Knopf drücken, gleich wenn der Ball auf der Rampe erscheint«, ertönte ein paar Meter neben uns eine Stimme.

Ich erkannte einen Neuntklässler von der Haver, der sich über einen Flipperautomaten beugte und Malcolm erklären wollte, wie er gewinnen konnte. Wie jeden Freitag war die

Spielhalle in der Innenstadt voller Schüler, sodass man vor den Automaten Schlange stehen musste, und auf dem Boden häuften sich Rucksäcke und Taschen. Hier versammelten sich sämtliche Jahrgangsstufen und Cliquen unserer Schule.

»Mach mir keine Fettfinger auf die Scheibe.« Malcolm schubste den Jungen so grob zur Seite, dass er hinfiel. Das würde ihm eine Lehre sein, dem Schulschläger Flippernachhilfe geben zu wollen.

Ich schüttelte den Kopf. »Manchmal würde ich echt gerne meine Nullen und Einsen nehmen und das Gehirn von dem Typen neu programmieren.«

Isabel verdrehte die Augen und zog mich zum nächsten Automaten. »Okay, du Nerd, lass uns lieber weiterspielen. Zwei von drei gewinnt.«

Aber ich konnte nicht aufhören, zu Malcolm rüberzustarren und mich zu fragen, warum Seth, Mouse und ich ihm eigentlich nicht schon längst mal einen Denkzettel verpasst hatten. Schließlich war die Seite genau dazu da, Leute wie den kleinen Flipperexperten vor solchen wie Malcolm zu beschützen.

Als den Leuten langsam das Guthaben ausging, zogen sie von den Automaten weiter in den Gastrobereich, wo es Pizza und Popcorn gab und – noch wichtiger – WLAN. Überall saßen Leute mit Laptops und Smartphones, alle im selben Netzwerk eingeloggt, ohne sich der digitalen Stränge bewusst zu sein, durch die sie miteinander verbunden waren. Jede Gruppe dachte, sie wäre unter sich, dieser Tisch getrennt von jenem, aber ich spürte das Spinnennetz aus Energie, das sie zusammenhielt. Ich sah es praktisch vor mir.

Isabel und ich deponierten unsere Rucksäcke an einem Tisch nicht weit von Malcolm, der ganz alleine dasaß und, während er seine Cola schlürfte, hektisch auf sein Handy eintippte. Warum konnte der Typ nicht einfach mal aus meinem Blickfeld verschwinden?

»Sollen wir uns eine Pizza teilen?«, fragte ich Isabel. »Ich lad dich ein.«

»Nein danke. Meine Familie trifft sich heute zum Abendessen bei …« Sie guckte auf ihr Handy. »Verdammt! Ich bin schon viel zu spät dran.«

»Ach komm«, versuchte ich, sie zu überreden. »Du darfst auch meine ganze Salami haben.«

»Verlockend. Aber ich kann echt nicht.«

Wieder gab sie mir einen Kuss auf die Wange – *Wozu hab ich eigentlich einen Mund?* – und versprach, mich später anzurufen.

Eine Weile überlegte ich, ob ich auch gehen sollte, als plötzlich Malcolm etwas aus seinem Rucksack holte, was mich zum Bleiben bewegte. Es waren ein Tablet und eine Tastatur und ich schickte ein stummes Dankesgebet an alle Cybergötter für diese unbezahlbare Gelegenheit. Malcolm war nicht nur blöd genug, sich in einem öffentlichen Netzwerk einzuloggen, sondern hatte außerdem offensichtlich keine Ahnung, was für Geräte er da benutzte. So eine Chance konnte ich mir nicht durch die Lappen gehen lassen.

Ich holte meinen Laptop aus dem Rucksack und rief mein Keysniffer-Tool auf, eins dieser ganzen echt gefährlichen Programme, die sich jeder Idiot kostenlos aus dem Netz laden konnte. Und alles, was ich brauchte, um es zum Laufen zu bringen, war die winzige Antenne, die ich immer in meinem Rucksack hatte … nur für alle Fälle. Ich stöpselte die Antenne in einen USB-Ausgang ein und ließ das Programm seine Arbeit machen. Sekunden später hatte es ein verwundbares Gerät entdeckt …eine schnurlose Tastatur ganz in der Nähe.

Zwei Mausklicks später öffnete sich ein weißes Fenster auf meinem Desktop. Jetzt konnte ich mich zurücklehnen und bequem auf meinem Bildschirm mitlesen, was Malcolm so tippte, Taste für Taste. Und anders als vor ein paar Tagen, als ich Ashleys Webcam gehackt hatte, verursachte mir das hier nicht die Spur eines schlechten Gewissens. Im Gegenteil, ich hoffte sogar, dass Malcolm mir irgendwas liefern würde, was ich gegen ihn verwenden konnte. Ich hatte schließlich oft genug erlebt, was er sich schon in aller Öffentlichkeit leistete, darum konnte ich nur erahnen, was er machte, wenn er sich erst unbeobachtet fühlte.

Alles, was ich brauchte, waren ein paar Benutzernamen und Passwörter, und schon hätte ich die uneingeschränkte Kontrolle über seine Konten. Und selbst wenn ich nichts Pikantes in die Finger bekam, konnte ich einfach seine Social-Media-Accounts lahmlegen, bis er versprach, niemanden mehr zu drangsalieren.

Doch Malcolm loggte sich in keinem der üblichen sozialen Netzwerke ein oder checkte auch nur seine E-Mails. Dafür war er überraschend schnell im Tippen und mein Bildschirm begann sich zu füllen. Nach ein paar Minuten Mitlesen war meine Gier auf Rache wie weggeblasen.

Teenager Baby
Gemeinsames Sorgerecht
Rechte als Vater
Schwangerschaftsfürsorge
Kinderärzte Haver Iowa

Oh Mann.

Da hatte ich auf einen handfesten Skandal gehofft und was machte Malcolm? Gab den verantwortungsvollen Dad in spe. Dadurch wurde es nicht einfacher, ihn zu hassen, und je länger ich seine Websuche verfolgte, desto mehr tat er mir leid.

Kind aufziehen Kosten
Jobs ohne Collegeabschluss
Antrag Wohngeld
Sozialhilfe

Als ich schließlich meinen Laptop zuklappte und die Spielhalle verließ, hatte ich das Gefühl, dass nicht mal Ashley sich so sehr vor mir entblößt hatte wie Malcolm.

An diesem Abend war ich mit Seth und Mouse zum ACM-Training verabredet und machte mich auf den Weg zu Seth. Ich achtete kaum darauf, wo ich hinlief, sondern ließ mich einfach von meinen Füßen tragen. Tief in Gedanken schwankte ich hin und her zwischen Mitleid und Abscheu. Ausgerechnet Malcolm musste sich nach all dem Scheiß, den er gebaut hatte, auf einmal zum Vater des Jahres mausern. Aber das war noch lange keine Entschuldigung dafür, wie er andere behandelte. Er hatte sich trotzdem einen Platz an unserer Wall of Shame verdient. Oder?

Ich setzte meine Kopfhörer auf und hörte in voller Lautstärke einen Ravens-Song, den ich mir nach dem Konzert runtergeladen hatte. Der sollte mich an Isabel erinnern, daran, wie sich unsere Schultern berührt hatten, aber stattdessen sah ich nur wieder Malcolms Suchbegriffe vor mir. Und ihn selbst, wie er sich über sein Tablet gebeugt hatte, damit ja keiner sah, was er machte. Wie offensichtlich peinlich ihm das Ganze gewesen war, obwohl er ausnahmsweise mal etwas richtig machte.

Vielleicht war es ja gar nicht so ausgeschlossen, dass ein Typ wie Malcolm ein guter Vater wurde. Und vielleicht … nur ganz vielleicht … war Malcolm Mahoney auch einfach schon gestraft genug.

KAPITEL 31

Auf halbem Weg wurde mir klar, dass ich vermutlich schneller gewesen – und trockener geblieben – wäre, wenn ich kurz zu Hause mein Fahrrad geholt hätte. Ich war schweißgebadet, als ich schließlich in Seths Straße einbog.

»Nasser April, blumiger Mai«, hatte ich mal irgendwo gehört – tja, nass stimmte, aber von blumig konnte wohl so schnell keine Rede sein.

Kurz bevor ich die Haustür erreichte, hörte ich um die Ecke ein Geräusch. Ich ging nachgucken, und vor mir auf dem Boden, mit dem Gesicht nach unten, steckte Mouse halb im Kellerfenster.

»Hi«, sagte ich.

Er winkte kurz und schob sich weiter rückwärts nach drinnen.

»Seth kommt später«, informierte er mich. »Der musste Nachhilfe geben und die Stunde hat länger gedauert.«

»Haben die hier eigentlich keine Klingel?«

Mouse hielt inne. »Doch klar. Aber mir ist es so lieber.«

Ich hob eine Augenbraue.

»Keine Eltern«, erklärte er. »Weniger Small Talk.«

Wo er recht hatte, hatte er recht.

Ich wartete, bis er im Haus verschwunden war, und folgte ihm dann auf demselben Weg.

Der Keller war dunkel und nach der Ungeziefervernichtungsaktion immer noch größtenteils mit Plastikplanen verhängt, aber Seth hatte unsere Computerausrüstung schon wieder zurück auf den Billardtisch geräumt. Es war die einzige Fläche, die nicht mit einer seltsamen weißen Schicht bedeckt war.

»Ich dachte, wenn man Termiten hat, bauen die einem so eine Art riesiges Zirkuszelt ums Haus«, sagte ich.

Mouse hüpfte um den Billardtisch und schaltete nacheinander alle Laptops und anderen Geräte ein. »Ja, wenn die Profis kommen. Hier hat Seths Dad einfach nur mit einem Insektizid rumgesprüht. Ist eher der Do-it-yourself-Typ.«

Ich streckte einen Finger nach dem klebrigen Film auf dem Couchtisch aus, aber Mouse hielt mich zurück.

»Das würde ich lieber sein lassen!«

»Wieso?«

»Ich hab gesagt, Seths Dad ist der Do-it-yourself-Typ. Ich hab nichts davon gesagt, dass er immer eine Ahnung hat von dem, was er tut.«

Ich zog den Finger zurück und schob die Hände in die Hosentaschen. »Danke für die Warnung.«

»Seth ist genauso«, erklärte Mouse, der gerade den nächsten Rechner einschaltete. »Denkt, er wüsste und könnte alles besser als alle anderen.«

Das hätte ich nicht treffender ausdrücken können.

»Wem gibt Seth denn Nachhilfe?«

Mouse schüttelte angewidert den Kopf. »Ashley.«

Meine Brust zog sich zusammen. Seth hatte versprochen, die Ashley-Datei zu löschen, aber wer garantierte mir, dass er sie nicht zu irgendwelchen perversen Zwecken behalten hatte? Selbst mir war es schwergefallen, bei ihrem Striptease wegzugucken, und dabei konnte ich sie nicht mal leiden.

Ich setzte mich vor unseren *Freunde von Springer*-Computer, während Mouse am anderen Ende des Billardtischs auf den letzten Knopf drückte. Der ganze Tisch vibrierte. Blaue und weiße Lämpchen blinkten dort, wo Modems all die Router und Laptops und Festplatten miteinander verbanden. Alles hing zusammen, bildete ein einziges riesiges System, und jede Komponente war unverzichtbar, um es am Leben zu erhalten. Und genauso wirkte es auf mich: lebendig.

Ich legte die Finger auf die Tastatur und schloss für eine Sekunde die Augen, stellte mir vor, ich könnte das Summen in mir spüren, wäre selbst Teil dieses virtuellen Organismus.

»Eli?«, fragte Mouse. »Alles okay?«

»Klar. Ich hab nur gerade was überprüft.«

Meine Augen gingen wieder auf, und meine Finger bewegten sich über die Tasten, durchsuchten den Computer nach Ashleys Video. Meinen USB-Stick hatte Seth mir schon zurückgegeben und die Datei darauf gelöscht, wie abgesprochen. Aber ich musste mich selbst davon überzeugen, dass er nicht irgendwo noch ein Back-up gespeichert hatte. Ich scannte das ganze System auf Videos, aber seit dem Tag, an dem ich Seth die Ashley-Datei gegeben hatte, war nichts Neues mehr dazugekommen. Ich ließ noch ein paar weitere Suchen durchlaufen, nur für den Fall, dass er die Datei irgendwie getarnt hatte, aber es schien alles sauber zu sein.

»Wonach suchst du denn?«, fragte Mouse, der plötzlich hinter mir stand.

Ich zuckte zusammen und überlegte, wie er es geschafft

hatte, völlig unbemerkt vom anderen Ende des Tischs zu mir rüberzukommen und mir über die Schulter zu spähen.

»Nichts. Bloß ein Video, das ich besser nicht –«

»Das von Ashley?«, fiel Mouse mir ins Wort.

Ich fuhr auf meinem Stuhl herum. »Hat er dir das gezeigt?«

Mouse zog sich einen zweiten Bürostuhl heran und setzte sich falsch rum darauf, dann stemmte er die Schuhspitzen auf das Fußteil und wippte von einer Seite zur anderen. »Gesehen hab ich's nicht. Aber er hat mir davon erzählt. Klang interessant.«

»Ja vielleicht, aber nicht auf eine gute Art.«

»Sie ist auch kein guter Mensch«, merkte Mouse nach einem Moment an. »Wahrscheinlich hätte sie es nicht besser ver–«

»Mouse, glaub mir einfach. Wenn du das Video gesehen hättest, fändest du die Vorstellung, es zu posten, auch abartig.«

»Du hast doch selbst gehört, was sie letztens bei dem Konzert gesagt hat – dass Jordan keine Freunde hatte.«

»Ja, hab ich.« Ich fuhr mir mit der Hand übers Gesicht. »Pass auf, ich weiß, sie ist das Allerletzte. Aber selbst wenn sie es verdient hätte, dass das Video in Umlauf gerät, könnten wir echt 'ne Menge Ärger deswegen kriegen und nicht nur, weil wir sie gehackt haben. Wahrscheinlich würden wir damit noch tausend andere Gesetze brechen, von denen wir nicht mal wissen, dass sie existieren.«

Mouse nickte einsichtig und lehnte die Stirn an die Stuhllehne. »Stimmt, das wär's nicht wert.«

Dann drehte er sich zweimal um sich selbst, danach streckte er den Fuß aus, um zu bremsen, und hob den Kopf. »Hey, Eli.«

»Ja?«

»Weißt du noch, dieser Typ, der die High Heels von seiner Mom anhatte?«

»Der mit dem Hammer-Musikvideo?« Ich lachte, aber Mouse fiel nicht mit ein.

Seine Miene hatte sich verfinstert. »Ja genau.«

»Was ist mit dem?«

»Der war letzte Woche ein paar Tage nicht in der Schule, und als er zurückgekommen ist, war sein Gesicht ein Total-schaden.« Mouse gestikulierte auf sein eigenes Gesicht, um das Ganze zu veranschaulichen. »Die Augen total zuge-schwollen und lila und sein Kiefer stand sogar ein bisschen schief.«

»Echt?«, fragte ich. »Ist der vor 'nen Bus gelaufen, oder was?«

»Eher vor die Faust von seinem Dad«, stieß Mouse in ei-nem Rutsch hervor, und es war, als würden seine Worte sämt-liche Luft aus dem Raum saugen.

Ich war nicht sicher, ob ich den Rest der Geschichte über-haupt hören wollte.

»Oder vielleicht auch von seiner Mom«, redete er genauso hastig weiter. »Ich weiß nicht mehr genau. Hab nur gehört, wie ein paar Leute sich darüber unterhalten haben. Sie mein-ten, seine Eltern hätten das mit dem Video mitgekriegt und die sind wohl ziemlich offen schwulenfeindlich – also wissen wir schon mal, wo er das herhat. Aber dabei haben sie das Video nicht mal gesehen, die wussten gar nicht, dass er da noch klein war. Haben bloß gehört, dass er Frauenklamotten angehabt haben soll und – und –«

»Hör auf«, unterbrach ich ihn. Jetzt war ich sicher, dass ich den Rest der Geschichte nicht hören wollte. Den konnte ich mir auch selbst zusammenreimen. »Mouse, das ist nicht unsere Schuld. Die Aktion sollte witzig sein, vielleicht ein bisschen peinlich für ihn, aber so was konnte ja wohl keiner ahnen. Wir können da nichts für, okay? Wir haben ihn nicht verprügelt.«

Aber egal, wie oft ich es sagte, es fühlte sich immer noch wie eine Lüge an.

»Wir wollten doch keinem ernsthaft schaden«, versuchte ich es noch einmal.

»Ich schon«, gestand Mouse. Er sah mich an, aber sein Blick wirkte nicht schuldbewusst, sondern eher milde verwundert. »Nicht allen. Aber manchen schon – denen, die Jordan fertiggemacht haben –, denen wollte ich es heimzahlen. So richtig. Und das will ich immer noch. Ich – ich hab sogar ein bisschen gehofft, dass so was wie das hier passieren würde, aber jetzt …«

Ich lehnte mich zurück. »Jetzt fühlst du dich schlecht deswegen.«

Er schüttelte den Kopf. »Nicht direkt schlecht, aber … auch nicht besser.«

Ich nickte. Eine Weile saßen wir schweigend im Dunkeln und das einzige Geräusch war das Surren der Computer. Ich wusste selbst nicht mehr, was für ein Gefühl ich bei der ganzen Sache haben sollte. Wenn ich bei Malcolm falschgelegen hatte, konnte das schließlich auch auf jeden anderen zutreffen. Wir teilten fröhlich unsere Strafen aus, aber wer sagte uns eigentlich, dass sie angemessen waren? Die Grenze zwischen White Hat und Black Hat begann zu verschwimmen und mit einem Mal war alles nur noch grau.

»Hey, Jungs!«, rief jemand vom oberen Ende der Treppe. Es war Seths Dad. »Ich hab ja nichts dagegen, dass ihr durchs Fenster klettert, aber ihr dürft da unten nicht rein, solange noch alles voller Chemikalien ist. Das ist gefährlich.«

»'tschuldigung!«, riefen wir beide im Chor zurück.

»Ihr könnt raufkommen und hier auf Seth warten oder durchs Fenster wieder raus, ganz wie ihr wollt.«

Wir nahmen das Fenster.

Draußen auf dem Rasen klopfte ich mir den Dreck von den Händen und drehte mich zu Mouse um, der hinter mir hergeklettert kam. »Ist schon ganz schön spät. Am besten, wir machen einen anderen Termin aus.«

Mouse war einverstanden und ich schrieb Seth eine Nachricht.

»Hey«, sagte ich dann zu Mouse, als er draußen war, »wenn du dich durch die Videos – durch das alles hier – nicht besser fühlst, dann können wir doch auch einfach aufhören.«

Er stand auf, um sich gleich darauf wieder zu bücken und einen Grasfleck an seinem Knie zu inspizieren. »Was?«

Die Sonne ging unter und die Ahornbäume warfen lange Schatten auf den Rasen. Mouse stand in einem davon, ich in einem Sonnenfleck dazwischen.

»Die Videos – die Website …« Ich unterbrach mich, weil ich nicht wusste, wie ich mich ausdrücken sollte. Was ich jedoch wusste, war, dass wir einen Punkt erreicht hatten, an dem jeder weitere Schritt ein Schritt zu viel sein würde.

Mouse verschränkte die Arme und musterte mich aus schmalen Augen. »Was ist los, Eli?«

»Was meinst du, wie lange es noch dauert, bis wir so richtig Mist bauen? Bis wir jemanden fertigmachen, der es nicht verdient hat? Im Moment haben wir noch die Nase vorn, aber wenn wir das hier verbocken, können wir nicht bei der ACM antreten. Dann können wir —«

»Es geht nicht nur um die ACM.«

»Ich weiß, ich weiß. Es geht um Jordan.« Ich hörte selbst, wie genervt ich klang, und Mouse kriegte es natürlich auch mit.

Seine Armmuskeln spannten sich an. »Du kapierst das nicht, weil du nicht mit ihm befreundet warst.«

»Dafür ich bin mit dir befreundet. Und mit Seth.«

»Aber nicht so.«

Das saß.

Okay, damit, dass ich mich hin und wieder fühlte wie Jordans Lückenbüßer, kam ich klar. Aber jetzt direkt unter die Nase gerieben zu bekommen, dass ich nicht hierhergehörte, war echt mies.

»Was wäre, wenn es um Zach ginge?«, fragte Mouse.

»Was?«

»Alles, worüber du dir 'nen Kopf machst, ist, dass wir geschnappt werden könnten. Aber was wäre, wenn sich *dein* Kumpel umgebracht hätte?«

Ich zuckte zusammen. So was konnte ich mir nicht mal vorstellen. »Das hat doch —«

»Was wäre, wenn dein Freund brennend vor dir gestanden hätte, bis seine Haut schwarz war und seine Augäpfel geschmolzen sind?«

»Hör auf!«

»Was wäre, wenn das Zachs Fleck auf dem Cafeteriaboden gewesen wäre?«

»War es aber nicht!«, schrie ich ihn an.

Mouse' Arme entspannten sich und ein grimmig-zufriedener Ausdruck trat in seine Augen. »Stimmt«, sagte er. »Es war nicht Zach.«

»Ich meinte ja nicht … «

»Alle, die ihn gemobbt haben – die gesagt haben – die –« Mouse presste die zitternden Lippen zusammen. »Die sollen dafür bezahlen. Jeder. Einzelne.«

Die Finsternis, die ich schon zuvor in seinem Blick wahrgenommen hatte, ging jetzt in Wellen von ihm aus.

»Ich will, dass sie alle in Flammen aufgehen … so *wie Jordan*!«

Damit zog er seinen Autoschlüssel aus der Tasche und drehte sich um. Ich sah zu, wie er davonstapfte, ohne einen einzigen Hüpfer.

KAPITEL 32

»Nicht so rumzappeln.«

Isabel hielt meinen Kopf fest, damit ich mich nicht mehr bewegen konnte, während sie meine Wange mit einem in silberne Farbe getauchten Pinsel bearbeitete.

»Ganz schön streng, die Dame«, scherzte ich und versuchte, sie zu kitzeln, aber sie wich mir aus, ihre Konzentration ungebrochen.

»Wenn du mir das hier versaust, fange ich wieder von vorne an«, warnte sie mich.

»Alles, nur das nicht«, flehte ich und erstarrte demonstrativ zur Salzsäule.

Sie lachte, dabei kannten wir beide die Wahrheit: dass ich bis in alle Ewigkeit hier sitzen und mir von Isabel Makeup ins Gesicht schmieren lassen würde, wenn ich dafür ihre Hand in meinen Haaren spüren durfte und ihre Lippen in Kussnähe vor mir hatte. Ich hätte mir wirklich keine bessere Ablenkung von meinem Streit mit Mouse wünschen können.

Isabel griff zu einem größeren Pinsel und tauchte ihn in einen Tiegel mit irgendwas Glitzerndem.

»Kein Glitzer«, hielt ich sie auf.

»Das ist kein Glitzer. Sondern Puder mit Schimmerpartikeln.«

»Na, das macht's ja gleich viel besser.«

Sie strich mir mit dem Pinsel über Stirn und Kinn. »Augen zu.«

Ich gehorchte und erschauderte leicht, als sie mir den überschüssigen Puder aus dem Gesicht blies.

»Tada!«, sagte sie. »Wenn das mal kein super Blechholzfäller ist.«

Ich öffnete die Augen und beugte mich zu einem ihrer vielen Spiegel vor. »Wie frisch aus Oz eingeflogen«, stimmte ich ihr zu.

»Ich weiß nicht, warum ich es bei den Proben nie so hinkriege.« Sie schüttelte den Kopf. »Vielleicht bin ich da zu sehr in Hektik.«

Sie hielt ihr Gesicht neben meins vor den Spiegel, sodass unsere Wangen sich berührten. »Aber das hier –« Sie fasste mir unter mein Kinn. »Das ist perfekt.«

Ich erwiderte die Geste. »Das hier auch.«

Unsere Blicke trafen sich im Spiegel.

Dann waren keine Worte mehr nötig.

Isabel stieß einen kleinen, zittrigen Atemzug aus, und bevor sie wieder Luft holen konnte, waren unsere Lippen und Zungen miteinander verschmolzen.

Ich schwankte zwischen schierer Glückseligkeit und blanker Panik. Machte ich alles richtig? Ich hatte seit der Junior-Highschool mit niemandem mehr geknutscht, und das Mädchen damals war so eine stümperhafte Küsserin gewesen, dass ich mir keine Sorgen um mein eigenes Können machen musste. Aber Isabel – Isabel war unglaublich. Ich entschied mich für die Glückseligkeit und überließ ihr das Ruder.

Als wir schließlich beide nach Luft schnappen mussten,

war ihr Gesicht vom Kinn bis zur Nase mit silberner Farbe verschmiert. Ich hielt ihr einen Spiegel hin, und wir prusteten los vor Lachen, bevor wir weiterknutschten. Am Ende wischten wir uns mit Make-up-Entferner gegenseitig die Schminke ab, was fast genauso viel Spaß machte, wie die Sauerei überhaupt erst zu fabrizieren, und diesmal störte ihre Mom uns kein einziges Mal.

Nach einer Weile zogen wir um ins Wohnzimmer, wo wir uns auf die Couch lümmelten und so taten, als würden wir Spanisch üben, obwohl wir in Wirklichkeit mehr flirteten als alles andere. Ich probierte ein paar der Komplimente aus, die Misty mir beigebracht hatte, und Isabel schien tatsächlich angetan. Einmal bat sie mich sogar, eins davon zu wiederholen, und küsste mich hastig, als ihre Mom gerade in der Küche war.

»Ich hätte nie gedacht, dass Spanisch mal für irgendwas gut sein könnte«, sagte ich mit einem Augenzwinkern und schlug mein Buch zu. »Aber jetzt sehe ich definitiv den Nutzen.«

Sie grinste. »Ganz im Gegensatz zu Mathe. Wer braucht das denn bitte?«

»Jeder!« Ich richtete mich kerzengerade auf, drauf und dran, meine »Ohne Mathe geht die Welt unter«-Ansprache vom Stapel zu lassen, wie immer, wenn jemand behauptete, das alles würde man nach der Highschool ja wohl nie wieder brauchen, aber Isabel lachte nur.

»Entspann dich«, sagte sie. »War nur Spaß. Ich weiß doch, wie sehr ihr Computer-Cracks eure Gleichungen liebt.«

Programmieren hatte eigentlich nicht besonders viel mit Rechnen zu tun, aber den Kommentar verkniff ich mir.

»Und wie genau willst du deine Mathekenntnisse irgendwann mal anwenden?«, fragte sie.

»Wie meinst du das?«

»Na, was hast du nach dem Abschluss vor?«

»Abschluss?«

»Ja das, wo man ein Zeugnis kriegt und danach nicht mehr zur Schule muss, schon mal davon gehört?«

Der Abschluss: Das große Finale am Ende dieser langen Tragikomödie namens Highschool, der Moment, bis zu dem man anscheinend einen Plan für den ganzen Rest seines Lebens parat haben musste.

»Keine Ahnung«, antwortete ich ehrlich.

»Echt nicht? Ich hätte getippt, dass du direkt ans MIT abschwirrst.«

»Wow, ich bin geschmeichelt.« Ich hielt kurz inne und gestand dann: »Ich weiß noch gar nicht, ob ich überhaupt aufs College will.«

Isabel sah mich überrascht an. Ich erzählte ihr von der App, die Zach und ich entwickeln wollten, und dass die meisten erfolgreichen Techfirmen von Leuten geführt wurden, die das College abgebrochen hatten. Und dann, bevor ich überhaupt wusste, was ich da tat, erzählte ich ihr von der ACM und den Praktikumsplätzen, die dort verteilt wurden.

»Wusstest du, dass man bei einem Facebook-Praktikum in einem Sommer mehr verdient als manche Erwachsene im ganzen Jahr?«, fragte ich. »Und dann stell dir mal vor, wie viel man verdienen kann, wenn daraus ein richtiger Job wird. Warum soll ich denn noch ein paar Jahre verschwenden, bevor ich damit loslege?«

Isabel stieß einen leisen Pfiff aus. »Okay, verstehe. Aber beim College – da geht es ja nicht nur um die akademische Bildung, weißt du? Sondern um die Erfahrung.«

Wenn diese *Erfahrung* auch nur im Entferntesten dem ähnelte, was man so aus Filmen und Serien kannte, dann konnte ich darauf verzichten.

»Ich weiß nicht, ob's dir schon aufgefallen ist, aber ich bin eher nicht so der Typ, der auf Verbindungspartys und Saufspiele steht.«

Sie lächelte. »Ist es.«

»Hm«, sagte ich. »Ich hätte dir das von der ACM nicht erzählen sollen. Verrat's nicht Seth, okay?«

»Wieso das denn nicht?«

»Weil … ach, keine Ahnung.«

»Eli?«

Ich schloss die Augen. Schon bevor mir die Worte aus dem Mund sprudelten, war mir klar, was passieren würde. Ich wusste nicht, ob es daran lag, dass ich mit Isabel so gut reden konnte, oder daran, dass ich das Lügen einfach satthatte, aber in der einen Sekunde war ich noch ein Mann voller Geheimnisse und in der nächsten ein trojanisches Pferd, dessen Innenleben hervorquoll.

Ich erzählte Isabel alles – über die Website und über Seth und Mouse, die Jordan rächen wollten und mich mit einem Platz in ihrem Team geködert hatten. Nicht mal meinen Game-Zap-Hack, mit dem sie mich erpresst hatten, ließ ich aus, nur das mit den Polizeidaten. Manche Sachen durften einfach nie ans Licht kommen. Während ich redete, sah ich ihr kein einziges Mal in die Augen, und als ich schließlich hochguckte, war ich kein bisschen erstaunt über die Enttäuschung in ihrem Blick.

»Eli, diese Seite ... das ist echt ...«

»... unter aller Sau, ich weiß.«

»Eigentlich wollte ich ›echt gefährlich‹ sagen.« Sie musterte mich ein paar Sekunden. »Obwohl ...«

»Was?«

»Na ja, nicht dass ich solche Guerilla-Aktionen okay fände, aber ich frage mich trotzdem, wie viele Mobber ihr wohl zur Besinnung gebracht habt.«

Und da sah ich ihn, diesen Funken von Bewunderung, der unter Isabels Enttäuschung aufglühte. Sie war beeindruckt.

Ich klammerte mich an diese winzige Hoffnung und erklärte hastig, wie aufwendig wir jedes Video überprüften und warum all unsere bisherigen Opfer es wirklich nicht besser verdient hatten. Isabel warf ein, dass so was nicht wir zu entscheiden hätten, aber andererseits zeigte sie erstaunlich wenig Mitleid mit Brett, der all seine Collegezusagen verloren hatte.

»Ich lerne wie eine Blöde«, schimpfte sie, »und kriege trotzdem kein Stipendium. Aber so ein Typ wie Brett, der setzt sich mit ein bisschen Hulk-Gehabe schick in Szene und schon werfen sie ihm die Collegeplätze hinterher. *¿Que cojones?*«

»Wow, das war ... derb«, sagte ich.

Und ganz schön sexy.

»Na jedenfalls, wenn du schon irgendwen hacken musstest, dann wenigstens den. Der hat es wirklich nicht besser verdient.«

»Um genau zu sein, war das Mouse, nicht ich«, räumte ich ein. »Aber eigentlich bin ich kein Freund des Begriffs ›hacken‹.«

»Wieso?«

Es war schwer zu erklären, schließlich benutzte ich das Wort oft genug selbst, aber es war was anderes, wenn es von jemandem außerhalb der Szene kam.

»Das klingt immer gleich so kriminell«, antwortete ich. »Als wären wir Einbrecher oder so.«

»Seid ihr das nicht?«

»Nicht wenn die Leute einfach sämtliche Türen und Fenster auflassen.«

Und das Internet war voller offener Türen und Fenster. Klar, hin und wieder musste man vielleicht ein kleines Vorhängeschloss knacken, aber meistens rollten die Leute einem regelrecht den roten Teppich aus, ohne es zu merken.

»Und wo müsst ihr durch, um an solche Videos zu kommen … eine Tür oder ein Fenster?«

Ich stöhnte. »Eine Backsteinmauer.«

Isabel warf mir einen fragenden Blick zu, und ich erzählte ihr von den Leuten, die plötzlich kalte Füße kriegten und ihre Videos zurückzogen, seit in der Schule die Warnflyer im Umlauf waren.

»Ich würde ja aufhören«, sagte ich. »Wir haben längst genug, um uns damit für den Wettbewerb zu qualifizieren. Wenn wir jetzt noch weitermachen, bringt uns das höchstens Ärger ein, aber Seth und Mouse …«

»Die haben ihren Freund verloren«, sagte Isabel.

Ich nickte.

»Ihr müsst trotzdem damit aufhören.«

»Ich weiß. Ich versuch's ja.«

Wie konnte es sein, dass ich mir durch diese Website, dank der ich mich vor Kurzem noch so mächtig gefühlt hatte, auf einmal vollkommen hilflos vorkam?

»Eli?« Isabel legte mir die Hand auf den Arm. »Alles okay?«

Ich legte meine Hand auf ihre und rang mir ein Lächeln ab. »Was heißt noch mal ›Hand‹ auf Spanisch?«

»*Mano.*«

Ich zog ihre Hand auf meine Schulter. »Und das hier?«

»*Hombro.*«

Dann beugte sie sich vor, bis ihre Lippen mein Ohr berührten.

»*Oreja*«, flüsterte sie.

Meinen Hals.

»*Cuello.*«

Und dann küssten wir uns wieder und ich dachte keine Sekunde mehr an *Freunde von Springer*. Nach ein paar Minuten löste sich Isabel von mir, ihre Lippen feucht, ihre Augen strahlend, und lächelte mich verschlagen an.

»Siehst du?«, sagte sie. »Am Ende verrät mir jeder seine Geheimnisse.«

KAPITEL 33

Misty hatte mal wieder recht gehabt, und ich staunte selbst, wie eilig ich es auf einmal hatte, nach Hause zu kommen, um ihr davon zu erzählen. Ich lehnte mein Fahrrad an die Garagenwand und rannte ins Haus.

»Misty!«, rief ich in die Küche, doch da war sie nicht.

»Eli?«, kam ihre Stimme aus irgendeinem anderen Raum.

»Deine Komplimente haben super funktioniert.« Ich steckte den Kopf in Dads Arbeitshöhle – leer – und rief dann die Treppe rauf: »Sie hat sogar gesagt, ich hätte alles richtig ausgesprochen. Wo bist du denn?«

»Eli?« Jetzt klang es, als wäre sie überhaupt nicht im Haus.

»Wir sind hier draußen.«

Ich ging durch das verlassene Wohnzimmer zur hinteren Veranda. »Ich glaube, das Wort für Haare hab ich irgendwie verhunzt, aber das hat sie gar nicht gestört. Sie fand es toll, dass ich es überhaupt versucht habe. Dan…«

Bevor ich ganz durch die Tür war, erstarrte ich, einen Fuß auf den Zedernholzdielen der Veranda. »…ke.«

Misty war draußen. Mit Dad. Und einem bombastisch großen, extrem kitschigen, grell glitzernden Klotz von Diamant an ihrem Finger. Sie streckte die Hand der Sonne entgegen wie eine Opfergabe für die Götter und mit einem Mal fühlte ich mich nicht mehr wie das fünfte Rad am Wagen. Sondern wie das fünfzehnte.

Ich blinzelte, in der Hoffnung, der Ring würde sich einfach auflösen wie ein Trugbild, eine Fata Morgana, aber das blöde Ding dachte gar nicht daran, von Mistys Finger zu verschwinden.

»Ich hab dich gesucht«, sagte ich wie der letzte Depp.

»Tja, jetzt hast du uns ja gefunden«, antwortete Dad, den Arm fest um Mistys Taille geschlungen.

Sein Mund war mit ihrem Lippenstift verschmiert, was mich an die Silberfarbe in Isabels Gesicht erinnerte, und sofort hatte ich ein Bild davon im Kopf, wie Dad und Misty das Gleiche machten wie Isabel und ich, vielleicht sogar zur selben Zeit.

Würg.

»Du hast uns beim Feiern erwischt«, redete Dad weiter, als ich nichts sagte. »Wir haben tolle Neuigkeiten.«

Halte ich für sehr unwahrscheinlich.

»Mmhm«, machte ich.

Man musste Dad zugutehalten, dass er die Begeisterung in seiner Stimme auf ein Minimum reduzierte. »Vielleicht hast du ja schon Mistys neues kleines Accessoire entdeckt …«

»Ich hab Augen im Kopf.«

Misty drehte die Hand, damit ich den Ring besser sehen konnte, ließ sie jedoch gleich darauf sinken, als sie merkte, dass ich absichtlich nicht hinguckte.

Dad räusperte sich. »Wahrscheinlich ist es keine große Überraschung mehr für dich, nachdem Misty ja schon eine ganze Weile Teil unserer Familie ist, aber … tja –«

»Wir heiraten!«, quiekte Misty.

Ja, sie *quiekte*, was in Kombination mit ihrer Reibeisenstimme doppelt seltsam klang, als wäre sie kurz davor, an ihrer eigenen Freude zu ersticken.

Schön wär's.

»Herzlichen Glückwunsch«, sagte ich mit dem Enthusiasmus eines in der Sonne austrocknenden Regenwurms.

Misty nestelte nervös an ihrem Ring. »Danke. Äh ... was hattest du gerade von Isabel erzählt?«

Sie wollte das Thema wechseln. Als ob wir jetzt über irgendwas anderes reden könnten.

»War nicht so wichtig.«

»Sicher? Hat sie –«

»Ich hab gesagt, war nicht so wichtig.«

Mistys Mund klappte zu, und ihre Augen wurden feucht, worauf ich ein schlechtes Gewissen bekam und gleichzeitig stinksauer wurde.

Draußen im Garten ging mit einem Zischen der Rasensprenger an, und die herabrieselnden Tropfen funkelten – fast so sehr wie Mistys Ring. Dad flüsterte Misty etwas ins Ohr und ließ sie los. »Dauert nur ein paar Minuten«, sagte er dann laut.

Sie nickte und kam über die Veranda auf mich zu. Ich trat einen Schritt zur Seite, um sie zur Tür durchzulassen, ohne ihr dabei in die Augen zu sehen, nicht mal, als sie einen Moment neben mir stehen blieb. Ich hörte, wie sie Luft holte, als ob sie etwas sagen wollte, aber dann schien sie es sich anders zu überlegen, denn das Nächste, was ich hörte, war, wie sie die Tür hinter sich zuschob.

»Tja«, Dad breitete die Arme aus. »Was sagst du dazu?«

Was ich dazu sagte? Wollte der mich verarschen?

Ich sage, dass du das gerne vorher mit mir hättest bespre-
chen können. Dass jemanden zu heiraten, der so viel jünger
ist als du, dich nicht im allerbesten Licht erscheinen lässt.
Dass du mir gar nicht deutlicher hättest zeigen können, wie
viel mehr dir an Misty liegt als an mir. Dass das zumindest
erklärt, warum Misty in letzter Zeit so krampfhaft einen auf
perfekte Mom gemacht hat – um sich bei mir einzuschleimen,
damit ich euch nicht die Tour versaue. Und dass ich Volltrot-
tel auch noch fast darauf reingefallen wäre.

»Ist dein Leben«, sagte ich schließlich laut.

»Es ist *unser* Leben«, korrigierte Dad. »Und deine Meinung ist mir sehr wichtig.«

»Schon klar.«

»Eli.«

»Du bist ein erwachsener Mann«, wies ich ihn zurück.
»Du musst wissen, was für dich am besten ist.«

Ich hatte erwartet, dass Dad aus purer Gewohnheit auf kalt
und berechnend umschalten und mir vielleicht gleich noch
mal mit Hausarrest drohen würde, aber er schüttelte bloß den
Kopf und lehnte sich ans Geländer. »Ich dachte, ihr zwei hättet euch in letzter Zeit besser verstanden.«

»Dad, ist das dein Ernst? Ich hab sie letztens noch als deine
personifizierte Midlife-Crisis bezeichnet. Glaubst du, da bin
ich jetzt auf einmal scharf drauf, sie Mommy zu nennen?«

Er senkte den Kopf und der verletzte Ausdruck auf seinem
Gesicht war mir vollkommen neu. Ihn so zu sehen, hatte etwas Verstörendes an sich. Ich hätte mich über meinen Sieg
freuen können, aber stattdessen fühlte ich mich bloß mies,
weil ich ihm und Misty ihren großen Moment verdorben hat-

te. In diesem Augenblick war Dad mir so fremd, dass mir die Leere zwischen uns vorkam wie eine greifbare Barriere, ein weiterer Air Gap, der mich vom Rest der Welt trennte und durch den ich mich in meiner eigenen Familie wie ein Außenseiter fühlte.

Schweigend standen wir da und lauschten dem Rasensprenger, der mit seinem *Tsüt-tsüt-tsüt* die Stille füllte. Dad hüstelte. Die Verandadielen knarzten. Am liebsten hätte ich geschrien.

Es war zu viel. Es war einfach alles zu viel.

Das Letzte, was ich jetzt wollte, war, ins Haus zu gehen, zu Misty und dem glitzernden Geschwür an ihrer Hand, aber genauso wenig hielt ich es auch nur eine Sekunde länger aus, Dad vor mir zusammenschrumpfen zu sehen. Wie von der Tarantel gestochen, sprang ich von der Veranda – ich nahm nicht die Treppe, sondern machte einen Satz direkt übers Geländer. Ich landete im nassen Gras und rutschte fast aus, als ich ums Haus Richtung Garage rannte, aber ich wurde nicht langsamer. Noch im Laufen schnappte ich mir mein Fahrrad und schwang mich auf den Sattel. Ich strampelte, bis meine Beinmuskeln brannten, aber es war immer noch nicht schnell genug.

Zuerst hatte ich keine Ahnung, wo ich hinsollte, aber dann steuerte ich mein Rad unbewusst zu Seth. Ich würde mich bei Mouse entschuldigen, ich würde Seth versprechen, ihm haufenweise Videos zu beschaffen und jeden zu hacken, den er wollte, wenn sie mich dafür in ihrem Team behielten. Und nächsten Monat, bei der ACM, würde ich Vollgas geben. Den Talentscouts würde gar nichts anderes übrig bleiben, als

mich ernst zu nehmen – und Dad auch nicht. Ich würde mich
nicht eher da wegbewegen, bevor mir nicht irgendwer einen
Job angeboten hatte, der mich aus diesem Haus rausholte,
aus Haver, aus Iowa …, damit ich endlich diese verlogene
»Glücklich bis ans Ende ihrer Tage«-Scheiße hinter mir lassen konnte.

KAPITEL 34

Am Wochenende hockte ich die meiste Zeit bei Seth im Keller, und die paar Stunden, die ich zu Hause war, schlief ich entweder oder schwieg Dad und Misty an. Als es endlich Montag war, freute ich mich richtig auf die Schule.

Ich war spät dran und stopfte einfach so viel wie möglich von dem Kram, der auf meinem Schreibtisch rumlag, in meinen Rucksack, in der Hoffnung, dass das, was ich für den Unterricht brauchte, schon dabei sein würde.

Als ich meine Zimmertür aufmachte, schlug mir der Duft nach gebratenem Speck wie eine Faust ins Gesicht.

Billige Tricks.

Misty wusste ganz genau, dass ich Speck liebte, selbst halb roh, so wie er ihr immer geriet. Das war eine echt miese Nummer, wenn auch eine, die mir das Wasser im Mund zusammenlaufen ließ.

Ich schleppte mich die Treppe runter Richtung Küche. Mistys Lächeln, als sie mich sah, war eher ein selbstgefälliges Grinsen. Voll eiskalter Berechnung schaufelte sie einen Haufen frisch gebratenen Speck auf einen Teller und stellte ihn an meinem Platz auf den Tisch.

Ich kratzte meine letzten paar Körnchen Willenskraft zusammen, marschierte mit angehaltenem Atem, um den köstlichen Duft nicht riechen zu müssen, an dem Teller vorbei und nahm mir eine Banane aus der Obstschale auf der Arbeitsplatte.

Sofort schwenkte Misty auf eine neue Taktik um, schnappte sich mit einer Hand den Teller und mit der anderen eine Packung Brot. »Soll ich dir den auf ein Sandwich tun? Mit Salat und Tomate? Ich kann dir auch noch ein Stück Schokokuchen dazu…«

Ich nahm meine Kopfhörer, ließ sie demonstrativ über meine Ohren schnappen und deutete schulterzuckend darauf.

Sorry, Mom, *ich kann dich leider nicht hören.*

Misty presste die Lippen zusammen und endlich zogen ein paar Wolken über ihrem angestrengt sonnigen Gemüt auf. Sie stemmte eine Hand in die Hüfte und zeigte mit der anderen auf das lose Ende des Kopfhörerkabels, das vor meinem Bauch baumelte.

»Funktioniert besser, wenn du sie auch einstöpselst.«

Hitze stieg mir in die Wangen. »Die sind schalldicht«, sagte ich.

Zu spät dämmerte mir, dass ich damit gerade das Gegenteil bewiesen hatte.

Misty schüttelte den Kopf über so viel Doofheit und jetzt wurde ich wirklich knallrot. Ich pfefferte die Banane zurück in die Schale und stampfte aus der Küche. Nachdem ich kurz darauf wirklich meine Kopfhörer eingestöpselt hatte, drehte ich die Musik trommelfellgefährdend laut auf und brachte auf dem Weg zur Schule meine Fahrradreifen zum Qualmen.

Nur noch ein paar Wochen, sagte ich zu mir selbst.

Ein paar Wochen bis zur ACM, ein paar Wochen Schule, ein paar Wochen mit Misty, Dad und *Freunde von Springer*. Und dann würde ich endlich dieses ganze Elend hier hinter mir lassen und gen Westen brausen, um den Sommer in Silicon Valley zu verbringen. Ich konnte die Freiheit schon fast schmecken.

Meine Hände zitterten, als ich mein Fahrrad vor der Schule anschloss.

»Nur noch ein paar Wochen.«

»Ein paar Wochen bis wann?«, erkundigte sich eine Stimme.

Ich guckte hoch und sah Isabel, die sich über den Fahrradständer beugte. Ihr normalerweise glattes Haar kräuselte sich leicht in der feuchten Luft und ihr Gesicht glänzte vor Schweiß.

»Ein paar Wochen, bis endlich Ferien sind. Dann kann ich jeden Tag mit dir verbringen.«

Doch noch bevor ich den Satz beendet hatte, traf es mich wie ein Schlag in den Magen. So eilig ich es hatte, aus Haver wegzukommen, so sehr wollte ich gleichzeitig hierbleiben, bei Isabel. Wenn ich wirklich bei dem Wettbewerb einen Praktikumsplatz abstaubte, würde das bedeuten, dass ich Isabel hier zurücklassen musste, und wer wusste schon, wie das enden würde?

»Also hast du es schon gehört«, sagte Isabel.

Ich blinzelte. »Gehört? Was?«

»Ach so. Ich dachte … du hast so ein Gesicht gemacht …«
Sie biss sich auf die Lippe. »*Ay,* Eli, *que desmadre.*«

Ich hatte keine Ahnung, was das hieß, aber allein bei ihrem Tonfall verknoteten sich mir die Eingeweide. »Isabel, was ist los?«

»Die suchen nach dir.« Sie senkte die Stimmen zu einem Flüstern. »Nach den *Freunden von Springer.*«

»Wer?«

»Die Polizei.«

»Was?« Ich guckte mich um, aber zum Glück war niemand in der Nähe, der hätte hören können, wie schrill meine Stimme plötzlich wurde.

»Wir kriegen heute alle diese Benachrichtigungen hier mit nach Hause.« Sie zog einen Zettel aus ihrer hinteren Hosentasche und faltete ihn auseinander. »Ich war eben im Sekretariat und da lag ein ganzer Stapel davon.«

Ich nahm ihr den Zettel aus der Hand, während sie weiterredete.

»Da steht, dass die Schulbehörde Anzeige erstatten will.«

»Aber … die wissen ja nicht, gegen wen, oder?« Ich überflog den Text, in dem lediglich von irgendwelchen »Urhebern der Website« die Rede war.

»Noch nicht, aber die machen echt ernst.« Sie zeigte auf einen Absatz in der Mitte des Zettels. »Da steht, dass polizeiliche Ermittlungen eingeleitet werden!«

»Hey.« Ich griff nach Isabels Hand und hielt sie fest. »Mach dir keine Sorgen um mich, okay? Ich komme schon klar.«

»Meinst du wirklich?«

Ich hatte keine Ahnung, aber ich war selbst dermaßen in Panik, dass ich jetzt keine Isabel gebrauchen konnte, die mich noch mehr verunsicherte, und wenn ich schon mein eigenes hämmerndes Herz nicht zur Ruhe bringen konnte, dann vielleicht wenigstens ihrs.

»Eli, ich dachte, ihr wolltet die Seite offline nehmen«, sagte Isabel.

»Hab ich ja auch versucht, aber ... ist 'ne heikle Sache.«

Sie stieß den Finger auf den Zettel in meiner Hand. »Nein, *das* hier ist 'ne heikle Sache. Ich hab gehört, Bretts Eltern sind zur Schulbehörde gegangen und haben denen die Hölle heißgemacht, weil sie nicht mehr unternehmen. Sie haben einen Haufen anderer Eltern mobilisiert und jetzt ist das dabei rausgekommen.«

Ich las mir den Zettel zu Ende durch und schüttelte den Kopf. »Also, kurz gesagt verlangen sie von den Eltern, dass die ihre Kinder bespitzeln und gegebenenfalls verpfeifen.«

»Und nach dem, was du mir über deinen Dad erzählt hast ...« Isabel verstummte.

Ich faltete den Zettel wieder zusammen und gab ihn ihr zurück. »Als ob ich ihm den zeigen würde. Keine Chance.«

»Aber er muss ihn doch unterschreiben –«

»Da wird so kurz vor Ende des Schuljahrs keiner mehr so genau drauf achten«, entgegnete ich. »Die wollen bloß ihren Verdacht publik machen, dass Haver-Schüler hinter der Seite stecken. Die versuchen, uns einzuschüchtern.«

Und es funktioniert.

Mein Handy piepste.

Ich zog es aus der Tasche und warf einen Blick auf das Display.

Krisentreffen. Cafeteria. Sofort.

Die Cafeteria war halb voll mit Leuten, die in Zweier- oder Dreiergrüppchen an den Tischen saßen, und direkt beim Reinkommen stieg mir klebrig-süßer Sirupgeruch in die

Nase. Mein Magen, der nach Mistys versuchter Speckmanipulation immer noch leer war, zog mich Richtung Essensausgabe. Dort herrschte derselbe Trubel wie mittags, nur dass es statt Pizza und Sandwiches Rührei und Würstchen gab.

»Seit wann kann man denn hier frühstücken?«, murmelte ich vor mich hin.

»Seit wir hier jedes Frühjahr die Leute für ihre Prüfungen coachen.« Das war Seth. Er packte mich beim Arm und zog mich vom Essen weg.

Arschloch, knurrte mein Magen.

»Ich bin Lernpate«, erklärte Seth weiter, während er mich zu einem Tisch in der Ecke des Raums führte. Dort wartete bereits Mouse, den Kopf gesenkt, die Hände im Schoß verschränkt. Seth wies auf einen Stuhl und ich setzte mich. »Wir helfen jüngeren Schülern beim Lernen für ihre College-Eignungstests. Darum treffen wir drei uns hier, okay? Ich gebe zwei Zehnern Nachhilfe.«

»Ist ja gut«, brummte ich.

Mouse sagte nichts.

Seth setzte sich uns gegenüber und faltete die Hände, wie ein Lehrer oder ein Vater, der seinen Kindern schlechte Nachrichten überbringen musste. »Ich will euch ja keine Angst machen, aber wir kriegen heute alle einen Brief von der Schule mit nach Hause —«

»Hab ich schon gesehen«, unterbrach ich ihn.

»Ach.« Seth sah Mouse an. »Und du?«

Statt zu antworten, hielt Mouse einen zusammengeknüllten Zettel hoch.

Seth nickte. »Okay, also wisst ihr Bescheid.«

Ich wollte gerade etwas sagen, aber in dem Moment piepste erneut mein Handy.

Wo steckst du?

Zach. Ich fluchte in mich hinein.

Wir waren vor der ersten Stunde an seinem Spind verabredet gewesen. Ich hatte ihn das ganze Wochenende nicht gesehen und wollte ihm meinen neusten Codingdurchbruch präsentieren. Ich war mir relativ sicher, dass ich es geschafft hatte, zwei Handys für ein Augmented-Reality-Spiel miteinander interagieren zu lassen.

Der USB-Stick, auf dem alles gespeichert war, brannte mir förmlich ein Loch in den Rucksack.

Sorry, hab's total vergessen.
Kein Problem. Ich warte.

Scheiße.

Seth stöhnte genervt. »Kannst du vielleicht mal kurz mit dem Sexting aufhören?«

Ich hob bloß die Hand und antwortete Zach.

Ich schaff's nicht mehr, zeig dir den Code beim Mittagessen. Bring deinen Laptop mit.

Es dauerte eine ganze Weile, bis seine Antwort kam.

Mal gucken.

Na, das war ja super gelaufen.

»Jedenfalls«, brummte Seth, als ich mein Handy wegsteckte, »hab ich mir überlegt, dass es besser wäre, wenn wir die Seite offline nehmen.«

Ich blinzelte ungläubig. »Ach, das hast *du* dir überlegt? Das hab ich doch schon letzte Woche vorgeschlagen und ihr zwei seid mir fast an die Gurgel gegangen.«

»Ich bin kein Gurgelgänger«, merkte Mouse an, und seine Stimme klang seltsam tonlos.

»Komm uns jetzt bitte nicht mit ›Ich hab's euch ja gesagt‹, okay?«, seufzte Seth. »Du hattest recht. Wir hätten längst aufhören sollen. Wir haben genug.«

»Genug?«, fragte ich und traute meinen Ohren nicht.

Seth sah mir in die Augen. »Wir nehmen sie offline und legen uns eine Geschichte für die ACM-Jury zurecht. Mit ein bisschen Glück lässt die Stasi die Sache auf sich beruhen, wenn sie dahinterkommen, dass wir die Seite nur für den Wettbewerb ins Leben gerufen haben.«

Etwas hob sich von meinen Schultern, eine Last, die ich erst bemerkte, als sie nicht mehr da war. Zum ersten Mal seit Wochen hatte ich endlich wieder das Gefühl, frei atmen zu können.

»Einverstanden.«

Wir drehten uns zu Mouse um, der mit den Schultern zuckte. »Von mir aus.«

Ich wünschte, er würde ein bisschen rumzappeln oder zumindest mal mit dem Knie wippen. Dieser neue, vollkommen reglose Mouse war mir unheimlich. Am Wochenende war ich noch davon ausgegangen, dass er einfach sauer auf mich war.

Aber jetzt war ich mir plötzlich nicht mehr sicher, ob das Ganze überhaupt was mit mir zu tun hatte.

»Wirklich?«, hakte Seth an Mouse gewandt nach. »Ich weiß, wir haben nicht alle erwischt, die wir wollten, aber –«

»Ist mir egal.« Mouse hob zum ersten Mal heute den Kopf, und ich sah, dass er es ernst meinte.

Seth runzelte die Stirn. »Jetzt ist es dir auf einmal egal?«

»Es hat ja nicht funktioniert«, sagte Mouse. »Die Seite hätte alles wiedergutmachen sollen, aber es hat nicht funktioniert.«

»Was wiedergutmachen?«, fragte ich.

»Alles. Das mit Jordan. Das mit –«

»Er meint, dass wir immer noch keine Gerechtigkeit haben«, fiel Seth ihm ins Wort. »Für Jordan.«

»Es hätte alles wiedergutmachen sollen«, wiederholte Mouse. »Es hätte …«

Er verstummte, machte den Mund auf, schloss ihn wieder. Schließlich zog er sich die Kapuze seines Hoodies über den Kopf, beugte sich vor und stützte die Ellenbogen auf den Tisch. »Es hätte einfach nur alles wiedergutmachen sollen.«

»Tja, jetzt ist sowieso Schicht im Schacht«, sagte Seth, der zunehmend nervös wirkte. »Die *Freunde von Springer* sind Geschichte.«

Er hatte so laut geredet, dass die Leute am Nebentisch ihn hörten. Alle wandten uns ihre Köpfe zu, und ich sah erst jetzt, wer dort saß.

Anscheinend war Ashley auch Lernpatin.

Sie lehnte sich zurück und rief zu uns rüber: »Redet ihr etwa gerade von FVS?«

FVS? Seit wann waren wir denn ein Akronym geworden?

»Ich dachte, die gäbe es schon lange nicht mehr«, sagte sie. »Die letzten paar Videos waren jedenfalls echt langweilig.«

Ich trat Seth unter dem Tisch vors Schienbein, bevor er antworten konnte.

Ashley drehte sich so, dass sie halb uns und halb den beiden Elftklässlerinnen an ihrem Tisch zugewandt war, die ihr gebannt an den Lippen hingen. Sie wusste genau, wie man sich ins Rampenlicht rückte. »Aber glaubt mir, FVS ist noch lange nicht am Ende.«

Ich würgte innerlich über die alberne Abkürzung, die ausgerechnet Ashley in Umlauf gebracht haben musste.

»Woher willst du das denn wissen?«, fragte Mouse mit kaum verhohlener Feindseligkeit in der Stimme.

Ich warf ihm einen Blick zu, suchte nach dem hyperaktiven Mouse, der ununterbrochen auf und ab federte, zu viel und zu schnell redete, aber immer ein Lächeln auf den Lippen hatte. Alles, was ich diesmal sah, war sein in Schatten getauchtes Gesicht unter der Kapuze. Es war, als hätte die Finsternis ihn vollends verschluckt.

»Ich weiß auch nichts Genaueres«, gab Ashley jetzt zu. »Nur das, was man so hört.«

»Und das wäre?«, fragte ich.

Sie grinste vor Freude über die Gelegenheit, mit ihrem Wissen anzugeben. »Dass ein paar von denen schon verhaftet worden sind.«

Ach ja? Das hätten wir wohl mitgekriegt.

»Die Schulbehörde dachte anscheinend schon, es wäre

vorbei, aber dann sind letzte Woche auf einmal neue Videos aufgetaucht, und da ist ihnen klar geworden, dass immer noch irgendwer auf freiem Fuß ist.«

Auf freiem Fuß – in den dunklen Gassen der Cyberwelt, immer auf der Suche nach dem nächsten Opfer.

»Darum haben sie jetzt die Polizei eingeschaltet und diese Elternbriefe geschrieben, die heute verteilt werden – die sind echt entschlossen, den letzten Freund von Springer auch noch zu schnappen.«

Seth tat so, als wäre er beeindruckt von ihren Neuigkeiten, ich dagegen konnte mir nur mit Mühe das Lachen verkneifen. Es hatte etwas zutiefst Ironisches an sich, dass ausgerechnet Ashley glaubte, sie hätte Insiderinfos über eine Website, mit der genau solche Leute wie sie zur Strecke gebracht werden sollten.

»Weißt du etwa, wer die sind?«, hauchte eins der Mädchen, denen Ashley beim Lernen helfen sollte, aufgeregt.

Ashley wandte sich dem wesentlich begeisterteren Teil ihres Publikums zu.

»Ich hab da so einen Verdacht, aber den sollte ich wahrscheinlich besser für mich behalten.«

Jetzt wird's interessant.

Die Mädchen schmollten, und Ashley tat so, als würde sie einen Moment mit sich ringen, bevor sie schließlich nachgab.

»Okay, nur so viel: Ich glaube nicht, dass es Leute von unserer Schule sind.«

Seth und ich hoben die Augenbrauen und lächelten uns verstohlen zu.

Wenn eine Tratschtante wie Ashley beschloss, das Gerücht

in Umlauf zu bringen, dass wir gar nicht an die Haver gingen, war das nicht das Schlechteste für uns.

»Wieso nicht?«, wollte eins der Mädchen wissen.

»Weil ich mir ziemlich sicher bin, dass Jordan Springer keine Freunde hatte – jedenfalls nicht an der Haver. Ich meine, irgendwo wird er wohl welche gehabt haben, aber wer weiß, in was für Kreisen der sich rumgetrieben hat. Komischer Kerl.«

Ashley machte eine Kunstpause für Beifall, aber die beiden Mädchen, die nicht so recht wussten, ob sie ihrer Königin nach dem Mund reden oder lieber den Toten gegenüber respektvoll sein sollten, schwiegen.

Jetzt lächelte an meinem Tisch niemand mehr.

Ashley plapperte weiter. »Ich sag's ja nur ungern, aber Jordan war so ein Typ, der – na ja, vielleicht war es ganz gut, dass er Selbstmord begangen hat. Wer weiß, ob der nicht eines Tages mit 'ner Waffe zur Schule gekommen wäre.«

Es war, als wäre jeglicher Sauerstoff aus dem Raum gesaugt worden, und ich rang buchstäblich um Atem.

Genau, du widerliches Miststück, wer weiß.

Ich spürte, was als Nächstes passieren würde, bevor es so weit war. Seth sprang auf, so abrupt, dass die Leute an den anderen Tischen sich zu uns umdrehten, auch an Ashleys, aber Seth guckte nicht mal in ihre Richtung. Er warf sich bloß seinen Rucksack über die Schulter und marschierte schnurstracks aus der Cafeteria.

Ich wusste, was er vorhatte. Gleich als er aufgestanden war, hatte ich es gewusst.

Natürlich hatte er das Video nicht gelöscht.

Wahrscheinlich hatte er es auf einem USB-Stick gespeichert, der nun irgendwo zwischen der Bodylotion seiner Mom und allem, was er sonst noch so in seinem Geheimversteck aufbewahrte, lag. Aber das Video würde nicht mehr lange geheim bleiben. Mir war klar, dass Seth auf direktem Weg nach Hause war, wo er unseren sicheren Rechner hochfahren und mit ein paar Mausklicks Ashley Thornes Welt in Flammen aufgehen lassen würde.

Ich sah Mouse an, dessen Lippen zu einem wütenden Strich zusammengepresst waren, was schon mal mehr war als alles, was er in den letzten Tagen an Gefühlsregungen gezeigt hatte. Dann stand er auf und rannte Seth nach – nicht auf seine gewohnte Flummi-Art, sondern entschlossen, zielstrebig – und es war nur zu deutlich, dass ich nichts mehr zu melden hatte.

Ich schloss die Augen und versuchte, mir einzureden, dass Ashley ein Monster war, schlimmer als alle anderen, die wir bisher auf der Seite bloßgestellt hatten. Vielleicht hatte sie es wirklich nicht besser verdient. Vom Nebentisch säuselte ihre Stimme zu mir rüber, als sie den beiden Elftklässlerinnen den Unterschied zwischen Multiple-Choice-Aufgaben und ausformulierten Antworten erklärte. An ihre bösartige kleine Ansprache zum Thema Jordan schien sie keinen Gedanken mehr zu verschwenden.

Ich rief mir all ihre anderen Grausamkeiten vor Augen – was sie über Isabel gesagt hatte, wie vielen Leuten an dieser Schule – hier in diesem Raum – sie das Gefühl gegeben hatte, der letzte Dreck zu sein. Und da saß ich nun, mitten zwischen ihren Opfern, und versuchte, mich wie ein Held zu fühlen.

Aber ich fühlte mich bloß beschissen.

KAPITEL 35

Ich wusste auf die Sekunde genau, wann das Video online ging. Als ich gerade auf dem Weg von der ersten zur zweiten Stunde war, fingen plötzlich überall Handys an zu piepsen, und das Fußgetrappel auf den Fluren brach ab. Zuerst war nur leises Japsen und Kichern zu hören – dann machten ein paar Jungs obszöne Gesten und gaben sich High Fives.

Es dauerte einen Moment, bis mir auffiel, dass ich der Einzige im Flur war, der nicht auf sein Handy guckte. Ich zog es aus der Tasche, um mich nicht verdächtig zu machen, aber ich öffnete nicht die Website. Schließlich wusste ich auch so, was die anderen alle sahen: Ashley, die sich bis auf den BH auszog und Posen einnahm, die sehr viel eher albern als sexy wirkten, wenn das Publikum aus einer Horde Klassenkameraden bestand.

Aber es war unmöglich, dem Video zu entkommen. Egal, wohin ich ging, hinter jeder Ecke, um die ich bog, sah ich es, hörte ich es. In Englisch erhaschte ich über die Schulter des Mädchens vor mir einen Blick darauf, und auf dem Klo bekam ich mit, wie sich ein Typ dazu einen runterholte. Überall blafften Lehrer mit hochroten Köpfen Schüler an, ihre Handys wegzustecken.

Die einzige Person, die ich nirgends sah, war Ashley, die anscheinend – vernünftigerweise – nach Hause gegangen war. Ich hätte dasselbe tun sollen. Stattdessen verbrachte ich den halben Tag wie im Wachkoma, die Augen zu und meine Kopfhörer auf. Die Mittagspause ließ ich sausen, und Zach schrieb mir nicht mal, um sich zu beschweren. Wahrscheinlich hatte er mich einfach aufgegeben.

Vielleicht hatte ich mich auch aufgegeben.

Ich war ein kleines bisschen erleichtert, als Isabel nach der Schule nicht an ihrem Spind wartete. Seit dem Post hatte ich jeden Moment mit einer Nachricht von ihr gerechnet, und jetzt war ich nicht sicher, wie ich ihr Schweigen deuten sollte. Aber darum würde ich mich später kümmern müssen, denn erst mal hatte ich Wichtigeres zu tun. Ich raste nach Hause, und meine Fahrradreifen hinterließen tiefe Furchen im Maisfeld, das ich als Abkürzung nahm. Wenn ich nicht noch Spanisch gehabt hätte, wäre ich schon viel früher abgehauen, aber andererseits war ja sowieso nichts mehr zu retten.

Zu Hause ließ ich mein Rad auf den Rasen fallen und stürmte zur Tür rein. Nicht mal in der Küche machte ich kurz halt, obwohl mir schon leicht schwummrig war, nachdem ich den ganzen Tag noch nichts gegessen hatte.

»Eli!«, rief Misty mir hinterher, als ich die Treppe hochrannte. »Hey, wir müssen uns mal unter…«

Ich knallte meine Zimmertür zu.

Meine Finger waren schon auf der Tastatur, bevor mein Rucksack auf dem Boden landete und mein Hintern den Stuhl berührte. Ich hatte unsere Seite noch nie von einem anderen Rechner aus bearbeitet als dem in Seths Keller, aber das war jetzt auch egal. Wichtig war nur, dass die Seite deaktiviert wurde, selbst wenn ich dadurch meine IP-Adresse verriet.

Ich tippte unsere Zugangsdaten ein und fluchte.

Sie hatten das Passwort geändert.

Ich trank einen lauwarmen Schluck Red Bull aus der Dose, die noch vom Wochenende auf meinem Schreibtisch rumstand, drehte einen Heavy-Metal-Song auf und machte mich an die Arbeit.

Wie sich herausstellte, ist es ziemlich einfach, die eigene Website zu hacken, weil man den zugrunde liegenden Code besser kennt als jeder andere – aber Seth und Mouse waren vorbereitet. Die beiden saßen am anderen Ende und betrieben Schadensbegrenzung. Jedes Mal, wenn ich einen Weg hineingefunden hatte, errichteten sie blitzschnell eine neue Barriere. Das Ganze erinnerte an eine unserer Trainingssessions für die ACM, und ein Teil von mir konnte nur bewundernd feststellen, wie gut wir alle drei geworden waren. Es hätte fast Spaß machen können, wenn ich nicht so verdammt verzweifelt gewesen wäre.

Seth und Mouse schlugen sich wacker. Seth schrieb mir nur eine einzige Nachricht, in der er mich als Verräter und Kameradenschwein beschimpfte, Mouse dagegen war anscheinend so auf seine Arbeit konzentriert, dass er gar nicht daran dachte, mich direkt zu attackieren.

Sorry, antwortete ich schlicht.

Zwei Stunden später war *Freunde von Springer* eine Geisterstadt. Ich hatte nicht nur Ashleys Video offline genommen, sondern alles, einen Post nach dem anderen, bis nur noch der Header übrig war. Genauso gut hätten Steppenläufer über den Bildschirm wehen können. Und da ich sowieso bis obenhin voller Energydrinks und Adrenalin war, erstellte ich tatsächlich kleine Grafiken der rollenden Wüstenbüsche und ließ sie über die Seite kollern.

Dann schrieb ich eine letzte Nachricht an Seth und Mouse.

Gern geschehen.

Vielleicht würden sie mir später dafür dankbar sein, vielleicht auch nicht, aber ich war mir ziemlich sicher, dass unser Team so oder so Geschichte war.

Ich rekonfigurierte den Zugang zum Stammverzeichnis der Seite, damit die beiden dort keinen Schaden mehr anrichten konnten, und dann, noch bevor die Sonne ganz untergegangen war, schlief ich vor Erschöpfung ein.

Ich erwachte in meinem stockdunklen Zimmer und merkte, dass ich komplett angezogen auf der Bettdecke lag. Blind tastete ich umher, bis ich mein Handy fand, und blinzelte im grellen Schein des Displays.

3:00

Und bums, war ich hellwach.

Ich knipste die Lampe auf meinem Nachttisch an, in deren Licht ein Tellerchen mit einem Erdnussbuttersandwich zum Vorschein kam.

Misty.

Mein Magen knurrte. Wann hatte ich eigentlich zum letzten Mal was gegessen? Vor vierundzwanzig Stunden? Oder war es noch länger her?

Gierig verschlang ich das Sandwich, dann schälte ich mich

aus meinen müffelnden Klamotten und ging duschen. Eigentlich hatte ich vorgehabt, mich danach direkt wieder hinzulegen, aber als ich aus der Dusche stieg, war an Schlaf nicht mehr zu denken. Dafür lief mein Gehirn zu sehr auf Hochtouren: Ich fragte mich, ob Seth und Mouse sich inzwischen beruhigt hatten, ob die Polizei sich damit zufriedengeben würde, dass die Seite stillgelegt war, ob Ashley jemals wieder zur Schule kommen würde.

Ich trocknete mich langsam ab und ließ meinen Computer hinterher bewusst links liegen. Das machte ich manchmal nach einem Programmiermarathon – nahm mir einen Moment Zeit für die Offlinewelt. Aber genau dabei blieb es auch meistens: einem Moment, bevor ich doch wieder drauflossurfte. Heute Morgen war es anders. Alles in mir sträubte sich dagegen, den Rechner wieder einzuschalten. Also brachte ich stattdessen Ordnung in den Wust aus Kabeln und Laufwerken auf meinem Schreibtisch und wischte sogar ein bisschen Staub. Dann leerte ich meinen überquellenden Wäschekorb aus und kratzte die eingetrocknete Zahncreme aus meinem Waschbecken.

Es war gerade mal fünf, als ich nichts mehr zu tun fand. Ich ließ den Blick durch mein weitgehend aufgeräumtes Zimmer wandern wie über eine Codesequenz, auf der Suche nach winzigen Fehlern, die das große Ganze zerstörten. Einen davon entdeckte ich auf meinem Nachttisch: den Sandwichteller, auf dem nur noch ein paar Krümel lagen.

Ich brachte ihn in die Küche, fegte die Krümel in den Müll und fragte mich dabei, was Misty gedacht haben musste, als sie mich komplett angezogen und wie im Koma auf dem Bett hatte liegen sehen, wo ich vermutlich das halbe Haus zusammenschnarchte. Wahrscheinlich machte sie sich Riesensorgen.

Ich kleckste ein paar Tropfen Spülmittel auf den Teller und schrubbte ihn ordentlich ab. Als er sauber war, stellte ich ihn gut sichtbar auf die Kücheninsel und klebte ein Post-it mit einem einzigen Wort darauf in die Mitte.

DANKE.

Dann, gerade als die Sonne aufging, machte ich die Haustür hinter mir zu.

Es war schön, so früh in Haver unterwegs zu sein, während alles noch schlief. Unser winziges Stadtzentrum war in warmes Morgenlicht getaucht, das die Schaufenster golden glänzen ließ. Ich radelte ein paarmal die Hauptstraße rauf und runter und winkte den Ladenbesitzern zu, die nach und nach eintrudelten, um gähnend ihre Geschäfte aufzuschließen und die ersten Kunden zu empfangen.

Ich sah sie auf ihre Handys starren und in den Läden ihre Computer hochfahren und war absolut erleichtert, einfach mal offline zu sein.

Als es mir in der Innenstadt zu lebendig wurde, fuhr ich weiter Richtung Schule.

Mit ein bisschen Glück würde die Cyber-Stasi ihre Jagd abbrechen, sodass sich bald niemand mehr an *Freunde von Springer* erinnern würde. Vielleicht war die Seite ja schon heute überhaupt kein Thema mehr. Schließlich wunderte man sich immer wieder, wie schnell die Welt sich weiterdrehte.

Ich schloss mein Fahrrad vor einem der Seiteneingänge an. Auf dem Schulgelände war es beinahe gespenstisch still. Ich warf einen Blick auf die Uhr – noch eine halbe Stunde bis Unterrichtsbeginn. Ich war früh dran, aber nicht so früh, um der Erste zu sein, und der Fahrradständer war schon gut belegt. War für heute Morgen vielleicht eine Schulversammlung einberufen worden, von der ich nichts mitbekommen hatte? Oder wieder irgendeine kitschige Gedenkfeier für Jordan? Die Seitentür war verriegelt, also ging ich ums Gebäude herum zum Haupteingang.

Und blieb wie angewurzelt stehen.

Ich war nicht der Erste an der Schule – nicht annähernd.

KAPITEL 36

Eine riesige Warteschlange stand vor dem Haupteingang, wo zwei uniformierte Polizisten und ein Mann im Anzug Handys einsammelten.

»Nach der Schule bekommt ihr selbstverständlich alles wieder zurück«, sagte Mr Givens. Unser Direktor, marschierte neben der Schlange auf und ab, das Haar zerzaust, die Hose verknittert. Unter wildem Armgefuchtel versuchte er, die Schüler zu beschwichtigen, die sich lautstark beschwerten.

»Aber ich brauche mein Handy für Notfälle!«, rief ein Mädchen.

»Können wir sie nicht einfach ausschalten?«, fragte jemand anders.

»Das ist illegale Beschlagnahmung!«

Der letzte Kommentar kam von einem Typen, der aussah, als würde er sich eher Sorgen um die Beschlagnahmung seines Grasvorrats machen als seines Handys.

Ich stellte mich hinten an und gab mir Mühe, ein unschuldig fragendes Gesicht zu machen. Oder eher ein fragwürdig unschuldiges.

Was mich vermutlich bloß ein bisschen unterbelichtet aussehen ließ.

»Was ist denn da los?«, erkundigte ich mich bei einem Jungen vor mir.

»Die konfiszieren alle Handys und Tablets. Die dürfen wir in der Schule anscheinend nicht mehr benutzen.«

»Oh«, sagte ich und spürte, wie mir kalter Schweiß im Nacken ausbrach. »Wurde das gestern noch angckündigt?«

»Nein, das haben sie wohl ganz spontan beschlossen. Da sind sogar Polizisten.« Der Junge deutete nach vorn, und ich nickte, ohne hinzugucken. »Hat mit dieser Website zu tun, schätze ich. Die wollen halt nicht mehr, dass die Leute hier mit ihren Handys filmen.«

»Das ist mit Sicherheit noch nicht alles«, schaltete sich das Mädchen neben ihm in die Unterhaltung ein. »Bestimmt durchsuchen die unsere Handys, während wir im Unterricht sitzen, auf Fotos und Videos und solchen Kram.«

»Wie soll das denn gehen? Die meisten Handys haben doch 'ne Bildschirmsperre«, entgegnete der Junge.

»Das ist die Polizei. Die werden ihre Mittel haben, um ein paar Passwörter zu knacken«, sagte das Mädchen.

Sollte man meinen – ist aber nicht so.

Die Polizei konnte in der Regel nicht mal die einfachsten Sperren umgehen, jedenfalls nicht ohne Unterstützung der Herstellerfirmen, und die waren meistens nicht sonderlich kooperativ, sondern beriefen sich auf den Datenschutz ihrer Kunden. War ja auch logisch. Schließlich waren das profitorientierte Unternehmen und wir diejenigen, die sie bezahlten – nicht die Polizei.

Ich hatte so den Verdacht, dass diese Handy-Sammelaktion hauptsächlich Show war und die Schule damit beweisen wollte, dass sie die Situation im Griff hatte, obwohl sie in Wahrheit komplett aus dem Ruder gelaufen war. Nur warum genau die Polizei hier war – tja, da war ich mir nicht hundertprozentig sicher, und der Schweiß begann, mir langsam den Rücken runterzulaufen.

Ein Stück weiter vorne raufte sich Mr Givens die Haare, sodass sie hinterher in zwei fluffigen weißen Hörnchen zu Berge standen. Mittlerweile hatten sich auch ein paar Lehrer seinem Deeskalationskreuzzug angeschlossen und alle machten sich gegenseitig kirre. Als wir mit der Seite online gegangen waren, hatte ich noch gedacht, es wäre witzig, die Haver High mit ein paar Tastenbefehlen ins Chaos zu stürzen. Aber jetzt, als ich hautnah miterlebte, wie den Leuten, die eigentlich das Sagen haben sollten, jegliche Kontrolle entglitt, wurde mir doch ein bisschen mulmig.

Die Schlange bewegte sich quälend langsam vorwärts und wurde immer länger, je mehr Schüler eintrudelten. Ich hielt Ausschau nach Zach oder Mouse oder Isabel, aber es war unmöglich, in der Menge irgendwen auszumachen.

Der stetig wütender werdenden Menge.

Manche Schüler protestierten laut, andere suchten hektisch in ihren Taschen und Klamotten nach Verstecken und wieder andere telefonierten. Eltern fuhren vor, luden ihre Kinder ein und dampften mit ihnen ab. Eine Mom hielt direkt vor dem Eingang, stieg bei laufendem Motor aus und fing an, den Anzugmann, der anscheinend von der Schulbehörde war, zur Schnecke zu machen. Sie warf ihm ein paar ziemlich heftige Beschimpfungen an den Kopf, bis einer der Polizisten sie beiseitenahm und ihr nahelegte, wieder in ihr Auto zu steigen.

Als ich vorne ankam, war gerade die erste Stunde vorbei

und mein ganzer Rücken klatschnass geschwitzt. Ich gab mein Handy ab, und eine Frau, die bei der Konfiszierungsaktion half, reichte mir dafür einen kleinen Zettel. Und mit einem Mal wurde mir klar, warum die Polizei hier war.

KINDERPORNOGRAFIE
IST KEIN KAVALIERSDELIKT

Ich erstarrte. Oder vielleicht erstarrte auch der Rest der Welt um mich herum.

Unter dem offiziellen Briefkopf der Polizei von Haver folgte eine Zusammenfassung der Gesetzeslage in Iowa, insbesondere was das Filmen unbekleideter Minderjähriger anging. Der Text verschwamm vor meinen Augen, als ich bei einer Liste von Strafen angelangte, die von Bußgeldern über mehrere Tausend Dollar bis hin zu ein paar Jahren Gefängnis reichten.

Gefängnis?

Und ich hatte mir einen Kopf darüber gemacht, ob meine Freunde sauer auf mich waren – ob wir noch ein Team waren und eine neue Möglichkeit finden würden, uns für die ACM zu qualifizieren. Ich Trottel.

»Weitergehen«, blaffte die Frau mich an.

Immer mal langsam, die Dame. Kann man hier vielleicht mal in Ruhe einen Nervenzusammenbruch kriegen? Verstohlen sah ich mich um. Wo war Seth? Wo war Mouse? Hatten die beiden auch ihre Eltern angerufen und sich verdünnisiert? Vielleicht hätte ich Misty anrufen sollen. Der Zettel in meiner Hand zitterte.

Die Frau räusperte sich. »Hinter dir warten auch noch Leute.«

Plötzlich erhitzte sich die eisige Furcht in mir zu rasender Wut.

»Ach nee, echt?«, schnauzte ich sie an. »War mir gar nicht aufgefallen.«

»Moment mal —«

»Diese Leute wären überhaupt nicht hier, wenn Sie nicht widerrechtlich unsere Sachen beschlagnahmen würden.« Meine Stimme wurde mit jedem Wort lauter und hinter mir ertönte vereinzelt beipflichtendes Gejohle.

Die Frau war völlig überfordert, aber das war mir egal. Ich musste meinem Ärger auf der Stelle Luft machen, wenn ich nicht implodieren wollte, und sie kam mir als Sündenbock gerade recht.

»Genau wie Sie uns schon die ganze Zeit mit Ihren bescheuerten Onlinegesetzen in unseren Rechten beschneiden. Ohne die gäbe es hier nämlich gar keine Schlange!«

Um mich herum brach Applaus los. Ich ließ die Frau mit meinem Handy in der Hand stehen und drängelte mich durch die Eingangstür. Im Flur zögerte ich kurz, unschlüssig, wo ich hinsollte.

Selbst wenn Seth und Mouse hier waren, wusste ich nicht, ob ich sie überhaupt sehen wollte. Wenn die beiden das Ashley-Video nicht gepostet hätten, wäre dieser ganze Scheiß schließlich gar nicht passiert. Es war ihre Schuld, dass ich die Seite plattmachen musste, dass wir jetzt die Polizei am Hals hatten und unsere nächste Station vermutlich der Knast war und nicht die ACM.

Aber es war dein Video, vermeldete ein Stimmchen in meinem Kopf.

Ich krümmte mich innerlich zusammen.

Ich hätte mich auf die Suche nach Zach oder Isabel machen können, aber Ersterer hatte keine Ahnung von dem Schlamassel, in dem ich steckte, und von Letzterer hatte ich kein Wort mehr gehört, seit das Ashley-Video online gegangen war. Ehrlich gesagt traute ich mich nicht, einem von beiden gegenüberzutreten.

Der Schülerstrom auf dem Flur rauschte links und rechts an mir vorüber, während ich reglos mittendrin stand – komplett verzweifelt und, zum ersten Mal seit Wochen, komplett allein. Die Kluft zwischen mir und dem Rest der Welt hatte sich noch nie so groß angefühlt.

Am Ende ließ ich auch die zweite Stunde sausen. Wenn man an irgendeinem Tag ungestraft schwänzen konnte, dann vermutlich heute, und außerdem waren es sowieso nur noch fünfzehn Minuten bis zum Klingeln. Ich stand einfach untätig an meinem Spind rum und hoffte so halb, meine Freunde würden von allein auftauchen, wenn ich schon zu feige war, selbst zu ihnen zu gehen.

Mir gegenüber drängte sich eine Gruppe von Jungs um ein reingeschmuggeltes Handy.

»Hier, ich hab's euch ja gesagt. Nichts mehr los auf der Seite.«

»Die wurden bestimmt hopsgenommen.«

»Quatsch, wieso sollten die ganzen Bullen dann heute hier sein?«

»Pack das Handy weg. Da kommt ein Lehrer.«

Ich wartete zehn Minuten. Noch immer kein Zeichen von meinen Freunden. Langsam fragte ich mich, ob ich überhaupt noch welche hatte.

Auf dem Weg zur dritten Stunde fand ich endlich den Mut, einen Blick in den Flur zu werfen, wo Seth und Mouse ihren Stammplatz hatten, aber dort standen bloß zwei Mädchen, die, die Hände vor die Münder geschlagen, auf eine Spindtür starrten. Ihr Gespräch hallte durch den verlassenen Flur. Nicht dass sie sich sonderlich viel Mühe gegeben hätten, leise zu sein.

»Was glaubst du, wer das war?«

»Keine Ahnung, aber wenn irgendwer das verdient hat …«

»Ach komm.«

»Ist doch wahr. Weißt du, dass sie in dem Video nicht mal für ihren Freund gestrippt hat? Das war für irgend so einen anderen Typen.«

»Ja, hab ich gehört. Einen aus der Elften, Adam Irgendwas. Angeblich hat die Polizei ihn schon verhört und seinen Computer konfisziert.«

Langsam ging ich an den beiden vorbei, und mein Blick fiel direkt auf die dicken schwarzen Filzstiftbuchstaben an der Spindtür, vor der sie standen.

SCHLAMPE

Selbst wenn ich Ashley nicht schon mal genau hier gesehen hätte, wäre mir sofort klar gewesen, dass es ihr Spind war.

»Wow, also der eine lässt sie sitzen, und der andere bringt sie dazu, vor aller Augen blankzuziehen. Die hat ja echt ein Händchen für Kerle.«

Die beiden kicherten, und ich schämte mich dafür, dass ich ihnen den Grund dazu geliefert hatte. Wahrscheinlich war Ashley in der Vergangenheit nicht gerade nett zu den beiden gewesen, aber gab ihnen das das Recht, sich jetzt derart an ihrem Unglück zu weiden?

Na ja, ich war schließlich auch nicht besser. Ich hatte über Brett gelacht. War der Meinung gewesen, er hätte es nicht besser verdient. Seth und Mouse dachten genauso. Und sogar Isabel. Jeder nahm es sich raus, über andere zu urteilen, erging sich in Schadenfreude, und so langsam konnte ich die Grenze zwischen Gut und Böse nicht mehr erkennen.

Ich blieb am nächstbesten Spind stehen und tat so, als würde ich das Zahlenschloss öffnen.

»Sie schwänzt heute schon wieder«, sagte eins der Mädchen jetzt.

»Kein Wunder, oder? Nach der Aktion würde ich mich hier auch nicht mehr sehen lassen.«

»Wieso? Wir haben doch sowieso schon fast alles von ihr gesehen.«

Noch einmal großes Gegacker, dann gingen sie endlich weiter. Ich atmete tief durch, legte den Kopf in den Nacken und schloss die Augen. Als ich sie wieder aufmachte, fiel mein Blick auf ein halb runterhängendes »Gib Mobbing keine Chance«-Plakat an der Wand über den Spinden. Es war mal leuchtend rot gewesen, aber die Farbe war mit der Zeit verblasst, genau wie die Botschaft.

Ich streckte die Hand aus, ergriff die lose Ecke und zog. Das Plakat plumpste mit einem hohlen *Plock* zu Boden, das durch den leeren Flur hallte.

KAPITEL 37

»Eli!«

Beim Klang von Isabels Stimme fuhr ich herum, aber das Lächeln, das sich auf meinem Gesicht ausbreiten wollte, erstarb, als ich sie wütend heranstapfen sah.

Sie ließ eine Tirade an Beschimpfungen auf mich los, von denen ich nur Fragmente aufschnappte.

»¡*Pinche pendejo . . . poco fiable . . . no vale madre!*«

Ich schluckte. Sie auf Spanisch fluchen zu hören, war nur halb so lustig, wenn ich derjenige war, auf den sie sauer war.

Sie stürmte so entschlossen auf mich zu, dass ich unwillkürlich zurückwich, bis ich mit dem Hinterkopf an das glatte Metall einer Spindtür stieß. Dann stemmte sie eine Hand in die Hüfte und fuchtelte mit dem Zeigefinger vor meiner Nase herum.

»Was zum Teufel hast du dir dabei gedacht?«

»Ich hab nicht – ich war das gar –«

»War das meinetwegen? Bitte sag, dass du das nicht meinetwegen gemacht hast!«

»Was?«

Ich war ehrlich verwirrt, und zwar nicht nur, weil sie mich so in die Mangel nahm, sondern weil ich mich außerdem nicht entscheiden konnte, ob ich lieber vor ihr wegrennen oder sie an mich drücken und küssen sollte. Als eine Art Kompromiss drückte ich mich dichter an den Spind hinter mir.

»Um so was hätte ich dich nie im Leben gebeten, Eli.«
Sie war ein bisschen außer Atem nach ihrem Sprint den Flur
runter. Heute roch ihr Kaugummi nach Zimt. »Ich brauche
keinen starken Mann, der mich vertcidigt, und was Ashley
über mich sagt, ist mir total egal. Ich bin nicht nachtragend.
Ich – ich –, ich stehe *über* so was.«

Sie richtete sich kerzengerade auf und schob kampflustig
das Kinn vor. Dann, endlich, ließ sie den Zeigefinger sinken.

»Okay«, sagte ich. »Ich hab's kapiert.«

»Und?«

»Was und?«

»Hast du das Video meinetwegen gepostet?«

Ich hätte ihr gern erklärt, dass ich das Video überhaupt
nicht gepostet hatte, doch als ich den Mund aufmachte, kamen keine Worte raus. Selbst wenn ich es nicht gepostet hatte, aufgenommen hatte ich es schon, und ich wusste nicht,
was schlimmer war. Ich fuhr mir mit der Hand übers Gesicht.

Scheiße, ich konnte überhaupt nicht mehr richtig von
falsch unterscheiden.

Oder in diesem Fall wohl eher falsch von noch falscher.

»Sag was«, kommandierte Isabel.

Aber ich konnte nicht. Der ganze Wust aus Ausflüchten
und Geständnissen und Entschuldigungen blieb mir in der
Kehle stecken, weil alles gleichzeitig rauswollte.

Isabel schüttelte den Kopf. »Ich hab mich geirrt, Eli. Du
hast immer noch jede Menge Geheimnisse.«

Sie gab mir eine letzte Chance, etwas zu sagen – *egal,
was* –, und als ich es nicht tat, machte sie auf dem Absatz

kehrt und stürmte zurück in die Richtung, aus der sie gekommen war.

Erst als sie um die Ecke verschwunden war, brachte ich ein schwaches Flüstern heraus:

»Ich war das nicht.«

Was natürlich gelogen war.

Am liebsten hätte ich jegliche Verantwortung für das, was Ashley und Brett und all den anderen passiert war, von mir gewiesen. Aber es war, als drückte mir eine Klaue aus Schuldgefühlen unbarmherzig die Luft ab.

»Ich wollte das nicht.«

Die Klaue löste ihren Griff ein winziges bisschen.

»Es tut mir leid.«

Das laut auszusprechen, fühlte sich gut an, obwohl es keiner hörte, und mit einem Mal schien der Sauerstoff zurück in den Flur zu strömen.

Es klingelte. Die dritte Stunde hatte angefangen. Oder vielleicht war sie auch vorbei. Ich hatte mein Zeitgefühl völlig verloren.

Türen flogen auf und vom einen Moment auf den anderen war die Welt erfüllt mit Stimmengewirr und Schritten.

Okay, dann wohl vorbei.

Ich hatte es fertiggebracht, die komplette erste Hälfte meines Schultags zu verpassen. Da hätte ich auch gleich wieder nach Hause gehen können.

Aber zu Hause wollte ich genauso wenig sein wie in der Schule. Was ich wirklich wollte – was ich *brauchte* –, war ein Freund, der mir einen Rat geben konnte. Ein Freund, der immer wusste, was zu tun war, der für einen da war, selbst wenn man noch so großen Mist gebaut hatte – selbst wenn man sich ihm gegenüber wie der letzte Arsch verhalten hatte.

Ich kann mich nicht erinnern, wie ich durch den Flur oder die Treppe runter ins Erdgeschoss gekommen bin. Daran, wie ich das Schulgelände überquert haben muss oder wer mir unterwegs begegnet ist. Alles, was ich weiß, war, dass ich plötzlich in der Cafeteria stand. Hinten an unserem Tisch entdeckte ich Zach und atmete erleichtert auf. Er war da und wartete auf mich, obwohl ich ihn gestern mal wieder versetzt hatte – oder vielleicht gerade deswegen. Vielleicht war er bloß hier, um mich mal so richtig zusammenzuscheißen. Wenn ja, hatte ich es verdient. Genau wie er die Wahrheit.

»Hey«, sagte ich.

»Hey.«

»Pass auf, das mit …« Ich trat von einem Fuß auf den anderen, unschlüssig, ob ich mich hinsetzen sollte oder nicht. Ich wusste, was ich ihm sagen wollte, aber jetzt, als ich vor ihm stand, wusste ich plötzlich nicht mehr, wie ich anfangen sollte.

»… gestern?«, versuchte er, mir auf die Sprünge zu helfen.

»Genau. Tut mir echt leid. Seth hat ein … Notfalltraining einberufen.«

Schon wieder halb gelogen. Wieso konnte ich nicht ein Mal die Wahrheit sagen?

Ich wollte, wirklich. Das Problem waren die ganzen anderen Leute, die an unserem Tisch saßen und neugierig zu uns rüberlugten.

»Für die ACM?«, hakte Zach nach. Seine Stimme klang

ein wenig hohl, und ich wusste, er ahnte, dass das nicht alles war.

»Genau. Oder – nein, stimmt eigentlich gar nicht. Können wir vielleicht woanders …«

Aber Zach guckte mich gar nicht mehr an. Stattdessen hatten sich seine Augen zu Schlitzen verengt und waren auf einen Punkt hinter mir gerichtet.

Resigniert drehte ich mich um – ich wusste, wen ich dort sehen würde.

Seth hielt auf uns zu und rempelte dabei rechts und links Leute aus dem Weg.

»Ich muss mit dir reden«, sagte er.

Ich winkte ab. »Später.«

Zach stand auf, die Hände zu Fäusten geballt. »Ich glaube, du hast die falsche Mittagspause erwischt, Alter. Jetzt sind die Zehnten dran.«

»Setz dich hin und kümmer dich um deinen eigenen Kram«, schnauzte Seth ihn an.

»Jungs, kriegt euch mal wieder ein!«, ging ich dazwischen.

Mir fiel auf, wie still es um uns geworden war und dass ein paar Leute von den Nebentischen rüberguckten. Tja, kein Wunder. Wir mussten ein ziemlich bizarres Bild abgeben – drei Nerds, die sich voreinander aufbauten wie auf Krawall gebürstete Gorillas. Wahrscheinlich dachten die, wir hätten uns über einen geklauten Taschenrechner in der Wolle.

Zach sah aus, als hätte er eine passende Antwort für Seth parat, aber dann presste er die Lippen zusammen und drehte sich zu mir um.

»Eli, was ist hier los, verdammt noch mal?«

»Das wollte ich dir ja gerade erklären«, sagte ich.

»Dann tu's doch.«

Die Stille breitete sich aus, als immer mehr Tische auf unseren Geek-Krieg aufmerksam wurden. Mir war überdeutlich jedes Paar Augen bewusst, das uns beobachtete, jedes Paar Ohren, das uns belauschte.

»Geht nicht«, sagte ich. »Nicht hier.«

Zach schnaubte. »Weißt du, was? Es interessiert mich überhaupt nicht mehr. Viel Spaß noch miteinander.«

Er schnappte sich seinen Rucksack und drängte sich an mir vorbei.

»Warte!«

Ich wollte ihm folgen, aber Seth machte einen Schritt nach vorne und versperrte mir den Weg. »Eli, ich mein's ernst. Wir müssen –«

»Ich hab gesagt *später*!« Ich schubste Seth aus dem Weg, und er stolperte gegen einen leeren Stuhl, der klappernd umfiel.

Ein paar Leute keuchten auf. Ein paar andere kicherten über Seth. Aber als ich Zach hinterherstürmte, wandten sich die meisten wieder ihrem Essen zu, enttäuscht, dass die Show schon vorbei war.

Zach hatte einen kleinen Vorsprung, doch ich war ihm dicht genug auf den Fersen, um zu sehen, wie er draußen vor der Cafeteria nach links abbog und auf den Seitenausgang zusteuerte, anstatt zu seiner nächsten Stunde zu gehen. Ich sprintete weiter und brüllte dabei seinen Namen. Er hörte mich – *jeder* an der Haver musste mich hören –, aber er drehte sich nicht um.

Hinter mir schrie jemand noch lauter nach mir als ich nach Zach. Zach war auf der Flucht vor mir und ich auf der Flucht vor Seth. Überall steckten Leute ihre Köpfe aus den Klassenräumen, um zu sehen, woher der Lärm kam. Es konnte wirklich niemand behaupten, dass wir heute kein abwechslungsreiches Unterhaltungsprogramm boten.

Zach war schneller als ich, und als ich es endlich nach draußen geschafft hatte, war er schon dabei, sich auf den Sattel seines aufgesperrten Fahrrads zu schwingen.

»Zach, warte!«, keuchte ich, überzeugt, dass jeden Moment mein Brustkorb explodieren würde, aber ich wurde nicht langsamer, nicht mal, als hinter mir Seth, der immer noch meinen Namen schrie, aus der Tür gestürzt kam.

Ich sprang auf mein eigenes Rad und hätte beinahe Seth umgepflügt, der mich nun eingeholt hatte.

»Es ist wirklich wichtig!«, rief er.

Er klang verzweifelt, richtig panisch sogar, aber ich hatte gerade keine Zeit rauszufinden, warum. Wenn ich Zach jetzt im Stich ließ, konnte es sein, dass es das letzte Mal war. Durch Seth und Mouse hatte ich zwar erkannt, dass ich in der Lage war, neue Freunde zu finden, aber dabei hatte ich, ohne es zu merken, meine alte Freundschaft mit Zach riskiert. Und das musste ich wieder in Ordnung bringen.

Als ich raus auf die Straße strampelte, hörte ich ein letztes Mal Seths inzwischen heisere Stimme hinter mir: »Nur Zwölftklässler dürfen in der Mittagspause das Schulgelände verlassen!«

Nach all den Regeln – all den *Gesetzen* –, die wir gemeinsam gebrochen hatten, kam er mir ausgerechnet damit?

Wenn mir keine Anzeige wegen Kinderpornografie gedroht hätte, wenn ich nicht gerade erst meine Freundin und möglicherweise sogar meinen besten Freund verloren hätte, wenn ich nicht irgendwie aus Versehen zum Schurken in dieser Geschichte mutiert wäre …, vielleicht hätte ich dann gelacht.

Aber jetzt, als ich in die Pedale trat und Zach in der Ferne zu einem immer kleiner werdenden Punkt zusammenschrumpfte …, hätte ich heulen können. Noch nie hatte ich mich so allein gefühlt.

KAPITEL 38

An einer Ampel im Stadtzentrum hängte Zach mich endgültig ab. Ich versuchte noch, bei Rot rüberzufahren, und wäre fast von einem Typen umgenietet worden, der bei durchgetretenem Gaspedal auf sein Handy glotzte. Im letzten Moment guckte er doch mal hoch, stieg voll auf die Bremse und zeigte mir den Mittelfinger. Ich erwiderte die Geste, schob mein Rad ein Stück zurück und wartete auf Grün.

Als ich endlich weiterkonnte, war von Zach nichts mehr zu sehen.

Ich wusste, dass er nicht nach Hause fahren würde. Einfach mitten am Tag zu beschließen, dass man keinen Bock auf Schule hatte, war bei Zachs Eltern nicht drin. Eine geschlagene Stunde kurvte ich rum, fand ihn aber nicht. Die alten Männer, die im Park Schach spielten, hatten ihn nicht gesehen, die Spielhalle war vollkommen verlassen, und auch vor der Bibliothek stand sein Fahrrad nicht.

Schließlich gab ich es auf und radelte nach Hause, wo ich irgendwas über Bauchschmerzen brummelte, als Misty wissen wollte, warum ich schon da war. Ich beschloss, Zach anzurufen, obwohl mir klar war, dass er nicht drangehen würde. Erst da fiel mir auf, dass mein Handy ja noch in der Schule war. Ich fluchte, riss mir vor Wut die Kopfhörer vom Hals und pfefferte sie quer durchs Zimmer.

Dann ließ ich mich aufs Bett fallen. Vielleicht war es ja am besten so. Jedes Mal, wenn ich in letzter Zeit ein Handy oder einen Computer oder irgendwas anderes mit Internetzugang einschaltete, schien ich nur Schaden damit anzurichten.

Unten schepperte Misty in der Küche herum, und erstaunlicherweise war die Musik, die sie dabei hörte, mal nicht zum Kotzen. Ich warf einen letzten Blick auf meinen Rechner, bevor ich ein dreckiges T-Shirt über den Monitor schleuderte und nach unten ging, um ihr zu helfen, vielleicht ausnahmsweise was Essbares zu fabrizieren.

Mit einem Milchkarton in der Hand stand sie vor dem Kühlschrank. Ich guckte zu, wie sie einen Blick auf das Mindesthaltbarkeitsdatum warf, kurz an der Öffnung schnupperte und ihn schulterzuckend zurück ins Türfach stellte.

Dann griff sie sich eine Schachtel Eier, drehte sich um und fuhr erschrocken zusammen, als sie mich sah.

»Hey, geht's dir besser?«, fragte sie.

»Ach so, ja … Hab eine Aspirin genommen. Kopfschmerzen sind fast weg.«

»Ich dachte, du hättest Bauchschmerzen gehabt.«

Scheiße.

Ich hüstelte verlegen, aber Misty schüttelte bloß den Kopf.

»Lass es nur nicht zur Gewohnheit werden, okay?«

»Okay.«

»Du könntest mir hier ein bisschen helfen.«

»Ja, darum bin ich runtergekommen.«

Misty rutschte fast der Eierkarton aus der Hand, aber sie bekam ihn im letzten Moment noch zu fassen und stellte ihn auf die Arbeitsplatte. Dann sah sie mich an, argwöhnisch, als wappnete sie sich dafür, dass ich sie bloß verarsche.

»Du bist runtergekommen, um …«

»… um zu fragen, ob du bei irgendwas Hilfe brauchst, ja.« Ich zuckte mit den Schultern. »Ist das so schwer zu glauben?«

»Ja.«

Touché.

»Okay, ich könnte einfach ein bisschen Ablenkung gebrauchen«, gestand ich.

Meine Antwort schien Misty zufriedenzustellen und sie schob mir die Eier und eine große silberne Rührschüssel zu.

»Schlag die da rein. Ich hab so ein Rezept für glutenfreien Kuchen gefunden, das ich ausprobieren wollte. Für später zum Nachtisch.«

»Mhmm, lecker«, entgegnete ich sarkastisch.

Sie hob ihren Holzlöffel, als wollte sie mir damit eine verpassen, und ließ ihn lachend in die Schüssel fallen.

»Gluten ist Gift«, erklärte sie und setzte zu einer ausführlichen Nacherzählung eines Artikels an, den sie gerade in der Cosmo oder der Vogue oder einem wissenschaftlich ähnlich ernst zu nehmenden Magazin gelesen hatte. Ich lauschte ihrem Gefasel schweigend, ohne irgendwas infrage zu stellen oder auch nur die Augen zu verdrehen. Anscheinend hatte ich gerade meine toleranten fünf Minuten. Oder vielleicht wollte ich mir auch einfach selbst vormachen, ich wäre jemand anders, jemand, der kein verlogener, möglicherweise perverser zukünftiger Hacker-Knacki war.

Wir redeten nicht viel beim Kochen: Sie schnippelte Gemüse fürs Abendessen, ich mixte den Kuchenteig. Sie heizte den Backofen vor, ich stellte die Pfanne auf den Herd. Und beim nächsten halbwegs passablen Lied fing sie an mitzusingen und ich tanzte … ein kleines bisschen.

Dads Gesicht, als er nach Hause kam und uns beide einträchtig in der Küche werkeln sah, war unbezahlbar. Kurz war ich überzeugt, dass er sich umdrehen und wieder rausgehen würde, nur um sich zu vergewissern, dass er das richtige Haus erwischt hatte.

Nach dem Essen setzten wir uns vor den Fernseher und probierten Mistys glutenfreien Kuchen, der gar nicht mal so übel war. Gerade als ich mir die letzte Gabel in den Mund schaufelte, schaltete Dad auf einen Nachrichtensender um. Und da es anscheinend zu viel verlangt war, dass ich mal einen einzigen dramafreien Abend verbringen durfte, füllten Aufnahmen der Haver High den Bildschirm.

Der Kuchen blieb mir fast im Hals stecken.

»… wurde nun Anzeige erstattet. Noch ist nicht klar, welche Anklage den Machern der Website droht, die sich die ›Freunde von Springer‹ nennen. Zur Stunde heißt es aus Ermittlerkreisen, man sei lediglich an einem Gespräch interessiert.«

Danach zeigten sie älteres Videomaterial von der Schule, aus den Tagen kurz nach Jordans Tod, als drinnen alles voller Polizeiabsperrband und draußen alles voller Fernsehkameras gewesen war.

»Der Name der Seite könnte eine Anspielung auf den fünfzehnjährigen Jordan Springer sein, der im April vergangenen Jahres mit seinem Selbstmord in der Schulcafeteria die Öffentlichkeit erschüttert hat …«

Misty drehte die Lautstärke auf, wie immer, wenn im Fernsehen über irgendwas Schreckliches berichtet wurde –

als könnte sie den Hals nicht vollbekommen. Doch selbst das reichte nicht, um das Wummern in meinen Ohren zu übertönen. Ob Dad und Misty es auch hörten?

Ich sackte immer tiefer auf dem Sofa zusammen, aber anders als gehofft, verschluckte es mich nicht. *Ich könnte einfach umschalten,* dachte ich. *Ich könnte mir die Fernbedienung schnappen und weiter zum Sportkanal zappen. Dad hätte sicher nichts dagegen.* Aber ich rührte mich nicht, konnte den Blick nicht abwenden.

Mit einem Mal drohte der Kuchen, der mir eben noch im Hals gesteckt hatte, den Rückwärtsgang einzulegen, als nun das Game-Zap-Logo über den Bildschirm flackerte. Die Schlagzeile darunter lautete: »Hacker-Hochburg Haver?«

Die Nachrichtensprecherin fuhr fort.

»… weckt Erinnerungen an einen Vorfall, der inzwischen mehrere Jahre zurückliegt … Behörden ermitteln erneut im Fall eines Cyberangriffs auf ein Gamingnetzwerk, bei dem die Kreditkartendaten mehrerer Tausend Kunden offengelegt wurden … IP-Adresse wurde nach Haver zurückverfolgt, allerdings konnte bis heute niemand festgenommen werden. Etwa ein Jahr nach dem Game-Zap-Hack kam es zu einer weiteren Attacke, die um ein Haar einen Polizisten aus Haver das Leben gekostet hätte …«

Ich keuchte leise auf – aber laut genug, dass Dad und Misty mich hörten – und tarnte es im letzten Moment als Husten.

Im Fernsehen war jetzt ein Haus mit zerschossenen Fenstern zu sehen, das Haus, in dem der Undercover-Ermittler mit seiner Familie gewohnt hatte, bis zu dem Tag, an dem plötzlich sein Klarname samt Adresse offen im Netz stand.

Mein Herz klopfte so laut, dass ich mich kaum mehr auf den Bericht konzentrieren konnte. Die Stimme der Sprecherin drang wie aus weiter Ferne zu mir durch, aber ich wusste auch so, was sie gerade erzählte. Dass die Mitglieder einer Bande an dem Polizisten hatten Rache üben wollen und dass sie, wenn sie nur einen Tag später gekommen wären, möglicherweise seine Frau und Kinder getötet hätten.

War Haver eine Hacker-Hochburg?

Höchstens für einen.

Klar, Seth und Mouse waren die wahren *Freunde von Springer*, aber immerhin hatten sie sich bis dahin noch nichts zuschulden kommen lassen, und ihre Vergehen waren nichts im Vergleich zu meinen. Sie ahnten nicht mal die Hälfte von dem, was ich schon auf dem Kerbholz hatte, und das war trotzdem noch doppelt so viel wie das, was alle anderen wussten. Isabel hatte recht. Ich hatte immer noch Geheimnisse. Und die drohten, mich jetzt zu verschlingen.

Meine Geheimnisse waren wie eine Barriere zwischen mir und dem Rest der Welt. Ich würde nie jemandem von meinem Polizei-Hack erzählen können, denn genau wie ein Computer seinen Air Gap einbüßt, wenn er auch nur für eine Sekunde mit dem Internet verbunden ist, könnte ein einziges ausgeplaudertes Geheimnis meine ganz persönliche Sicherheitszone zerstören.

Ich zog die Knie an die Brust und drückte mich noch tiefer in die Couch. Es war, als klaffte selbst zwischen Dad und Misty und mir plötzlich eine unüberbrückbare Lücke.

KAPITEL 39

»Mein E-Mail-Postfach ist mal gehackt worden«, informierte uns Misty, als der Bericht zu Ende war.

»Tja, das passiert, wenn man ›ABC123‹ als Passwort nimmt«, zog Dad sie auf.

Misty kuschelte sich an Dads Schulter und pikste ihn in die Seite. »Als ob ich das machen würde! Entschuldige dich gefälligst!«

Aber Dad kitzelte sie nur zurück.

Normalerweise hätte ich spätestens da verlangt, dass sie gefälligst mit ihrer ekelhaften Flirterei direkt vor meiner Nase aufhören, aber ich war noch immer in meinen lautlosen Panikanfall versunken.

»Wusstest du von dieser Website?«, fragte Dad mich.

»Klar. Davon weiß ja wohl die ganze Schule.«

Wenn man gegenüber seinen Eltern keine anderen Emotionen preisgeben will, ist die gute alte Herablassung immer noch das zuverlässigste Mittel. Je blöder die Frage, desto besser.

»Na, so viel zu dieser Internetaufsicht, die wir mit unseren Steuergeldern bezahlen. Lassen sich von ein paar halbwüchsigen Computercracks an der Nase rumführen.«

Stolz brach wie ein winziger Sonnenstrahl durch meine Panikwolke und fast hätte ich gelächelt.

Dad schüttelte den Kopf. »Obwohl man sich diese Spaßvögel natürlich mal ordentlich zur Brust nehmen sollte.«

Ja. Fast.

Als es im Fernsehen mit Sport und Wetter weiterging, brummelte Dad vor sich hin, er müsste noch ein bisschen arbeiten, und verzog sich in sein Büro. Kurz hoffte ich, Misty würde vielleicht mitgehen, aber nein, die Nervensäge blieb natürlich auf dem Sofa sitzen und durchbohrte mich mit ihrem Röntgenblick.

»Muss ja ganz schön was los sein bei euch an der Schule wegen dieser Seite«, bemerkte sie.

Das Problem bei Misty war, dass sie einfach zu gut zuhörte.

Ich versuchte, meinen Atem zu beruhigen.

Gelangweilter Gesichtsausdruck. Augenkontakt. Schulterzucken.

»Ja, schon irgendwie.« Was natürlich nicht reichte, also fügte ich direkt hinzu: »Heute haben sie unsere Handys einkassiert.«

»Wow. Echt?«

Ich entspannte mich ein bisschen. Wenigstens schien sie keinen Verdacht geschöpft zu haben.

»Ja, meins ist noch in der Schule.«

»Du hast dein Handy dagelassen?« Übertrieben erstaunt riss Misty den Mund auf. Dann sprang sie auf, zog die Vorhänge zurück und guckte aus dem Fenster. »Nee, keine fliegenden Schweine zu sehen.«

Ich warf ein Kissen nach ihr.

Sie fing es auf und ließ sich lachend zurück aufs Sofa fallen. »Kennst du dieses Mädchen aus dem Nacktvideo?«

»Sie ist da gar nicht nackt —«

»Heißt das, du hast es angeguckt?«, krächzte Misty und hob gleich darauf abwehrend die Hand. »Nein, schon gut. Ich will's gar nicht wissen.«

»Sie heißt Ashley«, sagte ich. »Und sie war seitdem nicht mehr in der Schule.«

Misty hörte die Beklommenheit in meiner Stimme und deutete sie prompt falsch.

»Ashley, soso.« Sie grinste. »Scheinst dir ja ziemliche Sorgen um sie zu machen.«

»Nein, ich —«

»Was ist denn mit Isabel?«

Ich schnaubte. »Du kapierst gar n—«

»Zwei Mädels auf einmal? Eli, du entwickelst dich ja noch zu einem richtigen Casanova, hätte ich dir gar nicht —«

»Vergiss es.« Ich stand auf und wandte mich zum Gehen, aber Misty hielt mich am Handgelenk fest.

»Nein, warte. Tut mir leid. Ich hör dir jetzt auch zu, versprochen.«

Widerstrebend setzte ich mich wieder hin.

»Ich kenne sie kaum – oder eigentlich gar nicht –, aber sie scheint ein paar Leute ziemlich fertiggemacht zu haben, darum finden wohl manche, dass sie es nicht besser verdient hat.«

»Ah ja«, sagte Misty. »Und wie siehst du das?«

»Ich weiß nicht, ob irgendjemand es verdient hat, so gedemütigt zu werden.«

Misty schwieg, als wartete sie darauf, dass ich weiterredete.

»Irgendwer hat ›Schlampe‹ an ihre Spindtür geschrieben«,

platzte es aus mir heraus. »Und zwei andere Mädchen – keine Ahnung, ob die das waren oder ob sie es sich einfach nur angeguckt haben, aber jedenfalls haben sie sich drüber lustig gemacht ... über Ashley.«

»Waren das welche von den Mädchen, die sie fertiggemacht hat?«, wollte Misty wissen.

»Ja, glaube schon.«

»Dachte ich mir. Ich war schließlich auch mal auf der Highschool.« Sie zwinkerte mir zu, wurde jedoch sofort wieder ernst. »Und wie du dir sicher vorstellen kannst, wurde ich auch ein-, zweimal als Schlampe beschimpft.«

Das Letzte fügte sie sehr leise hinzu und starrte dabei auf ihre Hände, die in ihrem Schoß die Decke so umklammert hielten, als wollten sie sie auswringen wie einen Putzlappen. Ich drängte sie nicht zum Weiterreden.

»Na jedenfalls, diese Isabel ...«, wechselte Misty dann das Thema. »Ist die noch aktuell?«

Ich seufzte und lehnte den Kopf zurück an die Sofalehne. »Oh Mann. Ich hab keine Ahnung. Heute ist sie total ausgerastet.«

»Warum das denn?«

Warum? Weil ich hinter dieser Verbrechensserie stecke, über die gerade im Fernsehen berichtet wurde, und sie denkt, ich hätte zumindest einen Teil davon für sie gemacht. Und jetzt, wo ich darüber nachdenke, hat sie damit vielleicht gar nicht so unrecht.

Ganz im Gegenteil. Wenn Ashley nicht diese Sachen über Isabel gesagt hätte, wäre ich wahrscheinlich nie auf die Idee gekommen, ihre Kamera zu hacken. Und ganz sicher hätte ich Seth nicht das Video gegeben, wenn sie Isabel nicht nach dem Konzert wie ein Stück Dreck behandelt hätte.

Ich hob den Kopf und wägte meine nächsten Worte gut ab.

»Sie denkt, ich hätte mich in einen Streit mit einem anderen Mädchen eingemischt. Sie und ...«

Sag jetzt bloß nicht »Ashley«.

»Sie und diese andere haben so 'ne Konkurrenzgeschichte am Laufen, und jetzt denkt sie, ich hätte versucht, sie zu verteidigen, was überhaupt nicht stimmt oder zumindest war das keine Absicht. Aber selbst wenn doch, was wäre denn bitte so schlimm daran? Ich dachte immer, Mädchen wollen so einen blöden Ritter auf 'nem Pferd und diesen ganzen Kram.«

»Oh, junger Eli«, seufzte Misty in bester Yoda-Manier. »Viel zu lernen du noch hast. Komplex Mädchen sind.«

Bei ihr klang Yoda, als würde er seit einem Jahrhundert eine Schachtel Zigaretten am Tag wegziehen.

Mädchenprobleme waren zwar gerade echt meine kleinste Sorge, aber über Isabel zu reden – oder einfach über irgendwas anderes als *Freunde von Springer* –, stellte tatsächlich eine willkommene Ablenkung dar.

Obwohl mir kein bisschen danach zumute war, hob ich einen Mundwinkel zu einem halben Lächeln. »In dir schlummert ein richtiger kleiner Nerd, weißt du das eigentlich?«

Sie erwiderte mein Lächeln. »Na sicher. Und außerdem weiß ich, dass es Mädchen gibt, die *nicht* gerettet werden wollen – und das sind die, um die es sich zu kämpfen lohnt.«

»Aber Dad hat dich doch auch ...«

Den Rest des Satzes schluckte ich runter, aber Misty war klar, was ich sagen wollte.

»Eli, dein Dad hat mich nicht gerettet. Gut, ich hab mich Hals über Kopf in ihn verknallt, aber glaubst du wirklich, ich hätte mir nichts Schöneres vorstellen können, als meine Familie und alle meine Freunde in Florida zurückzulassen und in einen anderen Staat zu ziehen?«

Jetzt war ich derjenige, der auf seine Hände starrte.

»Ich liebe deinen Dad«, redete sie weiter. »Aber ich hasse Schnee. Und ich hasse den ewigen Jauchegestank und die winzigen Flugzeuge, mit denen man auf dem genauso winzigen Flughafen hier landet. Ich hasse es, dass ich meinen Abschluss online machen muss, weil es hier im Umkreis von hundert Meilen kein einziges College gibt.«

Das wurmte mich jetzt doch. Klar, ich bezeichnete Haver selbst oft genug als elendes Provinzkaff, aber ich war immerhin hier geboren, also stand mir das zu, ganz im Gegensatz zu Misty, die von auswärts kam.

»Tja, tut mir leid, dass wir so ein langweiliger Haufen sind.«

»Das hab ich nie behauptet.« Sie beugte sich vor und stützte die Ellenbogen auf die Knie. »Ich musste nur einfach eine ganze Menge aufgeben, um herkommen zu können. Mir fehlt die Sonne. Mir fehlt der Strand. Und mir fehlt meine Familie … meine *andere* Familie.«

»Tut mir leid«, sagte ich, und diesmal meinte ich es ernst.

Sie legte mir die Hand auf die Schulter. »Nein, ich hab dir das nicht erzählt, um dir ein schlechtes Gewissen zu machen. Ich hab so viel mehr gewonnen, als ich verloren habe. Statt abends alleine vor dem Fernseher zu hocken, sitze ich auf einmal mit einer richtigen Familie am Tisch und es gibt selbst gekochtes Essen – auch wenn das meistens in die Hose geht.«

Ich lachte leise.

»Ich wollte nur sagen«, fuhr sie fort, »dass es *meine* Entscheidung war herzukommen. Dein Dad ist nicht mein Retter. Sondern mein Partner. Und das solltest du für Isabel auch sein. Versuch nicht, sie vor irgendwelchen ›bösen Mädchen‹ zu beschützen. Wenn du da zwischen die Fronten gerätst, blockierst du sie am Ende nur. Stell dich lieber an ihre Seite statt vor sie, damit sie weiß, dass du da bist.«

Tja, was sollte ich sagen? Das klang alles gar nicht so dumm. Warum konnte ich Misty nicht einfach von meinen wahren Problemen erzählen, damit sie die auch für mich löste?

Ich hob den Kopf und sah Misty in die Augen. »Danke.«

»Jederzeit.«

Warum musste sie bloß so nett sein? Jetzt fühlte ich mich wie der letzte Mistkerl.

»Dabei hab ich das wohl gar nicht verdient. So wie ich zu dir war …«

Sie winkte ab.

»Eli, ich bin vielleicht nicht deine Mom, aber du kannst immer auf mich zählen.« Sie drehte an ihrem Verlobungsring. »Das ist ja jetzt quasi mein Job. Aber selbst, wenn das anders wäre – ich bin immer auf deiner Seite. Okay?«

Ich nickte. »Okay.«

Ein Klopfen an der Tür riss uns aus unserer neuen Vertrautheit, bevor das Ganze zu rührselig werden konnte, wofür ich wahrscheinlich dankbar gewesen wäre, wenn ich mich nicht so verdammt erschreckt hätte. In meinem Verfolgungswahn sah ich schon einen Trupp Polizisten auf unserer Veranda, die drauf und dran waren, die Haustür einzutreten. Misty stand auf und ich konnte einen panischen Aufschrei nicht unterdrücken.

»Nicht aufmachen!«

Sie blieb wie angewurzelt stehen und guckte mit einer Mischung aus Verwirrung und Sorge auf mich runter.

Ich öffnete den Mund, aber ich hatte keine Ahnung, wie ich diesen seltsamen Ausbruch erklären sollte, also glotzte ich sie bloß an, stumm wie ein Fisch.

Auf der anderen Seite der Tür ertönte eine Stimme.

»Eli, ich weiß, dass du dadrin bist. Ich hab dein Fahrrad gesehen.«

Zach.

Erleichterung durchflutete mich, und ich hechtete über die Sofalehne, um vor Misty die Tür zu erreichen. Ich riss sie auf, und da stand Zach, die untergehende Sonne im Rücken und einen grimmigen Ausdruck im Gesicht.

»Wir müssen reden.«

KAPITEL 40

Ich machte einen Schritt zur Seite, um Zach reinzulassen, aber er schüttelte den Kopf.

»Unter vier Augen.«

Hinter mir im Wohnzimmer räumte Misty extra langsam unsere Kuchenteller ab und tat so, als würde sie nicht lauschen.

Okay, Zach hatte recht.

Also setzten wir uns draußen auf die Bank unter dem Ahorn.

Sofort zog er ein Handy aus der Tasche – *mein* Handy – und reichte es mir.

»Oh Mann, danke! Wie hast du das denn –«

»Ich bin zurück zur Schule gefahren«, gestand er ein bisschen verlegen. »Ich wollte Chemie nicht verpassen.«

Ich lachte. »Dass ich da nicht draufgekommen bin. Mensch, wo ich dich überall gesucht hab ...«

»Das hier soll ich dir von Señora Vega geben.« Er kramte einen Zettel aus seinem Rucksack.

Ich nahm ihn widerstrebend.

»Lass mich raten – meine Note ist wieder abgesackt, weil ich heute geschwänzt hab?«

»Nicht ganz«, antwortete Zach.

Ich drehte den Zettel um und stellte überrascht fest, dass es der Vokabeltest von letzter Woche war.

Ich blinzelte zweimal, als ich die Eins ganz oben auf der Seite sah, und las die kurze Anmerkung daneben: *»Excelente. Mucho mejor.«*

Na, wenigstens eine Sache, die ich mal nicht in den Sand gesetzt hatte.

»Du hast vorhin echt nach mir gesucht?«, fragte Zach.

»Ja. Das heute Mittag in der Cafeteria – das mit Seth –, ich wollte dir sagen …«

»Was?«, bohrte Zach nach.

Sein rasiermesserscharfer Blick, wie erwartungsvoll er sich vorbeugte …

»Du weißt es schon, oder?«

Erleichterung keimte in mir auf, dabei stand mir das Schlimmste noch bevor. Zach musste die Wahrheit hören, und zwar von mir, das war ich ihm schuldig. Also holte ich tief Luft.

Ich erzählte ihm von der Real-World-Challenge der ACM und wie Seth und Mouse unser Projekt zu ihrer persönlichen Rachemission gemacht hatten. Ich erzählte ihm, wie gemein Ashley zu Isabel gewesen war, was ich getan hatte, um es ihr heimzuzahlen, und wie sehr ich es inzwischen bereute. Ich erzählte ihm von jedem einzelnen Computer, den wir gehackt, jedem einzelnen Geheimnis, das wir gelüftet hatten.

Und das Letzte und vielleicht Wichtigste, was ich ihm gestand, war, dass ich kaum Widerstand geleistet hatte. Ich war so in Panik gewesen, ich könnte aus Seths und Mouse' Team fliegen, und so wütend über die neuen Onlinegesetze, dass ich tatenlos zugesehen hatte, wie sich die Kollateralschäden immer höher um mich auftürmten.

Bis sie mich unter sich begraben hatten.

Als ich meinen Bericht beendete, war es schon fast dunkel, und Zach hatte die Stirn in die Hände gestützt.

»Puh, ist ja echt übel«, seufzte er.

»Ich weiß.«

»Ihr habt gegen das Gesetz verstoßen.«

»Ich weiß.«

»Du bist so ein Idiot.«

»Ich w... äh, was?«

Zach hob den Kopf und selbst im Dämmerlicht war seine Enttäuschung deutlich zu erkennen. Eine Sekunde lang sah er aus wie mein Dad.

»Komm schon, Eli, du bist doch nicht blöd. Was hast du dir denn dabei gedacht?«

Ich sprang von der Bank auf. »Ich? Und was ist mit —«

Mein klingelndes Handy unterbrach mich. Ich drückte den Anruf weg, ohne auch nur einen Blick auf das Display zu werfen.

»Seth ist viel zu weltfremd, um zu kapieren, was er da angerichtet hat«, beantwortete Zach meine unvollendete Frage. »Und dieser Kleine da, Mouse ...«

»Was ist mit Mouse?«, fragte ich.

Okay, dass Seth und Zach niemals beste Kumpels werden würden, war wohl kein Geheimnis, aber Mouse war bei dem Konzert doch total nett zu ihm gewesen. Genau wie bis vor Kurzem zu mir.

Zach runzelte die Stirn. »Ich glaube, der ist anders, als du —«

Wieder fing mein Handy an zu klingeln.

»Vielleicht solltest du mal rangehen«, schlug Zach vor.

Ich guckte auf das Display und drückte den Anruf erneut weg, als ich Seths Namen sah.

»Es sollte ja gar nicht so ausufern«, sagte ich und fing an, vor Zach auf und ab zu tigern. »Ich dachte, wir würden nur ein paar Leuten einen Denkzettel verpassen, die –«

Wieder das Handy.

Zach hob entnervt die Hände. »Jetzt geh endlich ran. Deine neuen Freunde haben anscheinend was Dringendes mit dir zu besprechen.«

»Das ist das eigentliche Problem hier, stimmt's?« Ich blieb stehen. »Du bist neidisch.«

»Worauf?«

»Darauf, dass … ich andere Freunde gefunden habe und für die ACM trainiere.«

»Indem du Gesetze brichst und lauter Leben zerstörst?«, hielt Zach dagegen.

»Sch!«, zischte ich, obwohl ich mir nicht vorstellen konnte, dass die Nachbarn in ihren dunklen Gärten lauerten, um uns zu bespitzeln.

»Vielleicht bist du ja auch neidisch, weil ich ein Mädchen kennengelernt hab oder weil meine Website so viel Aufmerksamkeit erregt.« Hitze stieg mir den Hals hoch bis ins Gesicht.

Ich wusste, dass ich absoluten Blödsinn verzapfte, aber nachdem ich einmal angefangen hatte, konnte ich mich nicht mehr bremsen. »Du kommst einfach nicht damit klar, dass ich mein eigenes Leben habe – eigene Freunde. *Darauf* bist du neidisch!«

Zach prallte zurück, als hätte ich ihn geohrfeigt. »Wow, da bist du echt so was von auf dem falschen Dampfer.«

»Ach ja?«

Er stand auf. »Ja! Ich hab dich ja wohl komplett unterstützt, Eli, was Isabel anging und sogar die Sache mit der ACM, obwohl du mich angelogen hattest. Ich bin mit zu deinem bescheuerten Konzert gegangen und hab mir Mühe gegeben, nett zu deinen bescheuerten neuen Freunden zu sein –«

»Oh ja, tut mir leid, dass ich dich davon abgehalten habe, das ganze Wochenende allein zu Hause zu hocken und an dir rumzuspielen. Tut mir leid, dass ich versucht hab, dich mit einzubeziehen!«

Zach trat so dicht vor mich, dass mir Spucketröpfchen ins Gesicht flogen, als er blaffte: »Alter, dein Kopf steckt so tief in deinem eigenen Arsch, dass du deinen Bauchnabel riechen kannst!«

Einen Moment lang standen wir keuchend voreinander, Nase an Nase, die Fäuste geballt, und Zachs Worte hingen knisternd zwischen uns in der Luft.

Dann brach ein Sonnenstrahl durch die Gewitterwolken, die sich um uns zusammenballten.

»Ich kann meinen Bauchnabel riechen?«, fragte ich grinsend.

Auch Zach musste lachen. »Was anderes ist mir nicht eingefallen.«

»Riecht nach Flusen.«

»Wahrscheinlich eher nach Käse, du altes Schmuddelkind.«

Ich prustete los und endlich fiel alle Anspannung von mir

ab. Erleichtert ließ ich mich zurück auf die Bank plumpsen. »Tut mir leid, Zach. Ganz ehrlich.«

Auch Zach setzte sich wieder, aber sein Lächeln passte nicht so recht zu dem ernsten Ausdruck in seinen Augen. »Okay, nachdem du den Kopf jetzt anscheinend wieder rausgezogen hast ... da wäre noch was anderes.«

»Ich hab dir alles erzählt, ich schwöre«, entgegnete ich.

Na ja, fast.

»Nein, *ich* muss *dir* was erzählen.« Zach kratzte sich am Ohr und schien zu überlegen. »Oder wahrscheinlich wäre es besser, wenn du es von jemand anderem hörst. Kleiner Ausflug gefällig?«

Ich zögerte. Eigentlich hatte ich langsam die Nase voll von dieser Geheimniskrämerei. Aber ich vertraute Zach ... und außerdem war ich ihm echt was schuldig.

Als wir auf unsere Räder stiegen, klingelte erneut mein Handy, und diesmal sah ich die Benachrichtigung über siebzehn verpasste Anrufe auf dem Display. Ich tippte darauf, um mir die Nummern anzeigen zu lassen, und schluckte. Jeder einzelne war von Seth.

Mein Daumen schwebte über seinem Namen, und ich war kurz davor, ihn zurückzurufen, um endlich rauszufinden, was er so dringend von mir wollte, aber eigentlich wusste ich das ja längst. Ich hatte es schon gewusst, als ich heute Mittag bei unserer kleinen Verfolgungsjagd die Verzweiflung in seinen Augen gesehen hatte. Seth war klar geworden, wie tief wir alle drei in der Scheiße steckten, und jetzt wollte er, dass ich ihm einen Rettungsring zuwarf. Dabei dümpelte ich direkt neben ihm und musste fürchten, dass er mich mit seinem Gestrampel mit runterzog. Also steckte ich mein Handy zurück in die Tasche und folgte Zach.

Zach radelte vor mir durch die Innenstadt und hielt schließlich vor der Spielhalle. Als wir reingingen, dudelte anstelle einer Türglocke die vertraute »Pac Man«-Melodie los. Ich war es gewohnt, dass es hier rappelvoll war und die Leute vor den besten Automaten Schlange standen, darum war es merkwürdig, die Halle so verlassen zu sehen. Außer einem elektronischen Grundsummen und vereinzelten Geräuschexplosionen aus Richtung der Flipperautomaten war es vollkommen still. Ein Wunder, dass die Inhaber überhaupt an einem Dienstagabend geöffnet hatten.

Ich folgte Zach, der eine Runde durch den Raum lief, bis er schließlich ganz hinten in der Ecke am Steuer eines Autorennautomaten fand, was – oder eher *wen* – er gesucht hatte.

»Eli«, sagte Zach. »Das hier ist Brett Carver.«

Wie angewurzelt blieb ich stehen. War das eine Falle? Hatte Zach mich reingelegt? Hatte er mir gar nicht verziehen und mich nur für den großen Showdown hierhergelockt? Zuerst wollte ich ihn mit all diesen Fragen bombardieren, aber dann heftete sich mein Blick fest an Bretts Hinterkopf.

»Hi«, murmelte ich.

Brett setzte sein virtuelles Rennauto vor die Wand, drehte sich zu uns um und winkte knapp.

»Brett hält den Highscore bei ›Maximum Speed‹«, erklärte Zach mit einer Geste auf die Reihe von Autositzattrappen rechts und links von Brett. »Er ist ziemlich oft hier, seit …«

»… seit ich aus allen meinen Mannschaften geflogen bin«, beendete Brett den Satz.

Sein Tonfall war sachlich, und aus der Tatsache, dass er mir nicht direkt an die Gurgel gegangen war, schloss ich, dass Zach ihm noch nicht erzählt hatte, wer ich war und was ich gemacht hatte.

Oder aber Zach hatte erst mal abwarten wollen, bis ich ihm seinen Verdacht bestätigte.

»Brett ist wegen dieser Website aus seinen Mannschaften geflogen«, fügte Zach hinzu. »Der mit den Enthüllungsvideos.«

»Ah, okay …«, entgegnete ich vorsichtig.

Okay, verraten hatte er mich also noch nicht. Aber was hatte er dann vor?

Jetzt wandte Brett sich an Zach. »Ist er das?«

Zach nickte.

Brett deutete mit dem Kinn auf den Platz neben ihm, und ich setzte mich widerstrebend hin, während Zach zwischen den anderen Automaten verschwand.

»Du bist also ein Freund von Zach?«, fragte Brett.

Im ersten Moment dachte ich, er würde »Freund von Springer« sagen, und mir entwich ein ersticktes Keuchen. Brett schien zu denken, dass ich mich verschluckt hatte, denn er klopfte mir auf den Rücken.

»Alles okay, Bro?«

Ich bin nicht dein Bro.

»Ja klar.« Ich schob seine Hand weg. »Was soll das hier alles?«

Brett hob die Augenbrauen. »Ich dachte, das erklärst du

mir, ist schließlich deine Party. Mein Kumpel Zach hat gesagt, ich soll herkommen, darum bin ich hier. Meinte, er würde dich mitbringen. Und dass du dich vielleicht ein bisschen zu sehr von dieser Stänker-Seite beeinflussen lässt. Wahrscheinlich will er, dass ich dir mal den Kopf wasche. Du weißt schon, dass man nicht alles glauben sollte, was man im Internet liest, oder?«

Bretts kleine Eröffnungsrede bot eine Menge Stoff zum Nachdenken, aber alles, was ich hörte, war »Kumpel«. Zach und Brett waren *Kumpels*? Ich ließ mir das Wort auf der Zunge zergehen und der Geschmack gefiel mir nicht. Hatte Zach etwa die ganze Zeit hier rumgehangen, während ich mit Seth und Mouse für die ACM geackert hatte?

Ich hielt den Mund – das hier war vermintes Gelände –, und schließlich redete Brett weiter.

»Diese Seite ist das Allerletzte, aber ganz unverdient bin ich wohl nicht darauf gelandet.« Er lehnte sich zurück und drehte mit einer Hand gedankenverloren das Lenkrad hin und her.

»Wegen der Sache mit Jordan?«, fragte ich.

Er blinzelte und zog leicht die Stirn kraus. »Nee, weil ich mir dieses Zeug gespritzt hab.«

»Ach so.«

»Wieso denken eigentlich alle, ich hätte Jordan irgendwas getan? Nur weil die Seite so heißt?« Er drehte sich zu mir um. »Siehst du? Genau so was meine ich. Man darf dem Internet nicht alles glauben.«

Ich erwiderte seinen Blick. »Du hast echt keine Ahnung, warum die dich als Opfer rausgepickt haben?«

»Ich weiß ja nicht mal, wer *die* sind. Überrascht mich ehrlich gesagt, dass sie nicht erst mal versucht haben, mich zu erpressen. Wenn die mir das Video gezeigt und gedroht hätten, es zu posten, hätte ich alles getan, um sie davon abzuhalten. Die hätten mich komplett zu ihrem Sklaven machen können. Aber sie haben es einfach online gestellt. Da fragt man sich doch, warum.«

War dieser Typ wirklich so schwer von Begriff?

»Ich finde, das kommt auf der Seite doch ziemlich deutlich raus«, wandte ich ein. »Die nehmen Leute ins Visier, die Jordan fertiggemacht haben.«

Brett schüttelte den Kopf. »Aber das hab ich ja gar nicht. Ich meine, kann sein, dass ich ein paarmal ›LOL‹ kommentiert hab, wenn einer meiner Freunde ihn online verarscht hat …, aber mit Jordan selbst hatte ich nie ein Problem.«

»Vielleicht kannst du dich nur nicht dran erinnern. Wenn du da gerade auf einem von deinen Trips warst oder so —«

»*Auf einem von meinen Trips?*«, echote Brett. »Was wird das hier, 'ne Suchtberatung oder so was? Was bist du überhaupt für einer?«

Ich bin ein Freund von Springer.

Ich zuckte mit den Schultern. »Ich hab halt gesehen, wie der Typ sich in Brand gesteckt hat. Und ich hab gehört, wie die Leute ihn genannt haben. ›Schwuchtel‹ zum Beispiel —«

»Ich nicht.«

»›Queen Jordana‹.« Jetzt fauchte ich ihn regelrecht an.

Brett kratzte sich an der Wange. »Hm, okay. Der Spruch geht tatsächlich auf mein Konto. Hatte ich ganz vergessen.«

»›Wohnwagenfuzzi‹.«

»So hat ihn ja wohl jeder –«

»Du hast geschrieben, es wäre besser, wenn er tot wäre, und –«

»Moment mal!« Brett hob die Hände. »Nie im Leben. So was würde ich nie machen.«

»Dann war's vielleicht einer von deinen Freunden«, brabbelte ich weiter. »Und du hast ›LOL‹ kommentiert, stimmt's? Du hast über ihn gelacht. Hast du gerade selbst zugegeben.«

»Nein!«

»Verarsch mich nicht!«

Brett stand auf, als wollte er sich vor mir in Sicherheit bringen – so was machte man doch nicht, wenn man unschuldig war. »Was geht dich das eigentlich an, Alter? Du kennst mich ja nicht mal!«

»Aber ich kenne genug andere wie dich.« Ich fing an, am ganzen Körper zu zittern.

»Zach, wer ist dieser Assi?«, rief er über das Automatengedudel durch den Raum, aber Zach kam nicht. »Ist das hier 'ne Falle, oder was?«

Lustig, dass ich vor ein paar Minuten noch dasselbe gedacht hatte. Tja, wer eine Falle fürchtete, hatte meistens auch was zu verbergen.

Brett musterte mich, als müsste er kurz überlegen, ob er mit mir weiterdiskutieren oder mich lieber k. o. schlagen sollte. Er entschied sich für Ersteres.

»Jetzt pass mal auf, eigentlich sollte ich dir die Fresse polieren dafür, wie du dich hier in meine Angelegenheiten einmischst, aber weil du ein Freund von Zach bist, sage ich dir genau das, was ich auch ihm gesagt habe: Kann sein, dass ich bei der Sache mit Jordan nur ein feiger Mitläufer war, aber es hat ihn halt jeder fertiggemacht – *jeder*. Und meine Kumpels haben ihm ganz sicher nicht gesagt, dass er sich umbringen soll.«

Meine Hände ballten sich zu Fäusten.

»Tja, irgendwer hat es aber gemacht. Jordan wird sich wohl kaum ohne Grund angezündet haben.«

»Ja, *irgendwer* hat es geschrieben!«, schrie Brett mich an. »Hab ich gesehen! Ich war mit in dem Chat!«

»Also gibst du es zu!« Jetzt erhob ich mich ebenfalls. Zwischen Autorennkonsolen und Flipperautomaten standen wir einander gegenüber. »Dass du dabei warst.«

»Aber ich hab's nicht – Ich hab bloß mitgelesen, wie –«

»Wie deine Freunde sich wie die letzten Arschlöcher benommen haben.«

»Das war keiner von meinen Freunden!«, brüllte Brett und warf die Arme in die Luft.

»Wer denn dann?!«

»Irgend so ein Typ namens *Mouse*!«

KAPITEL 41

Die Geräusche der Spielhalle um mich traten in den Hintergrund und an ihrer Stelle hatte ich nur noch ein dumpfes Dröhnen auf den Ohren.

Doch darüber hinweg hallten noch immer Bretts Worte in meinem Kopf wider.

Nein.

Es konnte nicht Mouse gewesen sein.

In dem Moment tauchte Zach wieder auf. Er schien bereit, sich jederzeit zwischen uns zu werfen, weswegen ich davon ausging, dass er alles mit angehört hatte.

Ich wünschte, er hätte es mir lieber selbst erzählt, aber vielleicht hatte er ja geahnt, dass ich ihm das alles nicht geglaubt hätte, wenn die Info nur aus zweiter Hand gekommen wäre.

Und ich dachte, Zach und Mouse könnten Freunde werden.

Wie durch Watte hörte ich Brett zu Zach sagen: »Dein Kumpel hier ist das letzte Arschloch.«

»Zeig's ihm«, erwiderte Zach.

»Wieso sollte ich? Ich muss dem überhaupt nichts beweisen.«

»Bitte.«

Die beiden redeten miteinander wie alte Freunde, was ein ziemlicher Schlag ins Gesicht war – nicht weil Zach sich anscheinend nach neuen Leuten umgeguckt hatte, sondern eher, weil ich selbst zu beschäftigt gewesen war, um es zu merken.

Langsam, ganz langsam ließ das Dröhnen nach und die *Pings* und *Wrrrrs* der Automaten um uns herum kehrten zu rück. Leicht verschwommen sah ich, wie Brett mit genervter Miene sein Handy aus der Tasche zog.

»Das hier hat dich zwar einen Scheiß zu interessieren, aber wenn du mir dann nicht weiter auf den Keks gehst …«

Er wischte ein paarmal über das Display und reichte mir das Telefon.

Eine Sekunde lang war ich verwirrt, denn das Display zeigte Chat Mob, die App, die nach Jordans Tod eingestellt worden war. Das konnte doch gar nicht sein.

Dann erst wurde mir klar, dass ich nicht die App selbst vor mir hatte, sondern bloß einen Screenshot – von einem Chat, der mitsamt der App hätte verschwinden sollen.

B.Carver: Wie ist Springer hier überhaupt reingekommen? Das hier ist 'ne Privatveranstaltung.

Jordan: Ich bin überall. Mir gehört das Internet.

Boss: Dir gehört gar nichts. Nicht mal die ranzige Dreckskarre, die deine Mom fährt.

PeterPan: Hey J, glaubst du, wenn ich Fogerty auch einen blase, gibt der mir 'ne Eins?

B.Carver: Nicht nötig, Pete. Hab gehört, Fogerty verteilt gute Noten gegen Bares. Nur blöd, dass Queen Jordana sich das nicht leisten kann.

Ich warf Brett einen finsteren Blick zu und er starrte trotzig zurück.

»Was hattest du überhaupt für ein Problem mit Fogerty?«, fragte ich.

»Sportler müssen einen bestimmten Notendurchschnitt halten«, sagte Brett. »Und ein paar Lehrer sind da kooperativer als andere.«

»Fogerty hat nicht viel übrig für Sport«, fügte Zach hinzu.

Was man genauso gut von Zach behaupten konnte, also warum machte er jetzt einen auf Kumpel mit dieser Flachpfeife? Die beiden hatten rein gar nichts gemeinsam. Außer vielleicht jede Menge Freizeit, seit Brett kein Mannschaftstraining mehr hatte und Zach keinen Eli. Tja, aber da ich auf gewisse Weise wohl für beides verantwortlich war, beugte ich mich schnell wieder über Bretts Handy, bevor mein schlechtes Gewissen überhandnahm. Der Chat ging auf dem nächsten Screenshot weiter.

PeterPan: Wie wär's, wenn du euer Wohnklo vertickst, J?
Oder meinst du, das reicht nicht für 'ne Eins?

Jordan: Wie wär's, wenn ihr mich mal alle am Arsch leckt, ihr Saftsäcke? Könnt froh sein, wenn ich mich nicht in eure Akten einhacke und alle eure Noten in Sechsen verwandle.

B.Carver: Der blufft nur.

Jordan: Willst du's drauf ankommen lassen?

Boss: Obacht, Carver, ich glaub, der flirtet mit dir.

Ich wischte weiter zum nächsten Screenshot. Dieser schien einen späteren Auszug aus demselben Chat zu zeigen, und ich fragte mich, was Brett da wohl rein zufällig ausgelassen hatte. In der Zwischenzeit hatten sich zwei weitere Leute eingeklinkt.

PeterPan: Wer hat denn die beiden Loser in den Chat geholt?
Jordan: Ich.
Boss: Guck an, dann ist Jordan wohl nicht Fogertys einziger Toyboy. Wer hätte gedacht, dass einer wie der Freunde hat?
March: Wir sind nicht seine Freunde.
Mouse: Und keine Toyboys.

Ich musste würgen, als mir plötzlich die Galle hochkam. March und Mouse.

Jordan: Das sind meine Bitches. ;)
B.Carver: Da haben wir's schriftlich. Springer hält sich 'nen Harem.
Boss: Wusst ich's doch.

»Wieso hast du die aufgehoben?«, fragte ich Brett, ohne hochzugucken.

»Ich hab Screenshots von allen meinen Chats gemacht. Und die hier hab ich behalten, nachdem … na ja, falls mal einer … die haben ja nach Schuldigen gesucht.« Er räusperte sich und senkte die Stimme. »Ich wollte nur beweisen können, dass das Schlimmste nicht von mir kam.«

Ich wischte weiter und las selbst, was das Schlimmste war.

March: Ich bin nicht deine Bitch, Jordan. Ich bin dein gar nichts.

Mouse: Ich auch nicht.

Jordan: ...

Mouse: Die einzige Bitch hier bist du ... Und zwar Fogertys.

Jordan: Leckt mich doch.

PeterPan: Jungs! Ich glaub, das war ein Angebot. ;)

Jordan: Ich dachte, ihr gebt mir Rückendeckung.

March: Tja, falsch gedacht.

B.Carver: LOL

Boss: Bäääm! Alter, die beiden Neuen werden mir immer sympathischer.

March: Vielleicht wär's besser, wenn du deinen Rücken von Fogerty decken lässt.

Mouse: Vielleicht wär's besser, wenn du tot wärst.

Wieder wischte ich über das Display, aber es war kein Screenshot mehr da.

Meine Welt stand kopf.

»Jetzt kapiert?«, fragte Brett. »Die Website sollte sich lieber diese beiden Typen vornehmen. Ich glaube nämlich, Jordan dachte wirklich, die wären seine Freunde.«

»Na, herzlichen Glückwunsch.« Ich warf Brett das Handy zu. »Du warst nicht der Schlimmste.«

Er fing es mit einer Hand auf und steckte es in die Tasche. »Sag ich doch.«

Nicht der Schlimmste. Aber unschuldig auch nicht.

Das musste ich aber gar nicht aussprechen. Er konnte es mir am Gesicht ablesen, und vielleicht sah er irgendwo ganz tief in sich drinnen ein, dass ich recht hatte.

Er hielt meinem Blick nur ein paar Sekunden stand, bevor er zu Boden guckte.

»Ich meine ja nur, dass keiner für die Sache mit Jordan verhaftet wurde, weil sonst die halbe Schule in den Knast wandern müsste. Keine Ahnung, wer hinter *Freunde von Springer* steckt, ich weiß nur, dass Jordan jede Menge Feinde hatte.«

Darauf hatte ich keine Antwort und nach einem Moment des Schweigens nickte Brett Zach zum Abschied zu und drängte sich an mir vorbei Richtung Ausgang.

Als er weg war, machte Zach einen Schritt auf mich zu, einen zerknirschten Ausdruck im Gesicht. »Ich hab Brett vor ein paar Wochen hier getroffen und wir sind irgendwie ins Gespräch gekommen. Er ist echt ein guter Gamer. Und außerdem überlegt er, in die Schach-AG einzutreten, jetzt, wo er …«

Jetzt, wo er aus allen seinen Mannschaften geschmissen wurde und seine Zukunft ein Trümmerhaufen ist.

An jedem anderen Tag hätte ich mich drüber gewundert, dass ein Typ wie Brett Carver sich angeblich für Schach interessierte, aber meine persönliche Verwunderungsmesslatte hatte sich in letzter Zeit dramatisch gehoben. Gehoben, verbogen und völlig verknotet.

»Es war nicht nur der eine Chat«, redete Zach weiter, als ich nichts sagte. »Wenn man weiß, wo man suchen muss, findet man noch –«

»Hör auf.« Ich presste mir die Hände gegen die Schläfen, als könnte ich so verhindern, dass mein Kopf platzte. »Zach, das kann nicht stimmen. Brett muss diese Bilder gephotoshopt haben oder –«

»Warum sollte er das denn machen? Es weiß doch überhaupt keiner, dass er sie hat.«

Scheiße. Ich kapierte gar nichts mehr.

Ich musste mit Mouse reden, mit Seth … *Seth.* Ich zerrte mein Handy aus der Hosentasche. Keine neuen Anrufe. Seth hatte nach siebzehn Mal aufgegeben. Außerdem hatte er mir vier Nachrichten geschickt.

Ruf mich an.
Ruf mich an.
Eli, im Ernst jetzt, ruf mich an.
Bitte.

Und dreimal auf die Mailbox gesprochen.

Ich hörte mir die erste Nachricht an. Er musste im Auto gesessen haben oder ziemlich schnell Fahrrad gefahren sein, als er sie mir hinterlassen hatte, denn ich hörte fast nichts außer Windgeknatter. Vom Rest schnappte ich gerade eben genug auf, um mir zusammenzureimen, dass er Mouse nicht erreichen konnte und sich Sorgen machte, dass irgendwas nicht stimmte.

Ich tippte die nächste Nachricht an.

»Was machst du denn da?«, fragte Zach.

Ich hob die Hand, damit er leise war, und hielt mir das freie Ohr zu, um besser zu hören.

»Eli, was soll der Scheiß? Geh gefälligst ans Telefon! Ich glaube, ich weiß, wo Mouse ist. Ich hab ihn gerade kurz erreicht und er hat irgendwas von Aula und der Gelben Ziegelsteinstraße gefaselt. Ich glaube, er meint den ›Zauberer von Oz‹ – heute ist doch die Premiere. Die ganze Schule wird da sein …«

Noch während ich weiter zuhörte, bewegte ich mich auf den Ausgang zu und bedeutete Zach mitzukommen.

»… mich jetzt auf den Weg. Ich hab das Gefühl, er hat irgendwas Verrücktes vor. Wenn du das hier hörst: Wir treffen uns an der Aula.«

»Wir müssen zur Schule«, sagte ich zu Zach, als wir bei unseren Rädern ankamen.

Er hörte die Anspannung in meiner Stimme und nickte, ohne weitere Fragen zu stellen.

Das Handy zwischen Ohr und Schulter geklemmt, hörte ich die letzte Nachricht ab, während wir in einem Affenzahn den Bürgersteig entlangrasten und wild schlenkernd den Fußgängern auswichen. Seths Stimme, die schon vorher hektisch geklungen hatte, überschlug sich jetzt regelrecht vor Panik.

»Die lassen mich nicht backstage! Diese verkackten Theateridioten! Machen hier einen auf Aula-Security! Ich weiß, dass er irgendwo hier ist, vielleicht hinter der Bühne oder so. Keine Ahnung. Wir sind –«

Hier brach die Nachricht ab. Oder zumindest dachte ich das, bevor ich Seth nach einer Sekunde noch immer atmen hörte und kapierte, dass er gar nicht aufgelegt hatte. Seine Stimme war kaum lauter als ein Flüstern, als er weiterredete.

»Eli, es gibt was, was wir dir nicht erzählt haben.«

Ich drückte ihn weg. Ach nee.

Sofort wählte ich Isabels Nummer.

Bitte geh dran. Bitte geh dran.

Nach einem Mal Klingeln landete ich auf ihrer Mailbox. Sie hatte meinen Anruf ignoriert, entweder weil ich es war oder weil jeden Moment das Stück losging.

»Kennst du irgendwen, der im ›Zauberer von Oz‹ mitspielt?«, fragte ich Zach, als wir endlich die Innenstadt hinter uns ließen und auf die Straße einbogen, die direkt zur Schule führte.

Er schüttelte den Kopf, keuchend vor Anstrengung. »Nein. Wieso, was ist denn los?«

»Weiß ich noch nicht genau.«

Wieder warf ich einen Blick auf mein Handy, und mein Fahrrad geriet bedenklich ins Schlingern, als ich einhändig eine Nachricht an Isabel tippte.

Ruf mich an. Notfall!

Ich hatte zwar keine Ahnung, worin genau der Notfall bestand oder was Mouse vorhatte, aber irgendwie wusste ich, dass es wichtig war, hinter die Bühne zu kommen. Ich duckte mich über meinen Lenker und raste wie ein Irrer dahin. Vor mir über den Bäumen kam langsam das Dach der Haver High in Sicht. Ich trat noch fester in die Pedale.

Mein Handy klingelte. Isabel.

Ich sagte nicht mal Hallo.

»Hör mal, ich weiß, du bist sauer auf mich, und ich kann's verstehen, wenn du mich bis in alle Ewigkeit hasst, aber ich brauche gerade dringend deine Hilfe. Es ist wirklich wichtig und es geht dabei nicht um mich.«

»Okay«, sagte sie, ohne zu zögern und ohne eine einzige Frage zu stellen.

Und in dem Moment, mitten im Chaos, während meine Lunge, mein gesamtes Dasein, kurz vor dem Kollaps standen, während mein Freund vielleicht drauf und dran war, den größten Mist seines Lebens zu bauen, wurde mir klar, dass ich möglicherweise ernsthaft in Isabel verliebt war.

»Danke, danke!«, keuchte ich. »Du musst bitte für mich Ausschau nach Mouse halten.«

»Mouse?«

»Ja. Vertrau mir einfach. Ach so, und noch was. Kannst du vielleicht den Bühneneingang für uns aufmachen?«

»Das Stück fängt gleich an«, sagte sie. »Ich bin schon unten.«

»Bitte, Isabel.«

»Okay, okay. Ich mach ihn auf. Du hast eine Minute!«

»Perfekt!«

Während ich noch mein Handy zurück in die Hosentasche stopfte, erreichten wir auch schon das Schulgelände. Die Aulatüren standen weit offen und goldenes Licht fiel auf den Rasen davor. Wir lenkten unsere Räder über den Kiesweg, der hinter das Gebäude führte. Und plötzlich griff die Dunkelheit nach mir.

KAPITEL 42

Die Dunkelheit entpuppte sich als Seth, der meinen Fahrradlenker gepackt hatte.

Er war blitzschnell aus dem Schatten aufgetaucht und hatte sich mir in den Weg gestellt. Ich konnte gerade noch rechtzeitig bremsen. Kies flog in alle Richtungen, prallte von der Wand ab und traf mich an Armen und Beinen.

»Mann, Seth!«

»Wo warst du denn? Und was macht der hier?«, blaffte er mit einem finsteren Blick auf Zach.

»*Der* hat mir mein Handy mitgebracht, sonst hätte ich deine vierhundert Nachrichten überhaupt nicht gekriegt.«

Nach und nach wich meine Schockstarre Wut und Verwirrung. Wie blöd war ich eigentlich, dass ich allen Ernstes geglaubt hatte, Seth und Mouse wären meine Freunde?

Und wenn sie die Website nicht im Namen der Gerechtigkeit eingerichtet hatten, wofür dann?

Ich hatte tausend Fragen, aber als Erstes wollte ich schlicht wissen: »Was ist hier eigentlich los?«

Doch Seth hatte sich schon umgedreht und war losmarschiert. Wir ließen unsere Räder fallen und folgten ihm.

»Frag ihn nach Jordan«, zischte Zach mir zu, und sein Flüstern hallte von den Wänden wider.

»Was weißt denn du von Jordan?« Seth fuhr abrupt zu uns herum.

»Ich weiß, dass du ihm für jemanden, der sich als *Freund* von Springer bezeichnet, ein paar ziemlich miese Dinger reingewürgt hast«, antwortete Zach.

Seth starrte mit offenem Mund erst Zach an, dann mich. »Du hast es ihm erzählt?«

»Ja«, sagte ich. »Weil ich ihm vertraue – anders als dir.«

Ein Stück vor uns öffnete sich eine Tür und weißes Neonlicht durchschnitt die Dunkelheit wie ein Messer. Isabel steckte den Kopf nach draußen und blinzelte uns entgegen.

»Eli?«

»Komme«, rief ich und eilte mit Zach und Seth auf den Fersen auf den Bühneneingang zu. »Hast du Mouse gesehen?«

»Nein«, sagte sie. »Wieso sollte der denn auch hier sein?«

Ich drehte mich zu Seth um, aber der verschränkte bloß die Arme und tappte mit dem Fuß, sichtlich ungeduldig, endlich nach drinnen zu gelangen.

»Wäre es okay, wenn wir uns einfach ein paar Minuten umgucken?«, wandte ich mich wieder an Isabel.

»Okay.« Sie schob mit dem Fuß einen großen Stein vor die Tür, um sie offen zu halten, und trat zurück in das enge, grell erleuchtete Treppenhaus. »Ich muss wieder zurück in den Keller, da kann ich mich nach ihm umschauen. Wenn ich ihn sehe, rufe ich dich an.«

Falls sie noch sauer auf mich war, ließ sie es sich zumindest nicht anmerken. Unser Streit, worum auch immer es dabei ging, schien fürs Erste auf Eis gelegt, bis mein Notfall überstanden war. Ja, ich war definitiv in dieses Mädchen verliebt.

»Danke«, sagte ich.

Sie zeigte auf eine weitere Tür hinter sich. »Da geht es hinter die Bühne. Das Stück hat schon angefangen, darum müsst ihr echt leise sein. Die Treppe rauf ist der Schnürboden. Da ist zwar nicht viel Platz, aber man hat einen ziemlich guten Blick in den Zuschauerraum, falls er im Publikum sein sollte.«

Ich bedankte mich noch mal und sie verschwand nach unten in den Keller.

Seth wollte gerade durch die Tür, aber ich legte ihm die Hand auf die Brust und hielt ihn zurück.

»Zuerst erzählst du mir, was wir überhaupt hier machen. Was hat Mouse vor?«

»Keine Ahnung!«

»Das glaub ich dir nicht.«

Seth öffnete den Mund, um zu antworten, aber dann verzerrte sich plötzlich sein Gesicht, und er schlug die Hände davor.

»Du hast recht«, sagte er.

»Was?«

Ich hatte mich auf einen Streit gefasst gemacht, kein Geständnis.

»Wir haben dich nicht angelogen, aber … wir haben dir ein paar Sachen verschwiegen.« Seth senkte die Hände wieder, sah mir jedoch noch immer nicht in die Augen. »Das mit Jordan …«

»Wart ihr überhaupt mit ihm befreundet?«, fragte ich.

Alle meine Muskeln waren angespannt und mir war speiübel. Hatte ich echt die ganze Zeit auf der falschen Seite gestanden?

»Doch, waren wir«, sagte Seth. »Ich meine, anfangs noch nicht. Da waren wir bloß Teamkameraden. Ich hab Mouse und Jordan letztes Jahr kennengelernt, als ihr alle neu an die Schule gekommen seid. Ich wollte einen Programmierklub gründen, und die beiden waren die Einzigen, die aufgetaucht sind.«

Ich wechselte einen Blick mit Zach und sah mein Entsetzen in seinen Augen gespiegelt. Ich konnte mich noch gut an die Flyer erinnern, letztes Jahr in der ersten Schulwoche. Zach und ich hatten beide überlegt, uns anzumelden, aber ich hatte mich nicht getraut, irgendwo mitzumachen, schon gar nicht in einem Klub, durch den man gleich einen Nerdstempel aufgedrückt bekam, also hatte ich Zach davon abgebracht.

Vielleicht wäre es ja völlig anders gelaufen, wenn ich damals nicht so ein Schisser gewesen wäre. Vielleicht wären wir alle Freunde geworden und Zach und ich hätten Jordan Rückendeckung geben können.

Oder vielleicht stünden wir heute genauso da wie Seth.

Ich erschauderte.

»Drei Mann waren ein bisschen wenig für einen Klub«, fuhr Seth fort. »Darum haben wir beschlossen, stattdessen bei der ACM mitzumachen. Irgendwann waren wir dann wirklich Freunde. Aber mit einem Mal … hat Jordan angefangen … online rumzupöbeln.«

»Jordan war ein Troll«, dachte ich laut.

Ich horchte tief in mich hinein, suchte nach etwas wie Erstaunen und fand nichts. Vielleicht hatte ein Teil von mir es längst geahnt, aber so was denkt man nun mal nicht über einen Toten. Verrückt, wie der Tod eine Person verändern kann, selbst wenn sie schon lange nicht mehr da ist. So wird ein Onlinestalker plötzlich posthum zum unschuldigen Opfer.

Wir hatten Jordans Feinde ausgeschaltet. Aber wie viele von ihnen hatten wir zu Unrecht bestraft? Bei wie vielen hatte er den ersten Schlag gelandet?

Die Welt um mich fing an zu verschwimmen.

»Uns gegenüber war er nie so«, fuhr Seth fort. »Er war kein totaler Kotzbrocken. Hat nur hin und wieder mal im Netz ein paar Leute verarscht. Anfangs war es auch echt ganz lustig, da haben wir ihn noch verteidigt … kann sein, dass wir ihn sogar ein bisschen angefeuert haben, aber dann …«

»Was dann?«, bohrte ich weiter.

»Dann haben sich auf einmal alle auf uns gestürzt – Mouse und mich. Jeder, der einen Troll verteidigt, muss schließlich selbst einer sein, stimmt's? Und ab da war irgendwie überall alles … schrecklich. Online. In der Schule. Jordan hat uns da voll mit reingezogen. Was die Leute uns alles an den Kopf geworfen haben …«

»Schlimmer als das, was ihr zu Jordan gesagt habt?«, fragte ich.

Seth schnappte kurz nach Luft.

»Ja, ich weiß Bescheid.«

»Ashley hat uns seinetwegen auf ihre ›Pretty Pervy‹-Liste gesetzt«, verteidigte sich Seth. »Und was auch immer er mit Mr Fogerty laufen hatte – wahrscheinlich gar nichts, keine Ahnung, aber das hat auch auf uns abgefärbt. Brett Carver und seine Gang haben angefangen, uns ›Fogertys Fickfreunde‹ zu nennen. Jordan wollte die Typen online zur Sau machen, aber wir fanden, dann würde alles nur noch schlimmer.

Wir haben ihm gesagt, er soll es lassen oder uns zumindest nicht noch weiter mit reinziehen. Wir haben ihn richtig angebettelt ...«

Seths Stimme überschlug sich.

Neben mir verschränkte Zach die Arme und rollte ein paar Kieselsteine unter seinen Sneakern hin und her. Vorhin war es ihm noch so wichtig gewesen, dass ich die Wahrheit erfuhr. Jetzt wirkte er ziemlich verunsichert.

»Äh, vielleicht sollte ich schon mal auf diesem Schnürboden anfangen«, sagte er. »Wird ja 'ne Weile dauern, bis man das ganze Publikum von da oben abgesucht hat.«

»Okay«, antwortete ich.

Im nächsten Moment war er durch die Tür und halb die Treppe rauf, bevor ich meine Meinung wieder ändern konnte.

Seth holte zittrig Luft und erzählte weiter. »Jordan wollte Krieg, aber wir waren zu feige. Gegen Leute wie Brett kommt man doch sowieso nicht an. Oder zumindest dachten wir das damals. Und als Jordan dann ... also danach hat Mouse gesagt, wir wären die totalen Schlappschwänze gewesen. Meinte, wir hatten Jordan beistehen sollen.«

»Und wie hast du das gesehen?«, fragte ich.

»Ich fand, wir mussten uns selbst schützen«, sagte Seth.

»Also habt ihr euch gegen ihn gewendet.«

»Nein ... oder jedenfalls nicht sofort. Zuerst haben wir nur versucht, ihm aus dem Weg zu gehen, aber irgendwie hat er den Wink mit dem Zaunpfahl nicht verstanden.«

»Na ja, am Ende wohl schon.«

Was ich auf Bretts Handy gelesen hatte, war ein Zaunpfahl von der Größe eines Mammutbaums gewesen.

»Er hat auf euch gezählt. Er dachte, ihr wärt seine Freunde.«

»Waren wir ja auch.« Seth wurde blass. »Wir hätten bloß nicht … Wir wollten doch nicht …«

Er brachte den Satz nicht zu Ende, aber das musste er auch nicht.

Mit einem Mal sah ich das ganze Bild gestochen scharf vor mir und konnte es aus allen möglichen Winkeln gleichzeitig betrachten, was ziemlich verstörend war. Als Jordan anfing, über die Stränge zu schlagen, hatte er geglaubt, Seth und Mouse noch mit an Bord zu haben, dabei waren die beiden bloß hilflos auf seiner Welle mitgetrieben und hatten verzweifelt versucht, sich aus dem Sog zu befreien. Er hatte ihnen auf eine Weise Aufmerksamkeit verschafft, wie sie sie niemals gewollt hatten. Ich konnte mir ihren Frust lebhaft vorstellen, und irgendwann hatten sie Jordan mit derselben Feindseligkeit behandelt, die sie durch seine Schuld erleiden mussten.

Und genauso konnte ich mir vorstellen, was für ein Tiefschlag das für Jordan gewesen sein musste.

Ich musste mich kurz am Türrahmen festhalten, damit ich nicht zusammenklappte. Keiner hatte kapiert, was damals wirklich passiert war. Jordan Springer hatte es einen Dreck interessiert, was ein paar Mobber im Internet zu ihm gesagt hatten.

»Also hat er es gar nicht wegen denen gemacht«, murmelte ich, und auf einmal überkam mich Mitleid mit diesem Jungen, den ich überhaupt nicht gekannt hatte. »Sondern euretwegen.«

Seth versuchte verzweifelt, die richtigen Worte zu finden. »Wir wussten doch nicht, dass er –«

»Diese ganzen Sachen, die sie angeblich zu ihm gesagt haben …«

»Du warst nicht dabei, du –«

»Wohnwagenfuzzi«, zitierte ich. »Abschaum.«

Seth schüttelte den Kopf und krallte die Finger in seine Haare. »Hör auf.«

»Bei wie vielen davon habt ihr ihn nicht verteidigt?«

»Bitte.«

»Und wie viel davon habt ihr selber zu ihm gesagt?«

»Hör auf«, wimmerte Seth. »Du kannst sowieso nichts sagen – nicht mal *denken* –, wodurch ich mich noch mehr hassen würde als sowieso schon. Ich *hasse* mich dafür, Eli. ICH HASSE MICH!«

Seth weinte jetzt, raufte sich noch immer die Haare und wiegte sich vor und zurück.

Ich wollte das nicht mit ansehen. Ich wollte nicht mal davon *wissen*.

»Ich dachte, Mouse und du, ihr hättet nur ein schlechtes Gewissen gehabt, weil ihr nicht zu ihm gehalten habt«, würgte ich hervor. »Aber das ist echt zu viel.«

»Das ist *dir* zu viel? Tja, ich muss jeden Tag damit leben!« Seth zog die Nase hoch. »Das ist meine Strafe – dass ich damit weiterleben muss. Aber Mouse …, der war total am Ende. Und als ich dann die Idee mit der Website hatte …«

»Also war die von Anfang an als Racheseite geplant.«

Noch mehr Geheimnisse. Noch mehr Lügen.

Seths Gesicht war zu einer gequälten Maske verzerrt.

»Nachdem Jordan … Irgendwie war es, als wäre Mouse mit ihm gestorben – als hätte ich sie beide verloren. Und dann habe ich durch die Seite plötzlich meinen Freund zurückgekriegt. Da war er wieder ein Mensch.«

»Findest du echt, solche wie euch kann man noch als Menschen bezeichnen?«

Ich wusste, wie daneben es war, jemanden zu treten, der längst am Boden lag, aber ich musste ihm irgendwas entgegenschleudern, um zu verhindern, dass ich Mitleid mit ihm bekam. Ich fühlte mich wie ausgefranst, und all die losen Fäden reckten sich nach Seth, um ihn zu trösten. Dabei hatte er keinen Trost verdient.

»Aber es hat nicht angehalten«, brabbelte Seth weiter, als hätte er mich gar nicht gehört. »Schätze, er hat erwartet, dass die Website alles irgendwie wiedergutmacht – dass sie das Ganze ungeschehen macht oder zumindest ein bisschen weniger schlimm. Alles, was Jordan je von uns wollte, war, dass wir zu ihm halten und ihn gegen seine Feinde verteidigen, darum dachte Mouse – dachten wir –, das Mindeste, was wir tun können, ist, ihm das zu geben, was er von vornherein wollte. Aber es hat sich nichts geändert. Und jetzt ist Mouse … na ja, du hast ihn ja gesehen.«

Ich dachte an den zappeligen Mouse, den ich vor ein paar Wochen kennengelernt hatte – der schnell redete und ununterbrochen in Bewegung war. Der Junge mit den orange-blauen Sneakern und dem entwaffnenden Lächeln. Doch unter all dem hatte die ganze Zeit etwas Finsteres gelauert, etwas, das unseren hibbeligen Freund in einen einsilbigen Depri-Typen verwandelt hatte, wie gestern in der Cafeteria. In jemanden, der uns nur noch mehr in Panik versetzt hatte, einen Schatten seiner selbst.

»Ja, gesehen hab ich ihn«, stimmte ich Seth zu. »Wäre nur gut zu wissen gewesen, was mit ihm los war.«

Seth ließ sich gegen die Wand sinken. Vor ein paar Minuten hatte er es noch so eilig gehabt, hinter die Bühne zu kommen. Jetzt wirkte er bloß verloren … und *klein*. Gerade konnte ich kaum glauben, dass er zwei Jahre älter war als ich und als einer der cleversten Schüler der ganzen Haver High galt. Noch weniger glauben konnte ich nur, dass er mir trotz all der Lügen immer noch irgendwie wichtig war – genau wie Mouse –, sodass ich es nicht über mich brachte, mich einfach umzudrehen und ihn stehen zu lassen.

Ich atmete tief durch. »Sollen wir ihn jetzt vielleicht mal suchen gehen, oder was?«

»Was, glaubst du, hat er dadrinnen vor?«, flüsterte Seth voller Angst.

Ich zuckte mit den Schultern. »Vielleicht ist er ja nur auf ein paar Videos von Leuten aus, die bei ihren Tanznummern auf die Schnauze fallen.«

Seth, der mit hängendem Kopf im Dunkeln stand, lachte nicht.

Okay, das hier war vielleicht nicht der richtige Moment für Witze.

Andererseits war ein bisschen fehlgeleiteter Humor immer noch besser, als auszusprechen, was wir beide dachten. Mouse wollte Rache und die Website war ihm nicht genug gewesen. Wie viele von Jordans Feinden mochten gerade in der Aula sein? Und wie viele von ihnen würde Mouse zur

Strecke bringen müssen, bevor er für seine eigenen Fehler gebüßt hatte?

Ich wusste jetzt, dass die Finsternis, die ich hin und wieder in Mouse' Augen gesehen hatte, von seiner eigenen Schuld herrührte, die ihn von innen auffraß. Und ich wollte mir gar nicht vorstellen, welche Form diese Finsternis annehmen würde, wenn sie vollends aus ihm hervorbrach.

Ich kickte den Stein, der die Tür aufhielt, beiseite. »Kommst du?«

KAPITEL 43

Backstage war es dunkel und voller Leute, und es roch nach altem modrigen Holz, genau wie im Rest der Aula. Als die Bühnentür hinter uns zufiel, wurde mir klar, dass ich diesen Mief das letzte Mal am ersten April gerochen hatte, während ich eine Diashow über Jordan Springer angeguckt und mir gedacht hatte, wie sinnlos diese Gedenkveranstaltung war, nachdem der Typ doch ganz offensichtlich keine Freunde gehabt hatte. Und kaum einen Monat und ein gefühltes Menschenleben später war ich wieder hier und suchte nach einem dieser nicht existenten Freunde ... einem *meiner* Freunde.

Blinzelnd wartete ich darauf, dass meine Augen sich an die Dunkelheit gewöhnten. In regelmäßigen Abständen beleuchteten winzige Lämpchen den Boden, damit die Leute sich nicht gegenseitig umrannten.

Seth und ich standen Schulter an Schulter in einem Wust von Schülern mit knallbunten Kostümen und ulkigen Hüten: Munchkins, die sich dafür bereit machten, mit Dorothy über die Gelbe Ziegelsteinstraße zu marschieren.

Auf der Bühne brach ein Heulen los – der Wirbelsturm, der Dorothy und ihren Hund von Kansas nach Oz wehen sollte. Der Soundeffekt war so laut, dass Seth und ich uns nicht mehr verständigen konnten. Ich teilte ihm per Zeichensprache mit, dass ich auf die andere Seite der Bühne gehen würde, und er gestikulierte zurück, dass er sich in der unmittelbaren Umgebung umgucken wollte.

Auf der Suche nach Zach sah ich hoch zum Schnürboden, aber im grellen Licht der Scheinwerfer konnte ich nichts erkennen. Als ich den Kopf wieder senkte, meinte ich kurz, Mouse zwischen den Munchkins entdeckt zu haben, aber wahrscheinlich war ich einfach noch ein bisschen geblendet, denn nachdem ich wieder klar sehen konnte, war er weg.

Auf der Bühne landete jetzt Dorothys Haus mit einem Krachen in Oz, und ich drängelte mich durch die Tänzer, die hinter einem Vorhang auf ihren Auftritt warteten. Ein paar von ihnen waren über einen Kopf größer als ich.

Tolle Munchkins.

Durch das Gewirr erhaschte ich einen Blick in den restlichen Backstagebereich. Im Hintergrund standen Kulissenteile, hoch und flach aneinandergereiht wie Bücher im Regal. Mouse hätte sich überall hier verstecken können. Ich fragte mich, ob und wann er vorhatte, sich zu zeigen – und was er wohl aushecke.

Ich hatte es beinahe durch die Munchkins geschafft, als die ganze Gruppe sich plötzlich in Bewegung setzte und mich fast durch den Vorhang mitriss. Erschrocken wirbelte ich herum, stolperte und bekam im Fallen kurz jemandes Hosenträger zu fassen. Der dazugehörige Munchkin konnte sich zwar gerade noch auf den Beinen halten, aber ich war mir ziemlich sicher, dass er es war, der mir auf dem Weg zur Bühne einen Tritt versetzte.

»Hier ist für Bühnenarbeiter verboten«, zischte mir jemand im Über-mich-Hinwegsteigen zu.

Eine Sekunde später schloss sich die Lücke im Vorhang wieder und ich blieb allein zurück. Ich rappelte mich hoch und zeigte den Munchkins den Mittelfinger, auch wenn es keiner mitbekam. Dann schlich ich in den hinteren Teil des Backstagebereichs und quetschte mich in den schmalen Durchgang zwischen zwei der Kulissen.

Auf der Bühne steigerte sich der Refrain von »Follow the Yellow Brick Road« zu einem tosenden Höhepunkt.

Im Slalom schob ich mich zwischen den Kulissen durch und arbeitete mich so wieder langsam nach vorne. Kurz bevor ich die letzte erreichte, stieg mir ein Geruch in die Nase und diesmal war es nicht der übliche Mief nach verrottendem Holz. Das hier war viel schlimmer.

Ich musste würgen.

Was zum ...

Ich hatte kaum Zeit, einen klaren Gedanken zu fassen, als die Musik, die sich erneut emporgeschraubt hatte, jäh verstummte. Gleichzeitig ging das Licht aus.

Es ist so weit, dachte ich. *Was auch immer Mouse vorhat, es geht los.*

Im nächsten Moment sah ich jedoch, wie die Munchkins auf der anderen Seite wieder von der Bühne strömten, weg von mir und dem widerlichen Gestank. Also hatte niemand außerplanmäßig die Musik gestoppt. Das Stück war bloß zu einem dramatischen Abschluss gekommen.

Ich folgte meiner Nase um die letzte Kulisse herum, und obwohl es stockdunkel war, spürte ich, dass mich jetzt nichts mehr außer dem dicken dunkelroten Samtvorhang vor den Blicken der Zuschauer schützte. Ich fragte mich, ob er auch den Gestank von ihnen abhielt, der inzwischen so beißend geworden war, dass ich mir den Kragen meines Shirts über die Nase ziehen musste.

Oh nein. Oh nein.

Immer mehr von einer schrecklichen Gewissheit erfüllt, stolperte ich weiter … geradewegs auf den süßlich-scharfen Benzingeruch zu.

Während ich mit einer Hand meinen Kragen festhielt, tastete ich mich mit der anderen blindlings voran. Vorsichtig, um nicht wieder hinzufallen, setzte ich einen Fuß vor den nächsten, aber ich geriet trotzdem ein wenig ins Schlittern, als der Boden unter meinen Füßen plötzlich nass war.

Ich wusste, dass es Benzin war, auf dem ich ausrutschte, noch bevor es auf der Bühne wieder hell wurde und mein Verdacht sich bestätigte. Im schummrigen Licht des Schnürbodens über mir erkannte ich das unverwechselbare Regenbogenschimmern auf dem Boden vor mir.

Ich folgte der Spur mit meinem Blick, und da, hinter dem Vorhang versteckt wie ein Schauspieler, der auf seinen Auftritt wartete, stand Mouse, von oben bis unten nass, mit einer Schachtel Streichhölzer in der Hand.

KAPITEL 44

Der Vorhang war einen Spaltbreit geöffnet, und ich sah, dass Mouse in einer Pfütze zwischen zwei leeren Kanistern stand. Er wippte ein bisschen auf der Stelle, und jedes Mal, wenn seine Fersen den Boden berührten, platschte es leise. Es war, als hätten seine Füße zu ihrer alten Rastlosigkeit zurückgefunden – doch die Hand, in der er das Streichholz hielt, war vollkommen ruhig.

»Hi, Eli«, sagte er.

Als hätte er mich erwartet. Als würden wir uns bei Seth im Keller zur nächsten Trainingssession treffen.

»Mouse, was soll das?«, fragte ich, obwohl die Antwort offensichtlich war.

»Wir haben nichts gesagt«, erwiderte Mouse.

»Was?« Ich ging ein Stückchen auf ihn zu und zwang mich, meine Hand vom Gesicht zu nehmen, dabei raubte der Gestank mir fast den Atem.

»Bei Jordans Gedenkfeier«, fuhr Mouse fort und deutete auf den Zuschauerraum hinter sich. »Wir haben nichts gesagt.«

Wir bekam er bloß noch Luft? Er schwamm doch förmlich in dem Zeug.

Zwei Schritte vorwärts.

Ich würgte.

Ein Schritt zurück.

Leertaste, Backspace, Leertaste, Backspace.

»Und wir haben auch nichts gesagt, als die Leute ihn fertiggemacht haben.« Mouse fummelte an der Streichholzschachtel herum, schob sie auf und wieder zu. »Wir haben nicht zu ihm gehalten. Stattdessen ...«

Er knüllte die Schachtel in der Faust zusammen.

»Ich weiß«, antwortete ich.

Mehr bekam ich nicht heraus, weil ich die Luft vor dem Benzingestank anhalten musste.

Mouse guckte mich an, wirkte kurz überrascht. Dann verzerrte sich sein Gesicht vor Scham und Tränen. »Ich meinte das doch gar nicht so.«

»Das weiß ich auch.«

Ein Schritt vorwärts.

Leertaste, Backspace.

»Ich will *jetzt* was sagen.« Mouse wischte sich mit dem Ärmel übers Gesicht.

»Ich hör dir zu.«

»Nicht zu dir. Zu denen.« Wieder deutete er hinter sich, und ich wünschte mir mit aller Kraft, dass irgendwer von den Leuten auf der Bühne uns durch den Spalt im Vorhang sah und dieser Horror-Nebenvorstellung ein Ende bereitete.

»Ich will ihnen die Wahrheit sagen«, redete Mouse weiter. »Alles. Und dann will ich, dass es vorbei ist. So wie es das auch für Jordan war.«

In gewisser Hinsicht hatte ich recht gehabt. Mouse war heute hierhergekommen, um Rache zu üben – nur nicht an den Leuten, von denen ich es gedacht hatte. Er wollte sich selbst bestrafen.

Ich machte einen weiteren Schritt auf ihn zu, und diesmal wich er zurück, zog ein Streichholz aus der zerknickten Schachtel und hielt es drohend hoch.

»Ist ja gut, ist ja gut.« Hastig hob ich die Hände. »Ich will nur —«

»Mouse, was …?!« Seth kam so hastig angerannt, dass er mich fast umgerissen hätte.

Die Stimmen auf der Bühne verstummten abrupt, als sie den Aufruhr hinter dem Vorhang hörten.

Kommt endlich!, flehte ich sie im Stillen an. *Kommt her und tut was.*

Aber *the show must go on*, und die Darsteller spulten weiter ihren Text runter, bevor die nächste Musiknummer einsetzte und unsere Stimmen übertönte.

Seth rutschte, genau wie ich zuvor, auf dem nassen Boden aus und grapschte Halt suchend nach meinem Arm. Doch selbst nachdem er sein Gleichgewicht wiedergefunden hatte, ließ er mich nicht los. Seine Finger umschlossen wie ein Schraubstock meinen Oberarm, während er starrte und starrte. Sein Mund stand offen, aber es kamen keine Worte heraus.

Mouse lächelte – ja, *lächelte* – Seth an. Das Streichholz in seiner Hand war wenige Zentimeter von der Anrissfläche entfernt, an der es nur einen einzigen Funken erzeugen musste, um ihn in Flammen aufgehen zu lassen. Der Abstand zwischen Streichholz und Schachtel war wie der Air Gap um einen sicheren Computer – leer und dennoch voller Energie und Möglichkeiten.

»Asche zu Asche«, sagte er zu seinem Freund. »Genau wie Jordan.«

Doch ich wusste, dass Seth das nicht zulassen würde. Ich war so erleichtert, dass er endlich aufgetaucht war, dieser rechthaberische Klugscheißer Seth, der das alles schon wieder richten würde. Er würde Mouse seinen Willen aufzwingen, wie immer, er würde ihm klarmachen, dass seine Idee idiotisch war, und ihm mal so richtig den Kopf waschen.

Ich wartete darauf, dass er loslegte.

Gleich. Gleich.

Seth schwieg.

Komm schon.

Nichts.

Ich schielte zu ihm rüber, traute mich nicht, Mouse komplett aus den Augen zu lassen, und was ich sah, verschlug mir die Sprache. Seth nickte. Kaum merklich, aber er nickte. Tränen rannen ihm übers Gesicht, und aus seinem Mund kamen die dümmsten und verheerendsten Worte, die ich mir in diesem Moment vorstellen konnte.

»Du hast recht«, murmelte er. »Du hast recht.«

Seths Knie fingen an zu zittern und er sackte zu Boden. Sein ganzer Körper krümmte sich unter lautlosen Schluchzern.

Mouse sah zu und ich registrierte etwas wie Mitleid in seinem Blick.

»Du musst nicht mitkommen«, sagte er zu Seth. »Es ist okay, wenn du bleiben willst. Aber dann musst du allen die Wahrheit sagen. Ihnen erzählen, was wir gemacht haben.«

Seth stierte stumm vor sich hin und Mouse hielt das Streichholz an die Anrissfläche.

Links von mir ein Häufchen Elend. Und direkt vor mir ein Pulverfass, das jeden Moment in die Luft fliegen würde.

Und mir reichte es.

»Mir reicht's!«

Meine Stimme klang erstickt, und mir wurde bewusst, dass ich in tiefen Zügen den Benzingestank einatmete. Entweder gewöhnte sich meine Lunge langsam daran oder mein Körper nutzte ihn als Treibstoff für meine Wut.

»Ich hab's satt!«

So was von satt.

Die Lügen. Die sinnlosen Racheaktionen. Mit ansehen zu müssen, wie meine Freunde sich zugrunde richteten.

Freunde.

Die Bedeutung des Worts traf mich wie ein Schlag. Wir hatten uns *Freunde von Springer* genannt, aber das hier waren *meine* Freunde. Und die brachen gerade vor meinen Augen zusammen.

»Jordan hat dein Geheul überhaupt nicht verdient«, sagte ich zu Seth, dann zu Mouse: »Und deinen Wiedergutmachungsselbstmord auch nicht.«

Mouse' Hände erstarrten und Seths Schluchzen ebbte zu leisem Schniefen ab. Es war, als hätte ich sie mit meiner Ansage alle beide in Zeitlupe versetzt.

Ich konnte mir ihren Schmerz nicht mal ansatzweise ausmalen und empfand gleichzeitig tiefe Trauer um den Jungen, der sich derart verraten gefühlt haben musste. Aber nach allem, was ich gehört hatte, war Jordan selbst nicht ganz unschuldig daran gewesen. Und am Unverzeihlichsten war, dass er seine beiden Freunde zu einem Leben in Schuld verdammt hatte.

Seth und Mouse fanden ihre Stimmen wieder.

»Aber er —«

»Du hast keine Ahnung —«

Ich brachte sie mit einer einzigen Geste zum Schweigen.

»Nein. Ich kann diese ganze Märtyrerscheiße über Jordan Springer echt nicht mehr hören.«

Um genau zu sein, hatte ich eine *Stinkwut* auf Jordan Springer.

Was er damals in der Cafeteria gemacht hatte, war absolut egoistisch gewesen, selbst wenn es ihm nicht bewusst gewesen war. Ich konnte mir keinen seelischen Schmerz vorstellen, der so schlimm war, dass man sich selbst dafür in Brand setzte. Ich wusste nur so viel: Ein solcher Schmerz hatte nicht nur einen einzigen Ursprung. Man konnte nicht Seth und Mouse allein dafür verantwortlich machen. Klar hatten sie ihn verletzt, aber genau, wie unsere Webvideos nicht ausgereicht hatten, um wiedergutzumachen, was Jordan hatte durchmachen müssen … genauso war sein Selbstmord eine Strafe gewesen, die die Schwere des Verbrechens maßlos überstieg.

»Ich weiß, ihr denkt, ihr hättet ihn verraten, aber ihr hattet nun mal Angst. Und darum habt ihr einen Fehler gemacht. Das hier ist ein zu hoher Preis dafür. Es ist nicht fair.«

Seth erhob sich langsam wieder auf die Füße. Aber Mouse wollte nichts von alldem hören.

»Fair? Ist es vielleicht fair, dass niemand dafür bestraft worden ist? Dass *wir* nie bestraft worden sind?«

»Mouse, es war nicht eure Schuld, dass —«

»Doch, war es!«, schrie Mouse mich an.

Wieder wurde es auf der Bühne leise und diesmal hielt die Stille an.

»Was die anderen zu ihm gesagt haben, war ihm egal.«
Mouse war rasend vor Wut und sein Gezappel verwandelte
sich in heftiges Zittern. »Aber was wir gemacht haben – das
hat ihn umgebracht!«

»Das ist doch Schwachsinn!«, schrie ich zurück, ohne darauf zu achten, dass inzwischen vermutlich das ganze Publikum zuhörte. »Jordan war –«

»Sprich nicht über ihn, als hättest du ihn gekannt!«

Unsere Stimmen hallten durch den totenstillen Zuschauerraum.

»Tja, ihr redet schließlich kaum von was anderem, darum
hab ich wohl das Gefühl, ich *hätte* ihn –«

»Du hast keine verschissene Ahnung! Was wir zu ihm gesagt haben …« Er guckte kurz Seth an, der jetzt ebenfalls zu
zittern angefangen hatte, und dann zurück zu mir. »Ich hab
geschrieben, es wäre besser, wenn er tot wäre.«

Das schon wieder.

»Tut euch das doch nicht an«, flehte ich.

»Wir haben ihn dazu getrieben.«

»Hör auf!«

»Wir haben ihn auf dem Gewissen.«

»Nein!«

»*Wir* waren das. *Wir* haben –«

»JORDAN HAT DAS STREICHHOLZ SELBER AN-
GEZÜNDET!«

Ein Keuchen auf der Bühne, ein Rascheln im Zuschauerraum, dann senkte sich abermals eine atemlose Stille über
alles. Ich hatte das Unaussprechliche ausgesprochen, etwas,
was man nie mehr zurücknehmen konnte, genau wie man das

Bild von Jordan als lebendige Fackel nicht mehr aus dem Kopf bekam.

Mouse und Seth guckten mich an wie vom Donner gerührt.

»Ich sage ja gar nicht, dass ihr alles richtig gemacht habt«, redete ich weiter. »Ihr habt in der ganzen Geschichte definitiv auch eine Rolle gespielt, aber ihr allein seid nicht schuld an seinem Tod. Der geht auf Brett und seine Kumpels oder auf Leute wie mich, die nicht mal mitbekommen haben, was da überhaupt abging.«

Hinter Mouse wurde der Vorhang zur Seite geschoben und plötzlich standen wir im grellen Scheinwerferlicht. Blinzelnd nickte ich in Richtung der Zuschauer. »Der geht auf die alle da, weil sie gedacht haben, das Problem würde sich schon von selbst lösen, solange man nur nicht drüber redet. Und außerdem geht er auf Jordan. Der hat an dem Tag viel mehr in Flammen aufgehen lassen als nur sich selbst.«

»Du kapierst gar nichts.« Mouse' Stimme klang zentnerschwer vor Reue.

Aus dem Augenwinkel sah ich, wie die ersten Leute über die Bühne auf uns zukamen. Die Menge außerhalb der Bühnenbeleuchtung war nichts als ein verschwommenes Gewirr aus Farben und Stimmen.

»Was riecht denn hier so?«

»Das ist Benzin!«

»Wer ist das?«

»Der da hat Streichhölzer!«

»Ruft die Feuerwehr!«

Ja, dachte ich. *Holt endlich Hilfe.* Vielleicht konnte ich Mouse ja so lange ablenken, dass er nicht mehr die Chance bekam, sich und mit ihm vermutlich das ganze Gebäude abzufackeln.

»Es heißt immer, niemand wäre für Jordans Tod bestraft worden«, redete ich weiter. »Aber das stimmt nicht. Ihr zwei bestraft euch selbst jeden Tag.«

Am Rand meines Blickfelds hatte sich eine kleine Gruppe versammelt: Munchkins, Fliegende Affen, Isabel, Zach und dann noch jemand, der die Größe und Statur eines Erwachsenen hatte. Genauer konnte ich es nicht erkennen, ohne Mouse aus den Augen zu lassen. Alle standen mucksmäuschenstill da und sahen zu, wie ich verzweifelt versuchte, meinen Freund davon abzubringen, sich das Leben zu nehmen.

»Wir sind alle mitverantwortlich dafür.« Noch während ich redete, spürte ich, wie meine Worte an Mouse vorbei in den Zuschauerraum flogen und sich über die Hunderte von Menschen dort senkten. »Wir alle haben Jordan Springer auf dem Gewissen.«

Mouse nickte, und erst als ich die Tränen sah, die ihm über die Wangen strömten, begriff ich, dass ich ihn nur noch näher an den Abgrund getrieben hatte. Er bewegte das Streichholz, wie um es anzureißen, und ich setzte alles auf eine Karte.

»Tu uns nicht an, was Jordan dir angetan hat!«

Die ganze Zeit hatte ich verzweifelt nach den passenden Worten gesucht und diese fühlten sich endlich gut an. Ich hatte den richtigen Knopf gefunden und draufgedrückt.

Mouse' Gesicht schien in sich zusammenzufallen.

Doch der falsche.

Sein Blick spiegelte Ausweglosigkeit und Entschlossenheit zugleich, als er das Streichholz auf die Anrissfläche drückte. Reden hatte keinen Zweck mehr.

Mit ausgestreckten Armen warf ich mich nach vorn, schlitterte das letzte Stück durch die Pfütze – aber er war zu weit weg.

Ich schaffte es nicht.

Ich konnte ihn nicht aufhalten.

Und dann war Seth da.

Seth, der auf Mouse landete. Streichhölzer, die in alle Richtungen flogen.

Seth und Mouse auf dem Boden, spritzendes Benzin.

Meine Knie prallten schmerzhaft auf die Holzdielen, als sie vor Erleichterung unter mir nachgaben.

Der Vorhang schloss sich wieder und tauchte uns abermals in Dunkelheit.

Die erwachsenenförmige Gestalt kam herbeigeeilt und nahm Mouse in die Arme, der jetzt wimmerte wie ein Baby.

Eine Hand legte sich auf meine Schulter – Isabel.

Nein, Zach.

Nein, beide zusammen.

Sie zogen mich hoch.

Ich hörte eine Stimme – irgendwer auf der Bühne machte eine Ansage für die Zuschauer –, dann das Schlurfen vieler Paar Füße Richtung Ausgang.

Die Vorstellung war vorbei, auf beiden Seiten des Vorhangs.

KAPITEL 45

Sirenen heulten. Daran erinnerte ich mich. An Sirenen und flackernde Lichter und jede Menge hektisch rumrennende Erwachsene.

Aber alles, was danach passierte, war wie ausgelöscht. Ich wusste nicht, wer mich nach Hause gebracht hatte oder wo mein Fahrrad abgeblieben war. Ich konnte mich nicht daran erinnern, mit der Polizei geredet zu haben oder ob ich mich von Zach und Isabel verabschiedet hatte. Alles, was ich vor mir sah, waren Mouse und Seth in der Benzinlache auf dem Boden, und als ich wieder zu mir kam, saß ich zusammengesunken an der Mr Wand.

Meine Klamotten stanken immer noch nach Benzin.

Mistys Fingernägel klackerten auf die Arbeitsplatte, während Dad sich bei einem Polizisten bedankte und die Haustür zumachte. Zurück in der grell erleuchteten Küche verschränkte er die Arme vor der Brust und sein Gesicht war eine eisige Maske. Aber darunter entdeckte ich einen Strudel von Emotionen und in diesem Moment wurde mir etwas über meinen Dad klar. Es war nicht immer Ärger, den er mit seiner gezwungenen Ruhe im Zaum zu halten versuchte. Manchmal war es auch Angst.

»Tut mir leid«, krächzte ich.

»Was genau?«, fragte Dad. »Dass du uns angelogen hast? Oder dass du das Gesetz gebrochen hast?«

»Paul, bitte«, schaltete Misty sich leise ein.

»Ich wusste überhaupt nicht, dass du so – so …«

»… dumm bist?« Ich schniefte.

»Dass du so was kannst. Das mit dem Programmieren … das – ich hatte ja keine Ahnung.«

Blinzelnd hob ich den Kopf. Ich musste mich verhört haben. Dann aber erinnerte ich mich dunkel daran, dass ich die letzte halbe Stunde damit verbracht hatte, der Polizei bis ins kleinste Detail zu erklären, wie wir es geschafft hatten, unsere Seite vor der Cyber-Stasi zu schützen, während Dad schweigend im Zimmer auf und ab getigert war. Ich wusste, dass er alles mitbekommen hatte, aber mir wurde erst jetzt klar, dass es viel mehr als das gewesen war. Zum ersten Mal hatte er mir wirklich *zugehört*.

Ich zögerte. »Bist du – bist du etwa stolz auf mich?«

»Im Gegenteil«, sagte Dad. Sein Gesicht war blass, aber die Maske saß noch immer bombenfest. »Ich bin abgrundtief enttäuscht von dir.«

Von allen möglichen Antworten traf mich diese am heftigsten. Wie ein Messer fuhr sie mir ins Fleisch.

Das gab mir den Rest.

Misty kam angelaufen und schloss mich in die Arme, noch bevor die ersten Tränen zu fließen begannen. Ich lehnte mich schluchzend an ihre schmale Schulter, als alles, was in den letzten vierundzwanzig Stunden – den letzten vier Wochen – passiert war, über mich hereinbrach.

Hinter ihr sah ich, wie Dads Maske bröckelte – die ursprüngliche Kälte verwandelte sich in Verwirrung, in Sorge und schließlich in etwas anderes, das ich nicht mehr erkennen konnte, denn mit einem Mal schlang er die Arme um Misty und mich und drückte uns beide an sich.

Seine Umarmung war überraschend tröstlich. Mir war gar nicht bewusst gewesen, wie sehr ich sie vermisst hatte.

»Puh, Eli«, drang Mistys Stimme gedämpft aus den Tiefen unserer Verknotung. »Du *stinkst.*«

Ich lächelte unter Tränen und Dad lachte.

»Heißt das«, schniefte ich wie ein kleines Kind, »das – das Ganze hat kein Nachspiel?«

»Oh, und ob das ein Nachspiel hat«, raunte Dad. »Und was für eins.«

Dann drückte er mich noch fester.

Schwitzend stand ich in der brennenden Junisonne und suchte die Schlange von Autos, die sich an mir vorbeischob, nach Mistys ab. Am liebsten wäre ich einfach zu Fuß gegangen, aber Dad bekam in puncto Hausarrest langsam den Dreh raus. Er hatte seine ganz persönliche Variante davon entwickelt, und laut der befand ich mich von dem Zeitpunkt an, wenn ich nachmittags das Schulgelände verließ, unter konstanter Beobachtung, bis am nächsten Morgen der Unterricht wieder losging.

Ich blinzelte gegen die Sonne an, die sich in den Windschutzscheiben der Autos spiegelte. Von Misty war noch immer nichts zu sehen.

Es war die letzte Schulwoche und ich zählte buchstäblich die Tage bis zu den Sommerferien. Bis ich endlich dem Getuschel an der Schule entkommen würde.

Die Polizei durfte unsere Namen nicht veröffentlichen,

weil wir noch minderjährig waren, aber nach Mouse' Zusammenbruch beim »Zauberer von Oz« war die Tatsache, dass wir die *Freunde von Springer* waren, in Haver ein offenes Geheimnis. In der Schule musterte uns die Hälfte der Leute mit Angst oder Ehrfurcht, während die andere Hälfte eher so guckte, als würde sie uns gern mal in irgendeiner dunklen Ecke zeigen, was sie von unserer Website hielt.

Ich war froh, wenn ich sie alle los war.

Die Leute sahen uns entweder als Helden oder Schurken, aber wenn ich in den letzten Wochen eins gelernt hatte, dann, dass man auch beides zugleich sein konnte, und ich wollte nichts davon sein.

»Hey, Bennett!«

Wo wir gerade beim Thema Schurken waren.

»Was willst du, Malcolm?«

Er stapfte auf mich zu und die Sonne ließ seine roten Haare fast blond wirken. »Also bitte, begrüßt man so einen der wenigen an der Haver, die noch mit einem reden?«

Ich drehte mich weg und wünschte, Misty würde endlich auftauchen.

»Ich hab einen Vorschlag für dich«, sagte Malcolm zu meinem Hinterkopf, ohne sich darum zu scheren, dass ich mich nicht um ihn scherte. »Ich dachte, du könntest vielleicht ein bisschen Kohle gebrauchen, bei den ganzen Anwaltskosten und so …«

»Komm zur Sache.«

»Die Sache ist die: Ich muss Ferienkurse machen. Wie's aussieht, hab ich Geschichte versemmelt.«

Sofort bekam ich Mitleid mit ihm.

Ich hatte Spanisch mit Ach und Krach noch gepackt, aber Señora Vega hatte mir dringend geraten, über den Sommer dranzubleiben.

»Und?«, fragte ich.

»Und da du ja wohl so 'ne Art Genie bist, dachte ich, du oder einer von deinen Kumpels könntet mir vielleicht ein bisschen zusätzliche Nachhilfe geben.«

»Und mit ›Nachhilfe‹ meinst du, wir sollen deine Hausaufgaben für dich machen, seh ich das richtig?«

»Na ja …«

»Vergiss es.«

»Es ist halt … Ich muss mir auch noch einen Ferienjob suchen. Ich spare gerade für was Wichtiges.« Er senkte die Stimme. »Für *jemand* Wichtiges.«

Ich schluckte, als mir seine Suchanfragen in meinem Keysniffer-Fenster wieder einfielen.

Schwangerschaftsfürsorge … Rechte als Vater.

Er tat mir leid, trotz unserer unschönen Vorgeschichte, aber ich hatte meine eigenen Probleme, und genau das sagte ich ihm.

Er ließ sich überraschend leicht abwimmeln. »Klar, kein Problem, hatte ich fast schon erwartet. Na ja, einen Versuch war's wert.«

Endlich entdeckte ich sechs Autos weiter Misty. Sie fuhr das Fenster runter und winkte mir kurz zu.

Ich winkte zurück, damit sie wusste, dass ich sie gesehen hatte.

»Wow.« Malcolm stieß einen bewundernden Pfiff aus. »Wie scharf ist denn bitte deine Babysitterin?«

Vor nicht allzu langer Zeit hätte so ein Kommentar mich noch zusammenzucken lassen, aber inzwischen wurde es mir jeden Tag ein kleines bisschen egaler, was andere Leute dachten, und anstatt mich in Grund und Boden zu schämen wie früher, war ich nur leicht genervt.

Ich drehte mich um und ließ Malcolm zum ersten Mal meine volle Aufmerksamkeit zuteilwerden.

»Das ist meine Mom.«

Der Satz war mir einfach rausgerutscht, und ich war mir ziemlich sicher, dass ich Malcolm genauso schockiert anstarrte wie er mich.

Er wich einen Schritt zurück und musterte mich.

»Wow, muss ja echt kacke sein«, sagte er, »eine Mom zu haben, die andere ... äh, *angucken.*«

Ich hob die Augenbrauen über die unerwartete Mitgefühlsbekundung.

»Ist es«, sagte ich.

Mindestens genauso kacke, wie mit sechzehn Vater zu werden, sagte ich nicht.

Malcolm wandte sich bereits ab, aber dann zögerte er.

»Ich hatte euch übrigens auch ein Video geschickt.«

Ich schaffte es nicht, die Überraschung in meiner Stimme zu verbergen. »Welches?«

Doch er grinste nur und ging.

Aus der entgegengesetzten Richtung näherte sich eine Erscheinung. Zwei Monate waren vergangen, seit ich das erste Mal den Mut aufgebracht hatte, Isabel anzusprechen, und noch immer versagte mir jedes Mal fast die Stimme, wenn ich sie auf mich zukommen sah.

Sie blieb vor mir stehen und warf einen verwirrten Blick über die Schulter.

»Ich dachte, du kannst den nicht leiden.«

»Kann ich auch nicht … oder *konnte*.«

»Ah.«

Sie nickte.

Ich trat von einem Fuß auf den anderen.

Schweigen.

In den letzten Wochen hatte es so einige unbehagliche Schweigemomente zwischen uns gegeben. Dank meines Hausarrests sahen wir uns nur noch in der Schule und außerdem waren ihre Eltern alles andere als begeistert von meinem Ärger mit dem Gesetz. So blieben mir nur die kurzen Treffen auf dem Flur zwischen zwei Stunden, was nicht gerade ideale Voraussetzungen waren, um jemanden zurückzugewinnen. Irgendwann hatte Isabel vorgeschlagen, dass wir fürs Erste nur Freunde sein sollten. Ich konnte bloß hoffen, dass *fürs Erste* nicht *für immer* hieß.

Ich warf einen Blick auf die Straße. Misty war die Viertnächste in der Schlange. Durch die Windschutzscheibe konnte ich sehen, wie sie über den Fahrer vor ihr schimpfte.

»Ich hab deinen Brief fertig«, sagte Isabel schließlich. Sie kramte kurz in ihrem Rucksack und drückte mir einen dünnen Umschlag in die Hand. »Hoffentlich hilft's.«

Der Anwalt hatte uns allen geraten, uns Leumundszeugnisse zu besorgen und beim zuständigen Richter einzureichen, also hatte ich Isabel gefragt. Wir hofften auf eine Einigung, durch die die Anklage von »Kinderpornografie« auf »Sexting« – was anscheinend auch strafbar war – gesenkt wurde, damit wir nicht alle in den Knast wanderten. Der Anwalt hatte uns geraten, uns schon mal mit dem Gedanken anzufreunden, den Sommer über jede Menge gemeinnützige Arbeit zu leisten. Und dann – so lautstark unsere Eltern auch protestierten – hatte er hinzugefügt, es bestünde nicht die geringste Hoffnung, dass wir aus der Sache rauskämen, ohne den Stempel »Sexualstraftäter« aufgedrückt zu bekommen.

Na toll.

Kein Wunder, dass Isabel auf einmal ganz wild aufs Freundesein war.

»Das bedeutet mir echt viel«, sagte ich. »Wirklich. *Gracias*.«

»Gern, Eli.« Sie legte mir die Hand auf den Arm, und ich spürte das vertraute Kribbeln, wo ihre Haut meine berührte.

Sie schien noch etwas anderes sagen zu wollen, aber dann zögerte sie, und was immer es gewesen war, verpuffte in der Stille zwischen uns.

Sie warf einen Blick über meine Schulter, und ich wusste, dass Misty bei uns angelangt sein musste.

Isabel ließ die Hand sinken und die kribbelnde Verbindung riss ab.

Ich bedankte mich abermals, auf Englisch, auf Spanisch, und sah ihr hinterher.

»Ist das etwa die berüchtigte Isabel?«, fragte Misty, als ich auf den Beifahrersitz stieg. »Seid ihr wieder zusammen?«

Ein Klopfen am Fenster bewahrte mich davor, antworten zu müssen. Die hintere Tür ging auf und Zach steckte den Kopf ins Auto.

»Könnten Sie mich vielleicht mitnehmen?«

Ich verdrehte mich auf meinem Sitz.

»Ich dachte, du fährst mit Seth.«

»Mouse ist wieder zu Hause. Seth ist sofort hin – er meinte, er kommt später vorbei.«

Ich nickte, aber ein Brennen in meiner Kehle hielt mich davon ab, etwas zu sagen.

Mouse' Eltern hatten ihn zur Behandlung in eine Spezialeinrichtung geschickt – nicht nur wegen der Sache in der Aula, sondern hauptsächlich wegen dem, wie es danach mit ihm weitergegangen war. Er war in eine Art Schockstarre gefallen, hatte nicht mehr geredet, nichts mehr gegessen und den ganzen Tag im Bett gelegen. Nach zwei Tagen hatten seine Eltern Hilfe geholt.

»Wie geht's ihm?«, fragte Misty, während sie losfuhr.

Zach zuckte mit den Schultern. »Wohl ganz okay.«

»Woher sollen wir das wissen?«, brummte ich. Das Brennen in meiner Kehle hatte sich jetzt bis hinter meine Augen ausgebreitet.

Unsere Eltern versuchten immer noch, hinter das genaue Ausmaß unserer Taten zu kommen, und Mouse' Eltern hatten beschlossen, dass niemand Kontakt zu ihm haben durfte, bevor nicht geklärt war, wer die Hauptverantwortung trug. Die einzige Ausnahme war Seth, der Mouse immerhin mit vollem Körpereinsatz das Leben gerettet hatte. Ich fand ja, dass ich dazu auch einen nicht unerheblichen Beitrag geleistet hatte, aber ständig jeden darauf hinzuweisen, kam mir dann doch zu kleinlich vor.

Misty nahm die Hand vom Lenkrad und legte sie mir auf die Schulter. »Ihr dürft bestimmt bald zu ihm.«

»Seth hat versprochen, uns heute Abend alles zu erzählen«, sagte Zach.

Er und Seth verstanden sich überraschend gut, seit er Mouse' Platz in unserem ACM-Team eingenommen hatte. Mouse' Eltern hatten ihm verboten, weiter bei uns mitzumachen, was ich ihnen kaum verübeln konnte. Eigentlich wunderte ich mich eher, dass mein Dad das nicht auch getan hatte. Wahrscheinlich hatte er Angst, die Haver könnte sich weigern, mich für nächstes Schuljahr wieder aufzunehmen, selbst wenn es vor Gericht zu einer Einigung kam. Das ließ den Wettbewerb, bei dem ich möglicherweise einen Job abstauben würde, gleich in einem anderen Licht erscheinen und weckte die Hoffnung in ihm, die nächsten Jahre keinen arbeitslosen Straftäter durchfüttern zu müssen.

Nicht dass wir noch die geringste Chance gehabt hätten. Wir hatten beschlossen, die Real-World-Challenge sausen zu lassen, und außerdem nur noch ein paar Wochen Zeit, um Zach fit zu machen. Ich konnte mir nicht vorstellen, dass uns unter den Voraussetzungen irgendwelche Talentscouts für Praktikumsplätze in Erwägung ziehen würden, ganz zu schweigen von festen Jobs, aber das erwähnte ich Dad gegenüber nicht. Seine Hausarrestregeln sahen »Computer- und Freundeverbot für mehr oder weniger immer« vor. Die einzige Ausnahme war das Training für die ACM, weswegen Zach jetzt auch mit uns nach Hause kommen durfte.

Keiner von uns machte sich mehr Illusionen über einen Sieg. Seth war an der Stanford angenommen worden und konnte darum etwas entspannter in den Wettbewerb starten, Zach dagegen sah das Ganze eher als Übung für nächstes

Jahr an. Ich war eigentlich nur noch dabei, um Zeit mit meinen Freunden zu verbringen, denn dazu würde ich nicht mehr lange Gelegenheit haben.

Was die beiden nicht wussten — was niemand wusste —, war, dass ich vorhatte, eine noch viel größere Bombe platzen zu lassen, selbst wenn wir wegen unserer Website nicht in den Knast wanderten. Ich hatte mein *Freunde von Springer*-Geständnis genommen und es zu Bewerbungsschreiben für das MIT und die Caltech umformuliert. Alles war fertig ausgedruckt und steckte zusammen mit meinen restlichen Unterlagen in großen Briefumschlägen.

Darin erklärte ich bis ins Detail, welche Rolle ich in all dem gespielt hatte – nicht nur beim Haver-High-Hack (wie er in den Medien inzwischen hieß), sondern auch bei Game Zap und den Polizei-Leaks. Meine Beteiligung an Letzteren zuzugeben, war mir besonders schwergefallen, aber danach war ich extrem erleichtert. Ich nutzte meine eigenen Gesetzesübertretungen, um zu verdeutlichen, wie wichtig ethisches Hacking war – das ich außerdem zum Schwerpunkt meines Studiums machen wollte.

Es war schon fast zum Lachen. Da hatte ich nun doch den Entschluss gefasst, aufs College zu gehen, und der erste Schritt auf dem Weg dorthin würde mich wahrscheinlich schnurstracks ins Gefängnis führen.

Zwei Wochen später stand ich am Ufer des Lake Michigan, hinter mir die Skyline von Chicago, und stemmte mich gegen den Wind. Die weite Wasserfläche vor mir war eine willkommene Abwechslung – in den letzten Wochen hatte ich nicht viel anderes als endlose Codezeilen zu sehen bekommen.

In ein paar Stunden würde die ACM losgehen. Seth und Zach waren schon im Kongresscenter, um unsere Einlasspässe zu holen und sich einen ersten Überblick zu verschaffen. Seth war in absoluter Feierstimmung, nachdem wir kurz zuvor erfahren hatten, dass unsere Strafminderung bewilligt worden war. Wenigstens mussten wir uns nicht auch noch dafür verantworten, gegen die Onlinegesetze verstoßen zu haben.

Für Zach und ihn würde dieses Wochenende eine einzige Party werden. Für mich waren es die vielleicht letzten Tage in Freiheit.

Die Sache mit dem Haver-High-Hack mochten wir überstanden haben, aber ich hatte beschlossen, ein weiteres Geständnis abzulegen, und zwar nicht nur in Form meiner Collegebewerbungen.

Ich warf einen Blick auf mein Handy. Noch drei Minuten, bis es losging.

Neben mir tauchte eine Gestalt auf, zu zappelig, als dass es jemand anders als Mouse hätte sein können.

»Du hast es geschafft.« Ich lächelte ihn an.

Sein Blick war aufs Wasser gerichtet. »Als ob ich mir das entgehen lassen würde.«

In seiner Stimme lag Bedauern, und mir war klar, wie sehr er sich wünschte, selbst antreten zu können.

»Nächstes Jahr«, sagte ich.

Mouse schüttelte den Kopf. »Nee, glaub nicht. Von Wettbewerben werde ich immer so hibbelig.«

Er zwinkerte mir zu.

Ich lachte. »Okay. Dann vielleicht in dem danach.«

Auch Mouse hatte sich schon in der Frührunde am MIT beworben, wie er mir gestanden hatte, nachdem seine Eltern ihn endlich wieder aus dem Haus ließen. Als Hauptfach hatte er Computerwissenschaften gewählt, obwohl er uns ständig versicherte, dass er immer noch vorhatte, Mahut zu werden, sobald er seinen Abschluss in der Tasche hatte.

»Auch nicht«, sagte er. »Ihr müsst einfach dieses Jahr abräumen.«

»Wir haben eine ganze Disziplin wegfallen lassen. So gewinnen wir nie.«

»Cyberdefense macht siebzig Prozent der Gesamtpunktzahl aus. Da ist noch gar nichts entschieden.«

»Ja, träumen kann man immer.« Ich lachte, aber Mouse' Miene blieb ernst.

»Ihr müsst es versuchen. Für Jordan.«

Mein Lachen erstarb. Wir hatten uns lange nicht getraut, in Mouse' Gegenwart auch nur Jordans Namen zu erwähnen – aus Angst, er könnte rückfällig werden und einen erneuten Selbstmordversuch starten. Aber jetzt wurde mir klar, dass er mir etwas sagen wollte. Ich hörte es in seiner Stimme und sah es in seinem Gesicht.

Ich nickte. *Weiterleben* war eine sehr viel größere Würdigung für seinen toten Freund.

»Okay.« Ich legte ihm den Arm um die Schultern. »Dann wollen wir jetzt mal für Jordan den Sieg einfahren gehen.«

»Pfft, na klar.« Ein verschlagenes Grinsen erhellte sein Gesicht. »*Versuchen* hab ich gesagt. Du glaubst ja wohl nicht, dass ihr ohne mich auch nur die geringste Chance habt, oder?«

Ich schubste ihn Richtung Wasser. »Natürlich nicht.«

Als er lachend und mit rudernden Armen sein Gleichgewicht wiederfand, wünschte ich mir nichts mehr, als mit ihm und Zach ans MIT gehen zu können oder mit Seth nach Stanford. Ich wünschte mir, dass mich in meiner Zukunft Hörsäle erwarteten, keine vergitterten Fenster. Ich wünschte mir, dass Dad und Misty mir irgendwann verzeihen konnten. Und ich wünschte mir eine letzte Chance bei dem Mädchen, das viel zu gut für mich war. Wenn ich Glück hatte, würde ich nächstes Jahr um diese Zeit am College sein und einen guten Grund haben, Spanisch als Nebenfach zu wählen.

Aber das alles wollte ich nur, wenn ich dabei ein reines Gewissen haben konnte.

Wieder warf ich einen Blick auf mein Handy.

Es war so weit.

Die Onlinewelt war in aller Stille um eine neue Website reicher geworden.

Aber die Stille würde nicht lange anhalten. Sobald der Startschuss für die ACM gegeben wurde, würde die Seite jedes Handy, jeden Laptop und jedes Tablet infiltrieren – jedes Gerät, das mit dem WLAN des Kongresscenters verbunden war. Sie würde auf den Großleinwänden in jedem Saal und auf den Terminals jedes Jurymitglieds erscheinen.

Die Seite war schlicht und diente nur einem einzigen Zweck.

Sie war ein Geständnis.

Die ganze Welt soll mein Collegebewerbungsschreiben zu

lesen bekommen, und ich werde mein Schicksal bereitwillig annehmen, ob es nun eine Gefängnisstrafe oder eine Begnadigung für mich bereithält. Dieser Satz war ein Zitat aus dem Brief selbst und ich fand ihn ziemlich gelungen.

Für das, was danach kam, konnte ich kein Programm schreiben, keine noch so kleine Codesequenz, aber ich wurde langsam besser darin, ein gewisses Maß an Chaos in meinem Leben zu akzeptieren.

Es war zu spät, um jetzt noch den Stecker zu ziehen.

DANKSAGUNG

Es war eine lange Reise bis zur Fertigstellung dieses Buchs, darum ist es wohl kaum ein Wunder, dass ich bei »Firewall« mehr Leuten zu danken habe als bei allem, was ich je zuvor geschrieben habe.

Der größte Dank gebührt meiner Mutter und meinem Vater, Holly und Michael, und meinen Schwiegereltern, Donna und John, die sich so oft um meine neugeborenen Zwillinge gekümmert haben, damit ich die Zeit zum Schreiben nutzen konnte. Ohne eure Hilfe hätte dieses Buch es niemals in den Druck geschafft.

Man braucht ein ganzes Dorf, um zwei Babys – und ein Buch – großzuziehen.

Aus demselben Grund bin ich meinem Mann zu Dank verpflichtet, der unermüdlich mit angepackt hat, damit ich schreiben konnte. Ich weiß, du hast dich manchmal gefühlt, als wärst du alleinerziehend, und musstest auf eine Menge Freizeitspaß verzichten, damit ich mich für ein paar Stunden verdrücken konnte. Du bist der tollste Vater der Welt und mein bester Freund.

Ich kann mich gar nicht glücklich genug schätzen, zwei so wunderbare Lektorinnen an meiner Seite zu haben. Danke an Mary Kate Castellani, die mir das härteste Feedback aller Zeiten gegeben und mich gnadenlos darauf hingewiesen hat, dass meine gesamte Geschichte auf einem logischen Fehler aufbaute. Danke an Alice Swan, die schon vor Jahren, als ich ihr die allerersten Entwürfe vorgelegt habe, meinte, die Geschichte würde an Kraft gewinnen, wenn ich die Zahl der Figuren reduzierte. Ihr hattet beide absolut recht!

Danke, wie immer, an meine Agentin, Jennifer Laughran. Nach vier Büchern bin ich unglaublich dankbar, noch immer mit der besten der besten zusammenarbeiten zu dürfen. Die klügste Entscheidung, die ich als Autorin je getroffen habe, war die, mir eine Agentin zu suchen, die mich sicher durch alle weiteren großen Entscheidungen navigieren würde. Ohne dich wäre ich verloren. Außerdem ein großes Dankeschön an Taryn Fagerness, die auch in Übersee unermüdlich die Werbetrommel für meine Bücher rührt.

Danke an Jeannette Levy und Danielle Calotta für eins meiner bisherigen Lieblingscover! Danke an Toni Rumore und Diane Aronson dafür, dass ihr auf jedes noch so winzige Detail geachtet habt. Danke, Claire Stetzer, Courtney Griffin, Brittany Mitchell, Anna Bernard, Emily Ritter und allen anderen bei Bloomsbury, dafür, dass ihr euch immer so lieb um mich kümmert. Vielen Dank an Leah Thaxton, Hannah Love, Natasha Brown, Emma Eldridge und die gesamte Faber-Familie.

Ich bin kein Digital Native, darum musste ich mich beim Schreiben darauf verlassen, dass mich echte Programmierer und Internetexperten ehrlich darauf hinweisen, wenn ich mich bei meinen Ausflügen in die Welt der Cybersprache total verrannte. Besonderer Dank gilt dabei dir, Germain Kirk, für deinen Rat und dein Fachwissen. Falls noch Fehler im Buch verblieben sind, gehen die ganz allein auf mein Konto. Danke an Guadelupe Garcia McCall dafür, dass sie mein Spanisch überprüft hat. Deine Hilfe war unbezahlbar, und alles, was jetzt noch seltsam klingt, ist meine Schuld. Danke auch an Meg Medina, die mich mit Guadelupe in Kontakt gebracht hat und mich außerdem, auch wenn sie nichts davon weiß, auf die Idee mit den in diesem Buch des Öfteren auftretenden »Gib Mobbing keine Chance«-Schildern gebracht hat.

Wie immer danke ich Gemma Cooper, meiner allerersten Testleserin und lieben Freundin. Außerdem danke an Amy Dominy und Bill Konigsburg, die sich immer wieder meine verschiedenen Versionen der Geschichte angehört haben, sodass ich meine Gedanken ordnen konnte und auf dem richtigen Kurs geblieben bin. Ohne unsere regelmäßigen Treffen wäre ich wahrscheinlich nie fertig geworden!

Das hier ist das erste Buch, das ich nicht bei mir zu Hause geschrieben habe. Danke an Nosh in Phoenix und Wildflower in Tempe dafür, dass ihr mir drei- bis viermal pro Woche ein Plätzchen zum Arbeiten gegeben habt, und an Changing Hands, wo ich nie rausgeworfen wurde, selbst wenn ich mal wieder lange nach den offiziellen Schließzeiten noch an meinem winzigen Ecktischchen saß.

Danke an meine Leserinnen und Leser, die mir seit »Butter« so treu geblieben sind. Manchmal wenn mein Leben mal wieder kopfsteht, vergesse ich, warum ich das Schreiben liebe, und dann ist immer einer von euch zur Stelle, um mich daran zu erinnern. Ihr seid der Hammer.

Und zu guter Letzt: Danke an meine zwei Mädchen, Grace und Harper. Das hier war das schwierigste Buch, das ich je geschrieben habe, weil ich euch so oft dafür allein lassen musste. Ich hoffe, eines Tages, wenn ihr alt genug seid, um es selbst zu lesen, werdet ihr verstehen, dass ich es für euch geschrieben habe. Ich danke euch von Herzen, dass ihr eure Mommy mit diesem Buch geteilt habt.

KOMM MIT AUF EINEN
UNGEWÖHNLICHEN ROADTRIP!

Erin Jade Lange

HALBE HELDEN

978-3-7348-8228-9

So ganz kann Dane sich nicht erklären, wie er da hineingeraten ist: Gerade ging er noch (überwiegend) friedlich und unbescholten zur Schule, jetzt hat er einen Aufpasserjob. Dumm nur, dass Billy D., ein neuer Schüler mit Downsyndrom, nicht will, dass man auf ihn aufpasst – viel lieber ist ihm, wenn Dane ihm beibringt, wie man sich prügelt, oder wenn er ihm hilft, seinen Dad zu finden. Der hat Billy nämlich einen Atlas mit geheimnisvollen Hinweisen hinterlassen, und Billy ist überzeugt, dass sie ihn am Ende zu seinem Vater bringen werden. Dane kann den Ärger förmlich riechen, der ihm blüht, wenn er Billy einmal quer durchs Land kutschiert, aber dessen Enthusiasmus hat er wenig entgegenzusetzen. Wo ihr Weg sie schließlich hinführt, hat keiner von ihnen geahnt …

Tagsüber berichtet Erin Jade Lange über Fakten, nachts schreibt sie Romane: Die Autorin nutzt ihre journalistische Erfahrung, um aktuelle Themen erzählerisch aufzuarbeiten und dabei zu untersuchen, wie sie Jugendliche beeinflussen. Sie lebt mit ihrem Mann in Arizona. Ihr Roman *Halbe Helden* wurde für den Deutschen Jugendliteraturpreis nominiert.

Natürlich **magellan**®

FSC
www.fsc.org
MIX
Papier | Fördert
gute Waldnutzung
FSC® C110508

Wir pflanzen Bäume
Für unsere Umwelt
www.magellanverlag.de

Hergestellt in Deutschland
CO₂-Ersparnis durch kurze Lieferwege
Gedruckt auf FSC®-zertifiziertem Papier
Lösungsmittelfreier Klebstoff
Drucklack auf Wasserbasis
Farben auf Pflanzenölbasis

Weitere Infos gibt es hier:

www.magellanverlag.de/natürlich

1. Auflage 2024
© 2020 Magellan GmbH & Co. KG,
Dr.-Robert-Pfleger-Straße 6, 96052 Bamberg
Alle Rechte der deutschsprachigen Ausgabe vorbehalten
Die Nutzung unserer Inhalte für alle Arten von Text- und
Data-Mining, insbesondere für die (Weiter-)Entwicklung und das Training
jeglicher KI-Systeme, im Sinne von § 44b UrhG ist hiermit
ausdrücklich vorbehalten und wird von uns nicht gestattet
Copyright © 2018 by Erin Jade Lange
Die Originalausgabe erschien 2018 unter dem Titel »The Chaos of Now«
bei Bloomsbury YA, New York
Übersetzung: Sandra Knuffinke und Jessika Komina
Herstellung: Leonie Herr
Druck: Westermann Druck Zwickau GmbH
ISBN 978-3-7348-8232-6

www.magellanverlag.de